红湖人文学科丛书

2014年中国西部文学 与地域文化国际高端论坛论文选

陈国恩 冯冠军 和 谈 主编

暨南大学出版社
JINAN UNIVERSITY PRESS

中国·广州

图书在版编目（CIP）数据

2014 年中国西部文学与地域文化国际高端论坛论文选/陈国恩，冯冠军，和谈主编. —广州：暨南大学出版社，2015.10
ISBN 978 - 7 - 5668 - 1390 - 9

Ⅰ.①2014… Ⅱ.①陈…②冯…③和… Ⅲ.①文艺评论—中国—文集 Ⅳ.①I206—53

中国版本图书馆 CIP 数据核字（2015）第 072337 号

出版发行：暨南大学出版社

....

2014 年中国西部文学与地域文化国际高端论坛论文选

主　　编：陈国恩　冯冠军　和谈
策划编辑：史小军
责任编辑：郭俐伽
责任校对：周海燕　黄志波
地　　址：中国广州暨南大学
电　　话：总编室（8620）85221601
　　　　　营销部（8620）85225284　85228291　85228292（邮购）
传　　真：（8620）85221583（办公室）　85223774（营销部）
邮　　编：510630
网　　址：http：//www. jnupress. com　http：//press. jnu. edu. cn
排　　版：广州市天河星辰文化发展部照排中心
印　　刷：佛山市浩文彩色印刷有限公司
开　　本：787mm×960mm　1/16
印　　张：18.75
字　　数：336 千
版　　次：2015 年 10 月第 1 版
印　　次：2015 年 10 月第 1 次
定　　价：45.00 元

目　录

论古代突厥文字的起源与发展：
以蒙古和新疆为例

［俄］捷利岑

（圣彼得堡国立大学）

本文以蒙古和新疆考古发现为基础探讨 6 至 9 世纪古代突厥文字的发源与发展，并深入讨论有关历史、文化、宗教和语言因素。

对第一突厥王朝时期突厥语碑文的研究给我们展现出一幅突厥人书写发生和形成的独特图景。可以推测，在第一突厥汗国（552—630 年）的出现和建立时期，以及在其之后的统治延续中，突厥王朝对文字有着强烈的需求。

本文首先会谈及对有着丰富书写传统的毗邻民族文字的采用。由于缺乏自己的文字，突厥人起初是使用毗邻文明的文字和语言——粟特文。

接着，本文叙述突厥语书写的第二种类型——突厥如尼文。这种书写经历了三个发展阶段：①古体——七河流域（6—7 世纪），叶尼塞（6—10 世纪）的突厥碑文；②经典——只出现在第二突厥汗国的纪念碑上（8 世纪前半叶）；③最后——回鹘汗国（8 世纪后半叶到 9 世纪）和东突厥斯坦（9 世纪）的纪念碑与碑刻。尽管对这种书写的产生和发展还有其他看法，但传统上我们认为，这种如尼文书写来自非斜体的粟特字母。

而且，第三种书写也可能来自民间，为适应突厥语的语法和语音，其必然带有突厥人从其他民族那里拿来的粟特文、摩尼文、景教福音体、婆罗门以及其他种文字的色彩。

普遍认为回鹘文书写的出现建立在公元前的粟特草书的基础上。回鹘文书写的历史应该既与回鹘汗国（744—846）的历史和发展密切相关，又与那个时期回鹘社会的政治和社会进程相联系。

通过比较如尼文和回鹘文两种主要的书写方式的时间框架，可以看到一些规律：在突厥汗国时期（6—8 世纪）时期，在臣服或者依附汗国的突厥部落中普遍是如尼文书写，这种文字被创造出来用以稳固疆土、财产，之后用于墓志铭。

回鹘文书写的出现和它与如尼文书写平行共存的情况可以从以下的事实中看到。8 世纪中期，回鹘国时期，已经存在的文字对游牧民族实现某些目的来讲是必要的——经济（标记土地面积）和文化（创建墓志—历史记录）。对那个时期来说，这种书写已经"足够"用了。

Some thoughts on the origin and development of Turkic writing in the ancient time (Mongolia and Xinjiang).

Nikolay N. Telitsin

Traditionally the so-called Runic alphabet is considered to be the first type of Turkic. The "Runes" were inscribed on monuments, which date back to the consolidation period of separate Turkic tribes and the rebuilding of the once mighty Turkic Khanate in the middle of the VII century. However, according to the Twenty-four Histories (Chinese official historical books) there were two types of writing already in the VI century during the First Turkic Khanate (552 – 630 A. D.). The first was similar to Sogdian; the other resembled signs on wooden sticks, which were used for fiscal purposes. This non-cursive writing existed along with the cursive Sogdian. In this regard, we should elaborate which types of writing were generally used among the Turks as well as we should take a look at how they obtained a certain form of writing.

From the historical point of view most of the nations that used writing could either independently invent it, so that it would be fully consistent with the requirements of their own language and be the most accurate method to transmit the necessary information, or to borrow it from other nations with a more developed culture. The study of the first Turkic monuments (focus on the Turkic and not Turkic-speaking) gives us the following picture of the genesis and formation of writing among the Turks. One can only assume that in the period of the emergence and existence of the first Turkic state-First Khanate (approx. 552 – 630 A. D.), there was already an urgent necessity in writing in order to fulfill the needs of the Khanate's state mechanism, as well as the perpetuation of certain events and stories of rulers themselves for the descendants. Sogdian cursive writing and Chinese hieroglyphics had a huge impact on the culture of the Turkic tribes at that time. Specifically, they could have borrowed letters from neighboring sedentary peoples with a richer historical tradition of writing. Indeed, since their own widespread writing did not exist, the Turks began to use both writing and the language of the neighboring civilization-the Sogdians.

In 1956, a Mongolian archaeologist—Ts. Dorjsuren discovered the remains of a funerary complex and a stele with a finial 10 km west of Bugut (Arkhangai province, Mongolia). The inscriptions on the stele were later interpreted as Sogdian. In the fragments of inscriptions two references to temporary benchmarks can be noted. The date of the construction of the stele is obviously indicated at the beginning of the inscription: "Stele constructed the Turks (under the rule) of Chinese emperor Kutsat." Another date marks an event that took place in the year of the Rabbit. As for the first mention of time it seems to be very complicated and currently impossible to interpret it using the existing plot. The second indication of time is more interesting. During the period of the First Turkic Khanate (approx. 552 – 630 A. D.) the year of the Rabbit in a twelve-year animal cycle was in 559, 571, 583, 595, 607 and 619. There aren't any other direct references to the temporal localization of the monument. In this case it should be dated based on both the already given information and on circumstantial evidence contained in the text itself. And indeed, fragmentary information allows us to determine the reference on the creation of the Buddhist sangha in the Khanate as reported in the Chinese dynastic chronicles. Since the formal adoption of Buddhism by the Turks is traditionally associated with the name of Khan Taspar it is possible to recover the time frame of the period. According to the historical evidence, Buddhism spread into the territory of the First Khanate in 574, after the beginning of the persecution of adherents of that religion in the state of the Northern Zhou during the reign of emperor Wu (武帝) (561 – 578 A. D.). It is known that in this period some sutras were translated into Turkic, Buddhist temples and monasteries were erected. Even Khan Taspar participated in religious ceremonies.

Thus, the inscription most probably dates the last quarter of the VI century. If we compare this assumption with the date specified in the monument itself (the year of the Rabbit), it can be presumed to date it 583 or 595. It should be noted that until recently Bugut stele was considered to be the only monument that documented the use of the Sogdian language and writing for the needs of the rulers of the First Turkic Khanate, and one of the few monuments that can be clearly attributed to the period of existence of the first Turkic state. In 1953, in Xinjiang, 5 km south of the settlement Zhaoxi the remains of a funerary complex and a stone statue were discovered. The size of the statue was 2. 30 × 0. 5 × 0. 3 m. Unfortunately, these findings have not been subjected to any textual research for almost forty years. At the bottom of this statue, there is an inscription (20 lines) in Sogdian similar to the one on the Bugut stele. Presumably, the inscription could date the end of the VI beginning of the VII century. Only 8 out of 20 lines can be interpreted, the rest is hard to parse. According to the description of T. Osawa, who first published a detailed study of the monument, the memorial complex and the statue were created in honor of the Niry-Kagan, son of Yangsu tegin (Yang su tegin), grandson of Mugan Kagan. Niry-Kagan, according to other sources Nily-khan (Chinese Nily-khan, in the inscription in ancient Sogdian as nry h'γ'n),ruled from 587 to 599, and the monument dates 599 – the year of death of the Niry-Kagan and also the last years of existence of the First Turkic Khanate.

According to historical tradition the Khan of this period is called Dulan Kagan (Chinese · 都蓝可汗 – Doulankehan), also known as Yun-Ulugh. The name Nili kehanya, a description of his life and related events, matches with the name of the son of Yansu tegin-Nili Khan (Chinese. 泥利可汗 – Neely khan) or II-tegin Buiruk, the former governor of the western lands of the Turkic Khanate from 599 to 603 A. D. . From 603 to 604 A. D. , the first Khan of the separated Western Turkic Khanate. Therefore, it would be more correct to date the inscription around 603 – 604 A. D. . Inscription in honor of Nili Khan and the Bugut stele give us an opportunity to reaffirm one of the basic concepts of the development of writing and literature among the Turks of the first Turkic Khanate, which can be defined as follows. The first Turkic state was established by nomadic tribes that didn't have any form of writing. They were under a huge impact from the cultures of peoples they borrowed the writing from. It is noteworthy that the Turks did not just simply borrow and adapt the Sogdian writing for the needs of their own language, but they have intentionally used the Sogdian. This may indicate a tolerant attitude of Turkic conquerors towards those peoples who remained on the territories of the Khanate.

We can only assume that after conquering, Central Asia the Turks left the same system of control and reassigned it to themselves. In this case, they were free to use Sogdians, who were at that time more civilized in terms of education, architecture, etc. Sogdian influence on Turks can be found in the Chinese sources that date back to the period of Shibi Khagan's reign (609 – 619 A. D.). For example, one of the high-ranking Chinese nobles Pei Ju-a former governor of the Western Region (East Turkestan), reported the following: "The Turks themselves are simple-minded and short-sighted, and a discord can be easily made between them. Unfortunately, among them there are many Sogdians who are cunning and treacherous; they teach and guide the Turks. " Other monuments dating the period after the devision of the First Khanate into the West (603 – 657 A. D.) and the East (603 – 630 A. D.) Khanates were not found. Therefore, we can conclude that before the formation of the Second Khanate the Turkic tribes didn't not have their own writing or even a tradition of writing. The Sogdian writing and language were rarely used to log information about Khans or important historical events. The next type of writing can be called the ancient Turkic Runic script. We can assume that it did not emerge until the second half of the VII century. This script was spread over a vast area from the Caspian Sea to the northern Mongolia. It is represented by monuments that date VII – IX centuries. Traditionally the language of runic monuments is recognize to be "above the dialects"; A literary language of the Turks who formed or were exposed to existing major associations of Turkic tribes and the Turkic states [Turkic Khanate (VI – VIII A. D.), Uyghur Khanate (VIII – IX A. D.), the kingdom in East Turkistan (IX – XIII A. D.)] of the time.

It should be noted, however, that the runic script, according to many specialists in Turkic languages, has undergone three stages of development: (1) an archaic, which includes Turkic monuments of Zhetysu (VI – VII centuries) and Yenisei (VI – X centuries); (2) classic, which should include only the monuments of the second Turkic (tyurkyut) Khanate (the first half of the VIII century) ; (3) late period, covering monuments of the Uighur Khanate (the second half of VIII – IX centuries) and monuments of eastern Turkestan (IX century). According to the traditional point of view the runic script arose from the Sogdian non-cursive alphabet. There are also other points of view on the origin and development of this script. According to the latter one, which in our opinion is a very convincing and worthy of mention, Turkic Runic (runic-like) script is of an autochthonous origin, i. e. writing, originating in the settlement of Turkic-speaking tribes out of their own "picturesque National Fund". Indeed, as mentioned above, the Twenty Four Histories note the presence of two types of Turkic writing. One of them looked like Sogdian, this is already confirmed by the presence of monuments (VI – VII A. D.) in Sogdian writing and Sogdian language. The other script was similar to the signs on wooden sticks, which were used for fiscal purposes. You can imagine that after the collapse of the First Khanate it took the Turks less than a century to form this indigenous writing, the first monuments of which date from the period of the Second Khanate (approx. 682 – 744 A. D.). The main impetus for the emergence of their own script includes the desire of Turkic tribes to revive the former powerful state, as well as the need for means of information exchange, governance, etc. The ancient runic script consisted of 39 – 40 letters (graphemes) of geometric shape and was well adapted for inscription on stone and other materials. This script accurately conveyed almost all phonetic features of the Turkic languages. Most of the characters for the consonants had two versions-to denote the hard and soft consonants used with vowels of the back and front row.

The script itself was created in a broader cultural and economic ties of Turkic tribes with the surrounding peoples, many of whom had developed writing and written tradition. First and foremost the Sogdians and the Chinese. We mentioned earlier that the first Turkish state used the Sogdian writing and language to perpetuate in the history of any events related to the life of the Turkic ruler. According to some researchers, this kind of writing has been widely distributed, indicating "literacy" among the ancient Turks. Turkic tribes had long historical ties with China, which were not always peaceful. It is known that after the fall of the Eastern Turkic Khanate (630 A. D.) children of noble families were sent to China for training, a kind of "compulsory education". One of the iconic figures of the Second Khanate-Tonyuquq of the Ashide-wrote about it in the monument himself. The text of Tonyukuk displays events associated with the history of the Second Turkic Khanate, but the main focus of the author is given to the descrination of the the merits of Tonyukuk. Historical events interested the author only as a background to create images of the heroes of the Turkic people and their glorification. Probably because of this, the text is supported by numerous parables and sayings. This may represent the tradition of writing that the Turks possessed at that time.

And finally, the third type of writing the ancient Turks could have borrowed from neighbors and adapted for the grammar and phonetic needs of the Turkic languages. For example, Sogdian, Manichean, Esrangelo, Brahmi and some other scripts that have been borrowed from other peoples of the ancient time. The most common is considered to be the Uighur script. It emerged on the basis of Sogdian cursive letters in I A. D.. More precise temporal localization of occurrence of this type of ancient Turkic script can only be based on historical facts that contribute to a more detailed study of the period of its origin and development. The history of the origin of the Uighur script should be linked with the history of the emergence and development of the Uighur Khanate (744 – 840 A. D.), and with the political and social processes that occurred during the period of the Uighurs. One of the first mentions of Uighurs can be found in Chinese sources of the V century, which mention the tribes "tele-tegreg". Uighurs were part of this tribal union. They were a part of it from the beginning of the First Khanate, but we're mostly in the state of rebellion. After reconstitution of the Second Khanate, the Uighur tribes went to the lower reaches of Ejingol, which was under of the Tang Empire.

In the middle of the VIII century, the Uighur tribes with the support of Basmil and Karluk tribes crushed the Turkic Khanate and established their own state called the Uighur Khanate (744 – 840 A. D.). The spread of Manichaeism among the population occurred during the Uighur Khanate. The impetus for a wider spread of Manichaeism was the fact that one of the rulers, Tengri Eltutmysh Inga Alp Bilge Kagan, better known as Begyu Kagan (757 – 779 A. D.) adopted Manichaeism in Luoyang around the 60s in the VIII century. The troops under his leadership helped the Tang empire to crush the rebellion of An Lushan-Shi Chaoi. By the way, after this rebellion the Tang Empire was never able to recover.

After the suppression of the rebellion, the Uyghur ruler Begyu Kagan began to promote Manichaeism within his Khanate. Sogdian Manichaen missionaries were invited. In addition, it should be noted, however, that the Uighur influence in the East of the Tian Shan. According to one point of view, it might have been an "open protectorate". The Uighur nobility continued to profess Manichaeism even after the collapse of the Uighur Khanate in 840 A. D.. This fact should be, most likely, considered if not as the start of development of the Uighur script, then at least, its wide dissemination. The Uighur script started to spread wider together with Manichaeism, because it was used by the Manichaean community along with the Manichaean scriptap in the vast territory of Central Asia.

"Khuastuanift" or the confession prayer of the Manichaeans, V A. D. , is considered to be the earliest work in the Uighuric script. It is traditionally believed that it is a translation from ancient Persian or Greek into the Uighur. However, according to Radloff the text is written in a good Turkic language and shows no signs of translation. According to other sources, the initial stage of the ancient Turkic literature on paper should be associated with the translation of the "Nirvanasutra" (approx. VI A. D.). When comparing the time frame of the existence of the two main types of script of the ancient Turks-the Runic and the Uighuric-a certain regularity can be noticed: in the period of the Turkic Khanates (VI – IX centuries A. D.) the Runic script was most common among the Turkic tribes somehow subordinate or related to the Khanate. This script was created to record the boundaries of property. It was later used in epitaphs.

Therefore, this type of writing was widely used and understandable for a large number of ancient Turks. This in turn indicates a lack of "cult" of the script, as it happened in many other cultures. The emergence of the Uighur writing and the fact of its parallel coexistence with the Runic script can be explained by the fact that by the middle of the VIII century there was already a widespread form of writing which the nomadic peoples, whom the Turks and the Uighurs were in those days, was necessary only for certain purposes-business (labeling land areas) and culture (creation of epitaphs-historical records). At that time, such script was "sufficient".

Only with the spread of Manichaeism among the Uighurs, there comes a need for "improvement" of the script. Here we should not forget the fact that in the Uighur Khanate Manichaeism conditionally could be considered being imposed "from above", therefore, the script could be brought pro the Uighurs from the outside. Apparently, those Sogdian missionaries were the ones to implement a script created on the basis of their own along with the religion. Apparently the Uighuric script was created in connection with the missionary activity of the Sogdian Manichaean communities, seeking to spread their faith among the nomadic peoples-Turks, Uighurs and others. They have adapted a kind of Aramaic used by the Sogdians (Sogdian) for this new script. Initially it existed only among Manichaean communities and did not have a widespread support of the people or the rulers of Turkic and Uighur tribes. An important factor in the spread of the Uighuric script is found in the "relative compactness" of the system, which is based on 16 graphic elements that transmit around three dozen phonemes.

11 世纪喀什噶尔突厥文学中最早的穆斯林神秘主义因素

［俄］佩列夫

（圣彼得堡国立大学）

　　本文探讨 20 世纪发现的 11 世纪卡拉韩的东可汗国所创造的文学著作，即瑟夫巴拉萨古妮的长诗以及马赫穆德喀什噶尔的诗歌，并讨论其中的穆斯林神秘主义因素。

　　创作于 11 世纪，以喀什噶尔（今新疆）为首都的东喀喇汗国的突厥语文学作品，自被发现之日起就引起了学术界的大量关注。其中，由巴拉沙衮人玉素甫于 1069—1070 年在喀什噶尔创作的劝诫性长诗《福乐智慧》和由语言学家马哈默德·喀什噶里于 1072—1078 年在巴格达编写的、收录了两百多首歌谣的《突厥语大词典》是其中的杰出代表。

　　众所周知，中世纪突厥语穆斯林诗歌受到了苏菲主义（伊斯兰教的神秘主义）的极大影响。根据对东喀喇汗国最古老文学作品的研究，我们可以确定早在 11 世纪，就已经有突厥（回纥喀喇汗）语写作的苏菲诗歌了。

　　根据对马哈默德·喀什噶里《突厥语大词典》中特定诗歌的分析，我们可以推断，不管是从形式上（来自阿拉伯—波斯的阿鲁孜格律），还是从意义上（时间的无常、苦行与自我完善的强烈愿望，关于人类恶事的哀歌等），这些诗歌都应该被看作突厥语苏菲诗歌的最初范本。显而易见，这些诗歌摘录是由第一批在突厥族群中传教的突厥或者伊朗苏菲派教士创作的。

　　对于大部分内容属于世俗化创作的《福乐智慧》来说，其中一个修道士奥德吾尔米西是诗中最重要的人物形象之一。如果对贯穿全诗的一些神秘主义经典概念和术语进行考查，可以毫无疑问地认为，问题中的隐士是一个苏菲派教士。奥德吾尔米西压抑了自己身上所有的人的激情，只为神服务。他将毕生都奉献给了神，放弃自我，完全地追随神的意旨。他拒绝婚姻和家庭，同时鼓励自己和所有的人去互相行善。他特别指出有些人

（王室和高官）要努力做到宽容仁慈。

　　奥德吾尔米西布道的内容、意义、比喻，以及那些与他的争论，都启发和预示了后来的经典突厥语穆斯林文学创作中的苏菲主义题材。

On the most ancient elements of Muslim mysticism in the Turkic literature of Kashgar（in the XIth century）

AlekseiI. PYLEV

Turkic literary works created in the XIth century in the Eastern Kara-Khanid Khanate are rather special for the study of the beginnings of Sufism（Islamic mysticism）amongst the Turkic peoples in Central Asia. Ever since they have been discovered at the turn of the XXth century, these works have attracted a great deal of scholarly interest in the scientific society of turkologists. The didactic poem *Kutadgu Bilig*（*Wisdom Which Brings Good Fortune*）written by Yusuf of Balasagun in Kashgar circ. 1069 – 1970 and more than two hundred poetic extracts from *Divanu Lugati-t Türk*（*Compendium of the languages of the Turks*）written by philologist Mahmud al-Kashgari in Baghdad circ. 1072 – 1078 represent fine examples of such works. The authors of these two poetic works were the natives of Balasagun and Barskhan-the important centers of Kara-Khanid's culture. After presenting his work to the royal court, the author of *Kutadgu Bilig* has become *khā-hājib*, that is the minister of the court or the chancellor. As for Mahmud al-Kashgari, it is possible that he himself belonged to the Eastern Karakhanids' royal dynasty and has visited the regions populated by Turkic people during ten years of travelling.

　　It is known that classical Turkic poetry of the XIV – XVIII centuries has experienced a great influence of Sufi images and themes. Moreover, one of the most acknowledged researchers of Turkic literature Alessio Bombaci stated that Islamic mysticism has been spread among the Karakhanids *more in its ascetic and poetical forms than in its conceptual, gnostic forms*[1]. The mystical and didactic poems written by Xoja Ahmad Yassaviy, Sulayman Baqyrgani（XIIth century）and Yunus Emre from Minor Asia（XIII – XIV centuries）were traditionally considered as the very first examples of the Turkic Sufi poetry. And yet these

---

① ［法］Bombaci, Alessio. *Histoire de la littérature turque*. Paris, 1968.

works were inspired by Arabic and Persian literary traditions, as they are rather remarkable for their almost flawless poetic form. Some of these poems were written with a use of *arū* metre, with a great number of Arabic and Persian words, Sufi terms and poetic pseudonyms (*tahallus*). Besides, the authenticity of many poems included in *Divans* written by these authors remains rather questionable. At the same time, the study of the early literary works of Eastern Karakhanids allows us to presume that the poetry with spiritual and ascetic meaning written in Turkic (Uyghur-Kara-Khanid) language appeared in Central Asia as early as in the XIth century. Thus, the very first attempts of Sufi poetry ought to be discovered among such poems.

The researchers (such as M. S. Fomkin and I. V. Stebleva) have already indicated Sufi motives in *Kutadgu Bilig* as well as in some poetic extracts from *Divanu Lugati-t Türk*[①]. These extracts are from more than 200 of quatrains and distiches presented by the author of *Divanu Lugati-t Türk* as the illustrations of the meanings of some Turkic words.

The poems from *Divanu* by Mahmud al-Kashgari differ by themes-these are mourning for death, heroic songs, love verses, descriptions of nature, didactic poems. We chose 2 quatrains and 11 distiches with the didactic meaning. The main motives of these extracts shall become classical for the Turkic Muslim poetry, full of Sufi images.

The themes of the poems in question are [②]:

—transiency and finiteness of time;

—denunciation of mundane wealth, appeal for asceticism and poverty based on free – will;

—jeremiads about human viciousness and spiritual decadence;

—appeal for self-perfection and denunciation of pride for already existing virtues-here the influence of Sufi ideas of the Iranian school of *al-Malāmatiyya* could be noticed.

---

① ［俄］For example see *Fomkin M. S.* On the Sufi motives in the *Wisdom Which Brings Good Fortune* by Yusuf of Balasagun//The Soviet Turkology. 1990. No. 5, pp. 68 – 74; Stebleva I. V. The development of the Turkic poetic forms in the eleventh century. Edited by A. N. Kononov. Moscow: Nauka, 1971. pp. 101 – 102.

② ［俄］These poetic extracts are cited according to the following edition: Text, transcription and translation of *Divanu Lugati – t Türk* poems // Stebleva I. V. Op. cit. pp. 110 – 279. The translation of these extracts is made by the author of this article and doesn't strictly follow I. V. Stebleva's translation.

These extracts were written with a use of Arabic-Persian poetic metre consisted of eleven syllables (*basit-i musaddas-i salim*) in which the first and the third poetic foot each contains four syllables and the second foot contains three syllables (– – V – I – V – I – – V –). In order to follow the metre and the rhyme the inversion is constantly used, and this, undoubtedly, means that these poems have their own author, who created them once being inspired by Arabic and Persian poetry. The types of the rhyme structure also indicate such influence: it is AABA in quatrains (that is typical for the *rubāī* and folkloric quatrains *mani*, which appeared later); in distiches it is – AA, BA, CA, DA, like in *ghazals*. Here is the translation of two Sufi poetic extracts from Mahmud al-Kashgari's *Divanu* (the quatrains):

Aun tÿni kÿndÿzi jälkin keär

Kimni qaly satγasa kÿin kÿvär.

Sävinmägil jond, ÿgÿr, a čγyr, anyn,

Altun, kÿmÿä bulnaban aγy tavar. ①

≤Nights and days of this world pass quickly;

Those whom they meet [on their path] they make to lose their strength.

Thus one should not be glad gaining horses, herds, stallions, gold, silver and precious goods≥.

* * *

Jaγy ärÿr jalŋuqyn nängi tavar,

Bilig äri jaγysyn nälik sävär?!

Tavar jyγγyb suv aqyn indi saqyn

Qorum kibi iðisin qody juvar. ②

≤The belongings and property of a man are his foes.

How come a sensible man ever loves his foes?!

Once you've got any property, do remember [literally *think*],

That [this is] a fallen watery stream,

It carries its owner down, like boulders [pieces of rocks]≥.

The analysis of these poetic extracts from *Divanu Lugati-t Türk* allows us to make following conclusions:

---

① ［俄］Ibid. p. 223.

② ［俄］Ibid. p. 223.

——the poems in question are the models of the didactic Turkic author's poetry;

——the author of these poems could be one of the Turkic-language poets from Eastern Kara-Khanid Khanate, one of the first missionaries of Islamic mysticism amongst the Turkic people (being Turkic himself of maybe Iranian), probably the follower of the Khorasan school of Sufism;

——the poems were created not early the XIth century, in the same period that *Kutadgu Bilig* has been written, which is rather obvious, considering their formal features;

——the elements of asterism are typical for the poems and relate us to the Od urmyš' discourses from *Kutadgu Bilig*, and also to the poems of the Persian mystical poet *Abdullah Ansari* (XIth century), Ahmad Yassaviy's *hikmats* (XIIth century) and Ahmet Yükneki's poem *Atabetü'-Hakaylk* (*The threshold of the truths*, the beginning of the XIIIth century);

——in these extracts the influence of Persian poetry is strong; In the XI – XIIth centuries such influence was widespread amidst the Turkic poets of Kara-Khanid Khanate, such as *Yusuf Khass Hajib of Balasaghun*; it is revealed in some poetic forms, metres, structures of rhyme and elements of content.

The essence of these poems is very much alike with *Kutadgu Bilig* and *Persian Sufi poetry of the XIth century*, as well as akin to Xoja Ahmad Yassaviy's poems and works of his Turkic disciples. Taking into consideration a great number of examples of literary Sufi tradition amongst Turkic people of the Kara-Khanid Khanate before Ahmad Yassaviy (the work of his teacher Arslan Baba, the content of recently discovered Turkic-language work of the beginning of the XIIIth century *Nasab-namah* and some other poetic works) we can state that the poems from *Divanu Lugati-t Türk* are the first pieces of the Turkic Muslim mystical poetry.

In mostly secular Turkic didactic poem *Wisdom Which Brings Good Fortune* (*Kutadgu Bilig*, XI century) by Yusuf of Balasagun, between the characters of prince (elik) Künto ğdI, his vizier Aytold and vizier's son Ögdülmiş, the character of an ascetic hermit Od urmy ṡ catches reader's special attention. From 6 520 poem beits 3 160 beits are dedicated to Od urmy ṡ. So Od urmy ṡ is one if the main characters of the poem.

According to the most of known manuscripts, Od urmy ṡ (literary-Wide

Awake) is the incarnation of the quality of *aqIbat* (Arabic-the future; the afterlife) or, according to the most complete manuscript from Namangan, he represents the virtue of *qana at* (Arabic-modesty; self-sufficiency). The author himself explains us these details in *Kutadgu Bilig* preface.

Od urmy š is, of course, a Sufi teacher, that is clear because of the Sufi classical notions and terms (zahid, nafs, murid, etc.) used in the poem:

Atandy özüŋ mdi zahid aty,
Bu atyŋ saŋa bolur ta t yuty.

You called yourself a *righteous man*,
But your vows are lies, they are not good deeds at all! (elik's words to Od urmy š, beit 3 229)

Püt boldy munda tiriglik jedim;
Öd ödl k ydypn n fs putyny sydym.

I remain here for a long time, and it seems right for me;
With time, I have mortified my *passions*. (beit 3 635)

Qada şymuridi qumaru čyqyp
S lam qyldy ötrü közi ja š sa čyp.

And the successor-*murid* came out to the stranger,
Greeting his guest, he was crying violently. (beit 6 286)

Yusuf of Balasagun describes Od urmy š as a hermit, who serves only to God, who devoted to God all his life, who is *seeking God*, though he lives separately from other God's creations; he relies on God's will completely and he restrained all his desires. Such state, according to the doctrine of the theorist of Islam and Islamic mysticism of that age Abū āmid Mu ammad ibn Mu ammad al-Ghazālī (1058 – 1111), means the eighth step of Sufi spiritual path-*at-tavakkul*, which is the next to last step. This state means complete renunciation of personal will and self-committing to the divine will, the acceptance of Allah as the unique benefactor and protector (*vakil*) of the mankind, and the single source of human well-being[①]. At the same time Od urmy š not only atones for his sins of the fear of God's punishment and afterlife retribution; he loves God and he is longing for him, he desires to know God-particularly, by repression of his own passions and his sensuality, wicked for the human nature (*nafs*). After vizier Ögdülmiş proposes him to join the royal court Od urmy š persuades khan's delegate to leave him alone as he already gave up his worldly temptations and now all his thoughts are turned merely to God.

Od urmy š speaks about restraining passions, emphasizing that this is important not only for him, but also for powerful rulers:

H va n fs bil, kör, ja ǧy ol ulu ǧ;
Bu iki azytur tapu ǧčy qulu ǧ.

Whim and passion are our two most cruel enemies;
Everyone could be their victim, no matter how righteous.

H vaqa bolu bers tut ǧun bolur,
Ə töz arzu bulsa meni qul qylur.

You fallow your passions-you shall be their victim,
And whims of flesh deprive your liberty.

H vaqa basyqma, uqu š birl k s,
Ə töz ba š kötürs bilik birl bas!

Your mind should suppress all the passions
And your reason should overcome all the whims! (beit 3 344 – 3 346)

Od urmy š rejects woman's love, marriage and family because these things interfere with the service to God and the perception of God. The marriage for the righteous and pious man, as Od urmy š says, is like to cross the ocean in a small

---

① [俄]Bolshakov O. G., Knysh A. D. Tavakkul // Islam: Encyclopaedic Dictionary. Compiled by G. V. Miloslavsky, Y. A. Petrosyan et al. Moscow: Nauka, 1991. p. 217.

boat. This is close to the aphorism of the famous Sufi philosopher of the XIth century Ibrahim ibn Adham, prince of Balkh, who was the follower of Islamic mystical doctrine and gave up his throne, his power and all what is worldly and temporal. That statement has nothing in common with the basic concepts of classical Islam:

Kemə mindi, saqyn, kisi al ġu ćy;
Təŋiz otra kirdi kemə mingü ći.

One who has got married is similar to the traveler in boat,
Who set sail on (the) storming sea.

O ġul qyz törüsə keməsi synur;
Kemə synsa suvda tirig kim qalur?

You have got children-your boat is broken,
How to protect from death those who are alive? (beits 3 386 – 3 387)

At the same time the preacher doesn't consider his position as a selfish escape from the personal responsibility: he encourages himself and all humans to do good things for each other; he refers particularly to those who are intended to be kind and merciful (like the prince and the vizier). He tells gdülmiş in his admonition:

Jaqyn qa qada ṡtyn jyraq bolduqum,
Olarqa todurmadym a ćym toqum.

Now I am far from my close relatives,
For I protect them from any troubles I could bring them. (beit 3 350)

N ć bolmasa h lqqa mendin asy ġ,
Jem körm g jl r m niŋdin jasy ġ.

And if there is not much profit from my deeds,
At least my beloved are safe from any evil I could bring them. (beit 3 352)

Özüŋ as ġy qolma, bodun as ġy qol,
Jüdürm jük elk, özüŋ jük či bol.

You should live not for your concerns, but for people's concerns,
Don't make others work, work yourself for them! (beit 6 098)

Od urmy š' refusal to serve to the kingdom was strongly criticized by prince (elik) Künto ġdl and by Ögdülmiş, who has become the vizier after his father died. In their opinion, true service to God is only possible through serving others:

Atandy özüŋ mdi zahid aty,
Bu atyŋ saŋa bolur ta t yuty.

You called yourself a righteous man,
But your vows are lies, they are not good deeds at all! (beit 3 229)

N maz, ruz-bar ča öz as ġyŋ turur;
Öz as ġyn til gli ba ġyrsyz bolur!

Your fast and your prayers are only good for you!
One who has no other concern but himself, has no heart! (From the first letter of elik to Od urmy š', beit 3 243)

O ġulsuz ki ši öls k sti uru ġ,
A unda aty jitti, orny quru ġ!

One who has no children is dead-and his kin is dead with him,
Only emptiness comes after him, his name dies with him! (From the first talk between Ögdülmiş and Od urmy š', beit 3 375)

Speaking of different ways to be close to God the author of the poem doesn't show any preferences. However, the reader seems to prefer the lessons and the ideas of elik Künto ġdl, at least artistically.

It is possible that the character of Od urmy š represents some sort of polemical method to turn the attention of Kara-Khanid Khanate's well-educated citizens (to whom the poem *Kutadgu Bilig* was actually addressed) away from Sufi errant knights and righteous hermits' preaching. After all, Sufi philosophers encouraged human isolation and refusal to serve to princes, and this was not very far from mutiny. It is significant that in the XIth century (when the poem has been written), Sufi possessed only spiritual influence, but in all other respects they were in opposition to the authorities and to classical Islam. The rulers of Kara-Khanid Khanate, the court scholars and poets tried to consolidate their kingdom on the ideological basis of classical Islam. The poem's author is determined to prove them right, and his attitude to *Od urmy* is not that simple, but, by all means, respectful.

The Od urmy s's preaching, its ideas and characters, as well as the polemics throughout the poem, anticipate Sufi themes and motives in later, classical Turkic literary works of Central Asia and Asia Minor, such as: the poems of Khoja Ahmat Ysawi (died in 1166), Turkic-Seljuq poems of Mu ammad Baha ad-din Walad (1226 – 1312), son of Jalāl ad-Dīn Rūmī (died in 1273), the poems of Ali-Shir Nava'i (1441 – 1501), the works of Boborahim Mashrab (1640 – 1711), especially the poetic disputes of the two last authors with *hypocritical sheikhs*.

文学维度的"西部精神"阐释

黄 健

（浙江大学）

"西部"一词，不只是一种单纯的地理含义，同时它还具有特定的精神含义和文化意义。在中国历史和文化语境中，"西部"及其"西部精神"，有着特殊的文化内质和意义内涵。它是中华民族精神系统不可或缺的构成部分，历史悠久，源远流长，博大精深。

文学的功能不仅只是现实的反映、情感的抒发，同时也是精神的书写。萨特指出："文学的对象，虽然是通过语言本身实现的，却永远不能用语言来表达。恰恰相反，从本性上它就是一种静默，是一种词的对立物。"[①]文学作为语言艺术，不是一场语言的游戏，而是对生命的意义、对人生的精神的一种书写和展示。从文学的视域来书写"西部"，展现"西部精神"，是中国文学的一大传统。古代文学对西部边塞的书写，既描绘了壮阔苍凉、绚丽多彩的西部边塞风光，也展示了建功立业的豪情壮志，抒发了极富生命意义的人文情怀，展现出西部特有的精神气质。到了现当代，文学也同样是以恢宏的气势，张扬西部的文化性格和人文精神、独特而深厚的精神内蕴，揭示西部文化在历史与自然中所呈现出来的巨大精神张力和深邃的人文内涵，展示了西部作家独有而强烈的生命体验和人生感悟。在中国文学史上，西部文学以其独特的"西部精神"，展现出中华民族深沉而博大的情怀，丰富而多彩的文化，如同高彩梅在为《首届中国西部散文奖获奖作品集》写前言时所指出的那样："如果说黄河与秦岭相连一线以西的戈壁、沙漠、草原、湖泊、江流、河源、平野、峡谷、山岭、沟壑、雪峰、大阪、弄场、田垌、坝子……构成的西部的奇特、多彩、壮丽的地理面貌特征而令人为之神往，那么，西部散文家凭其对艺术执着的探索精神和不倒的理想信念，作品所强烈凸显西部人文精神、大自然本

---

① ［法］萨特著，施康强译：《什么是文学》，《萨特文论选》，北京：人民文学出版社 1991年版，第 108 页。

质,凸显西部民族生存意识和生命体验,凸显西部的阳刚大气、豪宕正气,同样令人为之惊叹。她像舞袖长风抚慰了中国文学漠野,像古老的地平线上喷薄而出的朝阳,那暖洋洋的鲜活,为中国文学塑造了一种旷世的大美……"①

一

从人文含义上来说,"西部精神"至少包括这样一些精神特征:坚忍不拔,通达乐观,崇尚自然,忠于信仰,开拓进取,大气豪放,执信守义,胸怀天下等。由于特殊的地理结构和自然环境,西部奇峰耸立的群山,川流不息的江河,既是万物生息的生命之源,也是中华民族历经水火刀兵而不澌灭、不沉沦的精神象征。文学对"西部精神"诠释,大都是依据这种认识理路。在文学的视阈中,"西部精神"彰显的是一种人生精神的张力、一种文化精神的活力、一种人文精神的魅力。

古代文学对"西部精神"的诠释,离不开对西部壮美的自然景观的讴歌。通过寄情于景、借景抒情的艺术方式,把丰厚的"西部精神"展现得辽阔、深远、豪迈,极富人生的壮美和崇高的情怀。王之涣的"黄河远上白云间,一片孤城万仞山"(《凉州词二首》),描绘的是古代西部凉州的旷野景象,蕴含的则是诗人忧患的人生情怀。其他的诗人,如王翰的"醉卧沙场君莫笑,古来征战几人回"(《凉州词二首》),王昌龄的"黄沙百战穿金甲,不破楼兰终不还"(《从军行七首》),李颀的"白日登山望烽火,黄昏饮马傍交河"(《古从军行》),王维的"大漠孤烟直,长河落日圆"(《使至塞上》),李白的"明月出天山,苍茫云海间"(《关山月》),岑参的"忽如一夜春风来,千树万树梨花开"(《白雪歌送武判官归京》)等,都是从西部边塞的大好自然风光中,展现出坚忍不拔的人生精神。可以说,赋予"西部"旷野之美的人生情感和审美意义,目的是要完整地诠释"西部精神"对于人生独有的价值。像岑参的《走马川行奉送出师西征》一词所展示的:

君不见,走马川,雪海边,平沙莽莽黄入天。轮台九月风夜吼,一川碎石大如斗,随风满地石乱走。匈奴草黄马正肥,金山西见烟尘飞,汉家

---

① 高彩梅:《中国西部散文六十年》,《首届中国西部散文奖获奖作品集》,北京:中国社会科学出版社 2010 年版,第 1 页。

大将西出师。将军金甲夜不脱，半夜军行戈相拨，风头如刀面如割。马毛带雪汗气蒸，五花连钱旋作冰，幕中草檄砚水凝。虏骑闻之应胆慑，料知短兵不敢接，车师西门伫献捷。

在西部边塞的自然风光中，诗人描绘了西部冬天独特的景观：酷寒、大风、飞沙、走石，展现出一种豪迈的精神气质，赋予其独有的英雄主义精神气概。

现当代文学对"西部精神"的诠释，继承了古代文学的这一传统，注重自然与人文的精神统一。20 世纪 80 年代新疆的"新边塞诗"，就是以旷达的边塞生活，冶炼灵魂，铸就精神气质：

我以青年的身份 / 参加过无数青年的会议，/ 老实说，我不怀疑我青年的条件。/ 三十六岁，减去"十"，/ 正好……不，团龄才超过仅仅一年！/《呐喊》的作者 / 那时还比我们大呢；/ 比起长征途中那些终身不衰老的 / 年轻的战士，/ 我们还不过是"儿童团"！/ ……哈，我是青年！

——杨牧：《我是青年》

岁月可以催人老，但老的是肉体的生命，精神的生命则永远是"年轻态"，不会因为岁月的侵蚀而褪色。诗人追寻的是崇高而永不衰戚的精神魂魄，以维护生命价值的尊严和人生信念的忠贞，尤其是诗人早已将多舛的命运与西部广袤的土地，紧紧融合在一起，从中升腾出悲怆、雄浑、洒脱的现代精神品格。

在另一首《我骄傲，我有辽远的地平线——给我第二故乡准噶尔》中，杨牧更是在对"地平线"的向往中，展示出他特有的时代救赎精神："黑沙，黑尘，黑风，黑雾……/ 也曾在这片处女地上肆无忌惮。/ 我见到过，见到过那个疯狂的年月，/ 见到过恐怖，见到过劫难。/ 当罪恶与冤孽蒲公英似的乘风撒播，/ 我也曾为大漠的晨昏感到迷乱。/ 我记得那时天地间像座血腥的牢狱，/ ——地平线，冷得发青的一条锁链……"用"黑色"的冷色调展示西部自然景象，其中寓意的则是他对时代精神的思考和追寻："啊，不出茅舍，不知世界的辽阔！/ 啊，不到边塞，不觉天地之悠远！/ 准噶尔啊，感谢你哺育了我的视力——/ 即使今后走遍天南地北的幽谷，/ 我也能看到暮云的尸布、朝晖的霞冠；/ ——日落和日出都在迷人的地平线上，/ ——死亡与新生，都是信念。/ 我骄傲，我有辽远的地平线。"这不是对西部苍凉的诅咒，而是以时代眼光审视西部，自豪而坦荡地讴歌西部精神，在雄浑而富有的生命力中，展现出穿透历史烟尘，走向新生的时代思考。

如果说新边塞诗的创作总是与精神的"崇高"联系在一起，那么，"西部精神"的崇高，就总是贯穿着一种"力量和速度崇拜"的特点，呈现出一种动感之美，如周涛在《从沙漠里拾起的传说》中所强调的那样，是一种"力量之美，速度之美，动态之美"。这种精神特质，不仅只是在男性作家那里凸显，在女性作家那里也是如此。如娜夜的诗歌创作，就带有一种"力量之美，速度之美，动态之美"：

在这遥远的地方
不需要
思想
只需要芦苇
顺着风
　　——娜夜：《起风了》

由"力量""速度""动态"构成的诗歌美感，使娜夜的诗空旷、空灵而富有张力，洒脱、悠扬而富有韵律，长短句的配置，无论是诗本身的节奏，还是对应心灵的节奏，都具有动感的力量与速度之美感。跃动而大跨度的诗思，在凸显出精神生命张力的同时，也使诗的情感韵律达到了一种精神的极致。

如果说这就是"西部"，就是"西部精神"，那么，从中让人深切感受到的，就是生活在西部的"那些高贵的／有着精神力量和光芒的人／向自己痛苦的影子鞠躬的人"（娜夜：《风中的胡杨林》）精神的崇高和伟岸。文学对"西部"和"西部精神"的领悟、阐释及艺术表现，应作如是诠释。

二

冯远经指出："所谓西部是地理概念，由于这个地理概念造成了西部文化历史的传统，这不同于中部、东部的民族习俗，多年以来，这些传统文化已经形成它特有的风格特征。艺术家在表现西部时，一定要找到具有西部文化特色的东西。或者说，要找到西部最鲜明的形象特征，传递一个鲜明、浓郁、直观的西部人特有的特征、特质。我们所说的由文化、由地貌特征和人的生活情态形成的带有文化印记的思想、民俗和精神特征，总体来说，可以归结为西部特色或是西部精神。"①文化的生命总是薪火相传，从人类远古的刀耕火种岁月，到现代高度文明的时代，文化作为一种民族精神，在历史的长河里点滴地累积财富，为人们提供安身立命的精神归宿。生活在西部区域的人，也正是通过祖祖辈辈纵横驰骋的脚步，将自己的文化情韵，深深地印烙在西部风云流变而山河依旧的大地上，形成了特有的"西部精神"，赋予西部人那种像高山一样坚韧雄奇的精神禀赋和文化性格，从中展现出西部人九曲回肠般的江河壮美之情和大地广阔般的仁慈情怀之美，让古老的西部河山因为有了这种丰富独有的人文情感，而孕育出西部人性的全部神韵和灵光。

在古代，西部边塞烽烟迭起，在造就英雄的同时，也为人们留下了许多振奋感人的展现"西部精神"的佳作。"葡萄美酒夜光杯，欲饮琵琶马上催。醉卧沙场君莫笑，古来征战几人回"（王翰：《凉州词二首》），"大漠沙如雪，燕山月似钩。何当金络脑，快走踏清秋"（李贺：《马诗二十三首（其五）》），"东风乍停北风起，驱雪松涛十余里。松柴烧赤老瓦盆，奇冷更变成奇温"（洪亮吉：《行至头台雪益甚》），"万里伊丽水，西流不奈何。驱车临断岸，落木起层波。远影群鸥没，寒声独雁过。河梁终古意，击剑一长歌"（邓廷桢：《伊丽河上》），"高如云气白如沙，远望那知是眼花。渐见山头堆玉屑，远观日脚射银霞。横空一字长千里，照地连城及万家"（丘处机：《阴山途中》），"飞帘纵锋锐，袭人乘夜半。惊沙扑面来，铦利若刀剑"（宋伯鲁：《战风戏作》），这些脍炙人口的古代书写西部边塞的诗作，是西部独有的自然风光和人文情怀的文学展示。在古人看来，他们在西部所见、所闻、所感、所悟，无论是描写奇异的塞外风光，还是反映戍边的艰辛；是抒发渴望建功立业、报效国家的豪情，或是状写戍边将士的乡愁，家中思妇的离恨，表现连年征战的残酷，宣泄对黩武开边的不满、对将军贪功启衅的怨情，实际上都是一种追寻生命意义的书写，所展现的"西部精神"，也就是生活在西部才能获得的那种深切而独到的文化精神禀赋和人文情怀：他们情系魂萦的西部热土，体现了充满阳刚之美的民族情感和志在四方、开拓进取的人生精神，以及与祖国同命运、共荣辱的大无畏的精神品格，并将其升华为与西部热土血脉相连的难解情结，从而演奏出中华民族宏大史诗中一曲雄浑的西部交响乐。即便历史发展到今天，这种精神传统依然是代代相传。

---

① 冯远经：《中国美术的西部情结》，《中国艺术报》，2010 年 3 月 10 日。

余斌在《中国西部文学纵观》一书中指出，西部文学与"西部文化""西部精神"紧密相连，"它的着眼点不在'社会'而在'文化'，在地域文化"①。现代西部文学继承了古代文学的优良传统，在创作实践中，注重从文化、精神、人生等多个维度书写西部，展现"西部精神"的独特和博大。

以散文为例，收录在《首届中国西部散文奖获奖作品集》（中国社会科学出版社 2010 年版）的作品，就充分地展现出"西部精神"的多姿多彩，如同该作品集的内容提要精湛地描述的那样："西部自然、历史、文化的滋养，使西部散文呈现出了色彩斑斓的大本色。爱能使石头开花。生命的大爱能挣裂岩石。生命的大爱能避开峡谷。从这些作家和这些作品来看，从越来越多的人对散文发生兴趣并参与其中的现象来看，西部作家深厚的创作功力、严肃的创作姿态、强烈的社会责任感正在形成。"也如同高彩梅在为《首届中国西部散文奖获奖作品集》写前言时所展示的那样：

中国西部散文的出现，应当上溯到 20 世纪 50 年代初。其时，著名散文家碧野和李若冰分别以《天山景物记》《柴达木手记》锃亮的光芒，初步镂刻出了一个西部散文的轮廓。《天山景物记》《柴达木手记》的那种西部粗犷美、豪放美，在中国文坛开始登台亮相。到 1985 年左右，西部散文，从涓涓细流，汇成一条直奔浩渺大海的文学之河，并开始以恢宏的气势张扬西部的人文精神和民族个性，以独特而深厚的精神内蕴揭示西部文化在历史与自然中呈现出的巨大张力和深邃内涵，展示西部作家独有而强烈的生命体验。②

作为西部文学的重要构成部分，西部散文创作或许最能够多方位地体现"西部精神"。文体的书写自由，带来了思想展示和情感抒发的自由，如周涛的散文创作，抒发的就是他对生命的讴歌、对个性的张扬、对西部大好河山和自然美景的欣赏与赞美，所有这一切，都刻上了鲜明的西部文化意识烙印，显示出根植于西部土地以及在这土地存在着的所有生物的灵性。在周涛的笔下，西部所有生命都是鲜活的、真诚的，充满了生机和旺盛的活力。如他的散文《巩乃斯的马》，对奔驰在广阔草原上的马的形象描绘，就深深地寄托了他对自由生命境界的渴望与追寻，如同有学者所指

---

① 余斌：《中国西部文学纵观》，西宁：青海人民出版社 1992 年版，第 79 页。
② 高彩梅：《中国西部散文六十年》，《首届中国西部散文奖获奖作品集》，北京：中国社会科学出版社 2010 年版，第 1～2 页。

出的那样，"马"的形象描绘"展示了这种生命力的冲动达到极致时酒神式的狂乱奋发的境界，生命的潮流在自然的鞭策下纵横驰骋，所有外界的羁绊都不放在它的眼里"的精神特征①，以及"以一种由点向面发散，由局部向整体辐射，由具体向抽象升腾，由表象向本质突进的顿悟的方式，以奇特的想象力、强劲的语言张力、对西域文化独到的理解力以及汪洋恣肆、纵横捭阖中独具的深刻穿透力，营构出西北地区独特的阳刚之美、粗犷之美和原始野性之美"②。裕固族作家铁穆尔是"一个具有深厚史学功底和丰富的田野作业经验"的散文作家，他的创作特点是善于从民族文化中提取积极进取的人生精神和民族文化性格。在《尧熬尔之谜》一文中，他这样写道："草原上的尧熬尔人多是一些好客、心地诚实善良和粗犷质朴的人们。酷热的气候，残酷的历史，貌似强悍、坚忍的人民，如果深究其本质，他们像是很多北方游牧人一样，绝对是温情、人性和浪漫的。"在《狼啸苍天》一文中，他描绘"阿妈每天都在帐篷边祈祷着，她在祈祷声中迎来日出、送别晚霞。她在祈祷那云中的蓝峰、灿烂的北极星、汹涌的雪水河，还有那骑着棕色公山羊的火神祖先的亡灵赋予了高山大河以生命力，它会保护、援助我们，使恶魔、强盗和奸邪之徒远离我们"。不言而喻，流淌在字里行间的深情，显示出一种民族精神的韧性。

　　散文创作如此，小说创作、诗歌创作又何尝不是这样呢？姜戎的《狼图腾》，这部以狼为叙事主体的史诗般的小说，用一个特殊的维度再现了"西部精神"深厚的文化内涵，让人们重新认识了西部草原，认识了西部草原狼，也重新认识了西部的历史、文化、社会、人生和生态，更是重新认识了人类自身。小说围绕着几十条狼及其与自然、与人的关系的描写，情节曲折紧张，跌宕起伏，场面宏大神奇、波澜壮阔。不论是大青马勇敢镇定地独闯狼阵，狼口脱险，还是蒙古女人和九岁小孩与狼徒手搏斗、生擒恶狼，以及狼群与军马惨烈的生死决斗、同归于尽，人与狼的殊死较量，相存相依，以及作者最后对小狼的忏悔、对蒙古老人的忏悔、对草原的忏悔，都深深地震撼了人的心灵，让人在内心深处产生无尽的想象和深深的思索。西部作家（或曾经生活在西部的作家）的小说叙事，注重在客观描写当中，展示西部人的性格和精神状况，如石舒清的短篇小说《底片——记邻村的几个人》，素描式的寥寥几笔，就把像望天子、懒汉、哑巴、大姑父等人物形象，栩栩如生地展示在人们的面前，这些世世代代生活在"西海固"的村民，没有惊天动地的故事，也没有非凡伟大的业绩，

---

① 陈思和：《中国当代文学史教程》，上海：复旦大学出版社 1999 年版，第254 页。
② 陈思和：《中国当代文学史教程》，上海：复旦大学出版社 1999 年版，第254 页。

但在他们普普通通的生活中，却也包含着复杂深沉的内心情感，作者善于在他们无数的生活琐事中，写出、洋溢出深藏在他们内心的利他主义品质，展现出他们精神骨架里仍然是牺牲自己、拯救他人的情愫。还有像佤族作家袁智中创作的短篇小说集《最后的魔巴》，紧紧聚焦云南佤族山区的人与事，把地域文化、风土人情和民族性格融入其中，如小说《丑女秀姑》，在写山寨丑女人秀姑与几个矿工的情爱故事当中，就将佤族女人的忠诚、质朴及所经历的苦难，展现在人们的面前，同时也把佤族人的人生信念和信条，生活和情感的原则，与特定的民族性格和文化有机地融合在一起，展现出西部人特有的韧性与执着。

如果说西部小说书写"西部精神"，是以再现和写实的方式来进行的，那么，西部诗歌对"西部精神"的书写，则是以表现和抒情的方式来进行的，抒发的是来自大西部的豪情、深情和生命力的顽强、坚韧，以及粗犷、深厚、忧患、苍茫的悲天悯人的情怀。以昌耀的诗歌为例，他在《一个中国诗人在俄罗斯》中这样写道："我一生，倾心于一个为志士仁人认同的大同胜境，富裕、平等、体现社会民族公正、富有人情。这是我看重的'意义'，亦是我的文学的理想主义、社会改造的浪漫气质、审美人生之所本。"在诗歌创作中，"面对苦难的英雄主义态度"是他基本的人生态度，从中展现出他那由西部土地孕育的孤独、敏感、忧患和充满热力的心灵跃动："每于不意中陡见陋室窗帷一角／无端升起蓝烟一缕，／像神秘的手臂／予我灾变在即似的巨大骇异，毛骨悚然。／而当定睛注目：窗依然是窗，帷依然是帷。／天下太平无事。"（昌耀：《噩的结构》）"骚动如噪声。／你一声长叹，／以头颅碰撞梦墙。／可你至今不醒。"（昌耀：《嚎》）立足的是西部，放眼的是整个世界，面对大千世界的无常，昌耀选择的是英雄主义，以充满理想和激情的方式，发出来自西部的声音。

因此，对于文学而言，书写"西部"，实际上就是书写人生、书写文化、书写精神，主旨是展现西部独有的精神史诗。在人类的漫长的精神发育过程中，文学始终是最基本、最忠实、最核心的参与者和表现者。可以说，文学是人的精神生长过程的结晶，是一个时代、一个社会的人群的价值追求的精神制高点。对于文学书写"西部精神"来说，不论是古人书写的"将军金甲夜不脱，半夜行军戈相拨，风头如刀面如割"（岑参：《走马川行奉送封大夫出师西征》），还是今人书写的"大男子的嚎啕使世界崩溃瘫软为泥。／……而嚎啕长远震撼时空"。（昌耀：《嚎啕：后英雄行状》），本质上都是西部独有的文化精神和人文理想的呈现，让人们能够在繁忙而杂乱的生活中，穿透重重的迷雾，洞悉灵魂的底色。

三

李星在《西部精神与西部文学》一文中指出，对于西部文学展现"西部精神"而言，"重要的是从历史和现实的结合上，从宏观的、习惯的西部印象与考察中，把握西部精神与文化的主要方面及其审美特征。……因此，我们认为对文学创作具有巨大影响的仍将是由其地理人文生存环境、多民族文化，特别是宗教文化所制约西部人的生命意识、生存意识、人生意识，正是它们构成了综合性的西部精神和西部意识的核心，决定了西部的文化精神特征"①。文学从来不是世外桃源，尽管"文以载道"不可取，但这并不意味着文学可以自言自语，孤花自赏，独自清静，逃避应有的社会责任，放弃自身的社会使命。在西部文学中，书写"西部精神"，传播"西部精神"，让"西部精神"在构成中华民族精神的重要元素和结构因子当中，带着中华文化多元价值理念和多样性精神的特点而走向世界，为人类的文明作出新的贡献，如同李星所强调的那样：

如果我们找到了西部人心理意识层面的文化精神或西部意识的核心，我们也就找到了西部文学的特征和精神。所谓文学是人学，主要指的是文学和人心理意识的对应关系和精神上的超越关系。从对应方面来看，西部文学是崇高的、宏大的、民族史诗性的；又是神秘悲壮、具有信仰力量的；它是粗犷的、原始的、野性的，又是丰富而细腻深刻的，具有人的命运的悲剧力量等等。从理想和超越的方面看，无论西部现在的状况怎么样，但中国的西部文学应该与整个中国文学及整个人类文学紧密相随，并成为中国和世界当代文学的一个最有生命力、最辉煌、最具特色的部分。②

展现"西部精神"的文学使命，不是获得廉价的同情和理解，而是要以充分的自信，鲜明的地域文化风采和多姿多彩、深厚博大的人文精神，传达来自西部的心声，表现西部人独特的文化性格和精神禀赋，展现西部特有的自然与人文之美，让"西部精神"作为中华文化和中华民族的重要精神形态，汇入人类社会，走向现代文明的发展长河，从而发挥其不可替代的功能和作用。

----

① 李星：《西部精神与西部文学》，《唐都学刊》2004 年第 6 期，第 43 页。
② 李星：《西部精神与西部文学》，《唐都学刊》2004 年第 6 期，第 43 页。

　　马克思、恩格斯在《德意志意识形态》中，对地理环境和人文环境的意义进行了经典阐述，指出："任何人类历史的第一个前提无疑是有生命的个人存在。因此第一个需要确定的具体事实就是这些人的肉体组织，以及受肉体组织制约的他们与自然界的关系。……任何历史记载都应当从这些自然基础以及它们在历史进程中由于人们的活动而发生的变更出发。"①对于"西部精神"的文学使命而言，首要任务是在完善自身当中，向世人展现西部自然景观的独特寓意，文化精神的壮美和人文内涵的丰厚，而不是一味地以西部与东、中部不同的自然景观和人文风俗的不同而故意猎奇，沾沾自喜。在这其中，要表达"西部精神"的独一无二的特征，乃是不同于东、中部的那种"西部精神"的独特性。这不是标新立异，不是另起炉灶，而是要把"西部精神"的原始力和原创力充分地展现出来，用西部人独有的豪放、粗犷、深沉、苍茫、崇高之情来书写西部人的壮志，抒发西部人旺盛的生命情感，塑造出鲜明的西部人物形象，展示出西部人生命情感激荡的情形，形成一种极致的情感之美，使文学在诠释和书写"西部精神"中，获得巨大的情感冲击力和审美张力，由此探索生命的意义，叩问生命存在的价值，如同生命哲学家柏格森所说："生命在其整体上显出是一个巨波，由一个中心起始向外铺展，并且几乎在它的全部周边上被阻止住，转化成振荡：只在一点上障碍被克服了，冲击力自由地通过了"②，并从中展现出西部文化精神的魂魄。

　　"西部精神"的文学使命，第二个重要任务就是要基于西部的自然和人文的语境，展现出中华民族"海纳百川"的包容情怀，书写出中华文化的多元、多样的精神色彩。西部文学应在这个层面上，自觉地汇入中华民族在 21 世纪走向伟大复兴，展现中华文化"软实力"的洪流之中，担当起自身应有的责任，而不能仅仅只置身于西部自身的区域文化中，孤芳自赏，流连忘返。从文学的视阈来看，西部独特的地理环境、文化积淀和风俗习惯，都使得西部文学在思想表达、文化凝练、意象构筑、题材选择和语言运用上，对于中华文化的展现可以有更得天独厚的表达空间。像茅盾文学奖得主陈忠实在小说《白鹿原》的扉页中，引用法国著名小说家巴尔扎克的名言"小说就是一个民族的秘史"的用意一样，通过文学的方式，传达出西部人对于中华文化的独特认知和理解，把深藏在中华民族心灵深处的那种"集体无意识"多方位地展现出来，尤其是要从"生命的历史困

---

　　① 中共中央马克思恩格斯列宁斯大林著作编译局编译：《马克思恩格斯选集》（第 1 卷），北京：人民出版社 1972 年版，第 20 页。
　　② ［法］柏格森著，肖聿译：《创造进化论》，北京：华夏出版社 2000 年版，第 226 页。

境与人的寓言"的西部历史和文化语境中，既考量区域文化的特性，又紧紧把握中华文化的博大精深，将西部人的生存境况、发展前景与蕴含于背后的历史和文化紧密相关联，不仅揭示出西部人的深层底蕴，从中也折射出其复杂的主体精神和心理内涵，并能够对中华文化进行深度的精神开掘，对中华文化的现代表达和传播，作出西部人的独特贡献。

由此相关联，"西部精神"的文学使命第三个重要任务，则是要放眼世界，使西部文学的创作具有"世界性"的元素，与西部人那广阔、高远、旺盛的生命意识和情愫一样，展示出"越是地方的，越是世界的"的创作特色。尽管从经济发展上来说，西部还是欠发达地区，但这并不意味着西部人观念的"欠发达"，不意味西部文化的"欠发达"。西部文学创作同样要具有放眼世界的眼光和胸怀，获得"世界性"和"现代性"的价值建构。就西部文化自身的特点来说，在漫长的历史发展过程中，西部区域除丰富深厚的本土文化特征外，本身还融合了众多的外来文化因素，其中包括古地中海文化、古阿拉伯文化、古印度文化等，呈现出多元并存、多样发展的格局。如同吉狄马加在中韩作家对话会上的演讲指出的那样，从总体特质上来讲，"西部文化具有极强的传奇性、神秘性、包容性和丰富性"，是诠释中华文化多元性、多样性的一个最好的脚注。在历史上，中国西部就"被三条史书般的重要通道所贯穿，即贯穿西北的丝绸之路、贯穿西部高原的唐蕃古道和贯穿西南的茶马古道"①。所以，西部文化、西部文学本身就具有世界性的文化基因，因而在新的历史时期，展现"西部精神"的文学使命，就是要推动西部文学走向世界，在世界文学的格局中，彰显中国"西部精神"的力量和风采。

今天的西部，既是昨天历史的延续，也是走向明天辉煌的开始。弘扬"西部精神"，让西部文学以丰厚的"西部精神"与独特的文化个性，走向世界，拥抱现代文明，展现出中华文化多姿多彩的精神形态，这应是西部文学的终极使命所在。

---

① 吉狄马加：《中国西部文学与今天的世界》，《青海日报》，2009 年 7 月 10 日。

当代中国西部小说的地域文化内涵

陈国恩

（武汉大学　新疆大学）

中国西部，是相对于中国东部而言的。人们一般把新疆、内蒙古、甘肃、宁夏、陕西、西藏、青海、云南、贵州看作西部。其中新疆、内蒙古、甘肃、宁夏地处西北，那里以沙漠和草原地貌为主，地广人稀，气候严酷；西南的西藏、青海，是世界屋脊，黄河、长江、澜沧江、恒河这些大河巨川，都发源于此；云南和贵州，挟青藏高原的余势，在海拔降低以后依然保持着高原的气度；至于陕西，东邻山西、河南，西连宁夏、甘肃，南抵四川、重庆、湖北，北接内蒙古，居于连接中国东中部地区和西北、西南的重要位置，是整个西部的重要支撑，历史悠久，文化底蕴深厚。

然而，西部小说概念中的西部又不仅仅是一个地理的概念，我们更为关注的还是它的文化。西部的大部分地区自然环境恶劣，以游牧为主，经济发展滞后。那里的民众在长期与自然的搏斗中，形成了地域特色鲜明的文化。游牧民族的生活方式与农耕地区不同，牧民在草原和沙漠中逐水草而居，四季迁徙，对时间和空间，对人的生命，都有独特的感受。可以设想，一个人骑着马在茫茫的草原上放牧，或者独行于满眼黄色的沙漠中，他对自然和人类自身是会产生不同于其他自然条件优越的地区的人的感受的。在茫茫草原或一望无际的戈壁滩上独行，天地是那么广大，时间好像凝固了似的，人的生命显得那么渺小，大自然主宰一切的力量充分地展现了出来。但是，威严的压力会从人的生命中激发出强大的抗争力量，人可以凭借生命的激情从与自然的对抗中证明自己的尊严，从生命力的升华中开辟出一条生路。原始的宗教信仰，就是在这样的生存境遇中形成的，给人们提供了一种内含悲壮的心理支撑，鼓舞他们去创造奇迹。

原始的宗教信仰当然仅是文化的一个源头。对中国西部而言，宗教信仰主要还是受到外来的伊斯兰教和佛教文化的影响而发展起来的。由于历史和地理的原因，中国西部是少数民族聚居的地区，他们与西亚的伊斯兰教文化和南亚的印度佛教文化联系紧密。新疆的维吾尔族、哈萨克族，内蒙古、甘肃和宁夏的回族，信仰的主要就是伊斯兰教。伊斯兰教是个崇尚和平的宗教，从伊斯兰教崇尚绿色就可以看出，穆斯林是希望和平的。但是穆斯林在生命和信仰受到威胁与迫害时，伊斯兰教教义也会告诉他们要进行决绝的反抗，因而伊斯兰文化中包含了刚烈和坚忍的精神。西藏和青海地区则主要受佛教文化的影响。① 印度佛教传入西藏后，成为藏传佛教。藏传佛教的教义特征是大、小乘兼学，显、密宗双修，见与行并重。它强调人要脱离世俗的恶趣，通过修学佛法，出离生死轮回，断绝烦恼，达到涅槃。大乘佛教的最高境界是普度众生，即不仅要解救自己，还要拯救一切有情众生——有一众生不得度者，我誓不成佛，此所谓慈悲为怀。这样的教义给信众在世俗生活中确立了一个终极的目标，使他们拥有了一种精神手段来平衡现实生活中的不尽如人意，在遭遇生活的挫折时能从对天国的向往中得到心灵的拯救。"每个信教的藏族人的心目中都悬置着一盏神圣彼岸的神灯，都有一个'来世'和'佛国'的终极价值预设，他们每想一件事情，每干一件事情，都从对自己的来世是否有利于自己的成佛、是否有益的立场出发，他们对于自己最终要归宿的精神家园倾注了全部心血，把物欲享乐、急功近利的世俗事物抛到了九霄云外。这一无限开放的心灵境界和终极性的价值追求丰富了人生趣味，提升了人格境界，滋养了枯竭的心灵，消解了精神烦恼，缓冲了内心紧张，超越了生死执着，复活了理想追求，使他们的心境在熙熙攘攘的市场上、花花绿绿的霓虹下、忙忙碌碌的事务中，处在一种宁静、宽舒、坦然、达观、淡泊、乐趣、充实、归属的状态中，解决了生命的终极关怀和价值的究竟依止问题，因而也就自然解决了实现生活中的灵性焦渴，以此来缓解生命无意义的存在痛苦，达到个体人格的完善和生命价值的实现的目的，这便营造了一种身心和谐、人际和谐、天人和谐的价值观。"② 藏传佛教的这种信仰，显然带给信众一种向内坚守的顽强精神。

宗教信仰与西部的自然环境、生活方式结合，形成了西部文化精神的主要内容，那就是对生命的尊重，对苦难的忍受，在险境中不向命运低头的顽强，用生命作赌注朝着心中的圣地前行的悲壮。今天，社会经济繁

---

① 公元 13 世纪，忽必烈随萨迦派新教主八思巴受戒，蒙古草原的牧民也接受了藏传佛教的信仰。

② 班班多杰：《论藏传佛教的价值取向及藏人观念之现代转换》，《世界宗教研究》2001 年第 2 期，第 31 页。

荣，文化科技发达，一些地区已经进入了消费至上的后现代社会，不过应该意识到这并不能保证人类不会在前进的路上遭遇挫折，甚至会面临新的苦难，更何况世界各地，包括中国，现在还有那么多的地区仍处于贫困之中。因此，从抵御人类所面临的生存和发展的挑战角度来思考，历史上形成的中国西部精神是具有普世意义的，它能使人在逆境中顽强地生存下去，捍卫生命的尊严。它与人类的承担意识、开拓创造精神和英雄主义气概是相通的，可以作为一份宝贵的精神财富，为后人继承和发扬。

相对于诗歌、散文、戏剧等文学形式，小说是更擅长于表现复杂生活内容和人的心灵世界的文体。当代中国一些西部小说，以文学的形式记录下了中国西部社会的发展进程，反映了西部人民不平凡的生活和崇高的心灵，集中表达了西部文化精神。很明显，我们关注的重点是那些反映西部当代生活并且体现了西部地方特色的小说。这个特色不是仅仅由西部的风俗民情、西部的地域风光构成，更重要的是由西部人民的信仰、意志和行动所展现出来的内在精神所承载的。不管作者的籍贯是不是西部的省籍，只要作品反映了西部的历史和现实，表达了西部的文化精神，都将是我们考察的对象。我们的目的是要通过研究这些作品来审视西部的发展史，探询西部人民的精神世界，回过头来再审视整个中国发展的历史，思考中国所面临的问题，从而更好地理解中国，也更好地理解人类和世界。

中国当代西部小说有一个发展的过程，并不是一开始就表现出鲜明的地域文化特色的。新中国成立后的20世纪50年代，以杜鹏程的《保卫延安》、柳青的《创业史》和王汶石的《风雪之夜》为代表，西部小说率先在全国产生了重大影响。不过，这些作品的重心是反映中国革命与建设的普遍问题，展现中国历史的惊人巨变，而西部地域的特点却不甚明显。如果硬要从中寻找西部的特色，也只能找出一些西部的民俗风情和地方方言，它们仅作为一些风格要素点缀在宏大的历史画面中，而不具有独立的审美价值。因此，与其说这些作品是西部小说，还不如说它们是普通意义上的当代主流小说。

"文化大革命"结束后，西部小说的地域文化特点才逐渐显现出来，其成就也越来越突出。先是王蒙的"在伊犁"系列和张贤亮的《刑老汉与狗的故事》《灵与肉》《绿化树》等作品，作者深刻的历史反思意识通过作品鲜明的地域文化特色表现出来，在全国激起了强烈的反响，好评如潮。究其原因，主要是王蒙和张贤亮在遭受政治上的严重打击，落户新疆和甘肃后，在社会底层体验到了人生的艰难，认识了生命的真谛，他们的思想、情感和审美方式受到这一片热土的感染，打上了厚重的地方文化的烙印。当束缚人性的禁锢一旦被打破，人们获得了表现思想和情感的自由后，他们就以其底层生活的经历和自觉的历史反思精神重回文坛，写出了风格鲜明的优秀之作。他们的风格里已经积淀了厚重的地域文化精神，因而这些作品不仅能反映中国重大的历史和现实问题，而且是真正具有浓郁的西部文化特色。

随着社会的发展和文明的进步，人的个性得到了更多的尊重，文艺创作的自由得到了更为充分的保障，于是一些更为年轻的西部作家开始在文坛崭露头角。这些作家大多出生于或者成长在西部，在"文化大革命"中下过乡、支过边，恢复高考后上了大学。比起王蒙、张贤亮来，这些作家与西部的精神联系更为内在，对西部的感受更为真切和直接。他们是张承志（《黑骏马》《北方的河》）、路遥（《人生》《平凡的世界》）、陈忠实（《白鹿原》）、贾平凹（《鸡窝洼人家》《腊月·正月》《废都》《高老庄》）、扎西达娃（《西藏，系在皮绳扣上的魂》《去拉萨的路上》）、陆天明（《桑那高地的太阳》《泥日》）、杨争光（《老旦是一棵树》）、杨志军（《藏獒》）等。他们的作品风格直接受到这一片热土和西部精神的熏陶，表现出了更为鲜明的地域文化特点。

20世纪90年代中期以后，中国社会的转型加速，经济、政治、文化环境开始发生非常深刻的变化。在东部发达地区，由经济发展和技术进步带动的世俗化思潮方兴未艾，文学面临着新的生活方式和新兴媒体的挑战，开始分化。关注重大人生和社会问题的严肃文学市场占有率下降，通俗文学大行其道，成为人们娱乐消遣的一个选项。文学对社会历史进程、对人的精神生活的影响力，总体上处在下行轨道。但在经济发展相对滞后的西部，情况却并非如此。像有的学者指出的那样，西部文学正是在这个时候走上了相对独立的发展道路："深受地域文化影响的西部小说开始与东部、南部兴起的都市小说、通俗小说真正分道扬镳。一批土生土长的年轻作家开始思考西部小说的未来，他们没有再像80年代初那样盲目地追赶潮流，而是把目光深情地投向他们脚下的这片广袤、苍凉、厚重的土地。一方面，他们从自己的前辈那里寻求书写故事的最佳方式；另一方面，他们也在新的形势下寻找着适合于当下的自我表达。与第一代西部作家相比，他们逐渐放弃了传统的现实主义创作手法与宏大叙事，开始关注西部普通人的生活和自己的内心，回到明显带有个人体验、自我思考的'这一刻'；与同时期的'新都市小说'中弥漫着的灯红酒绿、高楼舞场不同，他们的笔下仍然是广阔的戈壁、光秃秃的山峁、漫漫的黄沙、贫穷的人们。然而这是一群自觉的书写者，尽管在他们中间年龄差距较大，彼此所接受的教育也有着很大差异，但有一点他们是相同的，那就是他们几乎全部具有'本土'的身份，因而不管他们本人是属于哪一个民族，具有怎样的宗教信仰，他们与脚下的这片土地却有着一份与生俱来的联结。""这一时期走上文坛的西部小说家有阿来（《尘埃落定》《空山》）、红柯（《西去的骑手》《金色的太阳》《美丽奴羊》）、董立勃（《白豆》《静静的下野地》《米香》）、雪漠（《大漠记》《猎原》）等。他们对于这片土地的坚守成为当代西部小说最为引人注目的关键。"① 很明显，这些作家正是凭着他们对西部这一片神奇的土地的眷恋，用心灵感应了历史和现实深处的民生艰难，体味到这艰难中所表现出来的生命力的顽强，怀着满腔的热情，才创造了这一份奇迹。

正因为如此，研究当代西部小说与地域文化的关系，从文学文本中发现和开掘西部文化精神，应重点关注新时期以来的西部小说。只有新时期以来的西部小说，才会越来越自觉地从与东部的"分道扬镳"中守望着西部的传统和立场，在记录中华民族前进的脚步的同时，更为充分地表现出地域文化的特色，才能说得上是真正意义上的西部小说。具体地说，这有三个重要的方面：

一是研究西部文化中的生命意志、宗教信仰和民俗风情对小说创作的影响。西部独特的地理环境孕育了坚强的生命意志，考察生命意志的内涵和表现形式与作家的创作风格及作品的艺术特色之间的内在关系，有助于说明西部小说的精神与审美价值。西部的生活方式与宗教信仰存在密切的联系，考察宗教文化对西部小说的内在影响及这种影响产生的途径，并在比较中揭示不同的宗教信仰以及宗教信仰的不同形式与作家创作风格之间的联系，可以增进对人的精神生活的丰富性和艺术创作规律的理解。西部的民俗风情包含着独特的地域文化内容，研究西部民俗文化的地域特性及其在西部小说中的表现形态，可以拓展对西部小说的精神内涵的认识。上述研究联系作家作品，致力于反映西部小说整体的精神面貌和审美特点，但又突出重点，使西部小说基于地域文化的精神面貌及审美特点得以清晰地呈现出来。

二是按地域文化的分布特点研究西部小说与地域文化的联系及其审美表现。重点是探讨不同区域的当代小说与地方文化的关系，揭示地方的文化传统、生活方式、审美倾向对创作的影响，阐释地域文化的精神内涵及表现形式。不是对单个作家的研究，而是联系相关作家的作品，综合性地

---

① 赵学勇、孟绍勇：《革命·乡土·地域——中国当代西部小说论》，北京：中国人民大学出版社 2009 年版，第 25 页。

考察地域文化与作家的精神特点，考察小说的价值取向、审美风格与地域文化的内在关系。

三是探讨西部小说创作中一些宏观问题，如作家身份与西部小说创作、西部小说在当代文学史上的地位及影响等问题。基本的思路是从东西部联系的角度，即从全国性的视野上，考察西部小说的精神与审美特点，从而进一步拓展对西部小说与地域文化内在关系的认识，加深对西部小说的独特价值的理解。

总的来说，研究西部小说与地域文化的关系，有助于读者更好地理解西部，理解西部文学，理解西部的文化精神，从而进入一个广阔而博大的、审美的、道德的世界，以更好地理解我们民族走向开放、走向现代化的艰难历程，理解这一历程中表现出来的不屈不挠的伟大精神，当然也是为了更好地理解人类，更好地了解世界，更好地了解自己！

当代中国西部文学的"流动现代性"概观

万莲姣 何彩章

（湘潭大学 中南大学出版社）

一、论题立意由来

本文提出"流动现代性"这一术语，首先是受鲍曼的《流动的现代性》① 一书的启发。鲍曼认为用"流体"一词可以恰如其分地比喻"现代"这一时间范畴的"现在"这一阶段。因为流体会轻易地流动，流体非凡的流动性，使人把它们和"轻松"的思想相联系。自然现象显示，有许多液体，按密度算要重于固体，但人们却往往倾向于将其直观化，认为它们比任何固体都更轻，由此以至于人们习惯于把"轻"或"不重"同流动性和多变性相联系。根据日常生活的实践经验，人们大多又知道更轻的物体，被挪移、搬动起来更轻松，并且流动起来更快。将上述情形对应于人类文化范畴，可知"现在"恰是现代性历史中的一个流动的阶段，日常生活中人特别倾向于抓住流动的"现在"在许多方面体现出来的"轻盈"特性，以突出其"新奇"这一实质而活在当下，在把握好"现在"的同时，保有对过去的记忆和对未来的依赖这两大生命支柱，从而觅得人之短暂性和持续性之间、人的必死性和人类成就的不朽性之间、承担责任和得过且过之间等等诸多对立物之间的文化、道德纽带。当代中国西部文学映照的种种异于其他文学形态的"新奇"，正是在于其呈现了活在当下的西部人诸面相，与文化的"流动"结下不解之缘。

同时，"流动现代性"的概念，援用了自然科学中的流体力学成果。流体力学是研究流体（液体和气体）的力学运动规律及其应用的学科。流

---

① ［英］齐格蒙特·鲍曼著，欧阳景根译：《流动的现代性》，上海：上海三联书店 2002 年版。

体力学主要研究"流体"本身的静止状态和运动状态，以及流体和固体界壁间有相对运动时的相互作用和流动的规律。本文由此意识到，如果将"人类文化全面投影"的文学比喻成"流体"，那么，中国西部文学这一流体的静止和运动状态，显然非常值得关注，特别是其与"固体界壁"——与文学相关的一切外部力量如文学制度、性别、宗教、阶级等等的相互作用、流动规律，更不容忽视。

文化意义上和自然地理意义上的中国西部，自西而东由高向低，颇类似于自然界的液体和气体——流体，自然和人文性质兼而有之。如以黄河、西伯利亚气流，"在那遥远的地方""新疆是个好地方""格萨尔王传"等为标记，影响波及我国大江南北、长城内外、东南沿海一带，这是客观的、历史的、现实的、鲜活的事实，其"人文化成"之轻、之重，皆因为时间"现在"而聚焦，且因为 21 世纪以来我国正在强推的西部大开发，全面实施国民共富、政治经济文化立体、朝向可持续发展的宏大战略，而致中国西部的自然与人文审美意义越发彰显起来。

本文主要探究当代中国西部文学的静止和运动状态以及其相互作用和流动景观，已经、正在或将要体现出一种怎样的审美文化属性。

二、中国西部文学弹奏的是前现代、现代、后现代共相存在的复合音

作为一种地域性文学，中国西部文学因其在许多方面体现出来的"新奇"这一实质而备受瞩目，目前学界研究成果丰硕，或专著，或学位论文，或报刊文章。典型如丁帆的专著《中国西部现代文学史》①，限于篇幅，述略。

事实上，改革开放以来，中国文化审美领域里的"西北风"几乎吹遍了大江南北，"我家住在黄土高坡""新疆是个好地方""在那遥远的地方"等免费的文化广告已然奏效，吸引众多游客。因为改革开放之后国民生活渐渐富裕，国家的总体文化氛围相对自由，允许国人移动起来，生活"轻盈"起来，人们身心开始有所漂移，闲情逸致、闲云野鹤，兴之所至，则偶尔徜徉于天地间。而人迹罕至的西部大地，正好迎合了中国社会的这一现时段的文化变量。在中国西部，那里有自然风物的新奇：绵延的雪山，苍茫的戈壁草原，巍峨的寺院、飘动的经幡，奔腾的黄河长江等；民情世态的新奇：虔诚的信徒，豪迈的牧民，神性色彩和宗教品相兼而

---

① 丁帆：《中国西部现代文学史》，北京：人民文学出版社 2004 年版。

有之。

如果说这些还是可见的浅表的"新奇"，那么更深潜的"新奇"是发生在文化审美视域里的，具体表征在：当代中国西部文学内含着一种"流动现代性"，将前现代的、现代的，甚至后现代的文化元素融合一块，共在于因人而流动起来的一个个审美观景台上，弹响了一曲曲前现代、现代、后现代共相存在的复合音。

《淮南子·天文》："昔者，共工与颛顼争为帝，怒而触不周之山，天柱折，地维绝。天倾西北，故日月星辰移焉；地不满东南，故水潦尘埃归焉。"共工怒触不周山，天倾西北，水流东南，这个传说，可谓一个典型的中国前现代文化流寓，引人遐想的成分极多。火气与水流之间的争战、不和谐，没有谁胜谁输的终极结果。对人而言，只有天倾地塌的大灾大难悲情场面，迁延至国人文化的深层面向，则使中华民族大家庭不分东西南北，各民族唯有心领神会、奋发图强、自求多福，且作为有所敬畏的国人传统文化心理积淀之一，影响了千秋万代寄居于斯的子民。

不妨以 20 世纪末的西部诗歌个案为例进行分析，验证这一人文奇观。

文学是人学，人作为生命有机体，亦宛如色彩斑斓的流体，人既成为环境也成了环境的建构者或解构对象。而人文化成向来有如风行水上，涣然成文，符号化为《增广》之类的民间俗口：天上众星皆拱北、地下无水不朝东。中华文化源远流长，从远古、近古而来，流到了现在，还将流向不确定的未来。而在当代中国西部文学特别是诗歌中，这一"流体"（液、气）状态不难被西部"诗意的栖居者"们格外珍重，并定格下来：

雪落在羊羔身上／就跟羊羔一起哮叫／雪落在桃花身上／就跟桃花一起盛开。①

一天，我去桃树林散步／几只蜜蜂在花蕊里深情地看着我／这使我感动万分／我在心里说：我宽恕人类……②

物我同一，人这种流体的西部生存，因为天地灵性尚在，人们敬天畏地，随物顺化，应天斯感。人与自然的关系，既有苦难残酷抗争的一面，也有温情慷慨和解的一面，从而提醒现代人：在"现代"之上，还有比高原更"高耸"的西部精神。在前现代的文化审美意义上，我们不难寻回

---

① 杨梓：《杨梓诗抄》，《诗刊》2001 年第 8 期。
② 沈苇：《回忆》，《在瞬间逗留》，天津：百花文艺出版社 1995 年版。

"自此西北胜东南"的涓涓细流。人本自然之一，水火二神的挑衅战争，都难分输赢，何况肉身的人呢？和解共生，方得大智慧！

此外，随着中国改革开放的节奏，以及西部大开发的"善建者行"，人们将都市的嚣嚷、宁静的寺庙、苍茫的大地、心灵的寓所、个人的政治阅历等等，奇妙感应、组合，以至于因人而异的流动文化环境，有如自然世界的流体处于静止和运动状态，互为混迹，化为混沌，或像"流体和固体界壁间"有其相对运动、相互作用和流动的规律。文学，特别是诗歌，作为文化的投影，恰好反射了这一情形。

请看伊沙——"中国的金斯伯格"的作品《车过黄河》：

列车正经过黄河/我正在厕所小便/我深知这不该/我　应该坐在窗前/或站在车门旁边/左手叉腰/右手作眉檐/眺望　像个伟人/至少像个诗人/想点河上的事情/或历史的陈账/那时人们都在眺望/我在厕所里/时间很长/现在这时间属于我/我等了一天一夜/只一泡尿工夫/黄河已经流远。①

这一诗作，仅 112 个字，内蕴却极为丰富，耐人寻味。列车代表现代化的交通工具，"我"在流动当中，列车经过黄河，这是时间现在的事实；但"只一泡尿工夫/黄河已经流远"，却是后现代的事实："我"将主流文化象征——黄河母亲轻佻地撇开，以一种戏谑的声音打发了"正襟危坐"的假面正统。"左手叉腰/右手作眉檐/眺望　像个伟人/至少像个诗人/想点河上的事情/或历史的陈账"，这样的诗句，意在个人的意识流动中解构什么？是在暗讽"现在"聚焦下的前现代文化迷思（"文革"时期司空见惯的领袖个人崇拜），抑或表现群氓蜂拥而上时的个体生存窘迫状态："那时人们都在眺望/我在厕所里/时间很长。"对于国人而言，迄今为止，寻求个体自由仍然太过奢侈，个人主义即算在现代的"现在"，仍是"深知这不该"的下意识恐慌状态，所幸"我"知道当"现在这时间属于我"时，作为孤独的个人，作为"文明"的逃离者，尚存一星半点的诗意。其内含"流动现代性"的审美，客观上具有传播人类基础文明的意义。因为现实中国自上而下正急迫需要重建的是人类的基础文明：契约精神、权利意识、对民主政治和个人自由的理解。

如另请欣赏高凯的《亲戚》：亲戚从乡下来了，进门就在背后找一把

---

① 伊沙：《车过黄河》，《伊沙和他的诗歌》，纽约：惠特曼出版社 2006 年版。该书是诗歌报网站策划的公益诗丛《中国新诗名家代表作文库》第一辑 12 册中的一本。

刷子，边刷边说：乡里人，身上土多，把你家里弄脏了。[①] 平淡无奇的诗语，内含的诗意却颇丰。上了一点年纪的人都知道，中国城乡家庭之间的勾连，在改革开放之前的中国，是极具政治意味的。国家干部，工人老大哥，农民老二，更别说其他固化的习以为常的不平等的人际生活和工作细节。城、乡，工、农，干、群之间，国民待遇迥然不同，一般情形是无事少有往来。那时，农民出村进城得大队部开介绍信，城里人来乡下，除非知青下放，或干部下乡视察工作等特殊情况，一般稀罕得很。城乡真正"流动"起来，是改革开放后不知不觉中发生的事。这首诗用类似大白话的白描手法，将隐含的叙述主体与显在的人物主体之间的复杂情绪，巧妙地释放了出来。读者可以认为此诗反映的是西部人之间浓厚的乡土人情，也可以从中读出历史沉淀的画外音：在代表"现代"的城里人"你家里"，乡里人多少显出一点"前现代"的自轻自贱，而乡里人的此举实则是一种"现代"的自重自爱；而在隐含的叙述人眼里，一个"就"字，一个"边刷边说"的动作，则保有一种"后现代"的谐趣，解构着"你家里"之内和之外的某种历史偏见，甚至是讽刺了某些人为的时代和社会不公义的人际陈见。

三、中国西部文学"流动现代性"外在表征

当代中国西部文学的"流动现代性"诸外在表征，本文暂归纳为三点：

（一）女性主义写作

女性主义写作现象的发生本身就是一个极具现代性的文化流变事件。在中国，女性作为审美主体大规模地出现，还是在 20 世纪初中国新文化运动过程中因人的觉醒、儿童和妇女的发现而伴生的。德赛先生西风东吹，西来的差异化的信息流变，将国人从"天下中心"的春秋大梦中催醒。民国新生活、中华人民共和国妇女解放，对于中国特别是西部边疆的冲击，以及其主流意识"在地化"的不知不觉改变，最突出的标识恐怕就反映在女性的社会性别方面。如电视连续剧《刺青海娘》，反映民国初期的四女子在文化封闭、"现代"未开将开之时的命运，女子个人无法主宰自己命运，先觉者被迫抗争，过程痛苦万状。沿海一带尚且有此悲凉激越的社会性别文化转型过程，何况更封闭保守的内陆及西部？女子话语权的争取，

---

① 高凯：《心灵的乡村》，北京：人民文学出版社 1998 年版。

同样也是经过了一场场激烈的正义与邪恶较量的。

人类文明的自组织系统，在承担责任和得过且过之间，在短暂性和持续性之间、人的必死性和人类成就的不朽性之间，一定有所作为、有所流变，世界范围内的"女性—人"之地位的确立，就是人类文化流变的硕果之一。

另外，新疆昌吉学院任一鸣教授的关于新疆女性文学研究的成果，抑或是一种更加直接有力的例证。西部文学的"流动现代性"存在于"女性主义写作"的客观事实当中。她认为：

把现代性问题引入新疆当代少数民族女性文学研究，这是一种新的阐释角度，给新疆少数民族女性文学研究预设了一个广阔的阐释空间——既立足于文本研究，又最大限度地切近、贴近新疆少数民族女性的社会地位和现实处境，切近、贴近少数民族女性命运的深刻的时代变化和历史变迁……新疆少数民族文学以其鲜明的时代感，独特的表现视角和维、哈语言或汉语言形式，表现了以女性为主体的民族文化形态，具有浓郁的新疆少数民族女性文化特征。①

（二）文学制度的流变影响

2014 年 3 月 26 日，由中国文联组织编写的《2013 中国艺术发展报告》首发式在京举行，并在人民网举办了"首届中国艺术发展与前瞻网谈会"。该报告指出，2013 年的艺术创作，应顺应共筑中国梦的时代潮流，积极讲述中国故事、唱响中国声音、抒写中国形象，用艺术的方式点亮中国梦。报告还强调：如何正确处理中国梦与个人梦之间的关系，是当下中国艺术创作过程中亟待解决的问题。中国文艺"仅仅讲述民族故事的宏大叙事，可能会远离老百姓的审美趣味；仅仅讲述个人故事的个体叙事，又可能脱离历史背景和民族精神"。

以上这则文化新闻足以表明，当代中国的文化审美创造有其特殊的制度化运作情形。个人化的文艺创作，总是脱不开这种自上而下的主题时代的导引，以至于当代中国西部文学审美行为的成就和不足，都与其影响和作用分不开。辉煌成就有目共睹，勿赘。这里仅简要说说其不足之处以及如何凸显了其"流动现代性"文化属性的。

天涯网有一位楼主燕皓，曾对新疆文学的缺陷进行过较为全面的

---

① 任一鸣：《关于新疆当代少数民族女性文学研究的思考》，《昌吉学院学报》2005 年第 4 期，第 3~4 页。

概括：

新疆小说在审美层面上的缺点，他们的作品没有推进小说美学的本体化，从而没有完成新疆小说的形式功课。新疆小说的艺术危险也正是出现在此：一旦艺术自身法则化了，或者艺术形式成了一个结构系统，代替了作家对当下生存世界的洞察与体验，那么，艺术的本质也就被抽离了……文学的崇高和神圣，与他们完全无缘，到这种地步，赞美和歌颂已成为一种可以容忍一切的最高形式，友情吹捧成了一种超级时髦，直到今天，这种自欺欺人的文化现象还统治着新疆文坛的精神空间 。[①]

以上所引，足以显示楼主所力陈的以新疆文学为代表的当代中国西部文学的缺失，所议十分大胆、尖锐，对其创作弊端的点破，针针见血。然而，平心而论，这是该楼主在用"世界屋脊"的审美标准要求当代中国西部文学。因为实事求是地说，在现实层面，当代中国作家、学者一直矛盾重重，他们既重视现实，又不得不、不能不忽略现实。重视现实，即身为当代中国文学制度中人，作家及学者不得不遵循既定的文学机制生产作品用以谋取生活，创作成品、出版发行、评奖、评优等。漠视现实，同样也是实出无奈，作为现实冲突中人，要么被动迷失，要么积极参与，要么主动疏离，若要不迷惘、不娱乐、不平庸，太难。而真正的文学必须"反抗遮蔽，崇尚创造"，使中国梦、西部梦及个人梦象征秩序化，这才是作家及批评工作者有所作为、有所承担的状态。

然而，自上而下的大一统文艺生产机制，在当代中国文艺场域一向享有其特定的权威性与感召力。如：文艺政策通过设立文学奖、课题立项和提供指导方针，以国家意志对文学创作和批评发生实际的和不容置疑的"导向"作用，如鲁迅文学奖·理论奖、中国文联文艺评论奖、中国少数民族骏马奖（理论奖）等，为文学创作和批评树立了典型，在"话语权力"、价值取向、创作实践等方面影响（一定程度上也是"制约"）作家和批评工作者。在文学评价活动中，国家文艺政策导向的因素显得更举足轻重：既引导并支持作家及文学批评的发展主流方向，又对作家及批评权利的实现有所围限；既通过对话保持沟通，又无法避免矛盾甚至冲突；既在理论和实践之间形成张力，又未免因有时把握不好分寸而损耗作家及批评工作者的文化创造力等。

---

① 百度搜索 2007 年的天涯网。

文学制度的流变作用力，可控又不可控，影响是客观存在的。作家和批评家不可能生活在真空，正是"成也萧何败也萧何"。

（三）文化原型的意义

一提起西部文学，国人的文化前见决然少不了边疆的拓荒者、文明社会的放逐者和逃离者、孤独的硬汉和善良的女子（《男人的一半是女人》《红高粱》之类）等审美形象。为什么？这正是文化原型的意义在起发酵作用。弗莱在《批评的剖析》中认为，所谓原型，"也即是一种典型的或反复出现的形象……可用以把我们的文学经验统一并整合起来"①。按照神话——原型批评认知当代中国西部文学，且以一百多年来中国追求现代化之路为参照物对其观照，我们不难找寻到"西部"鲜明的中国式油彩——古铜色、红色、白色、金黄色等。

如在反殖民、反奴役的近现代中国坐标中，"我爷爷""我奶奶"形象在文学艺术大色彩的铺设中，就在改革开放不久的国人审美经验中打上了一定的神奇色彩，并在一定程度上定格为具有文化原型的意义，不可简单地用"原始""落后"文明来作价值评价。又如杨梓笔下的《西夏》，肃州城中，数万手无寸铁的西夏子民，在城毁家败之时，唯有静默六字真言。"水草肥美"的地方，是梦中的家园，以至于中国的硬汉、善女们有一种宗教仪式感：万万经旗彩幡，千千酥油灯盏，中国西部人在没有止息的漂泊返乡之路上，更多的是以虔诚的宗教仪式让漂移的心灵尽可能地诗意化：存有儒的仁者襟怀、道的自然境界、禅的明心见性、法的法不阿贵等人生大智慧（当然，这当中也不乏"得过且过"）。西部文学的发展随时间推移，已然打上了文化原型的意义，具有神话和宗教的原色，成为一种新兴的中国文化产业或文化事业品牌——"西部"。

"西部"渐成一种文化隐喻符号，其作为符号的表意过程，十分复杂。因为，越是封闭和开放反差程度大的信息流，越是带来缓慢的意识流体冲击，使显而易见的激变和不易觉察的渐变共在。而随电视、电脑、手机等新信息传播技术的发达和普及，泛符号化现象正在使人生活在幻象消费的时代，伴随着文化和经济全球化所带来的信息流冲击，国人在体会到外来信息入侵所带来的挑战时，更真切感受到全球化浪潮在裹挟着当代中国以及西部文学前行，一如张艺谋式电影艺术带给公众丰盛的审美刺激和视觉享受，文化符号品牌传播的影响力在社会、政治、经济、文化等一系列领域中都将有所体现（如其近作《归来》有意无意地唤回一段即将为人淡化

---

① ［加］诺思罗普·弗莱著，陈慧、袁宪军、吴伟仁译：《批评的剖析》，天津：百花文艺出版社 2006 年版。

的中国当代历史）。如何更好地认识和利用中国"西部"符号的文化原型意义，成了当代中国文化和社会意识建构中的关注焦点。这也是 21 世纪以来，中国都市人越来越多地朝圣"西部"、往返流动于东西部之间的缘由吧。

四、结语

置身此时代，人们具体实施审美创意时也许需要忘记过去，不再相信未来，更看重创意行为本身。但是，正因为人这一特殊的流体与生俱来具有非凡的流动性，以至于在中国"西部"这种自然地理落差极大的地方，人们又切实可感其审美文化创意更加无限，在诸信息流体聚合又离散的过程中，折射出诸多对立物之间的文化更加多态、轻灵（实则更重），"移动得更快"，所以，其创意成品反倒是对过去、现在和未来的非凡想象和凝结，就像《车过黄河》所示的时间文化隐喻那样令人啧啧称奇。总之，"西部"中国在浓缩文化创造"现在时"的同时，也汇聚其过去时、将来时，在这里生活、劳作、创造的人们，不会匮乏"对过去的记忆和对未来的信赖"两大生命支柱，从而使当代中国西部文学审美烙上了鲜明的"流动现代性"文化品格。

在风景化和主体化的张力中
——当代文学中的新疆体验

汪树东

（武汉大学）

在中国现当代文学史的正史书写中，现代性的线性时间观向来占据着绝对的支配性地位，由国家主流意识形态定义的价值观总是竭尽全力把丰富复杂、鲜活多样的文学史现象加以本质主义的划分、浇筑和硬化，从而构筑出众口一词又面貌可疑的历史样板。空间—地域性的缺失，就是这种线性时观的必然结局。当我们关注当代文学中的新疆体验书写时，就是要从空间—地域性角度审视，新疆这片土地到底给中国当代文学提供了什么独特的东西？中国当代作家（主要是指那些在文学史中产生了较大影响的作家，限于笔者的语言能力和学术视野，主要关注汉族作家，但也包括像张承志这样的回族作家）在新中国成立后六十多年里到底是如何展开新疆体验书写的？其内在历史与逻辑脉络如何？如果从文学史、文化史的宏观视角来看，当代文学的新疆体验书写的价值何在？

一、民族国家共同体的想象和边疆风情：1949—1976 年间的新疆体验书写

当代文学的新疆体验书写第一个阶段无疑是从 1949 年新中国成立后到 1976 年"文化大革命"结束为止。闻捷、碧野、严辰、张志民、李瑛、艾青、郭小川等一大批驰名文坛的作家都曾在新疆工作、生活过一段时间，或到访过新疆，被奇异的边地风光、风俗民情激发出诗意的灵感，创作了许多影响很大的文学作品。其中，闻捷的抒情诗集《天山牧歌》和长诗《复仇的火焰》声名最为卓著。

此阶段新疆体验书写最显著的特征就是对民族国家共同体的想象性认同。众所周知，中华人民共和国成立后，首要的任务就是获得全社会各阶

层人民的认同，获得国内各民族的自觉归附，建构起全新的民族国家共同体。而正如美国学者本尼迪克特·安德森所言，民族国家的建构，是想象与叙述的结果，是一种想象的政治共同体，是"透过共同的想象，尤其是经由某种叙述、表演与再现方式，将日常事件通过报纸和小说传播，强化大家在每日共同生活的意象，将彼此共通的经验凝聚在一起，形成同质化的社群"①。的确，在民族国家共同体的建构过程中，文学会起到巨大的凝聚效应。对于像新疆这样少数民族众多、文化差异巨大、经济发展较为落后而又远离政治中心的边疆地区，如何弥合民族分歧、超越文化鸿沟、建构起各族共享的民族国家共同体，当然就显得更为紧迫了。一方面自然是大肆的意识形态宣教，例如，把曾经盛极一时的红色经典翻译成民族语言，广为传播；另一方面就是像闻捷、碧野等入疆汉族作家那样，用汉语创作能不断地建构民族国家共同体的想象性认同。

　　建构的策略之一就是把内地铺天盖地的革命历史书写加以新疆本土化，从而获取新疆各族人民的想象性认同。闻捷的叙事长诗《复仇的火焰》建构的就是新疆本土化的革命历史叙述，要征询的就是新疆少数民族的革命认同。在诗人笔下，巴里坤草原的哈萨克人被截然分为以头人忽斯满、阿尔布满金等为代表的压迫者阵营，和以牧人布鲁巴、苏丽亚等为代表的被压迫者阵营，两者之间势同冰炭，阶级仇恨比海深。最终是共产党的领导，才推翻了忽斯满等头人的残暴统治，让布鲁巴、苏丽亚、巴哈尔、叶尔纳等人能够翻身做主人。解放军战士哈萨克年轻人沙尔拜随同解放军排长高志明刚刚返回巴里坤草原时就高调宣传："乡亲们！你们懂不懂？共产党就是哈萨克的救星，它知道牧人深受压迫和剥削，所以派来英武的士兵。我不是顺路回来探亲，我再也不会离开部落起程，我这次回来负有崇高的使命，协助乡亲彻底翻身。"②随后他又说："喂喂！乡亲们！你们静一静！谁把春天送进了帐篷？祖国是个温暖的家庭，共产党啊！就是慈爱的双亲，祖国和党时时关怀着我们，我们要对他无限忠诚！"③对祖国和党的想象性忠诚，就是《复仇的火焰》的立足点。

　　闻捷的这种革命历史叙事在其他作家那里也比比皆是。碧野的散文《在香妃墓周围》对照叙述了新另成立前维吾尔族人民的受压迫和新中国

　　① ［美］本尼迪克特·安德森著，吴叡人译：《想象的共同体：民族主义的起源与散布》，上海：上海人民出版社2003年版，第5页。
　　② 闻捷：《复仇的火焰》，《闻捷全集》（第2卷），太原：北岳文艺出版社2001年版，第160页。
　　③ 闻捷：《复仇的火焰》，《闻捷全集》（第2卷），太原：北岳文艺出版社2001年版，第170页。

成立后的翻身得解放，尤其是维吾尔族妇女的翻身更受到热烈歌颂。严辰的诗歌《织地毯歌》通过南疆和田维吾尔族织地毯工人在新中国成立前和新中国成立后的生活对比，歌颂了中国共产党给边疆人民带来的翻天覆地的新变化。此外，还有严辰的诗歌《烙印——一个奴隶的倾诉》，张志民的《戈壁老汉》和《一条残断的锁链》等都是写新疆少数民族的奴隶翻身，最终都要落实到："谁撑起了奴隶们的腰杆？亲爱的共产党和毛主席。"① 在这种革命历史叙述中，新疆少数民族无疑处于被解放、被拯救的弱者地位，他们能够奉献的只是超越民族、超越文化的赞美和忠诚。

建构民族国家共同体的文学策略之二就是高调宣扬社会主义建设事业中的新人新事、新风新貌，展示新政权领导下的美好新生活，从而赢得各族人民的想象性认同。当革命炮火的硝烟散去后，社会主义建设大潮风起云涌，党和政府乃至内地的汉族人成为现代文明的推行者，成为现代文明的传播者，文明的火种借助他们传播到新疆边地。《复仇的火焰》中，沙尔拜就这样对女友叶尔纳描绘共产主义美妙远景："啊！那时候多么好啊！我们这儿建立起帐篷的市镇，山沟里涡轮机隆隆地旋转，每座帐篷都亮起电灯……啊！那世界多么好啊！共产主义就是人间的仙境；哈萨克永远摆脱贫困和落后，终日歌唱生命的青春！"② 当然，必须明确的是，这美妙远景的提供者和实现者只能是党和政府，真正需要认同的是新的民族国家共同体。

还有艾青、碧野、郭小川等人也倾情于讴歌新疆社会主义建设的各条战线上的冲天豪情，召唤着人民对民族国家共同体的想象性认同。诗人艾青的新疆体验书写最主要的就是歌颂新疆的军垦战士崇高的奉献精神。他的诗歌《年轻的城》咏赞了农垦城市石河子，诗人"透过这个城市看见了新中国的成长③。碧野的长篇小说《阳光灿烂照天山》则展示了新疆兵团屯垦边疆、保卫边疆的昂扬斗志。碧野的散文《雪路云程》、郭小川的诗歌《雪满天山路》等都集中歌颂了天山公路的建设者。严辰的诗歌《金泉》歌颂了伊犁察布查尔草原的各族劳动者的辛勤奉献和丰收喜悦；张志民的《哈萨克少女》《垦区的夜》《草原放映队》等诗歌也是社会主义建设的新颂歌。这些颂歌营构出一幅在党和政府的领导下各族人民团结奋进、齐心协力、共同为美好新世界挥汗如雨、充满欢歌笑语的动人图景，似乎边疆已经脱胎换骨，再次中心化了。

---

① 严辰：《严辰诗选》，北京：人民文学出版社 1980 年版，第 234 页。
② 闻捷：《复仇的火焰》，《闻捷全集》（第 2 卷），太原：北岳文艺出版社 2001 年版，第 183 页。
③ 艾青：《艾青诗全编》（下），北京：人民文学出版社 2003 年版，第 1033 页。

　　与革命历史的新疆本土化、社会主义建设的新疆式推进相比，当代作家的新疆体验书写对绚丽多姿的边疆风情的描绘也是不惜余力。1963 年上映的电影《冰山上的来客》之所以能够在全国获得极大的反响，那冰清玉洁的崇高雪山、明媚动人的高山草原、塔吉克族的民风民情等便是重要因素。闻捷诗歌在 20 世纪 50 年代能够魅力四射，也与此有关，用洪子诚先生的话说，"汉族叙述者对奇丽风情和异族习俗的欣喜惊羡的视角，用柔和的牧歌笔调来处理颂歌的主题，和对聚居于和硕草原、吐鲁番盆地、博斯腾湖畔的少数民族劳动者的情感特征、表达方式的捕捉，是对读者具有吸引力的因素"①。的确，像《天山牧歌》中的那些优美的抒情诗，无不呈现浓郁的新疆风情，而长诗《复仇的火焰》对哈萨克族的游牧狩猎、婚俗民风以及他们所生活的草原、高山的展示也极具边疆特色。当然，更多是像郭小川、严辰、李瑛、张志民等诗人短期到访新疆，为当地浓郁的边疆风情所迷醉。不过，对于这个时代的作家而言，边疆风情的体验书写也必须返归到民族国家共同体的想象性认同上来。

　　众所周知，此阶段的文学受到国家意识形态的严密规训和有效控制，呈现出高度一体化、标准化的特征，因此当时作家的新疆体验书写也难逃政治体制与意识形态的天罗地网，只能出现高度模式化、雷同化的弊病。但纵然如此，新疆这块土地的特色毕竟是难以轻抹的，那大漠戈壁、雪山草原毕竟不同于中原地区的千里沃野、村庄如织，那众多马背上的游牧民族毕竟迥异于几千年来沉湎于农耕文明的汉族，自由放纵、轻灵豪迈、潇洒飘逸的精神气质还是给许多作家的新疆体验书写带来更为独特的东西。像闻捷的《天山牧歌》中对爱情的吟诵在 20 世纪 50 年代几乎就是新疆式的最后绝唱。而郭小川、张志民、严辰、李瑛等人在新疆大地上行走吟唱时，就似乎多了一份难得的大漠般的浩荡、绿洲般的惊喜、雪山般的超然感。像碧野的《天山景物记》这样的散文只有新疆才能孕育出来，那高山雪莲、蘑菇圈、果子沟等还只是外在表象，难得的是流淌全篇的那种新疆式的明丽的新鲜感和自由感。

　　当然，此阶段的新疆体验书写也存在着鲜明的局限。当汉族作家在国家意识形态的动员下，以民族国家共同体的想象性认同为独一宗旨书写新疆体验时，他们就在无意中对新疆各民族的主体性加以意识形态化的提纯，从而使得更为丰富复杂、具有生命意义的精神文化因素无法凸显。无论在革命历史的新疆本土化，还是社会主义建设的新疆式推进中，当代作

----

① 洪子诚、刘登翰：《中国当代新诗史》，北京：北京大学出版社 2005 年版，第 48～49 页。

家都只是把新疆各民族人民视为被拯救、被解放、被启蒙、被灌输的对象。例如，闻捷在诗歌《货郎送来春天》中讲述货郎给维吾尔人民送来毛主席画像，于是"每个家庭都升起不落的太阳，毛主席含笑注视维吾尔人，维吾尔人遵循他手指的方向，去迎接金光灿烂的早晨"①。此种政治抒情对于新疆少数民族而言无疑是过于简单化了。而且为了建构民族国家共同体的想象性认同，当代作家们几乎有意地忽视新疆多民族的现实，先入为主地把民族意识、宗教意识视为负面因素，急于破之而后快。因此，在长诗《复仇的火焰》中，闻捷把利用民族身份、宗教认同来煽动叛乱的头人忽斯满、阿尔布满金塑造为十恶不赦的反面形象，而巴哈尔最终幡然悔悟，能够让阶级身份认同超越于民族身份、宗教文化，才寻找到了出路。此种新疆体验书写，自然有不得已而为之的理由，但是其中潜藏的问题也昭然若揭，值得警惕。而且，在对边疆风情的描绘中，当代作家更是有可能抽空新疆各民族的主体性，把他们的生活风景化，从而丧失了生命、民族、文化间的真实交流。

二、民间温情的追寻和精神高地的构筑：20 世纪 80 年代的新疆体验书写

20 世纪 80 年代，改革开放的时代热潮无远弗届，新疆虽地处偏远，亦被裹挟其中。王蒙、张贤亮、高建群、杨牧、周涛、章德益、唐栋、李斌奎、张承志等人的新疆体验书写，构筑了迥然相异于此前当代作家的新疆风景。他们已经不再汲汲于营构民族国家共同体的想象性认同了，那种走马观花式、颂歌式、外在化、风景化也被超越了。他们有的长期在新疆底层社会生活过、磨炼过，对新疆多民族的民间生活已经别有领悟，因此能够写出既富生活底蕴又具民族特色的文学佳作来，如王蒙；有的短期在新疆游走，但是内在天性和新疆的独特灵魂构成一种隐秘的和谐震荡，从而能够把新疆体验提升到诗意、神性的高度，如张承志；有的曾经长久定居成长于新疆，已经把新疆当作故乡一样对待，因而立志发掘出新疆内在的精神资源，如杨牧、周涛、章德益等。

执着地沉入广袤的民间社会，发掘支撑生命的温情，构造出温暖朴实的新疆形象，是王蒙、张贤亮、高建群等人的新疆体验书写的根本追求。

王蒙因受政治运动的逼迫，不得不避居新疆，从 1963 年到 1979 年长达 16 年，新疆已然成为他的第二故乡。他曾反复以铭感于心的语气谈及新

---

① 闻捷：《闻捷全集》（第 1 卷），太原：北岳文艺出版社 2001 年版，第 64 页。

疆，并从马鞍形起伏的个人命运中来审视新疆体验，把这种个人体验和民族国家的宏大命运奇妙地缝合在一起。对于王蒙而言，新疆多民族的底层生活给他最重要的体验就是积蓄在民间的生命温情，就是被主流意识形态摧毁不了的绵绵不绝的生命力量。这种生命温情、生命力量不但使他个人获得救赎，而且必然会在民族国家重启现代性的浩大工程时发挥出惊天动地的力量。王蒙在"在伊犁"系列短篇小说最喜欢叙述的就是那一个个虽遭国家暴力的百般挑衅、个人命运的无端戏弄，但依然对生活不屈不挠、对生命希望尚存的维吾尔族底层人民。像《哦，穆罕默德·阿麦德》中的阿麦德虽然生活处境艰窘，屡受迫害和嘲弄，但依然娶妻生子，待人和善，妻子逃跑后还想着到祖国内地去漫游。《淡灰色的眼珠》中，无论是阿丽亚还是马尔克木匠，都是用情真挚、用心生活之人。至于《虚掩的土屋小院》中的穆敏老爹和阿依穆罕大娘之间的惺惺相惜更是温暖感人。还有短篇小说《歌神》《温暖》《最后的"陶"》等都是用心捕捉着新疆民间社会的丝丝缕缕的生命温情，彰显着新疆人民的人性亮色。中篇小说《杂色》中的曹千里就从维吾尔族人民那里领悟了一种幽默而积极地对待人生的超脱态度。王蒙有意淡化极左政治对新疆各族人民的暴虐和摧残，更有意淡化新疆各族人民的民族、宗教和文化差异，也不愿意把新疆生活单纯地诗意化、风景化，而是从高度实用理性化的人性视野来审视新疆各族人民的生死哀乐、日常生活。这样的新疆体验书写的确展示出了一个落难的汉族知识分子眼中的真实新疆。至于张贤亮、高建群等人的新疆体验也与王蒙的颇为同调。张贤亮的新疆体验书写的小说代表作《肖尔布拉克》志在发掘缝合国家意识形态罅隙的民间社会的生命温情。而高建群的中篇小说《遥远的白房子》和《伊犁马》无论是叙述遥远的新疆历史，还是关注当时新疆汉族戍边军人和哈萨克族少女的爱情波折，都笔调哀婉，风流蕴藉；不过，《遥远的白房子》更偏向于展示新疆游牧民族的浪漫血性，《伊犁马》则偏向于展示新疆人民的多情重义。

应和着改革开放大时代的要求，彰显新疆大地的生命雄风和开拓精神，建构新时代的精神高地，是此阶段新疆的新边塞诗歌和军旅小说的共同追求。

20世纪80年代新边塞诗歌的崛起是当时诗坛的一大热点，杨牧、周涛、章德益等人的诗歌颇为关注新疆的崇高雪山、苍茫戈壁、疾驰骏马、翱翔雄鹰等，从中提炼出粗犷彪悍、高旷超迈的精神姿态，倾向于崇高之美、力之美，是难得的带有新疆特征的黄钟大吕之声。杨牧在诗歌《我骄傲，我有辽远的地平线——写给我的第二故乡准噶尔》中写道："荒野的路啊，曾经夺走我太多的年华，我庆幸：也终于夺走了闭塞和浅见；大漠的风啊，曾经吞噬我太多的美好，我自慰：也吞噬了我的怯懦和哀怨。于是我爱上了开放和坦途，于是我爱上了通达和深远；于是我更爱准噶尔人的发达的胸肌，我——每一团肌肉都是一座隆起的峰峦！"① 而周涛的诗歌《天山南北》则咏唱道："她用暴雪，激励我登攀的勇气，她用狂风，吹动我生命的帆桅。戈壁红柳，告诉我坚韧而不卑微，雪山劲松，教育我坚强而不献媚，绿洲白杨，启示我团结而不孤傲，冰峰雪莲，诱导我纯洁而不自美……"②章德益更是从天山那里领悟到富有时代精神的天山之美："天山之美，美在勇于创造自己的历史；天山之美，美在不断地把自己重造，一群有灵魂的山脉，一群有血肉的山脉，美在从突破中，成就着至美的目标！"③ 相对于闻捷、艾青、郭小川等人的新疆体验书写而言，新边塞诗派的新疆体验书写无疑更富有主体性，更富有新疆独有的地域特色。不过，他们的抒情主体还是被国家主流意识形态规定好的集体本位的主体，因此其诗歌更多的是较为粗疏的理性叙说，缺乏更为细腻、关乎个人精神和灵魂的独到发现。当他们书写新疆多民族的生活时，往往也会把异民族加以外在化、风景化。与新边塞诗派一样，李斌奎、唐栋等人的新疆军旅小说也重在弘扬那种敢于挑战困难、富有开拓精神的新疆式的生命体验。李斌奎的长篇小说《啊，昆仑山》就反映了长期驻守新疆昆仑山的当代军人的生活、爱情、理想及追求，揭示了当代边防军人那种崇高的人生观和价值观。其中，戍边战士向西行、黄沙等人的献身举动筑起了新时代的精神高峰。至于唐栋的短篇小说《兵车行》更是讴歌了戍守喀喇昆仑山兵站的当代军人的牺牲精神和崇高形象。

　　不过，无论是王蒙、张贤亮等人寻找新疆民间底层社会的生命温情，还是新疆边塞诗派、军旅小说构筑改革开放时代的精神高地，他们对新疆体验的书写都还是在国家主流意识形态的控制和引导之下进行的，是对改革开放的现代性工程的呼应和回答。新疆多民族的民族身份认同、宗教文化认同等核心问题都没有进入他们的视野之内，因此真正富有主体性的新疆体验书写还是没有得到充分的展开。

　　张承志的新疆体验书写的确是一个极具魅力的文学异数。张承志在新疆考察生活过一段时间，对新疆情有独钟，他的《辉煌的波马》《夏台之恋》《美丽瞬间》《九座宫殿》《晚潮》《白泉》《大坂》《顶峰》等小说都

①　雷茂奎等编：《边疆新诗选》，乌鲁木齐：新疆人民出版社 1983 年版，第 171 页。
②　雷茂奎等编：《边疆新诗选》，乌鲁木齐：新疆人民出版社 1983 年版，第 185 页。
③　雷茂奎等编：《边疆新诗选》，乌鲁木齐：新疆人民出版社 1983 年版，第 164 页。

与新疆体验有关。他写新疆的回族、蒙古族、维吾尔族等，并不避讳其民族身份认同，也不刻意回避其宗教信仰。像《辉煌的波马》中，回族人碎爷逃避宗教迫害，带着儿子碎娃子和厄鲁特蒙古人巴僧阿爸及其儿子阿迪亚和谐共处于天山脚下的波马，他们的生命在天山的优美之中显得如此纯净、美丽。《九座宫殿》则把新疆回族人追寻宗教信仰的艰难苦旅写得那么感人肺腑。张承志在寻找自身的民族身份认同、宗教文化认同时，也激活了其他民族的身份认同、宗教文化认同，以其自身明晰的主体性激活了他人的主体性。

即使是写新疆的自然风景，张承志也迥异于其他当代作家。在《大坂》中，他这样描绘天山的冰川，"大坂上的那条冰川蓝得醉人。那千万年积成的冰层水平地叠砌着，一层微白，一层浅绿，一层蔚蓝。在强烈的紫外线照射下，冰川幻变出神奇的色彩，使这荒凉恐怖的莽苍大山陡添了一份难测的情感"①。短篇小说《美丽瞬间》中，张承志这样描绘天山的草原："从清晨起就一直高高逡巡的那支圣洁的乐曲，此时暴雨般倾泻下来。天山蓝郁的阴坡绷直了松枝，铮铮地摇曳着奏出节拍。迎着金黄的阳光，炫目的绿草地仍在流淌漫延，光彩照人地诱惑着激昂和英勇。海拉提的黄骠马卷着一连串黄黄的烟球，冬不拉曲子震耳欲聋。不可思议的疯狂节奏打着大地的胸膛，前方一字摆开愈逼愈近的迷蒙河谷。扶摇的雾霭颤抖着，终于模糊了更远的视野。那姑娘临别时的一声高喊像一个掷向天空的银铃，疾走涌落的音乐立即吞没了抢跑了她。"② 此外还有《凝固火焰》中对吐鲁番火焰山的神奇描绘。这种景物和碧野的《天山景物记》中那种被彻底驯服、宣示着优美与富足的风景大相径庭，即使和新边塞诗派笔下的粗犷彪悍的新疆风景也大不相同。这是张承志对新疆的内在诗意和神性的独到发现。如果把王蒙和张承志的新疆体验书写略加比较，就可以看出，王蒙更是从汉族的实用理性传统来审视新疆多民族的世俗生活的，而张承志则倾向于从信仰的超越性角度来观照新疆各族人民的精神内核。在张承志的新疆体验书写中，新疆大地不再是简单的边疆风情的提供者，新疆各族人民也不再是民族国家共同体的想象性认同的忠诚对象，现代性、现代文明也不再是不证自明的价值导向；他在新疆大地、新疆各民族的信仰里发现的诗意和神性拒绝着肤浅的风景化眼光，抗拒着民族国家共同体的想象性认同，质疑着现代性的价值谱系。这无疑将为更多的当代作家的新疆

---

① 张承志著，马进祥编选：《回民的黄土高原：张承志回族题材小说选》，西宁：青海人民出版社 1993 年版，第 19 页。

② 张承志：《辉煌的波马》，南京：江苏文艺出版社 2003 年版，第 280 页。

体验书写提供新的精神导向标。

三、诗意化和本土化的颉颃：20 世纪 90 年代到 21 世纪的新疆体验书写

20 世纪 90 年代，现代化大潮更为凶猛地席卷全国，世俗化、实用主义、消费文化等风气弥漫整个社会的各个角落，使得原本就务实的中华民族更为务实，精神的天空更为低矮，心魂的羽翼更为稀薄。到了 21 世纪，这种状况根本没有得到改善，现代性的幸福允诺对于大多数人而言都落空了，我们在物质产品的相对丰裕中体验着理想与精神的双重失落，再加上整个社会阶层日益固化，贫富差距日益突出，制度性的贪污腐败污染着整个社会的空气，日益恶化的生态环境、日益溃败的大自然，使得人心普遍极度喧嚣浮躁。在这种语境中，当代作家的新疆体验书写再次出现根本性的变异。无论是 20 世纪 90 年代就在文坛上了产生极大影响的散文家周涛、刘亮程和诗人沈苇，还是到了 21 世纪获得极大关注的小说家红柯、温亚军、董立勃和散文家李娟，他们的新疆地域意识进一步加强，他们有意识地张扬新疆大地的诗意以对抗全国的世俗化浪潮，有意识到新疆大地去寻找新的生命精神去疗救内地汉族精神萎靡的沉疴宿疾，他们的新疆体验书写在诗意化和本土化的两个方向上都作出了实质性的突破。

作为 20 世纪 80 年代新边塞诗人之一的周涛虽然已经滋生出独特的生命意识，但整体看来还是更倾向于和国家主流意识形态的结合，更多的是对现代性的引颈翘望。因而，在他的新疆体验书写中，新疆谋求的乃是内地、中心的首肯。但是从 20 世纪 80 年代末转入散文创作开始，到了 20 世纪 90 年代，周涛的新疆体验书写开始出现了质的飞跃。他开始细致地描绘新疆大地上的自然万物、人情物事，并从中升腾出主动疏离于国家主流意识形态的生命意识。散文《红嘴鸦及其结局》中，周涛描绘巩乃斯草原被捕捉到的红嘴鸦居然不甘心当俘虏和玩物活活气死的壮烈；散文《巩乃斯的马》渲染了巩乃斯草原马的俊美和自由天性；散文《猛禽》讴歌了鹰的强悍与悲壮。从这些新疆自然界生命身上，周涛表达的是他那种崇尚自由、离世避俗、富有孤高之美的生命意识，承接了鲁迅对懦弱、缺乏血性的国民性的批判精神。在《二十四片犁铧》和《一个牧人的姿态和几种方式》文中，周涛更是表达了对农耕文明的鄙视、对游牧文明的赞赏。在内地世俗化浪潮的倒逼下，周涛对新疆独特的文化精神越来越自觉、自信，他曾说：“新疆是亚洲中心的一半。新疆是古西域的核心。新疆是蓝眼睛的伊兰人的故地，是浪漫华丽的突厥语的归宿。新疆是处处天险中的条条

道路。新疆是语言隔膜中的无言神交。虚伪庸俗是敬新疆而远之，豪爽真诚进新疆而复活。这就是新疆本质中的一部分。而它的全部，是无法概括的。"① 因此，当面对所谓的中心、内地时，他已经不再气馁、矮人一等，不再害怕那种无理的嘲弄和否定了，他极自觉地为新疆辩护，在激烈的二元对立中把新疆诗意化，"当北京景山的一棵相传是崇祯自挂的歪脖子小树前游人如织时，和田硕大无朋的核桃树王正帝王般张开它苍迈郁绿的伞盖；当病入膏肓的一群招摇扭摆的所谓歌星在屏幕上展览丑态与病态时，喀什的泥墙瓦舍之间、月夜清白之地却飘荡着河流一样浑厚、柔和的真正歌声；当欺骗成为常识、敲诈成为公理、金钱成为准则、叛卖成为创造，一切的价值沉沦在汹涌的潮流之中时，真诚、朴素、人性这类事物的最后栖息地也只能在边陲的某些角落了。人性的理解和笑容，真诚朴素的礼貌和友谊，稀有金属一般在绿洲的田园里闪闪发光、震撼心灵"②。至此，新疆作为边陲，已经不再因远离政治、经济中心而羞愧，而是意识到了自身的本质力量，并转而作为价值圭臬衡量着内地、中心的欠缺与失落。周涛说："边陲是永恒的。它的土地，它的人，总是在时髦的漩涡之外提供某种不同的存在。那就是美。"③ 周涛终于和张承志走上同一条道路，不过周涛是立足人文精神基础上的新疆审美，而张承志是立足于民族宗教基础上的信仰追寻。

与周涛的诗意化新疆体验书写如出一辙，诗人沈苇从遥远的江南水乡来到新疆，无疑也在追寻新疆的诗意和神性。沈苇诗歌在 20 世纪 90 年代诗坛上曾产生较大反响，他扎根新疆大地，对存在、时间、死亡、爱、故乡等核心主题作出了较为深入的思考，又让这些主题染上了浓郁的新疆气息。他的短诗《一个地区》曾被广为称颂，"中亚的太阳。玫瑰。火／眺望北冰洋，那片白色的蓝／那人傍依着梦：一个深不可测的地区／鸟，一只，两只，三只，飞过午后的睡眠"④。该短诗写出了新疆的热烈、高洁、孤迥之美，堪称新疆灵魂的简洁素描。在沈苇的新疆体验书写中，那种供肤浅游客消费的边地风景、民族风情消失了，取而代之的是对新疆大地深及灵魂的孤独咏叹，是对新疆大地万般风物的神性的耐心搜集，就像他说的："我突然厌倦了做地域性的二道贩子。"⑤ 沈苇能够让生命和新疆大地

---

① 周涛：《高榻》，武汉：长江文艺出版社 1996 年版，第 64 页。
② 周涛：《高榻》，武汉：长江文艺出版社 1996 年版，第 216 页。
③ 周涛：《高榻》，武汉：长江文艺出版社 1996 年版，第 217 页。
④ 沈苇：《我的尘土，我的坦途》，乌鲁木齐：新疆人民出版社 2004 年版，第 3 页。
⑤ 沈苇：《我的尘土，我的坦途》，乌鲁木齐：新疆人民出版社 2004 年版，第 193 页。

融为一体，再从中升腾出最个体化、最具有新疆特色的精神姿态。

刘亮程的新疆体验书写到了 20 世纪末期突然成就了一个传奇，他凭借散文集《一个人的村庄》被誉为"20 世纪最后一位散文家""乡村哲学家"。他在散文集里极具诗意地描绘了北疆戈壁滩边沿一个名叫黄沙梁的小村庄的外貌和灵魂。他众生平等地对待所有动物，充分体谅一头驴的生存境遇和脾性，和老鼠共享丰收的喜悦，与狗共同守护着村庄的静谧，分享墙脚下蚂蚁的智慧；他又能够听到野花的大笑，体验一株树的渴望，和野地上的麦子一起沉醉于秋天。他在《村东头的人和村西头的人》文中这样描写阳光："住在村东头的人，被早晨的第一缕阳光照醒。这是一天的头一茬阳光，鲜嫩、洁净，充满生机。做早饭的女人，收拾农具的男人，沐浴在一片曙光中，这顿鲜美的'阳光早餐'不是哪个地方的人都能随意享受。阳光对于人的喂养就像草对于牲畜。光线的质量直接决定着人的内心及前途的光亮程度。而当阳光漫过一个房顶又一个房顶到达村西头，光线中已沾染了太多的烟尘、人声和鸡鸣狗叫，变为世俗的东西。"① 这等朴实流丽又蕴含生命哲理的文字实在是沁人心脾。更为难能可贵的是，刘亮程并没有停留在乡村琐事碎物的展示上，他能够上升到哲理高度来领悟诸多事物。新疆大地的辽阔深邃就赋予了其散文一种内在的精神质感。紧随刘亮程而来的是李娟。李娟书写阿勒泰的系列散文《九篇雪》《我的阿勒泰》《阿勒泰的角落》《走夜路请放声歌唱》在近几年文坛喷薄而出，夺人眼球，再次延续了刘亮程的散文路子，对新疆大地上的人与事作出纯净朴素的优雅展示。她的散文弥漫着新疆游牧民族式的乐天知命、天真好奇又豁达超然的气质。

在 20 世纪 90 年代以来直至 21 世纪的新疆体验书写中，红柯无疑占据着至关重要的地位。十余年的新疆生活彻底解放了红柯的想象力，更换了他的生命意识，反过来脱胎换骨的红柯也成为新疆大地的一个抒情孔道，他以庞大瑰丽的小说世界把新疆精神提升到了纯粹诗意和神性的美好境界。红柯的新疆体验书写具有非常明显的文明批判和国民性批判的意味。在散文《浪迹北疆》中，红柯曾说："弥漫在戈壁沙漠上的绝不是荒凉，而是沉静！这是腑脏最健康的状态，浮躁和喧嚣这类杂音是摈除在外的。……我在黄土高原的渭河谷地生活了二十多年，当松散的黄土和狭窄的谷地让人感到窒息时，我来到一泻千里的砾石滩，我触摸到大地最坚硬的骨头。我用这些骨头做大梁，给生命构筑大地上最宽敞、最清静的家园。"②

---

① 刘亮程：《一个人的村庄》，沈阳：春风文艺出版社 2006 年版，第 49 页。
② 红柯：《敬畏苍天》，上海：上海人民出版社 2002 年版，第 12 页。

他还说："居于沙漠的草原人其心灵与躯体是一致的，灵魂是虔敬的。而居于沃野的汉人却那么浮躁狂妄散乱，心灵荒凉而干旱。"① 由此可见，红柯憧憬新疆、书写新疆，与他反思内地汉族的农耕文明的局限性有关。对于他而言，新疆才是生命的彼岸，代表着一种极其人性化、诗意的生活方式。

红柯在文坛上首先产生极大反响的是长篇小说《西去的骑手》。他要到新疆寻找的就是马仲英所表现的那种血性刚烈的生命精神。他说："我当时想写西北地区很血性的东西。明清以后，西北人向往汉唐雄风，而回民做得好。他们人少，但有一种壮烈的东西。我们这个民族近代以后几乎是退化了。我想把那种血性又恢复起来。……我在马仲英身上就是要写那种原始的、本身的东西。对生命瞬间辉煌的渴望。对死的平淡看待和对生的极端重视。新疆有中原文化没有的刚烈，有从古到今的知识分子文化漠视的东西。"② 因此，他笔下的马仲英，年纪轻轻就揭竿而起，在战场上出生入死，勇猛异常，信奉着"有滋有味活几天，比活一百年强"的生命哲学，最终骑马跃入黑海不知所终。此外，像中篇小说《复活的玛纳斯》中的解放军退伍团长、《金色的阿尔泰》中的解放军营长和长篇小说《大河》中的土匪托海等，都是像马仲英一样血性刚烈之人，支撑起新疆大地的雄性风景线，也映照着甚至批判着内地汉族人普遍存在的国民性的萎靡和怯弱。

从20世纪90年代以来到21世纪，周涛、沈苇、刘亮程、李娟、红柯、温亚军对新疆体验的书写无疑都是立足新疆本土的，重在发掘出新疆大地的主体性，但他们都在和内地的汉文化、国家主流意识倡导的现代性有意识地建立起一种相互映照的关系。因此，他们重在发掘新疆体验中的异质性，如诗意、神性、血性、温情等。但是董立勃在21世纪赢得较大反响的系列长篇小说，如《白麦》《白豆》《米香》等，在描绘新疆生产建设兵团的历史与生活时，却走上了另一条本土化之路。他笔下的那些人物都是新中国成立后到新疆开辟新生活的汉族人，汉族文化已经把他们塑造成形了，到了新疆，新的地域风情、民族文化、精神信仰等似乎已经对他们起不到多大的作用了，他们的命运主要受政治体制、个人性情、自然欲望等的影响。像《米香》中的米香、宋兰、许明、老谢等人，都是地道的汉族人，没有信仰，崇拜权力，精明势利，凡事只考虑个人私利，但也富有生命韧性。他们把汉族文化较为完整地移植到了新疆，建构出了新的家

---

① 红柯：《敬畏苍天》，上海：上海人民出版社2002年版，第10页。
② 红柯：《西去的骑手》，昆明：云南人民出版社2002年版，第294页。

园。因此，董立勃的这些小说和毕飞宇的《玉米》《玉秀》等小说在精神气质、叙事质地上都非常相似。其实，董立勃的这种新疆体验书写的倾向早在陆天明的新疆题材长篇小说《桑那高地的太阳》《泥日》中就已经表现出来了。如果新疆的地域风情、民族文化等没有办法给汉族文化输入一种异质性的活力因素，那么新疆体验书写无疑就丧失了独立称谓的必要性。那样，也许是好事，也许是坏事。

四、结语：新疆体验书写的逻辑脉络和文化建设意义

整体梳理了当代作家的新疆体验书写的历史后，我们可以发现其存在较为鲜明的内在逻辑脉络。

首先是从对国家主流意识的积极迎合到对其有限疏离。新中国成立之初，闻捷、碧野、郭小川、艾青、李季、张志民、李瑛等诗人、小说家到新疆工作、体验生活，几乎都是负有宣扬国家意识形态的崇高使命的，就是要通过文学想象既让内地民众把新疆视为民族国家共同体的不可分割的一部分，又要让新疆当地民众自觉获得民族国家共同体的想象性认同。因此他们笔下的新疆人的少数民族身份会被"中华民族""阶级解放"等宏大语词遮蔽起来。到了 20 世纪 80 年代，王蒙的新疆体验书写虽然没有那么急迫的国家主流意识形态的宣教使命感，但他是要在新疆各族人民民间生活的脉脉温情中去寻找弥合国家主流意识形态裂缝的强力胶水，对国家主流意识形态的认同依然是稳定的。中篇小说《杂色》中的曹千里不愿甘居边疆，渴望再次跃马奔腾，表达的无非就是作者试图获得国家权力承认的身份焦虑感而已。至于新边塞诗派、军旅小说等都是渴望国家主流意识形态的首肯和揄扬的。但到了张承志之后，当代作家的新疆体验书写忽然出现质的变化，对国家主流意识形态的有限疏离几乎成了他们不约而同的立场选择。张承志有意寻找新疆少数民族的不同的民族身份认同，拒绝"中华民族"等宏大词语的粗疏空虚。"半个胡儿"的周涛、红柯等人都超越了国家主流意识形态的民族限制和宗教管控，志在展示新疆大地的不羁灵魂。

其次，从对现代性的无比憧憬到对其适度拒斥。就像闻捷的长诗《复仇的火焰》中的哈萨克族战士沙尔拜对草原上的现代机器文明的憧憬中所表现的那样，闻捷、郭小川、碧野等人不言自明地把新疆视为被现代文明遗忘的角落，如今随着新中国成立后现代化建设的高潮掀起，未来的幸福美满指日可待。王蒙等人为遭受极左政治运动干扰的新疆现代化建设而扼

腕叹息，希望从民间社会中寻觅新的力量尽快重启现代性的宏大工程。新边塞诗派、军旅小说等都试图从新疆大地中去寻觅刚烈的生命精神、开拓精神，参与到现代化大潮中去。但张承志的新疆体验书写却质疑了这种唯现代文明马首是瞻的盲目趋势，他笔下的人物逆潮流而动，显示出了较明晰的反现代特质。周涛对边陲的发现、红柯对边疆精神的提倡，也是对张承志精神的延续。至于刘亮程、李娟等人那么专心致志地描绘被现代文明大潮遗忘的小村庄、阿尔泰边地，而不是向往都市的中心、市场的繁华，本身就具有浓郁的反现代意味。

再次，从对新疆的风景化观照到对其内在主体性的发现。这是与前两个脉络构成呼应的。闻捷、郭小川、碧野、张志民等人对新疆体验的书写大都是停留在风景化的粗浅层次上。他们被新疆大地奇异的自然美景、多姿多彩的民族风情所陶醉，但因被国家主流意识形态裹挟，尚未能发现新疆内在的主体性。王蒙倒是一度能够和新疆少数民族打成一片，但受制于高度实用理性化的本民族文化，他也只能发现本民族文化可以接受的新疆特质，而发现不了超越于本民族文化的新疆更独特的生命精神。新边塞诗派是较早书写新疆内在的主体性的，但这种主体性还是被制约在主流意识形态许可的范围内。直到张承志，新疆大地独特的生命精神、多民族宗教文化的超越之维等显示内在主体性的东西才首次被当代作家以极具诗意、叛逆的方式张扬出来。张承志甚至认为新疆这个名称都暗示着中心对边疆的轻视，从而有可能否定其主体性。周涛、红柯、沈苇、刘亮程等人都已经摆脱了对新疆的风景化观照，已经建立了对新疆的内在主体性书写的不同模式。

理解了当代作家的新疆体验书写这种内在历史与逻辑脉络，我们才可以清晰地勾勒出其文学史价值乃至对当前文化的建设意义。最关键的是，当代作家的新疆体验书写为当代文学乃至当代中国社会输送了迥异于内地以汉族文化为中心的异质文化经验。新疆体验书写的文化意义和内地不同的地域文学的文化意义迥然不同，因为像内地的荆楚文化、湖湘文化、江南士风、三秦文化乃至东北黑土地文化基本上都是汉族文化的地方性演绎。但新疆体验书写处理的乃多民族聚居的、自然风物迥然相异、宗教信仰截然不同乃至生活方式都差距甚大的异质文化经验。而这种异质文化经验相对而言更具有自由品格，更多姿多彩，更富有血性和强悍的生命意志，因此恰恰能够弥补内地汉族文化的欠缺。正如红柯在《文学的边疆精神》所说的："中国人最有血性最健康的时候总是弥漫着一种古朴的大地意识，亚洲那些大江大河，那些名贵的高原群山就是我们豪迈的肢体与血管，奔腾着卓越的想象与梦想。边疆一直是我们古老文明的摇篮。中国文学有一种伟大的边疆精神与传统。这是近百年来我们所忽略的。我们总是把目光盯着所谓的发达国家，却忽略了自己家园里的另一种高贵而美好的东西。"①当代作家的新疆体验书写，尤其是张承志、周涛、红柯、沈苇、刘亮程等人的新疆体验书写，复活的就是这种大地意识，这种伟大的边疆精神传统。这种独特的边疆精神、异质文化经验对于当代中国人的精神重建必将产生持续而重大的影响。

---

① 红柯：《敬畏苍天》，上海：上海人民出版社 2002 年版，第 279 页。

地域文化视域下的西部文学两种叙事模式

吴 矛

（江汉大学）

一、西部文学概念的界定与西部文学的叙事资源

文学是人生命意识的表征，任何有价值的文学作品必然来自个体独特的生命体验，必然来自个体与世界对话，必然来自个体所生活的地理环境和人文环境对他的滋养，必然来自个体对他所成长的地理环境和人文环境的突围与超越，描绘广袤苍凉的西部与西部风景交相辉映的西部文学同样如此。

在对西部文学叙事作简单讨论之前有必要对西部文学的概念和西部文学的叙事资源作简要的清理。

我认为作为地域文学概念的西部文学概念的边界划定，只能以文学作品叙事内容所发生的地理位置为依据。因为全球化背景下复杂的个体性地域文学写作的边界很难以作品的叙事风格或作家的居住地点为依据来加以界定，因此西部文学即描绘西部的文学。地理意义上的西部地区辽阔广大，占全国国土面积一半以上，西北的陕西、甘肃、青海、新疆、宁夏、内蒙古和西南的重庆、四川、云南、广西、贵州、西藏及湖南的湘西土家族苗族自治州、湖北的恩施土家族苗族自治州共同构成这一区域。又由于西部地区南北人文地理差异巨大，我们不妨在西部文学概念的内部将其界分为西北文学和西南文学这两个既相互独立又相互连通的文学单位，需细分时可分别界分为西北文学和西南文学，无须细分时可合为一体统称为西部文学。

西部文学的叙事资源之一是由东往西渐次升高和展开的地球上最辽阔雄奇的西部人文环境和地理环境。从古至今，这里既荒凉贫瘠，又物产丰饶；既道路艰险，又四通八达；既保守闭塞，又粗豪开放。在山与山相接的谷地奔流着冰消雪融而成的河流，在冷寂无人的高原湿地孕育着黄河、

长江和澜沧江的源头，在荒芜的地表下埋藏着无数的矿产宝藏。这里"阳关"以外辽阔的边地远离华夏文化中心，少数民族的文化普遍不发达，辽阔的地域内部也没有生长出完整自足的文化体系。这里的高险荒凉还阻隔了中华文明与世界文明的交通；可远古时期的陕西蓝田和甘肃大地湾等古文化遗址、辉煌灿烂的长安、如彩带连通华夏与世界的丝绸之路、宝石般璀璨的敦煌石窟却又点缀其间。它连通中西亚和欧洲的地理位置更使它成为世界文明和中华文明的融会之地。中国历史最精彩、最高潮迭起的历史时期恰恰是这里东西部文化冲突最激烈、融汇最深切的历史时段，如果没有西部的人文地理的存在，如果没有西部的游牧性格与农耕性格的交融与冲撞，我们很难想象得出数千年来的中国历史会是何等的走向和模样；如果没有西部的存在，我们也很难想象得出中国文学会不会形成由蔡琰、鲍照、李白、杜甫、王维、王昌龄、王翰、王之涣、岑参、高适、李颀、李益等诗人开创和建构出的伟大的西部文学传统。

西部文学的叙事资源之二是西部人独特的性格和文化心理。与东部那些人与自然被现代文明阻隔起来的人比起来，西部人固然离大自然更近一些，可以和大自然直接对话。可西部自然环境的封闭性、文化环境的停滞性、社会结构的超稳定性却使这里的时间停止。尽管居住于此的汉族、藏族、回族、蒙古族、维吾尔族、哈萨克族等 43 个民族的性格复杂而多元，但各民族既自成一体又相互交流的性格文化并没有产生能够推动历史前进的显性力量，这里各民族的整体文化心态是闭塞和保守的，这种整体性的闭塞保守超稳定的文化心态甚至一直延伸到改革开放和西部大开发以后。也许，随着西部人物欲的进一步被唤醒，随着现代工商业社会转型在西部的逐步达成以及现代文明对西部同化的逐渐加深，西部的社会形态和人文心理会发生巨大的改变，但西部独有的地理环境恐怕依然会冲破现代工商文明对人心的遮蔽，继续维系人与自然的血肉联系，继续为西部文学提供生生不息的生命体验和写作资源。

西部文学的文学表述方式十分复杂，其主要表述方式通常有两种，一种是对西部性格和人文地理作同构性表述，一种是对西部性格和人文地理作超越性表述，下面对这两种表述模式作简要分析。

二、西部作家对西部的同构性表述

所谓对西部性格和人文地理作同构性表述是指作家对西部独有的美好性格和人文地理作肯定性、赞颂性表达。西部性格和人文地理是一个立体的整一的概念，它由历史传统、宗教信仰、民情风俗、社会结构、生产方式、生活方式、文化心理、人物性格、语言系统、自然地貌、气候特征等因素共同构成。人的意义必须建立在与人和自然对话的过程中，当作家以自我在地域性的人文地理环境中的生命体验为资源，建构一种与西部性格和人文地理同构的表述自我与他者存在意义的文学语言系统的时候，即是在对地域性的人文地理作同构性表述。这种同构性表述因为主要是在赞美人和自然，因而其叙事基础是"人性本善"和"天人合一"的人性与生命观念。西部壮阔雄奇的自然人文景观是同构性表述的重要推动力，这种推动力促成写作者得到新的写作发现并获得与他人对话的话语能力。两汉盛唐时期的边塞诗人是西部人文地理同构性表述的开创者，新时期之初以杨牧、周涛、章德益、昌耀、林染为代表的"新边塞诗派"诗人则是这一文学表述传统的现代继承人，用视觉性抒情叙事来建构新的美学价值，是这一类作品的共同特点。用阔大的意象、雄浑的气象向大自然发出生命的礼赞，用大自然赐予的语言表达千百年来延绵不绝的悲怆、坚毅的生命体验是他们作品的总体风格。张承志20世纪80年代中期写作的《北方的河》，借北方的河表达他深远、宏富的生命体验，他对河湟谷地彩陶的描述使得他的这部小说成为西部人文地理同构性表述的经典之作。饱经磨难的浪漫写实作家张贤亮则是西部人性的歌唱者，他特别善于虚构散射着圣洁光辉的女性来达成对他灵与肉的拯救，他塑造的李秀芝（《灵与肉》）、黄香久（《男人的一半是女人》）、乔安萍（《土牢情话》）等西部女性形象既是美善女性的象征也是西部美与善的象征。他说："这些艺术形象虽然在现实生活中并没有具体的模特儿，但她们的心灵，的确凝聚了我观察过的百十位老老少少劳动妇女身上散射出来的圣洁的光辉……在她们的塑像中就拌和有我的泪水。在荒村鸡鸣，我燃亮孤灯披衣而起时，我甚至能听到她们在我土坯房中走动的脚步，闻到她们衣衫上散发出的汗味。从某种意义上来说，她们一个个都是实有其人。"①

　　陈忠实的《白鹿原》同样也是西部传统人文精神的颂歌。《白鹿原》以拉美魔幻写实的叙事框架将目光聚焦于陕西关中的一个村落，重新描画了宗法制逐渐毁坏的近现代历史景观。陈忠实以儒家思想的践行者白嘉轩和儒家思想的精神领袖朱先生为轴心所铺陈的乡村叙事，在一定程度上肯定和歌颂了西部土塬上宗法社会存在的和谐性和合理性。

　　还有一类作家和诗人则将人性美、自然美融会一处来表达生命的礼

---

　　① 张贤亮：《张贤亮选集》，天津：百花文艺出版社1995年版，第190页。

赞。邵振国、王家达、唐栋、李本深、李斌奎、王宗仁、马原、扎西达娃、杨志军、井石、红柯、张驰、雪漠、姜戎、益西卓玛、央珍、白玛娜珍、格央、梅卓、马琴妙等诗人和作家就特别善于挖掘西部别样的人性美和自然美，他们的诗歌和小说叙事有着冲决平庸的审美力量，他们的诗歌与小说综合性的不受羁绊的西部同构性表述，不仅证明了文学力与美的价值，也证明了西部力与美的价值。

三、西部作家对西部的超越性表述

还有一些西部文学作品在展现西部人情画、风俗画、风景画的同时，或超越西部的现实存在以表达对西部陋习进行批判，或仅仅只是以西部人情、风俗、风景画为寄植体寓言性地表达人类永恒性的主题。前者我们不妨将其称为超越性批判表述，后者我们不妨将其称为超越性寓言表述。前者以张承志的《黑骏马》为代表，后者以马原的《冈底斯的诱惑》为代表。这两类作品的叙事范围无论是从叙事的主题层面看还是从叙事的形象层面看都既属于西部但又不仅仅属于西部。如果说批判性作品的超越性西部叙事还植根于西部大地的话，寓言性作品的超越性西部叙事则几乎完全是"虚拟性"的。这两类作品表达的是作家对人类现实困境和生存困境的关心。批判性叙事作家所承袭的多是鲁迅及乡土作家审视国民灵魂的叙事传统，寓言性叙事作家所借鉴的多是改革开放以后引进的域外现代派小说特别是拉美魔幻现实主义小说的叙事手法。

《黑骏马》开西部超越性批判叙事之端绪，小说里的孤独骑手不再像同构性叙事小说里的主人公那样和西部草原的自然风景和人文风情融为一体，而是在赞美西部固有的善良和淳朴的同时，又对西部固有的陋习和愚昧发出了深深的质疑。像张承志这样的西部作家还有路遥、杨争光、柏原、张驰、王家达、浩岭、雪漠等人，他们往往和现代文学史里的乡土作家有着相似的人生经历和创作经历：来自乡土，回望乡土，审视乡土，批判乡土。他们用风格各异的经验叙事表达了质疑、批判乡土愚昧历史循环的共同主题。

《冈底斯的诱惑》是超越性寓言叙事的经典之作，这篇小说所表现出的反真实性的写作态度、迷宫式的叙事设计、因果链断裂的逻辑关系、开放性的叙事结构所达成的颠覆传统世界观和文学观的形式即内容的叙事效果，早使它逸出了西部小说的叙事范畴而有着更为普泛的文学意义。

阿来的《尘埃落定》同样也是西部超越性寓言叙事的经典之作，这部作品固然不像《冈底斯的诱惑》那样用形式主义故意偏离具体的历史现实语境，但他所虚构的魔幻故事也绝非是在用小说再现和复活藏族土司文化，而是借土司文化制度下各色人等的充分表演来探寻有关智慧、权力、信仰、情欲、人性和爱情等永恒性主题。

　　贾平凹不少作品兼具批判性写实叙事和寓言性魔幻叙事的特点，他这类小说作品的叙事的写实和魔幻往往融会无间、独到而传神。他的《鸡窝洼人家》既有传统笔记体小说逼真细腻的写实，又有聊斋式的中式"魔幻"，这种亦实亦虚的写作手法将中国乡土普遍存在的优美与固陋刻画得入木三分。至于他轰动一时的长篇小说《废都》则入拉美魔幻写实之一路，突破了西部的地域局限，寓言性地表现了当代人普遍存在的堕落、异化与精神荒芜。

重识新疆文学及其当代意义

袁盛勇

（重庆师范大学）

新疆文学在以往并未受到太多关注，是被边缘化的存在，人们往往在评介其发展走向及其相关内涵时，多以边地文学、少数民族文学和中国西部文学予以指称。这样一些名称，尤其是人们用得最多的西部文学，其实是存在很大问题的。因为中国西部不论就地理空间、行政区划还是文化与审美属性而言，都不是一个统一的存在，而是在不同区域内具有其各自不同的特性，有的即使在同一区域内又可以存在各种不一样的文化和人生。再者，西部文学中的"西部"总是给人一种单调、粗犷，以及尽管神奇但又落后的想象。在内地很多人们心中，即使到了资讯非常发达和迅捷的今天，西部给人的感觉和想象还是与落后和野蛮联系在一起的。也许，在经济规划和建设上，人们把中国区分为东部、中部和西部，有其客观而积极的价值，但是把"西部"这个说法套用在文学和文化上，我以为是很不确切的，因为它未尝没有一种在价值上予以贬低的心理暗示和导引，是或多或少有着某种歧视意味在里边。总之，无论从何种意义上说，我是不赞同用一个西部文学来概括所有产生在中国西部的文学，尤其当我们面对新疆文学这一具有独特美学和文化内涵的文学历史与存在形态时，就更是如此。

令人欣喜的是，自 21 世纪以来，新疆本土的文学批评家和研究者对此有较为自觉和清醒的认知，新疆文学正在以一种不容置疑的积极面貌呈现在人们的精神世界里。这方面的突出成就，应该是以夏冠洲等人撰述的《新疆当代多民族文学史》的出版为标志。该书于 2006 年由新疆人民出版社出版，共分小说卷、诗歌卷、散文·报告文学卷、戏剧·影视文学卷、文学翻译卷、文学评论卷等六大卷，规模宏大，并请王蒙等人作序，用心良苦，在学术界产生了较大影响。有研究者指出：该书把从新中国成立初至 20 世纪末这一"半个多世纪中新疆出现的重要作家、重要作品、文学思潮、文学流派等复杂的文学现象，放在世界语境和新疆多元文化的大背景下进行了认真的梳理、论析和整合，并对新疆当代多民族文学的文学源流、基本成就、发展历程、创作经验、相互影响、发展规律、文学的共性和个性等问题第一次进行全面检阅和系统研究，集中反映出新疆当代多民族文学的丰富性和整体性"，因而它是"新疆当代文学研究中一部全景式的集大成之作"①。可以说，这部当代新疆文学史著作凝聚了新疆本土研究者的多年心血，学理性的严肃中蕴含了他们在审视新疆文学时所具有的自豪感和尊严感，也寄托了他们对于当下和未来新疆文学的深刻期许。其间所包含的一些研究和写作经验，不仅在区域文学史研究和写作领域具有重要启示价值，而且对于如何重新认识新疆文学的当代性生成及其跟当代中国文学的互动性关系，也具有非常重要的参照意义。此后，新疆文学发展中出现的种种文学现象、文学思潮、文学作品等，均大都重新进入研究者的视野，也出现了一些较为坚实而富有创见的成果。当然，严格说来，这些成果中大部分还是不够丰厚的，值得研究者尤其是新疆本土的研究者付出持续而更大的努力。

　　不妨以几位具体作家的创作为例，来谈谈我对新疆文学之一部分的重新理解。新疆文学在当代中国文学地图上，无疑属于一个区域文学的概念，是大中华文学或中国文学总体中一个不可缺少的重要部分。在《新疆当代多民族文学史》中，夏冠洲等学者认为当代与新疆有关的作家作品和文学现象均可看作是新疆文学的一部分。根据作家作品对新疆的生存体验及其书写的不同程度来分：第一类是长期居住和生活在新疆的本土作家，这里既有汉族作家，更有少数民族作家，他们创作的作品毫无疑问属于新疆文学研究的重要对象；第二类是曾经长期留住新疆后来才移居到内地的作家，他们以新疆为背景创作的作品也是属于新疆文学的一部分；第三类是对新疆做过短期访问的作家，他们以在新疆所见所闻所感为题材创作的作品。② 应该说，这种看法还是较为合理的，它既考虑了作家，又顾及了新疆，还兼顾了作品所写的实情。置放在这样的阐释框架中，闻捷、碧野以及后来的张承志等人创作的新疆题材文学作品，无疑属于第三类；而为大家津津乐道的王蒙，无疑属于留住新疆较长的作家了。

　　说实话，就笔者的个人阅读经历而言，最初吸引我对新疆颇感兴趣

---

　　① 郑亚捷：《地域文学研究的新收获——评〈新疆当代多民族文学史〉》，《民族文学研究》2009 年第 3 期。

　　② 参见夏冠洲等主编：《新疆当代多民族文学史》，乌鲁木齐：新疆人民出版社 2006 年版，第 9 页。

的，是那个不仅在新疆而且后来在内地广为流传并深受喜爱的阿凡提，他的聪慧、幽默和智慧，他的不畏强权、言行举止中所透露的人性之美，其实不仅仅是属于新疆的，而且是属于中国的，也是属于世界的。然后就是闻捷抒情诗集《天山牧歌》中的爱情诗吸引了我，其间所表达的那种健康向上的爱情观念，那种女性柔情的坚定和优美，那种牧歌般动听的语言和诗歌所营造的美的氛围，很长时间不仅引起了我对当代诗歌的阅读激情，而且引起了我对天山南北的遐想和神往。《葡萄成熟了》《苹果树下》、《种瓜姑娘》《夜莺飞去了》等诗作，真是耳熟能详，这在当代诗歌史上应该说是比较少见的现象。闻捷的爱情诗在 20 世纪 50 年代之所以风靡一时，并且至今仍能受到读者的喜爱，一个重要原因在于诗人把一个时代的气质——比如对劳动的推崇——和新疆相对于内地而言的异域风情以及爱情等永恒的文学元素结合起来。闻捷当时所写的大都是维吾尔族、哈萨克族、蒙古族等年轻一代的感情生活，它们如花朵一样盛开在吐鲁番、和硕草原、开都河畔。种瓜姑娘对于追逐自己的青年，尽管她受到了对方火样激情歌唱的感染，但仍然坚守一个原则，这就是"要我嫁给你吗？你衣襟上少着一枚奖章"（《种瓜姑娘》）。对于新的爱情—劳动观念的抒写，在其诗作《金色的麦田》《送别》《信》等中也得到反复表达。可能有人据此以为闻捷的爱情诗是一种虚假的矫情，是一种属于意识形态的东西，更何况他所叙写的是少数民族男女的爱情，诗人只是一个旁观者，但问题是，对于劳动的肯定和歌颂难道不是文学的一个永恒主题吗？劳动对于人类来说难道真的就只是一种没有恒定意义的矫情吗？闻捷在对"他们"——新疆青年男女——爱情生活的优美而不乏幽默、机智的书写中，难道就真的没有将自己对于爱情的想象和遐想蕴含其中吗？应该，在 20 世纪 50 年代初期的时候，整个国家和社会还是非常清明，具有一种积极向上的精神的。所以，闻捷的书写应该是表达了一个时代的真实的。他在生活于新疆的各民族人民尤其是青年人身上，看到了这样一种新的气象，无疑跟当时整个国家和社会的气氛是相当一致的。闻捷的爱情诗其实也包含了他对远在内地的亲人的思念，是有着属于他自己的那份对于爱的神往和执着在里边的。

王蒙跟新疆的关系非同寻常，他称新疆为第二故乡。这是因为，他以"右派作家"的身份于 1963 年底从北京放逐到新疆伊始，到后来离开，在此度过了漫长的 16 年，这段时间正是他人生 29 岁至 45 岁的黄金时期，可以说，他把自己生命当中最好的年华都献给了新疆。有研究者指出，"王蒙与新疆之间其实是一种双向互动的关系，新疆既有大恩于王蒙，王蒙也有力地馈赠回报了新疆"①。这个观点是非常准确、实在的。王蒙正是感恩于在新疆的人生，才会不断地回报新疆。对于一个作家而言，其馈赠的最好礼品无疑就是他关乎新疆经历的书写了。他先后以新疆为背景和题材创作了大量作品，多达百余万字。其中既有小说，也有散文。而其叙述和抒情的基点，其实大多都表现在他那为人称赞的八篇系列小说《在伊犁》之中。他的所思、所爱，他对新疆悠长绵远的诗情回味，在这些小说中都有了。在新疆题材的作品中，研究者认为王蒙"表现了维吾尔、汉、哈萨克、回等各族人民追求幸福而同坏命运抗争的勇气、智慧和信心，并对他们逐步告别旧生活、迈进现代文明表示了深情的祝福"。王蒙小说中"众多人物性格的特征和发展轨迹，甚至某个习惯的动作表情，无不体现了本民族地域文化的特点和民族精神，也无一例外地可以找到其民族文化心理的内在依据，因此显得十分自然、妥帖、真实、生动。而小说中那数以百计的、精细的、出色的风情民俗事象的描绘，也极大地提高了这批小说地域文化的氛围和美学品味。十分显然，王蒙作为一位汉族作家，在表现新疆少数民族地域文化上的成功经验，在新疆汉语小说家中的经典价值或标本意义是不言而喻的"②。应该说，这个论断也是比较中肯的。王蒙的创作跟新疆尤其是伊犁是那样难以分割地联系在一起，曾有学者称他为伊犁河畔的诗人，我想，这是确切的。我曾感到，王蒙在其重返北京之后的工作与生活中，无论多么忙碌，只要其把思维的触角伸向伊犁，他的灵魂就能得到安慰，归于平静，所以伊犁是他心灵栖息的港湾，是可以给他精神疗伤的原初之地，是他可以开始人生逍遥游的地方。王蒙的内心应该说是纯净的，有着一种基于老布尔什维克信仰的纯粹，他笔下描写的伊犁，风物人情，都是那样温馨，令人流连。可以说，他在对于沉重岁月踪迹的回味和书写中，发掘和礼赞了底层民众生活的丰富和意志的坚强。这也是其新疆题材作品最为感动人心的地方之一。但是，问题也于此浮现出来。

王蒙笔下的新疆，是重回北京鲜花重放之后缕缕思念和想象的结晶，新疆已经成了一种充满诗意的遥远存在，是诗与真的结合。他的地位、身份，仿佛一下子又高大起来，他在回味和书写中，一个老布尔什维克的姿态总是顽强地屹立在他内心深处，这既是一种信仰，一种阳光，但也可能是一种暗影，是一种意念的幻象。王蒙在很多时候，已经自觉不自觉地把

---

① 夏冠洲：《王蒙对于新疆文学的意义》，《伊犁师范学院学报》（社会科学版）2011 年第 1 期，第 59 页。

② 夏冠洲：《王蒙对于新疆文学的意义》，《伊犁师范学院学报》（社会科学版）2011 年第 1 期，第 61 页。

自己"从组织部新来的年轻人"忽然提拔、成长或自诩为一个具有反思意识但在骨子里却仍是那样高高在上的老干部张思远了（《蝴蝶》）。这就使得王蒙笔下的新疆有可能成为一个意念的幻象。新疆在那样一个水深火热的岁月里，不可能只有温馨和甜蜜，其忧伤和悲凉所凸显的生活的复杂性、文化的复杂性、人性的复杂性，在王蒙的新疆图景中显然被过滤了。在这个意义上，王蒙新疆书写所表达的真实性值得质疑，至少在我看来，是不够真实的，是没有表达出一个时代的历史真实、没有表现出那个时代震彻心扉的痛感的。王蒙的新疆书写有时读来，感到缺乏那样一种史诗般的大气，一个重要原因或许正在此处。或许是爱屋及乌的缘故吧，热爱王蒙的研究者有时总是采取一种仰视的视角看待王蒙及其作品，有时不由自主地就采取了一种神话王蒙的态度。比如，有研究者在探究王蒙对于新疆文学的经典意义时，就把王蒙曾经在新疆尤其是伊犁六年的农村生活上升到了是作家善于深入底层生活的"表率意义"①的高度来进行论述。我在前面引述了这位前辈学者的不少观点，以为是切中肯綮的，而唯独对此却难以苟同。何故？主要在于王蒙来到新疆本是一种无奈的选择，是一个时代的悲剧。试想，倘若他没有被划为"右派"，倘若政治清明、国家祥和、社会安定，他会挈妇将雏自我放逐到边地来吗？王蒙离开北京，其实是一种被迫选择的投机。当然，事后看来此种投机的胜利也是可以从一个侧面反映他的政治和人生智慧。王蒙后来之所以感恩新疆，一个重要原因就是他有可能在远离政治中心的地方躲过了一场生命的浩劫。在这个意义上，王蒙即使后来选择到伊犁农村劳动生活六年，在客观上让他深入了解并融入了底层维吾尔农民的生活与文化，但在我看来，也不能据此把这个举动作为一个深入生活的榜样来宣扬。重新理解王蒙这类作家对于新疆的书写，需要人们对之采取一种还原和反思并重的态度。难道不是吗?！

　　当然，不论对于王蒙还是闻捷等人，他们之所以能够被新疆人们记住，一个重要原因就是他们发自内心的对于新疆这片神奇土地和文化的爱。鲁迅说，创作总根于爱。没有那种真挚而深沉的爱，作品是不会永远打动人的。但是，文学也是一种审美的艺术。王蒙、闻捷等人的作品之所以令人喜爱，在新疆题材的创作中不难看出他们对新疆各民族艺术和文化资源的创造性借鉴和转化。倘若能够在这部分的新疆文学中找到那种汉族文学对于少数民族艺术资源的自觉化用，总结一些成功的经验，那么，新疆文学在当代中国文学中的价值就会得到进一步增强。比如闻捷《天山牧

---

　　① 夏冠洲：《王蒙对于新疆文学的意义》，《伊犁师范学院学报》（社会科学版）2011 年第 1 期，第 61 页。

歌》中的一些诗作对于维吾尔族情歌的互文性运用，其叙事长诗《复仇的火焰》中的一部分对于哈萨克族民间叙事诗《萨里哈与萨曼》在情节设置上的成功借鉴，以及在创作形式上对于哈萨克族阿肯对唱——一种独特的诗歌创作方式——的化用，① 如此等等，不一而足。只要通过深入细致的研究，把闻捷诗歌创作中的这些新疆民间文学和文化元素揭示出来，发掘其受到影响的路径、方式及其成为新的经典作品之后所产生的美学与文化效果，那么也就为重新理解闻捷、重识新疆文学及其当代意义找到了一条很有意味的林中之道。对于王蒙新疆题材的小说创作也可作如是观。倘若真能如此去勘探其小说跟新疆各民族文学和文化的关系，找到其受到影响的方式，洞察其受到影响的程度，并且理解其创造性转化运用之后所达到的新的美学和文化高度，那么，新疆文学对于当代中国文学发展的更大价值不是可以得到进一步证明和诠释吗?! 况且，倘若把那些富有别一创造特色的新疆本土作家的创作考虑进来，想办法让他们的作品为人们更加熟知，那么，其间所含有的种种不一样的美学质素在总体上就更能给当代中国文学以启发和推进。在这意义上，新疆文学内在的深度和广度，就更值得批评家和研究者予以深入认识和发掘。

季羡林曾经指出："世界上历史悠久、地域广阔、自成体系、影响深远的文化体系只有四个：中国、印度、希腊、伊斯兰，再没有第五个；而这四个文化体系汇流的地方只有一个，就是中国的敦煌和新疆地区，再没有第二个。"② 这是一个多么鼓舞人心的论说，也是一个多么不容争议的历史事实。新疆多元民族文化交流和融合的历史与现实，已经在新疆文学作品中得到过不同程度的表达。我想，随着新疆文学主体性的觉醒和确立，新疆各民族的作家必将在这样一个具有历史性意义的文化汇合之处，创作出更多无愧于时代和这片神奇大地的优秀作品。也许到了那一天，人们对新疆文学及其所具有的重大历史价值的认识，又会重新开始。

---

① 参见成湘丽：《重读闻捷："异质性"与审美"合法化"的获得》，《新疆大学学报》（哲学人文社会科学版）2008 年第 6 期。

② 季羡林：《敦煌学、吐鲁番学在中国文化史上的地位和作用》，《比较文学与民间文学》，北京：北京大学出版社 1991 年版，第 112 页。

前现代时期新疆多民族文学的启蒙序曲[①]

胡康华

（新疆财经大学）

在对新疆多民族文学的现代性演进进行总体研究时，需要注意其在发展历史上的"特殊语境"。这就是新疆无论从社会学意义、文化形态或地理特征等方面，都有着与内地不同的特殊性所在。我们在对现代性进行历史描述的时候，已经特别强调了必须注意各个国家和地区进入现代的时间的不同，也将对那些不同的起点及其标志性事件进行准确的指认与判定。由此，基于我们在已经对现代性的定义、性质、特征都有了明确认识之后，对于新疆多民族文学的现代与前现代的时间界标，就有了一个相对清晰的划定。

首先，按照编年史意义上的解释，我们可以把新疆社会和文学现代性的起始阶段，定为新中国成立以后，因为这是一个"新的"世界体系生成的时代。这个时代无论是从社会组织结构方面，还是思想文化方面，已经形成了一种与传统社会的存在特征和经验模式完全不同的社会形态。中国当代文学的审美现代性经验，在轰轰烈烈的五四新文化运动之后经历了几十年坎坷的发展，基本上完成了从现代性观念到实际意义的转型。正如艾光辉教授在分析维吾尔族文学时所指出的那样："新中国的成立和新疆维吾尔自治区的建立，对包括维吾尔文学在内的新疆少数民族文学的影响是极为深刻的。这表现在：首先，新疆的政治结构、社会形态及生活秩序这些关系文学发展的重要外在因素发生了历史性巨变。其次，主流意识形态对少数民族文学的统摄力得到了历史性强化，形成了对文学资源与载体的高度垄断，宗教文化对文学的影响被极大地弱化。再次，新政权推行的新型民族政策使少数民族文学的大发展获得了历史性的机遇。另外，新疆汉语文学的迅速崛起使少数民族文学与内地汉语主流文学交流对话的诸多障

① 本文为新疆哲学社会科学课题"新疆当代多民族文学的现代性演进"（项目编号：11BZW097）的中期成果。

碍迅速消弭，时空距离大为缩短。这些变化使得维吾尔文学进程与新中国文学的同步性大为增强。"①

新中国的成立，是我国各方面现代性的开始。那么，新疆多民族文学的前现代时期，应该是20世纪初到新中国成立前的这个历史阶段。这是新疆多民族文学的现代性演进的萌芽阶段，也就是社会学意义上的前工业化时期。按照现代性的核心价值内容是"启蒙"的理论，这一历史时期，新疆文学的启蒙，主要来自两个方面，这就是我国"五四新文化运动"和苏联社会主义文学。新疆多民族文学的现代性演进，是经历了20世纪三四十年代的前现代时期，主要受到我国"五四新文化运动"和俄苏文学的双重影响。我们在对新疆当代多民族文学的现代性演进研究中，应该把它作为现代性的滥觞。

在对"五四新文化运动"和苏联社会主义文学对新疆多民族文学的现代性演进的影响进行描述与研究时，还应该重视这种双重影响在传播上的一个非常关键的前因，也就是晚清的"维新变法"思想和辛亥革命时期的新疆真实现状。可以说，这种双重影响的传播广度与深入程度，与19世纪末到20世纪初的晚清"维新变法"和辛亥革命有着直接关系。对这一历史阶段的社会变革和启蒙思想发展的研究，有助于我们更为准确地把握和理解新疆当代多民族文学现代性演进的渊源和流变。

纵览新疆多民族文学的现代性演进，应该从丝绸之路和中亚文化背景上进行考察与审视。新疆文化所具有的特殊魅力和无限活力，就在于它的多元性与开放性。各个民族在长期聚集中，各种思想和文化在相互碰撞甚至是冲突的交流中，产生了新的融合与吸纳。这种多元、混血产生的丰盛与充沛的生命力，一直是新疆多民族文学最为珍贵的精神遗产。

前现代时期，是传统社会向现代社会转型的初期阶段，也是新旧思想冲突最为激烈的历史时期。19世纪60年代以后，西方的"天赋人权"和"社会契约"等现代社会理念陆续通过传教士传入中国，传统的君权神授说受到动摇，特别是晚清维新变法时期，君主专制思想受到猛烈批判，民主思想日益深入人心。产生于西方的启蒙主义思想，从文艺复兴的人文主义承继来的传统，强调天赋人权、自由平等观念，经过中国近代一批思想家的鼓吹和宣传，逐渐为更广泛的民众所接受。启蒙主义创建了一种新型的具有普遍性的价值基础和认知形式，为现代性思想提示了行动的根基。正如陈晓明先生所说："人类的实践和思想活动，都因此统一在共同的社

① 艾光辉：《新疆当代文学对民族优秀文化传统的传承与发展研究》，成都：西南财经大学出版社2013年版，第13页。

会理想和目标上。自由、平等以及普遍的正义，启蒙主义探求的理念，不是意指着人性，或人的行动后果的可能性，而是人的活动先验存在的依据和要基。"① 按照现代性的基本理论：现代性的文化意识和审美意识，实际上体现出的是一种文化嬗变，是对传统文化中曾经那些不可变异的、超验的理想美的观念，转变成一种现代社会产生的、不断变化和发展的、内在的审美意识。

这种现代性体现在精神方面的变迁，自然会让趋于没落的封建权势和衰落的旧式宗教的传统力量惊恐万状，他们不甘心退出历史舞台，便与新型的城市发展、工业文明产生的资本主义萌芽进行着拼命的搏斗，战斗在这时陷入了胶着状态。

> 醒来吧，朋友，看看你的周围，
> 收进你眼帘的是什么？
> 放眼思量，他们来自欧洲，从陆海空中来，
> 我们应汲取什么？

> 一切民族在高空翱翔，
> 我们为何比他们低千丈？
> 是什么使他们上了天？是科学。
> 是什么使我们低了千丈？
> 沉思吧，穆氏，是愚昧、迷信，
> 我们怎么办？②

我摘选的两首短诗，是远在新疆喀什地区阿图什的两位维吾尔族佚名诗人在 1907 年创作的。从这两首诗歌中，我们可以明显地感受到，尽管当时的新疆在政治经济文化等各方面都处于封闭落后的状况，但在新疆的思想文化界蕴藏着强烈的革新意识。各民族的先进知识分子和广大群众，对当时积贫积弱的国家形态十分不满，对英、俄等帝国主义国家一直觊觎新疆、试图瓜分窃取的掠夺行径忧心忡忡，他们在接受了西方现代思想文化之后，一直在寻找和探索一条国家强盛、共同进步的光明之路。

关于新疆前现代时期各种先进思想对新疆社会文化各方面的影响，长

① 陈晓明：《现代性与中国当代文学转型》，昆明：云南人民出版社 2003 年版，第 15 页。
② 《火炬》，阿图什市纪念维吾尔族新型教育诞辰 110 周年领导小组编印，内部刊物，准印证（新出）011 号，第 56 页。

期以来，有一种观点认为，由于当时中央政府的腐朽无能，军阀割据，对新疆的管理几乎是无序和涣散的。"具体到教育、文化等方面来讲，封闭、发展层次低是一个基本的状态，就像发生在 20 世纪 20 年代震惊世界的新文化运动和五四运动，对新疆也未产生明显的影响，新疆在文化方面依然是处于一片完全的荒漠化状态。从某种意义上讲，先进文化传播的滞后，教育、文化发展的落后，成为新疆经济社会发展长期落后的重要因素。"①

　　这种观点的偏颇之处在于，缺乏对于新疆在中国近代史思想意义和战略意义上的总体认识。事实上，明清以来，丝绸之路上的东西方之间的文化交流始终没有停止过，而且清朝政府对新疆战略地位十分重视，新疆各民族的先进知识分子，不但通过从中亚到欧洲汲取现代社会思想文化的素养，还受到内地大量新思想新文化的影响。在这里，我要强调一点，新疆与中国西部其他的边远少数民族地区是不同的，新疆是大西北唯一响应辛亥武昌首义、拥护共和的省份。在 1911 年 12 月到 1912 年初连续爆发了迪化起义、伊犁革命，以及得到哈密、喀什等地革命者的遥相呼应，终使新疆迈入拥护共和建立民国之途。新疆从晚清开始，就一直沿着孙中山先生提出的三民主义的方向前进。据史料记载，响应武昌起义并领导了新疆迪化起义的领导人刘先俊，就是受孙中山先生的委派，伊犁新军中更有许多同盟会会员潜伏其中，新疆建省以后，与内地的联系并没有因为路途遥远而离散，反而越来越紧密。

　　辛亥革命是新疆现代化的起点，按照马克思在《共产党宣言》中对现代性的概括，传统社会总是在寻求固定、永恒；而现代社会则进入另外一个世界，这个世界将所有的东西消融，进入流动的状态。由此来看，我们根据现代性就是变化的观念可知，辛亥革命是中国历史上最彻底的体制大变革。这种大变革的前提，显然就是大量具有现代思想的新疆各民族先进知识分子所进行的思想启蒙和文化启蒙。

　　辛亥革命对于新疆的影响，可以追溯到晚清"维新变法"思想的影响和传播，也导致了"新政"在新疆的推广与试行。著名作家林竞先生在《伊犁革命之始末》中描述："伊犁地居新疆之西，处葱岭之圩，山河巩固。清高宗平准后，于其地设九城，驻有重兵，大有顾盼欧亚之势。又以气候和煦，人物殷繁，接壤俄境，实得风气之先。清朝末造，将军长庚驻守其地，颇有远略，兴学校，办工厂，辟道路，通汽车，安设电灯电话，又先后由南北洋调去军官士兵各数百名，编练模范营，设立讲武学堂；凡

　　① 王新和：《抗日战争时期中国共产党人与先进文化在新疆的传播》，《新疆党史》2012 年第 3 期。

开辟新政人才，多由内地调用，或由东洋聘请，涤旧启新，气象焕然，而革命根苗，即萌于此。余于丙辰己未两度西域，耳闻途听，颇知始末。始悉伊犁革命，实关系全国。当时苟无此举，窃恐长白王气，至今仍弥漫于西北也。"①

正如崔保新先生指出的："新疆是中国不可分割的组成部分的国家认同，既普及于内地，亦深入新疆民间；近可归于左宗棠、刘锦堂驱逐阿古柏侵略者，从沙俄手中收回伊犁，并在新疆建立行省制度，继而在新疆推行新政，调配干部，编练新军，兴办学校，开发矿业，改善交通。这一系列改革措施，促进了新疆经济的发展，开发了民智，让人民在安居乐业中看到了希望。辛亥革命是中国大历史的延续。可以肯定地说，如果我们不能正确地认识新疆的战略地位，就难以解读 100 年前新疆辛亥革命的伟大意义。假如 100 年前新疆与辛亥革命无关，那么，不但使清朝与民国历史出现脱节，亦使今天新疆的共和、自治、现代化少了一个起点，少了一个巨大的精神动力之源，少了一种历史的继承与联结。"②

我们知道，现代社会的形成，与现代城市的发育成长直接相关。现代文化的发展，需要具备的条件有：①现代传媒的兴起；②现代教育的生长；③外来文学观念和艺术形式的引进与接受；④文化的产业化。正如李洁非先生在分析现代性与辛亥革命的关系时指出的："辛亥革命只因在中国人口中占比例少得可怜，而且长年漂泊海外在国内毫无'根基'的革命党人和极其有限的武装力量而获成功，表面上看近乎奇迹，但深入全面地分析鸦片战争以后的中国历史，就不会觉得这是任何意义上的奇迹，相反，在武昌城打响第一枪的那天前很久，非武装的革命力量早已在以'通商口岸'为基础发展起来的若干新型城市里积酝和活动：那些现代工业，那些不断输入的西方科学、政治、经济、伦理、社会思想，那些接受了这些思想而积极探索中国变革之路的新式知识分子以及他们发表在报刊上的革新言论，那些广为传播新知造就新人的现代教育机构，甚至轮船、火车、电灯、电话、电车、新式马路和医院等等现代物质文明形式，以及与此相关的现代城市人生存意识和生活方式……都是革命的一部分，而武昌城的那一枪，实属水到渠成、瓜熟蒂落而已。"③

关于现代传媒的兴起，我们以汉族为例，1910 年 3 月 25 日，同盟会

---

① 林竞：《伊犁革命之始末》，新疆档案馆存，第 19 页。

② 崔保新：《新疆一九一二·自序》，北京：社会科学文献出版社 2012 年版，第 73 页。

③ 李洁非：《现代性城市与文学的现代性转型》，陈晓明主编：《现代性与中国当代文学转型》，昆明：云南人民出版社 2003 年版，第 41 页。

员冯特民在伊犁惠远城创办新疆首家新型报刊《伊犁白话报》，并以汉、满、蒙、维四种文字发行，大力宣传资本主义民主革命思想，引起了全疆各族人民的广泛关注。在20世纪初期的新疆，一种启蒙思想读物以汉、满、蒙、维四种文字出版发行，可以想象其传播力度和广泛程度。当然，在这个新旧思想和体制交替的转型时期，也是传统观念与现代观念斗争最为激烈的历史时期，《伊犁白话报》理所当然地受到了清朝顽固势力的打压，于1911年10月27日被当局勒令停刊。

在《伊犁白话报》被勒令停办后5个月，1912年2月22日，伊犁革命取得成功后的新伊大都督府机关报《新报》又以汉、维两种文字出版发行，以宣传共和思想，维护新生政权为主。这些现代思想文化在传播中的起伏消长，在新疆各民族之间同样充满了曲折坎坷。以维吾尔族为例，1911年辛亥革命的胜利，在新疆大地上得到了热烈的响应，不但相继爆发了迪化起义和伊犁起义，也得到南疆重镇喀什的积极响应。据历史记载：喀什的哥老会不但刺杀了维持大清统治的喀什道台袁鸿佑，劫取了他解往迪化支持袁大化镇压伊犁起义的20万两白银，在策勒村的村民们还奋起反抗沙俄肆意挑衅，火烧俄国侨民住宅，酿成震惊中外的"策勒村事件"。"策勒村事件"中，维吾尔族人民、哥老会会员、革命党人、官府、军人共同结成反帝爱国的统一战线，一道抗击沙俄分化我边民、妄图侵占我领土的侵略行为。

由此可以看出，共和民主思想的启蒙，早已在南疆地区形成了星星之火，捍卫国家独立与主权也成为各民族人民的共识。萌发于此的革命根苗，奠定了新疆启蒙的思想基础，只不过在某些时期和某些地方表现得并不明显和突出，一旦机会出现，就会迅速增长为燎原之势。"完全荒漠化"的观点是值得商榷的。

关于现代教育的成长，我们以维吾尔族为例：新疆喀什地区的阿图什地方志中，记载着当地的维吾尔族先贤们，早在19世纪末，就已经开始自发地进行民间现代新型教育的启蒙了。在18—19世纪中亚、西亚的社会大变革中，面对工业革命带来的冲击与机遇，阿图什地区的部分商人和知识分子，已经开始积极地探索着"出国经商—回国兴办实业—送子女出国留学—回乡创办新型学校教育"的发展新路。其中，以穆萨巴尤夫家族最为典型，他们逐渐由农业、牧业生产向商业、工业和教育事业迈进。

穆萨巴尤夫家族世居阿图什伊克萨克村，通过祖辈七代的努力，在19世纪末已经在南北疆兴办了纽扣、胶水、毡子、肥皂、蜡烛、地毯、绳子、马鞍、马车等许多生产企业，家族的生意甚至扩展到了欧洲。家族的第六代传人穆萨阿吉，开始了民间的新型教育的投资，为了改造传统的经文学校，他从喀山、布拉格、巴格达请来新教师（掌握现代科学文化知识）和宗教学者，在经文学校开设外语、历史、天文、数学、识字等课，自己也当过一段时间教师。他搜集数千册书籍和世界各地出版的报刊，开办了一个公众图书馆，并在欧洲和中东国家考察皮革厂时，就感受到开办新型工厂需要培训大量技术工人，于是开始筹建技工培训学校。

1907 年，穆萨阿吉的儿子、家族的第七代传人巴吾东，在家乡伊克萨克又创办了新疆第一所师范学校——艾比甫扎坦师范学校，自任校长，招收学生 40 名，开设数学、书法、教学、历史、地理、自然、遗产分配、阿拉伯语、体育、音乐等 10 门课程，学制 2 年，学生的衣、食以及用品全部由学校免费供给。这批学生毕业后，分赴新疆各地任教，进一步推动了新疆从 19 世纪末兴起的第一次办学高潮。

在巴吾东创办的玉赛音亚学校，还出版了宣传新思想的报刊《觉悟报》，涌现出了库特鲁克·肖开、坚里、泰波克等作家诗人。泰波克在诗中写道：

> 觉醒吧，人民，拯救故乡，
> 点燃学校之灯，使它放射光焰；
> 让黑暗专制时代崩溃覆没，
> 从厄运幽暗中走向解放；
> 为幸福而努力，精进自强，
> 为后代的启蒙，尽职尽责；
> 站起来，而今迈向工作道路，
> 让幸福鸟落在后代手上。

泰波克还有一首呼唤科学的诗：

> 醒来吧，国人，让我们鼓舞欢欣，
> 让我们为科学做出牺牲；
> 无论昼夜，我们沉睡了多年，
> 只有开拓科学之路，黑暗才能变成光明；
> 我们多么欢欣，手拉手，
> 祖国的后代，从沉睡中睁开眼睛；
> 吸收科学之光，洒在民族头上，

在自己的故土，我们也要做国王。

诗人库特鲁克·肖开写道：

我命令他：愿胡大刀一把，砍吧，
把人民颈上凌辱的枷锁砍断！
如果祖国仍是废墟，就砍掉我的头，
被奴役人民的命运，肖开不愿看见！①

我国前党和国家领导人、著名维吾尔族诗人赛福鼎·艾则孜的父亲艾则孜·阿洪（1856—1924），在家乡阿图什市经商期间，也在自己的故乡瓦克瓦克村创办了一所新式学校，称为"塔西阿洪奴木学校"。由于他创办的学校从事革新启蒙运动，屡屡与旧的传统势力发生冲突，学校几次被迫关闭，在教师都被驱逐的状况下，他让自己 14 岁的儿子赛福鼎·艾则孜走上讲台授课。后来他们父子都被迫离开故乡，赛福鼎·艾则孜在苏联塔什干中亚大学学成回国后，成为一直从事反对独裁统治的新型知识分子。他在诗中写道：

巴拉萨衮，喀什噶尔期待着你，
信守诺言，莫把它忘记，
假若你投笔从戎，
艾则孜，你的生命才有意义。②

从这些诗文中，我们可以看出，艺术作品已经不再是传统意义上的对客观现实的真实记录了，而是作者内心生活的外在反映，也是社会结构发生巨大变化的象征，它表明了新疆一大批各民族的先进知识分子，已经在极力地从传统的哲学、宗教或伦理观念的束缚中挣脱出来，对这种落后的社会存在进行强烈的反抗。比如说在传统的佛教和伊斯兰教的思想中，知识的真理性、绝对性，因果关系形成的宿命论和两世思想，在现代性的条件下，都不再具有固定和永恒意义，同样处于可检验的过程中。

---

① 《火炬》，阿图什市纪念维吾尔族新型教育诞辰 110 周年领导小组编印，内部刊物，准印证（新出）011 号，第 56 页。
② 《火炬》，阿图什市纪念维吾尔族新型教育诞辰 110 周年领导小组编印，内部刊物，准印证（新出）011 号，第 58 页。

关于外来文学观念和艺术形式的引进和接受，我们再以 19 世纪末期哈萨克族的现代性演进为例：在哈萨克族文化历史上，有过两次极为重要的思想和精神文化上的历史反思阶段，第一次是 19 世纪中叶至 20 世纪初期，以哈萨克族伟大诗人、思想家阿拜·库南拜耶夫为代表的启蒙阶段；第二次是我国改革开放的新时期，从 20 世纪八九十年代到 21 世纪，

19 世纪中叶至 20 世纪初期，在沙俄统治下的哈萨克族中涌现出以文学巨人阿拜·库南拜耶夫为代表的一大批诗人和启蒙学者，尤其是阿拜·库南拜耶夫，他奠定了坚实的"哈萨克学"。他的诗歌和箴言录，给沉寂了千年的哈萨克文化带来了新的视点和思维方式，他启示人们只有在理性和客观中学会批判自己、怀疑自己，才有可能实现民族的思想解放和文化超越。通过启迪民智、唤醒民众以"肩负起振兴哈萨克族的重任"的伟大的历史使命感和责任感。

这些作品至今还闪烁着反思的光芒和智慧的火花，阿拜·库南拜耶夫富于深邃的思想性、闪烁着智慧的光芒和批判的火花的作品堪称振聋发聩、震撼人心，因而引起哈萨克族广大群众特别是知识分子内心的强烈共鸣，广泛传播，不但在哈萨克斯坦和中亚，而且在我国新疆哈萨克族中也产生了广泛而深远的影响，尤其在我国哈萨克族现代文学的奠基者之一、著名诗人唐加勒克·卓勒德的创作中得到集中而强烈、鲜明的体现和反映。

唐加勒克·卓勒德（1903—1947）出生于新疆伊犁地区新源县，1916 年进入当地一所新兴学校接受现代教育，后来又在苏联的哈萨克斯坦求学，形成了自己进步的世界观，开始创作出大量忧国忧民、启迪人民觉醒，争取自由、平等、解放的诗篇。在诗歌《我们哈萨克人在做什么》《年轻人，拿起笔来学习》中，他再三呼吁：

> 现如今，愚笨的蛮干早已无用
> 殊不知核之力量已在全球大显威风
> 整个世界都一齐面向科学技术
> 唯有你把脑袋伸向死亡之穴
> 学习知识，世界就会向你敞开大门。

在哈萨克族女作家叶尔克西·胡尔曼别克的散文集《草原火母》① 中，

---

① 　叶尔克西. 胡尔曼别克：《草原火母》，乌鲁木齐：新疆人民出版社 2006 年版。

长篇纪实散文《一个用诗作图的人》，记述了哈萨克族的著名思想启蒙家阿赫特极为传奇和悲壮的一生：19 世纪 90 年代，新疆阿勒泰富蕴地区的一位青年邮差阿赫特，因为热爱文学、追求真理，从阿勒泰到麦加朝拜，又历经千辛万苦回到祖国，完成一部带有浓烈的历险经历和人文色彩的游记体长诗《西行记》。这也是中国哈萨克现代书面文学最早的一部游记。

　　阿赫特从阿勒泰出发时是冬天，他们迎着西伯利亚南下的寒流，踏着没膝的积雪，翻过阿尔泰山体向西。经过数千公里到达俄罗斯的奥伦堡。经过短暂的修整，翻越乌拉尔山，穿过伏尔加，然后坐火车经过九天到了乌克兰地中海沿岸城市奥德赛，从奥德赛到达伊斯兰堡。穿过土耳其，苏伊士运河，到达红海。在红海上遇到风暴，船触礁。5 天后有船路过，他们才有幸得救到了吉达港。六十多人的朝觐队伍已经死了三十多人。他们在吉达租骆驼，几天后到达麦加。决定返回时，阿赫特的朋友、经济赞助人拉伊贺也死了。

　　没有了拉伊贺，阿赫特就没有了经济来源。他爬上了一艘船从吉达港出发，再一次路遇风暴，幸免一死；到沙特阿拉伯北方港口城市延布后，坐骆驼走五天到麦地那；路遇强盗，又幸免一死；北上叙利亚，到耶路撒冷，又多次路遇强盗，不得不原路返回，从巴勒斯坦的西亚姆，坐船到希腊的雅典。准备去土耳其伊斯坦布尔的计划没有成行，折回到贝鲁特，坐船从土耳其穿过黑海，到乌克兰的奥德赛港。再北上穿过乌克兰、白俄罗斯，向东穿过广袤的俄罗斯大地、哈萨克大草原，坐船沿额尔齐斯河回到阿勒泰。历时近一年，行程近万公里。在叙利亚时，多次从海盗、强盗的枪口下死里逃生。

　　回到阿勒泰的阿赫特开始办学校、写作、当法官为百姓打官司，在当时还封闭、落后的阿勒泰地区宣传现代文明，用自己的所见所闻完成了四卷本的诗歌、散文、游记、思想录。他有一首长达 500 行的诗歌，名为"新疆地图"，用抒情诗歌的方式把新疆的地理地貌、三山两盆、草原河流、乡村城市、沙漠戈壁以及各民族的文化特征、语言、服饰、生产生活方式等全写进去了。诗中他还表达出这样的愿望：如果自己还年轻，还有能力出行，他将走遍中国大地，用诗歌来做一幅中国地图。无奈现在已经老了，只抒写了新疆地图，新疆的许多地方还没有走到，只求那里的人们不要埋怨我，扔了我的破皮袄……阿赫特用自己传奇而奉献的一生，将哈萨克族文化传统中的生命意志谱写得绚丽而辉煌。一百多年来，一直激励着新疆的哈萨克族民众和作家们顽强奋斗，至死不渝。

　　这种除旧布新、不断进取的思想，在新疆各个民族的先觉者中都能找到非常重要的代表性人物和作家作品，他们代代相传，形成了一种可贵的反思精神。他们坚持不懈地倡导文明，对本民族的生存条件和生存能力进行全面的理性审视，寄希望于民族未来的发展与进步。

由此，我们可以把新疆多民族文学的前现代时期，分为两个主要历史阶段，一是从 19 世纪末晚清新政到 20 世纪初的辛亥革命时期；二是 20 世纪 30 年代"五四新文化运动"和苏联社会主义文学的传播与影响时期。这是一个循序渐进的思想启蒙和文化启蒙的历史过程。尤其是前一历史阶段新疆各民族先进思想者通过各种途径，在新疆大地上艰难地传播着现代文明的火种，才会出现第二个历史阶段——20 世纪 30 年代"五四新文化运动"和苏联社会主义文学在新疆的迅速、广泛传播。它奏响了新疆前现代时期多民族文学的启蒙序曲，也为我们今天的当代新疆多民族文学的繁荣奠定了思想文化基础。

史影姗姗：西域文化审美旅径探隅

林艺鸣

（昌吉学院）

西域文化在中国文化史乃至世界文化史上不仅具有厚重的历史信息，而且具有鲜明的审美特色，从审美的视角解读或赏析西域的历史文化对于认识大美新疆、坚定对中华文化的认同和新疆的历史自信具有独特的意义。同时，以新疆的历史文化遗存作为审美对象，不仅使新疆历史文化易于传播接受，也可以为美学理论在新疆旅行筑建合理的逻辑路径。

楼兰：大漠深处的古老魅影与有合于今的生存反思

有首新诗写道："你从春天走来，在这风沙肆意的季节里，带给路人绿色的关怀。你向梦想奔去，在这荒芜的土地上，播撒下生命的希望。"由此联想到拂去漫漫黄沙、在久无生机的沙漠中沉睡千年后醒来的"楼兰美女"。提起楼兰，首先要翻开《史记·大宛列传》："楼兰、姑师邑有城郭，临盐泽。盐泽去长安可五千里。"①意思是，楼兰国、姑师国的都城有内城墙和外城墙，靠近罗布泊，距离长安约五千里。从史料可见，楼兰与姑师是在相同历史时期并存且互邻的西域古国。从战国时期的西域地图也可看到，姑师与楼兰是邻国。姑师国掌控着罗布泊以东、以北直到奇台、吉木萨尔、昌吉一带的广大地域。那时的昌吉属姑师国。掩埋在沙漠中的楼兰古城在20世纪初被考古界发现，实地发掘和历史文献相吻合，证实了中国历史的记载是正确的。楼兰文化是古西域历史文化典型代表之一，研究价值极其丰富。两千多年前的古楼兰王国，在丝绸之路上作为中国、印度、波斯和罗马帝国之间的贸易集散地，曾是当时世界上最开放、最繁华的国度之一。俗话说："十年河东，十年河西""三十年风水轮流转"，对

---

① 许嘉璐：《二十四史全译·史记》，上海：汉语大词典出版社2004年版，第1472页。

于一个国家来说，可谓"千年西部，千年东部"，真是"各领风骚千百年，丝路繁华今不见"。两千多年前，海路没有通航，西域的楼兰、姑师、于阗、龟兹的繁华地位不亚于今天的广州、上海、天津、北京。当年西域沙漠诸国的繁荣与后来的衰落对今天的人们来说是难以想象的，其实解释这个谜团并不难，当代美国著名经济学家曼昆提出的十大经济学原理之一："贸易能使每个人状况更好"，便是最好的诠释。西域诸国失去了丝绸之路上的如云商旅，也就失去了由贸易带来的滚滚财源。

在楼兰古城出土的器物中，人是最值得关注的最重要的考古元素，这就引出了"楼兰美女"的概念。"楼兰美女"是指在楼兰古城遗址附近铁板河墓地出土的女性干尸，也是指古城遗址附近小河墓地出土的"小河美女"。专家使用现代技术进行人像复原后，还原出两位女性生前的真容。貌美如花、艳丽动人、洋溢着生命色彩、浮现着神秘微笑的"楼兰美女"，令世人惊叹不已。"楼兰美女"生前并无显赫的文字记载，死后却留给世人无限的遐想。她们没有功过是非，仅仅留给世人貌美这一永恒话题。"楼兰美女"不仅是楼兰古城遗址出土的寂寞文物的名字，更是遥远真实的楼兰国群芳众艳、流光溢彩的女性集体的名字。"楼兰"这个国名充满着谜一般、梦一般的美学色彩，在神采飞扬的楼兰古国，流传众多楼兰美女迷人的传说。相传，楼兰女在丝绸之路上久负盛名，以至于西域王公贵族纷纷娶楼兰女为妻。公元326年，敦煌大军阀张骏派军攻打鄯善，鄯善王被逼无奈，不得不献出楼兰美女，以平息战争。《晋书》卷八十六《张骏传》记载："至骏。境内渐平。又使其将杨宣率众越流沙，伐龟兹、鄯善，于是西域并降。鄯善王元孟献女，号曰美人，立宾遐观以处之。"敦煌汉长城出土的汉简中，也提到"东叶捷翕侯、故焉耆侯虏址妻即鄯善女"。楼兰美女不仅让凡夫俗子为之动心，而且令佛门高僧失魂落魄。《魏书·祖渠传》记述了这样一个故事：公元420年前后，克什米尔高僧昙无谶来鄯善弘布佛法，受到美貌的鄯善公主曼头陀林诱惑。他竟然不顾佛门禁令和这位楼兰公主发生私情。这件丑闻不幸败露，昙无谶不得不仓皇逃往甘肃武威。可见，楼兰女气质美如兰，才貌复比仙。"楼兰美女"穿越时空的魅力印证着一个常用的美学定义"美是人的本质力量的感性显现"。当今天的昌吉人在欣赏人像复原后"楼兰美女"的惊世之美时，楼兰与姑师这对古国的姗姗史影提示人们：似乎遥不可及的楼兰人其实与今天的昌吉人近在咫尺，"楼兰美女"呈现的生命信息折射着姑师先民的生命之光。我们赏析"楼兰美女"，同时也是在赏析那历史铜镜中与自己血脉一起跳动的遥远的先辈。《黄帝内经·素问》云："善言天者，必有验于人，善言古者，必有合于今，善言人者，必有验于己。"①试猜想，姑师人与楼兰人互为邻国的年代，两个社会共同体在漫漫的历史岁月中一定有过长期的交往、交流和交融，其中自然包括古代的昌吉先民。以"楼兰美女"为代表的楼兰人的生活形态，与姑师人应当相似、相近甚至还有很多的相同成分。也许楼兰遗址发现的两位"楼兰美女"与数千年前的昌吉人有过亲密的接触，今天通过与"楼兰美女"对话，分析研读她们身上的文化人类学信息，可以探寻遥远的姑师，探索昌吉先民的生存状况。

洋海·苏贝希：历史河床的文化记忆与有验于己的审美复原

唐代诗人王昌龄诗云："青海长云暗雪山，孤城遥望玉门关。黄沙百战穿金甲，不破楼兰终不还。"正如电视剧《三国演义》的片尾唱道："暗淡了刀光剑影，远去了鼓角铮鸣，湮没了黄尘古道，荒芜了烽火边城。一页风云散，变幻了时空。"

研究姑师，就不能忽视洋海·苏贝希文化，也就是吐鲁番地区鄯善县吐峪沟大峡谷南端的洋海古墓群与北端的苏贝希古墓群代表的文化圈。这个文化圈也涵盖附近的胜金店墓地。洋海·苏贝希文化始于公元前1000年，到公元前后结束。洋海·苏贝希文化晚期的居民就是《史记》中记载的"姑师"。央视国际网2005年报道，苏贝希古墓群和洋海古墓出土的一些器物及人骨特征，与楼兰古城遗址所出土的有某些相似之处，说明洋海·苏贝希文化晚期就已经有了古楼兰的影子，这也可以印证现在的吐鲁番地区曾是古鄯善国移民的主要迁徙地之一。《汉书·西域传》载："鄯善国，本名楼兰，王治扜泥城，西北至车师千八百九十里。"②也就是一千八百九十里，鄯善国就是原来的楼兰国，公元前77年以前称楼兰，迁都后改国名为鄯善。公元448年，北魏灭鄯善国。鄯善国都扜泥城在今天的若羌附近，现仍掩埋在塔克拉玛干的茫茫沙海之中，有待考古发掘。约公元4世纪，即距今约1600年楼兰古城消失，一直掩埋到20世纪初才被考古界发现，成为失国之痛的历史见证。此后，鄯善、且末、精绝、于阗等国都经历了与楼兰大致相同的命运，国人失去赖以生存的家园，国都沦为连天黄沙掩埋的谜团。元代作家张养浩有一首怀古小令感叹："伤心秦汉经行处，宫阙万间都做了土。"对于楼兰等西域古国的消失，后人有种种存疑，

① 张登本：《黄帝内经·素问》，北京：新世界出版社2008年版，第214页。
② 许嘉璐：《二十四史全译·史记》，上海：汉语大词典出版社2004年版，第1939页。

随之也就有种种质疑。例如，有人提出是毁于战争，反驳者认为：全球战争无数，人们可以在废墟上重新崛起，古代中国的中原地区如此，"二战"后的德国、日本也如此。有人提出是毁于缺水，反驳者认为：交河故城四面环水，高昌故城坐落绿洲，北庭故城风调雨顺，同样沦为历史岁月的废墟。还有人提出毁于瘟疫、毁于环境破坏、毁于丝绸之路改道等等设想，无论如何假设、如何质疑，这些古国一定是在可持续发展、远景战略设计等宏观方面出现了硬伤，这些面向未来、事关全局发展的硬伤是促成他们家园消失的根本原因。用今天的话来解释，违背了科学发展，他们必然付出背井离乡、另谋生路的惨重代价。当然建筑等技术更新也是当时那些西域国家放弃故土的重要原因，如同今天数码相机出现，胶卷便被迫退出市场；电子邮件出现，邮递员就不必无数次长途奔波。科学告诉历史，即使是远古铜铸铁打的营盘，面对现代制导导弹也不堪一击。技术革命如大浪淘沙，优胜劣汰与适者生存是不争的规律，只有与时俱进，紧跟历史变革，顺应时代创新，才能确保江山永驻、家园永固。楼兰人放弃家园的悲剧教训，警示今天的人类社会应高度重视发展进程中出现的环境恶化、资源退化、食品毒化、水体污染、生态失位、诚信缺失、决策隐患等事关全局的重大问题，这些问题促使人类生存面临诸多挑战，解决这些问题的根本是走可持续发展之路，以保证一代接一代永续发展。以史为鉴，可以知兴衰；践行可持续发展，可以通向未来。这就是古楼兰人抛弃家园、流落异乡、部分迁徙吐峪沟姑师人驻地的历史留给今人的沉重思考。

文化中国网 2010 年报道，胜金店墓地重见天日，根据确定数据，距今2050 年至 2200 年，墓主人应为姑师人。在中央电视台《探索·发现》洋海古墓第五集《永恒的守望》中，专家对鄯善吐峪沟洋海古墓出土的两个女子头骨的容貌进行成功复原，并且给她们取名鄯善姊妹花，让我们更加真切地看到了古代姑师美女的容颜。在地缘上鄯善姊妹花比"楼兰美女"更接近昌吉先民，也许她们的后裔在漫长岁月中已融入古代昌吉地域的芸芸众生。我们跨千里、越千古探寻"楼兰美女"和"鄯善姊妹花"的真容，实质是在她们的史影中认知新疆先民或具体认知昌吉先民，进而认知当下的自我。正如国学大师王国维云："众里寻她千百度，蓦然回首，那人却在灯火阑珊处。"这灯火阑珊处就是今天的昌吉。

北天山：风景独好的千秋路线与考古互证的逻辑连接

专家考证认为，洋海·苏贝希、胜金店发掘的女性冠饰与呼图壁县康家石门子岩画的女性冠饰具有关联性，说明这些地点连成的地域内包括昌吉地域的古代居民的服饰文化与生活习俗基本相同。吐鲁番发掘的陶器，向西到乌鲁木齐，过昌吉，一直延伸到沙湾地带，文化形态基本一致。最具代表性的是乌鲁木齐阿拉沟墓地出土的一批战国到西汉时期的陶器，与洋海墓地出土的陶器属于同一种文化类型，说明了当时吐峪沟洋海人已经到达了这一地区，据此可推到昌吉地区。从近年考古发现证明，最早在乌鲁木齐放牧的人就有吐峪沟洋海人。乌鲁木齐蒙古语的含义是美丽的牧场，今天乌鲁木齐的达坂城还保留着吐鲁番市艾丁湖乡的草场。昌吉有蒙古语"场圃"一说，也与牧场有关，说明昌吉、乌鲁木齐、吐鲁番是古代姑师人共同生产生活的家园。后来，丝绸之路北道开通，交通便利，昌吉、乌鲁木齐、吐鲁番三地民间往来频繁，天山南北牧场和绿洲成为姑师人及其后人名副其实的大家园。

　　在吐鲁番、乌鲁木齐、昌吉文化圈之外，向东为东天山地区，向西为西天山地区。东天山地区包括沿天山山脉分布的哈密市、巴里坤县、伊吾县、木垒县、奇台县等，考古发现这一地域是古代游牧民族生活的重要区域，也是古代丝绸之路文化交流的重要通道，历史上光耀千秋的别失八里城就在天山北麓。在西天山的温泉县，吐日根草原曾是远古部落赖以生存的一处"福地"，"吐日根"是蒙古语激流的意思，因为这里水流丰富，所以牧场丰美。从巴里坤向西连接历史古迹，穿越伊犁河谷、博尔塔拉河河谷，直至阿拉山口，一座座璀璨的考古遗址构成了彪炳史册的丝绸之路路标，其光彩夺目的文明霞光一直从遥远的西域闪烁至今，而以今天的吐鲁番、乌鲁木齐、昌吉地域的古代姑师的光彩最为引人注目，以至于成为今天新疆维吾尔自治区的政治、经济和文化中心及首府所在地。

昌吉：寻常地名的历史密码与春色重来的美学遐想

　　跟随时光的史影，再回到遥远的西域，公元前108年，汉大将赵破奴率骑数万克楼兰、破姑师，姑师改称为车师，并分为八国，即车师前国、车师后国及山北六国。这时汉代西域地图上出现了劫国等西域三十六国。余太山《西域通史》述，西域三十六国泛指西域诸国，并不是说西域国家只有36个。[①]在汉代的西域诸国中，劫国与车师后国为邻，与车师前国、鄯善并存。《汉书·西域传》载："劫国，王治天山东丹渠谷，去长安八千

---

① 余太山：《西域通史》，郑州：中州古籍出版社2008年版，第60页。

五百七十里。户九十九，口五百，胜兵百一十五人。辅国侯、都尉、译长各一人。"①意思是，劫国国王统治天山东丹渠谷，东距离长安八千五百七十里（古代的路程等计量单位不同于现在）。有九十九户人家，有人口五百人，有军队一百一十五人。有辅国侯、都尉、译长各一人。这是中国历史典籍最早对昌吉较为详细的记载。清代学者李光廷在《汉西域图考》中云："劫国当今昌吉城之北。"岑仲勉《汉书西域传地理校释》在"劫"篇校释中认为："余谓汉之劫国，唐之张堡，元之昌八刺，实同一地。"②

从今天人们耳熟能详的"昌吉"地名中，也可看出历史密码中隐藏着劫国史影。古昌吉北魏时属高昌王国，后为高昌回鹘王国，高昌是西域史上光彩夺目的重地，后人为今天的"昌吉"命名时，可能这样斟酌，"昌吉"的首字"昌"取"高昌"之"昌"字，以代表历史的昌盛辉煌，"昌吉"的"吉"字取古老劫国的"劫"字，以代表历史的悠长久远。"昌劫"的"昌"字音义稳定，"劫"字音变为"吉"，"吉"字既含联想义"劫"，又含本义吉祥，于是"昌吉"这个地名便在命名时期被社会民众广为接纳和采信，一直流传到当下，但其中丰富的文化寓意随着万间宫阙的飘逝而风化成难解的密码，"昌吉"二字的深意，远非今天的字面意义那么简单，它隐含着引人遐思的历史沉淀。

考证历史，最动人的一幕是能目睹数千年前先民充满生命活力的真容。考古专家通过人像技术复原出的"楼兰美女""鄯善姊妹花"，是悠悠一抹斜阳，是绵绵一段乐章，有满满一目柔光，她们与传说中的劫国美女"妙善公主"一起构成了昌吉古老文化的姗姗史影，她们带着昌吉先民的神韵，穿沙海，越绿洲，过牧场，历尽春秋花雨，婀娜多姿地走进今天昌吉人的视域中，使昌吉乃至新疆的历史画卷更加绚丽多彩，让人们在感悟"天山南北美人在，西域春色又重来"的如画史诗中，对新疆的历史自信和文化认同更加坚定。

---

① 许嘉璐：《二十四史全译·史记》，上海：汉语大词典出版社 2004 年版，第 1964 页。
② 岑仲勉：《汉书西域传地理校释》，北京：中华书局 1981 年版，第 467 页。

生态批评：新疆文化价值建构①

郑　亮

（石河子大学）

　　肇始于世纪之初的西部大开发已经过了十余个年头，新疆进入了有史以来最大规模的开发与建设时期。在现代化隆隆推进的过程中，新疆的文化价值该如何面对迅猛发展的经济建设和社会变化成为我们当下越来越需要回答的一个问题。我们在阅读与思考新疆当代作家文学文本的过程中，试图从生态批评的角度作一些探讨，以期求教于方家。

一、"纪念地球"与关注新疆

　　1996 年，著名生态学家格罗菲尔德说道："如果你关于外部世界的知识只是局限于从主要的文学出版物得来的话，你会很快地看到，种族、阶层、性别都是 20 世纪后半叶的热点话题，但是你不会了解，地球的生命支持系统正在遭受压力。而且，你也许根本不知道还有地球存在。"② 2011 年 12 月 9 日，为期 14 天的德班全球气候大会"尘埃落定"，在经过马拉松式的谈判后，最终各国签署一个框架协议。但在我们看来，这个协议仍然没有从根本上认真地对待我们的家园——地球。减排的任务依然沉重，或者说人类已经无法迅速控制日益严重的温室气体排放，长此以往我们的地球将面临灾难性的后果，这一点并非耸人听闻。

　　德班大会上，他们或许真的"不知道还有地球存在"，人类对自身行为的责任意识和反思意识已经淡漠到了此等程度。当然，这种淡漠背后隐藏着各国各种利益交换博弈的清晰过程。在这里，人类尚未达成一个对自

---

　　① 本文为国家社会科学基金项目"生态批评视野下新疆新时期以来少数民族作家创作研究"（项目编号：12XW036）的阶段性成果。

　　② ［英］朱利安·沃尔弗雷斯著，张琼、张冲译：《21 世纪批评述介》，南京：南京大学出版社 2009 年版，第 202 页。

己生存世界的生态共识，这样就意味着"纪念地球"应该也必须被提到一个前所未有的人类神圣仪式里。在这个仪式中，无论是人文学者还是科学家，由他们之一或者共同发出的生态批评应该也必须成为"萨满"那一段最神圣的祝词。

在"纪念地球"之后，对中国、对新疆而言，这一段"祝词"应该如何来起草？如何念诵？

其实早在十年前，国家实施西部大开发的时候，各方就已经开始关注新疆的生态问题。"在国家'九五'科技攻关中，新疆进行了有史以来第一次生态环境评价，共设立了 21 个评价指标，用了 2 400 多组数据。评价结果表明，新疆目前总体生态环境尚属良好……但是生态环境问题有累加性和滞后性的特点，新疆大规模的开发活动仅有约 100 年的历史，部分地区的生态问题已经相当严重。"① 地球生态危机四伏，新疆的生态环境（冰川、湿地、绿洲、湖泊、河流以及濒危的动植物）更是脆弱。蕾切尔·卡森指出："当人类向着他所选定的征服大自然的目标前进时，他已写下了一部分令人痛心的破坏大自然的记录，这种破坏不仅仅直接危害了人们所居住的大地，而且也危害了与人类共享大自然的其他生命。"② 当下，在中国东部产业转型的背景下，新疆还能接纳多少重污染企业似乎与本文要讨论的话题无关，但这些现实的景象却不断拷问着新疆有识之士。我们认为，新疆站在新的发展时期，首要思考的问题不是发展中的生态问题，而应该是从文化价值上回答，我们该走什么样的路，我们以什么样的方式去变革、去超越。社会文化决定着我们在这个世界上独一无二的生存方式，文化对自然的影响在于文化是变革的前提，要想解决生态危机或是更加深入地认识生态问题，首先要对我们的文化进行反思——探索人类思想、文化、社会发展模式如何影响甚至决定了人对自然的态度和行为。

我们强调，新疆文化历史上曾经的交汇与融合，突出生态的自然本色和文化的生态分布、重叠和交叉，在文化的历史底色上，来来往往于这片土地上的民族、宗教、商队和战争，将新疆的历史图卷塑造成了立体般的、犹如漆器制作一样的结构层次，一层覆盖一层，层层积淀，在长期的时光的侵蚀剥离之下，多数层面变得光怪陆离，以现在的眼光看去难辨先后，难辨原色。新疆的文化价值重构，需要以超越历史多重积淀、超越多民族多样风俗、超越多文化多样差异的胸襟和眼界，以新的文明理念——

① 奚国金、张家桢主编：《西部生态》，北京：中央党校出版社 2001 年版，第 136～138 页。
② ［美］蕾切尔·卡森著，吕瑞兰、李长生、鲍冷艳译：《寂静的春天》，长春：吉林人民出版社 1997 年版，第 73 页。

生态文明，从关爱地球、超越人类的大视角来审视，如果我们不能在将我们只有一个新疆上升到我们只有一个地球的认识层面上达成共识，就会陷入各种利益的纷争漩涡。新疆地大物博、资源丰富就会成为各个利益阶层掠食者觊觎的对象。21世纪伊始，国家提出西部大开发战略，新疆迎来大发展时期，全面考察人类文明发展的成果，在新疆发展的重大历史时期，提出以构建新疆生态文明为发展理念，遵循人、自然、社会和谐发展这一客观规律，在整个发展中形成以人与自然、人与人、人与社会和谐共生、良性循环、全面发展、持续繁荣为基本宗旨的文化价值观。生态文明致力于构造一个以环境资源承载力为基础、以自然规律为准则、以可持续社会经济文化政策为手段的环境友好型社会。

二、柔性介入生态批评

当今，社会文化生态变化多端中的"震惊"与慌乱是当前文化困境的一种表现，新时期以来中国社会文化生态的变化令人目不暇接，人们时常处于本雅明在20世纪初就指出的"震惊"之中。从文学的角度进行生态批评是一种柔性的介入，很难在如今如此功利、工具理性刚硬的现实面前起到制衡的作用，发挥文学的社会作用这样的传统话题被挤压到剃刀的边缘实在不足为奇。从一元社会文化变为多元化，社会文化生态愈加纷繁复杂。很多观念在发生着天翻地覆的变化，价值观呈现着合法化方向。社会文化生态的大变动中，出现了关于文学是否会终结的讨论和文学死了的言论。文学没有终结也不会终结，但是文化的泛化和去文化化，却日益让文学无所适从。"有两种方法可以让文化精神枯萎，一种是奥威尔式的——文化成为一个监狱；另一种是赫胥黎式的——文化成为一场滑稽戏。"① 文学的吊诡之处在于：拥有审美意义的作品往往离现实的社会功用的距离更远，犹如美好的愿景与当下的境况相去甚远一样。文学批评在建构文化价值方面更能够建构的就是"审美之维"②，生态批评的意义在于对狂飙突进的所谓"社会进步"充满危机意识，部分的人群先一步进入现代化，作为整体性的人类出现了巨大的落差，而生态的破坏带来的后果却需要全人类

---

① ［美］尼尔·波兹曼：《娱乐至死》，桂林：广西师范大学出版社2004年版，第201～202页。

② ［美］马尔库塞著，李小兵译：《审美之维》，北京：生活·读书·新知三联书店1989年版，第239页。马尔库塞认为，文学的社会潜能仅仅存在于它自身的审美之维，基本属性是人性的普遍性，人与自然的神秘关系，作品的整体性——包括对过去事物的眷恋。

去共同面对和承担，在现代化的进程中，人们在物质层面得到的享乐让精神的失落显得更加寂寥。生态批评呼唤一个人类参与其中的清新美好的自然，供我们诗意地栖息的地球，在其中所拥有的精神的富足和生活的诗意与平静的心态，在生态批评的语境中，我们依稀可见文学的追求意义——发现美、表达美成为审美之维，文学的担当也正在于此。

　　生态文化是后现代文化之一，后现代文化的话语关乎的是自然、动物、生态、他者、种族、身份证明等关键词，核心是身份认同问题。后现代作为一种时尚的表述，存在一种去分化现象，是文化变迁的后果。文化分离，生活与艺术的界限不再明显，雅俗之间不再有鸿沟。生态文学要求作品避免从修辞学的角度描述风景和景致，或者仅限于自然环境的风景描写，生态文学强调"以生态整体主义为思想基础，以生态系统整体利益为最高价值的考察和表现自然与人之间的关系和探寻生态危机之社会根源"①，突出生态责任、文明批判、生态理想和生态预警。生态文学批评主要针对作品的思想内容研究，对文学所蕴含的生态思想进行深入挖掘、分析和评论，以期增进全社会的生态意识。生态文学在现代生态危机和精神困境的背景下，旨在表现和探讨文学与自然、人与自然环境的关系，对处于困境的自然、人、宇宙和整个生命系统进行审美观照和道德关怀。生态文学并非仅仅是一类写作题材，它所描述的人与自然关系的演进，扩展了文学仅仅表现人与人、人与社会的范畴，丰富了"文学就是人学"这一概念的内涵。生态写作对当今社会和人类精神的关注远远超出其他的文学写作，它所折射出的人类意识、地球意义及文化意义体现了文学的终极追求。新疆文学一个显著特征，就是发现和表达自然。丰富的自然景观，奇域多样的人文景观，加上异质厚重的历史沉淀，自然生态与文化生态形成新疆当代多层次、时空立体交织的图景，正如新疆的广阔的地貌一样展现在作家的面前。自然是作家描写新疆的主要话题，新疆的自然从古至今都带给作家们另类的感受和认识。正是因为新疆这种独特而又脆弱的自然生态环境，新疆许多作家在文学作品中都或多或少表现出一些以自然为中心的生态主题，比如巴格拉希的《野玫瑰》《病鹿》等反映了维吾尔生存状况和人与自然的斗争；夏木斯·胡马尔先后创作《潺潺流淌的额尔齐斯河》《盘山路》《克拉玛依传说》等作品，也透露出比较明显的生态意识；李娟的《阿勒泰的角落》《我的阿勒泰》在描述一片净土的安静日子的同时，也展示了作者对新疆阿勒泰的生态忧患意识。新疆的生态系统由特殊

---

①　王诺：《欧美生态文学》，北京：北京大学出版社 2003 年版，第 11～12 页。

的地理环境和文化生态组成，由差异到多样、从自然到文化融为一体。生态思想的核心是生态系统观、整体观和联系观，生态思想以生态系统的平衡、稳定和整体利益为出发点和终极标准，而不是以人类或任何一个物种、任何一个局部的利益为价值判断的最高标准。① 生态系统是由一切生物群落及其生存环境共同组成的一个动态平衡系统。在这一系统中，生物群落和它共同生存的环境之间相互作用，彼此通过物质循环，能量流动和信息交换形成一个不可分割的自然整体。

生态批评中地域是一个重要的概念。地域"特指物质世界的特定场所。地域积淀了历史上各种行动的伦理学后果，因此，风景就是历史，历史就是风景。关注地域和风景实际上就是关注社会历史，反之亦然。这种对地域和社会历史的同时关注包含着独特的道德生态学，为历史和生态批评丰富了关系网络"②。只有生态批评能够将生态、种族、性别、阶级四个关键词整合到一个话语谱系中，从而最大限度地延伸文学研究的主体间性原则。这正是生态批评的意义所在。

从生态批评的角度来看关于新疆地域文化的认识，以往的认识存在着二元对立式的偏见，边疆与内地、边缘与中心、汉族与少数民族、先进与落后的隐形成见，交织在整个社会文化对新疆文化的认识上。这是中心意识在作祟，我们的政治经济文化似乎存在势倾东南的历史趋向，当然，历史上自盛唐发生安史之乱后，中央政权开始偏安于东南，这种趋势一直延续存在，所谓的边疆与内地的二元对立，只是延续了这一历史惯性而已，忘记了历史上殷、周、秦、汉、隋、唐的崛起与盛世，都起于西北。从生态批评的思路考察现行的追求工业化所能够达到的工业文明的发展思路似乎都有缘木求鱼的错觉，生态文明的发展或许会成为新疆乃至西部崛起的新思路，新疆问题研究要打破汉族、少数民族二元话语结构，采用多元话语的分析。生态批评并非只强调人与自然的关系，同时，关怀地域、性别、种族、阶级、物种的平衡，主张建构人与人、人与自然、自然与自然之间的和谐共存。

三、价值重构与回归生态家园

通过文学研究我们主张新疆发展理念应是建立以生态文明为目标的文

① 王诺：《欧美生态文学》，北京：北京大学出版社2003年版，第4页。
② 王晓华：《生态批评——主体间性的黎明》，哈尔滨：黑龙江人民出版社2007年版，第177页。

化价值观，在文学研究中我们不能忘了地球。文学和自然环境的研究并不像人们想象的那样壁垒森严毫不相干，自然科学和人文科学的泾渭分明其实是在 19 世纪之后才发生的事情，"这样的知识划分，正是拉图尔 (1993) 所谓的现代构成（Modern Constitution）的核心，该构成把人类和非人类领域分离开来，把社会和自然的关系完全以控制和占有的形式来界定。正是这一现代构成促成了具有鲜明现代特征的（特别是城市的）自欺欺人的形式，使肉类消费与动物的痛苦和死亡相互分离。因此，要重新认识到自然与文化、天然与技术、地球产品与人工制品（即消费与摧毁）无法分离，这不仅要超越现代主义的僵局，还要超越人本主义的傲慢"①。实现新疆建设生态文明，达到经济、社会、环境的共赢，关键在于人的主动性，致力于当代新疆人的文化价值的重新构建，从而促进新疆各族人民在生活方式等方面发生根本性的变化，主动以实用节约为原则，以适度消费为特征，追求基本生活需要的满足，崇尚精神和文化的享受。而新疆的多文化、多民族、多宗教的现状，从生态角度来说，符合生态多样性的生存和发展要求，更适合我们发展生态文化建设。我们不能总是从差异性上来寻找新疆文化特质，差异性是传统的经典文本对新疆文化建构的一个视角，如《新疆多民族文学史》，就是按照多民族区分文学的发展，忽略了新疆文学整体特点，即多民族共同的生态同一性。从生态学的批评角度来看，整体性与系统性似乎是新疆文学的一个潜在叙事，民族的交融和文化的传接转化，比如宗教，在佛教盛行之时本土的原始宗教式微，当伊斯兰教逐步占据主流之际，佛教退出但还保留种种文化印迹，历史上单一宗教占据优势位置，多个宗教并存的整体并没有被一支独大所吞噬。民族的情况也大体如此，其他诸如语言、文字等诸多文化现象大抵相类似，在新疆传统的文学中，哪部经典能够传递出这样的信息：民族性中人们对自然和命运的宗教信仰是整体的，人与自然不是对立的，这种整体和交融的态度，恰恰是富有生态意识的整体叙述。

是什么导致了当今的生态危机？在很多人的意识中，环境的破坏和解决环境问题都是科学技术发展的问题，可以在科学技术的发展中解决。"迷信科学，认为科学可以适应于包括道德领域在内的一切领域，我重申，这是 19 世纪的一种认识。至于那些鼓吹这个学说的人是否真的信仰它，或他们是否只是想为他们内心的情感披上一种科学威望的外衣，而他们完全知道它只是一种热情而已，这还有待于通过考察去发现。应当注意的是，

① 〔英〕朱利安·沃尔弗雷斯著，张琼、张冲译：《21 世纪批评述介》，南京：南京大学出版社 2009 年版，第 203 页。

历史服从于科学的规律这一教条特别被主张专制权力的人所宣传，这是很自然的，因为这个教条可以消除他们最恨的两种现实，即人类自由和个人的历史活动。"① 生态问题是一个有着文化和社会根源的难题，科学只为人们的理解提供了一个并不充分的基础，更谈不上依靠科学解决这一难题。但是，我们的社会依然盛行生态后于发展的观念，致使我们很多地方依然重复着先污染再治理的噩梦之路——多数的污染破坏了生态，使得治理成为不可能，在新时期的经济建设的汹涌浪潮中市场成为能够在社会中翻手为云覆手为雨的弄潮儿，社会道德体系在潮起潮落的物欲横流中成为没有底线的航标，追问之下没有最底只有更底，重构社会价值必须对社会现有的道德体系提出批判，这是重构的开始，生态观念在当下的新疆社会价值重构中理应占据话语中砥，生态问题不仅仅是全球变暖、物种灭绝、沙漠扩大、森林减少等一系列的环境恶化，更是一个社会问题，关乎政治、关乎伦理，是一个社会整体的价值观取向发生了偏差所带来的后果。我们在追求什么样的世界？一味地强调 GDP 的上升加速，让社会的一切扭曲变形，过度的依赖科学技术的进步，简单地认为让社会按照设计的方向前进就是有序合理，忽略了物质的丰富不一定能够带来精神的提升，科学的发展并不能够代替人的信仰的自足，鲁迅先生早在 20 世纪初就对这样的社会发展提出了警示："太偏信于工具理性，必然会失文明之神旨，先以消耗，终以灭亡，历世之精神，不百年而具尽矣。"② 当今全球已经越来越清醒地认识到人类需要开创一个新的文明形态来延续生存，这就是生态文明。三百年的世界工业化的发展以征服自然为主要特征，进步的绝对衡量指标——GDP 成为一个刚性的速度象征，经济的发展、国民的福祉、文化的繁荣等等都在进步的带动下，使征服自然的文化达到极致。一系列全球性生态危机说明地球再没能力支持工业文明的继续发展。

生态意识中政治关怀应该是不可或缺的维度，集中体现在对集权和科学的逆反。生态批评强调对征服自然观的批判、对科技和工业的批判、对人类欲望的批判，同时，呼唤保护生态的责任，强调自然整体观，与自然和谐相处，构成生态批评的核心内容。建立生态文明首先要转变文化价值观。要反思人本主体论，即把自然界当做人的对象，人的价值才是最高价值，其他非人类在人的决定性需要面前没有价值；道德仅对人而言如此，无须对其他生命和自然讲道德。人定胜天，征服自然是这种文化价值观的

① ［法］朱利安·本达著，佘碧平译：《知识分子的背叛》，转引哈耶克著，王明毅、冯兴元译：《通往奴役之路》，北京：中国社会科学出版社 1997 年版，第 183 页。
② 鲁迅：《坟·文化偏至论》，最初发表于《河南》月刊第七号（1908 年 8 月），署名迅行。

极端信仰。从生态文明来讲，人与其他生命、人与自然都是主体，具有同样的价值，自然是一切生命包括人类的源泉。因而人类要尊重生命和自然界，人与其他生命共享一个地球，人性与生态性达到和谐与统一。用今天的话说，以人为本的生态和谐原则即是每个人全面发展的前提。其次要反思我们的生产和生活方式。工业化的生产方式，多以消耗地球能源为代价，单向性的发展；生活方式追求物质享受，以高消费为特征，经济发展以消费资源为前提。

　　我们可以从我们的传统文化中汲取发展生态文明的思想精髓。中华文化主张"天人合一"，强调"道法自然"，以尊重自然规律为最高准则，强调人顺应自然，达到"天地与我并生，而万物与我为一"。《易经》中"自强不息"和"厚德载物"，这些传统文化精髓与生态文明的内涵高度一致，从传统中寻找精神是解决生态危机、建设生态文明、构建新疆文化价值的明智之路。北岛的诗《彗星》中有一句：回来，我们重建家园。我期待北岛的这句满含感情的呼唤能在新疆的崇山峻岭中得到久远的回响，着手新疆的文化价值构建——生态的家园，让我们诗意地栖息在这片神秘的土地上。历史已经告诉了我们，这里是世界四大古老文明唯一汇集过的地方，但如何才能重整辉煌，前代贤哲们的选择即使不是解决问题的出路，至少也不是问题的部分。然而，对于新疆文化价值的构建我仍有着深切的担忧，这能够实现吗？北岛呼唤回来的对象是彗星，我希望这不是一语之谶。

"天山牧歌" 与闻捷的国族价值观构建

方维保

（安徽师范大学）

红色中国的文学想象与国家意识形态是一种高度同构的关系。中华人民共和国的国体在 1954 版宪法中是这样表述的："中华人民共和国是工人阶级领导的、以工农联盟为基础的人民民主国家。"① 作为一种国家意识形态，它具有鲜明的阶级性和社会主义特性。红色中国作为一个现代民族国家，在处理民族关系方面，也有鲜明的以阶级价值凝合民族关系的倾向。这种价值观是一种在现代国家范畴之内的多民族同一阶级的整体国家民族观念。20 世纪五六十年代生活或工作于新疆的诗人闻捷，通过他的一系列的具有新疆地方民族特色的诗歌创作，不但演绎了这种国族价值观念，而且为这种价值观提供了具有建设性的想象。本文将以诗集《闻捷诗选》（人民文学出版社 1979 年版）中涉及新疆各民族生活的诗篇为对象，阐释其所包含的国族价值观内涵。

一

闻捷是 20 世纪五六十年代具有典型意义的诗人。他的诗作在对于民族生活的想象中体现了当时鲜明的阶级、国族价值观。这具体体现在：

（一）充分肯定和颂扬了"劳动"的价值

"劳动"是一种广泛意义上的社会活动，具有人类学的价值，但在 20世纪五六十年代中国语境中，劳动是被压迫阶级的社会身份的表征。诗作《葡萄成熟了》歌咏了劳动的画面："马奶子葡萄成熟了，坠在碧绿的枝叶间，小伙子们从田里回来了，姑娘们还劳作在葡萄园。"诗作《夜莺飞去

---

① 《中华人民共和国宪法》第一条，第一届全国人民代表大会第一次会议通过，1954 年 9月 20 日。

了》则描述一个年轻矿工的劳动场景："年轻人爬上油塔，从彩霞中瞭望心上的人"；"年轻人也要回来的，当他成为一个真正矿工"。在《种瓜姑娘》中两个年轻人相爱了，他们一见钟情的地点在"去年的劳动模范会上"，而小伙子之所以爱上了姑娘，是因为"你光荣的劳动事迹"；姑娘的回答则是"可是，要我嫁给你吗？你衣襟上少着一枚奖章"。而《斯拉阿江》则展现了劳动建设的新生活，这个新生活里有铁轨火车，"高高的姻囱、大大的楼房，都在和脚手架比跳高"。诗作《春汛》叙述春天来了人们欣喜地准备生产的场景。《晚霞》抒发的是草原上收获的喜悦。《大风雪》中，哈萨克牧人在"风雪灌满了两只袖筒"的时候，"想起明年的增产计划"。闻捷诗作中所涉及的劳动中的人们，不管是哪个民族，都属于"劳动人民"。他们的相爱实际上就是政治上"同志式的爱情"。闻捷在阶级论的前提之下，歌颂了"劳动人民"的"劳动"生活图景。

（二）表达各族人民对于"祖国"忠诚

闻捷的诗作大量代言各民族人民表达对于"祖国"的爱。诗作《告诉我》叙述了士兵的爱情："此刻，我正在漫天风雪里，监视着每一棵树，每一座山岗"；"告诉你，我的姑娘！我过去怎样现在还是怎样，我永远地忠实于你，像永远忠实于祖国一样"。小伙子对于姑娘的爱情与对祖国的忠诚是一致的，抒情主人公（小伙子）也是一个祖国边疆的保卫者。在《大风雪》中，勇敢的哈萨克在抗击大风雪中，他不但想到了增产计划，而且想到了"对于祖国的无限忠诚"。《向导》中，勇敢而且骑术高超的蒙古族骑手，他的理想就是在"垂死的敌人胆敢来侵犯"的时候，"做个骑兵战斗员"。诗中的爱情、草原等构成了和平而幸福的生活现实，而敌人的侵犯则构成了战争和斗争的语符系列，在两个方面相互对立中，反衬出爱情与和平的美好。他对生活保持着高度的警惕："天上飞过一块乌云，他要抬头看一看。"夸张性的警觉，其实表达的是对敌人的恨，对祖国的爱。在这些诗作中，"祖国"并没有作过多的特意的解释，但无疑，它不仅对应着新疆天山南北，对应着各民族人民的祖居之地，也对应着幅员辽阔的中华人民共和国。这种祖国观念，就是那个时代"祖国颂"中的"祖国"。

（三）建构民族间共同的政治历史记忆

民族的融合需要共同的历史记忆，特别是具有共同价值追求的历史记忆。诗作《古老的歌》叙述的是民族解放的阶级前史。其中老牧人的"悲凉的歌唱"，展现了牧人的悲惨命运，和他们对暴君的反抗及其失败。整个诗作充满阶级意识，用以"激励你们捍卫新的生活"。而《哈兰村的使者》则叙述了民族的解放史和得救史。诗作讲述了三个维吾尔青年在中国共产党的县委书记的引导下走上共产革命的道路，在哈兰村从事阶级革命，最终成为共产党员。共产革命历史的记忆，将不同民族的革命者紧紧地联系在一起，又由于他们都有着使底层劳动者翻身解放的理想，维吾尔青年与汉族青年之间没有民族的界限，有的只是共同的阶级解放的记忆。《新村》等诗作则叙述了民族生活的现实史。这些诗作通过"新""旧"对比，诅咒旧社会和反动派、暴君和一切剥削阶级的统治和压迫，赞颂新村的美好以及新社会美好幸福的生活。同样，一个共同的精神领袖，也是国族价值观形成的需要。《货郎送来春天》更是讲述货郎送了"毛主席画像"："每个家庭都升起不落的太阳，毛主席含笑注视维吾尔人，维吾尔人遵循他手指的方向，去迎接金光灿烂的早晨。"毛泽东的形象，虽然有着个人崇拜的时代局限，但他的存在对于融化民族界限、形成国族观念显然有着无可替代的作用。在这些各民族人民的阶级—民族史的叙述中，作者塑造了韦伯所说的"民族共同体的苦难"，在一种逻辑关系上，即在过去、现在和将来之间建立起了因果关系和线性历史。

民族，在文化上就是一种历史记忆的共同体、价值的共同体。闻捷的诗作无疑建构了各民族人民共同的历史记忆，建构了国族共同体的价值观念。

二

对于闻捷的诗作，历来有多种定性，有人认为是爱情诗；有人认为是地方地域文学。我认为，闻捷的诗作所张扬的是一种国族价值观，一种民族关系上的国家意识形态。

（一）爱情诗篇还是国族政治抒情诗

在闻捷的新疆诗作中，描写青年爱情的诗篇数量很大，其中《吐鲁番情歌》最为传诵。他将新疆各民族青年男女的爱情抒写得极为生动、有趣、怡人。《苹果树下》对于爱情的叙述也很有趣。写一对男女在苹果树下劳作，产生了爱情。小伙子在春天里萌发了爱情，从春天一直歌唱到夏天，但是到秋天却不唱了。姑娘在春天里、在夏天里都对小伙子的歌唱表现得很不耐烦——别用歌声来打扰我，别像影子一样缠着我；而到了秋天，当小伙子已经不再歌唱的时候，姑娘却情绪高涨——有句话儿你怎么不说。姑娘和小伙子情感心理的落差，展现了一个非常有趣的戏剧性的情节和场面。

但是，闻捷所有的爱情诗作，都不是纯粹的爱情诗。他所书写的生动有趣的爱情，都与当时的主流价值观是高度合拍的，或者说他的诗中所歌咏的爱情是以国族价值观为前提的，或者说就是为了表现这种国族价值观而设计的爱情。

闻捷的诗作中的爱情或是以"忠于祖国"和"热爱家乡"为价值前提的。《婚期》中，一个订了婚期的哈萨克姑娘在等待着这样的未婚夫——那个"出色的牧人"："他从不满足自己的生活，眼睛永远闪着光芒，怀着一颗炽烈的心，想一手改造自己的家乡。"《送别》中，主人公苏丽亚送别新婚的丈夫万依斯，"去到巩乃斯种畜场"，"我将带回丰富的智慧，满足家乡的一切愿望"。《爱情》讲述了姑娘对战斗英雄的崇拜："我一句话也说不出，拥抱着他一吻再吻，哪怕他失去了两只手，我也要为他献出终生。"有些诗作在形式上具有游子思妇和怨妇思夫题材诗歌的主题特点，但是，闻捷所展现的那个时代的各民族男女青年，在他（她）们的爱情表达中，没有怨尤，没有忧伤，他们都服从于建设"家乡"、保卫"家乡"的宏大理想，他们的思念中只有万般柔情和对作为劳动者和祖国保卫者的爱人的自豪。

闻捷诗作的爱情更是以政治身份为前提的。《种瓜姑娘》中，枣尔汗对求爱者的回答是："要我嫁给你吗？你衣襟上少着一枚奖章"；《金色的麦田》中，巴拉汗和情人相约的婚期是："等我成了青年团员，等你成了生产队长。"恋爱中的男性一般都有劳动者的身份，被爱的姑娘都有着劳动者的朴素的美："你不擦胭脂的脸，比成熟的苹果鲜艳。"他（她）的爱情是阶级的"同志的爱情"。《告诉我》中，抒情主人公"我"——"我守卫在蒲犁边卡上"，"此刻，我正在漫天风雪里，监视着每一棵树，每一座山岗"，这样的诗句指明了"我"战士的身份。《婚礼》中的吐拉汗和玉素甫爱情成熟于政治生活中，"互助组长衣襟上插朵小黄花，来迎娶他的互助组员"；他们在政治工作中相爱，"他每天黄昏来到我家葡萄园，说是来检查组员的生产"，"在这儿，你第一次拉我的手，那天，我去祝贺你成了青年团员"，"在这儿，我第一次吻你的脸，那是你从识字班毕业的夜晚"。20 世纪五六十年代的互助组和识字班，成了青年男女爱情的温床。

闻捷诗作中的爱情还要以"劳动"作为前提。在爱情诗中，劳动对于爱情的促成作用是巨大的。劳动，是新中国语境中的词汇，它不仅是劳作，而且指向了阶级性。劳动本是伟大的，它为爱情提供了合法性。《吐鲁番情歌》所强调的劳动和爱情，是一种劳动中的爱情。它体现了那一时代爱情表达的风貌，可以称得上是"一个时代的爱情宣言"。当然，与劳动具有相同属性的还有诸如行军、油矿工人的工作等。爱情成熟于保卫祖国边疆的行军途中，在石油平台的脚手架上，甚至还有在政治会议上，如《追求》中小伙子与姑娘发生恋情是在"劳模会"上："去年的劳动模范会上，你就把我的心搅乱。"也有些在特定的政治组织上，如识字班、互助组等。

在新中国初期的政治文化语境中，私人情感及其书写都不具备合法性。而闻捷的诗作，由于涉及民族题材，所以他的诗作能够大量表现纯真热烈的私人情感。但是，即便如此，他的诗作依然存在着"有意识把爱情作为政治的附属物，给它加上社会性的装饰，以爱情来证实某种政治性原则"的时代病，"这些情歌，是作为新生活的赞歌来写的，旨在表现社会政治理想，即通过男女的感情生活，通过他们的感情这扇窗扉，去揭示新的生活观、爱情观和道德观的萌生和发展"①。政治的标准在闻捷的诗作中成为爱情的标准，这些诗篇在表现爱情时，附着了社会性与政治性。这是表现爱情的时代生活特征。爱情姿态，实际上就是一种政治观点、阶级立场和劳动态度的表现形态。闻捷将赞美纯洁、真挚的爱情，同创造新生活的劳动、保卫祖国的斗争、社会主义的理想结合起来，宏大的时代主题与私人的情感诉求能够如此珠联璧合，是闻捷爱情诗的一大成就。

闻捷诗作中的爱情，是那个时代的政治爱情；闻捷的诗作是爱情诗，但更是那个时代的政治抒情诗。

（二）地域民族文学还是国族文学

从某种程度上来说，闻捷的诗作可以看作是一种地域乡土创作，无论是诗歌的体式还是表达的主题。

闻捷的诗作显然有着浓郁的地域文化色彩。他的诗作摄入了新疆的地域文化和民俗风情，这些诗作有新疆的自然风光，有新疆人民的生活风俗，有新疆的民族风情，有着新疆各族人民的独特性格，甚至他所采用的牧歌体，也具有浓郁的新疆风味。诗作中的人物都有着自己的民族身份——维吾尔、哈萨克、蒙古等，民族风俗——跳舞、骑马、婚礼等。闻捷充满激情地勾勒新疆各民族的性格，表现了他们的精神面貌和理想。在他的新疆诗歌中塑造了许多热情奔放、勤劳勇敢、豪爽开朗、浪漫多情的少数民族人物形象——各族人民的新的生活和性格。

但是，闻捷的"天山牧歌"显然很少去发掘新疆的地缘地域文化的久远的历史流脉，他感兴趣的是近现代的阶级斗争史，是一般的自然和人文

---

① 《欢笑的"情歌"》，邝帮洪主编：《中国当代名家名作解读》，广州：广东人民出版社2001年版，第1~3页。

风俗之外的政治文化心态，所要表达的是一种阶级的政治情怀。在总体上，闻捷淡化了民族身份而在民族共同体上强调了阶级身份。换句话说，他是在阶级论的基础之上，建构了一个超越民族的国族身份。这种身份分两个层次：一是生活层次的身份——苹果树下的姑娘，弹唱三弦的小伙子，植树的老大爷，勇斗风雪的牧人。这种身份是具有地域和民族色彩的，但是，并不是十分强烈，因为不同民族的人民在劳动中都可能获得这样的身份。二是政治层次的身份，——生产队长、共青团员、革命战士、矿工、劳动者。这更是一种具有特定时代的共同身份，它完全没有民族和地域特征。还有能够显示地域的符号，如"祖国""家乡"也基本没有特定的所指，也都是一种政治国家意义上的泛指；还有"军功章"等，更是一种政治奖励符号。

闻捷诗作中的人物和民俗风情都是有地域身份、民族身份和地域文化特征的，但是，他的民族乡土民歌吟唱，并不是一般意义上的地域文学和民族文学，而是一套国族象喻系统。它通过文学的想象建构了一种超地域的国族政治风俗，一种以共和国初期国族价值观为核心的政治身份和民族共同体身份。具有时代特色的国族价值观念渗透于闻捷爱情诗的每一句歌词之中。

三

现代国族是由各个民族共同构成的整体民族。每个民族都有自己的民族身份和性格，但是国族性格则是一个民族共同体性格，它是由各民族的个体性格"抽象"出来的。闻捷在诗作中给予新疆各民族人民以一个共同的身份——时代的政治身份、阶级身份。而这种身份就是一种民族共同体的身份。阶级价值体现在民族语境中，就是一种国族价值；阶级政治的身份，体现在民族的语境中，就是一种国族的身份。

闻捷的诗作表现了当时所追求的国族价值。"国家主义意识形态必须建立在对自我的放弃和超越的基础之上。"① 不同的民族由于风俗、信仰以及历史等的差异，必然有着不同的民族性和价值观念，但是，现代民族国家，它是由多民族构成的。因此，必须在各民族之间建构一种价值联系，建构一种超越各民族价值差异性的国族观念，才能使得各民族成为一个大

---

① 刘文辉：《传媒语境与 20 世纪 90 年代文学转向》，北京：人民出版社 2013 年版，第129 页。

家庭。闻捷的有关新疆的诗作是诗人仿照新疆各民族民歌而创作的民歌体新诗。在这些诗歌中,诗人建构了一个各民族都能够接受的超越狭隘民族的共同体的价值观念,也构建了一种国族共同体的诗歌话语。在乡土叙事中,作家"回归祖国(母体)的怀抱,不论是从政治或是心理分析论述而言,回归都隐含了一种意义——国族身份……的完成"。①

闻捷的很多有关新疆的想象中,虽然也不乏特别强调阶级对立,用阶级矛盾替代民族矛盾的想象,但他的主要诗歌作品并没有如电影《冰山上的来客》那样展现激烈的阶级斗争的画面,他的重点是在书写劳动和劳动中的爱情,虽然有阶级论的色彩,但是,他并没有突出"斗争"。也就是说,他在阶级论的边缘,建构了一种普泛的超越民族差异性的共同价值观念:爱情、和平、劳动等。《舞会结束以后》《苹果树下》等所表达的都是这种普泛的价值。闻捷的诗作意在强调民族团结,强调民族之间的亲密关系方面。在抒情主人公"我"与所歌咏的对象主体之间,淡化了民族关系,建构"一家人"的阶级的亲情伦理关系。它在一般的意义上保存了各民族的文化价值追求,但更建构了一种超越于民族价值观之上的时代共同的价值观念,追求一种时代的民族共同体的"共名"。

"文化认同是民族认同的内在要求和前提条件,在民族认同中具有基础性作用。精神文化能准确、深刻地表达文化和民族的本质特征,在民族认同中占据着核心地位。"② 闻捷以《天山牧歌》为主体的新疆创作,通过对于新疆各族人民和平美好生活的想象,为构建当代民族国家观念作出了贡献,也为那个时代新疆主流意识形态为各族人民所接受作出了贡献。

---

① 王德威:《现代中国小说十讲》,上海:复旦大学出版社 2004 年版,第 303 页。
② 栗志刚:《民族认同的精神文化内涵》,《世界民族》2010 年第 2 期。

新时期回族文学创作中的乌托邦倾向①

李 雁

（济南大学）

作为世界三大宗教之一的伊斯兰教对中国的特定区域具有较大影响，特别是在西部回族人民聚集区。因而，一部分回族作家在创作中显示出伊斯兰宗教的乌托邦精神，相关的作家作品有张承志的回族题材系列文本，王树理的《一生清白》《沙窝故事》，石舒清的《微白》《西海固的事情》《清水里的刀子》，查舜的《穿越峡谷》《阿密娜姐姐》《淡蓝色玻璃》《江水无名》，郝文波的《朝觐者》等。

一

首先，在他们创作中突出地体现了宗教性的苦难经验，这一点和回族的社会历史境遇和地理生存环境有着直接的关系。回族和其作为精神信仰的伊斯兰文化在华夏汉文化体系中一直处于边缘地位，而其自身强烈的民族文化认同感造就了回民特有的凝聚精神，因而在专制的明清时期与主流政治意识形态形成尖锐对立，形成了回族难以抹去的历史苦难经验；另一方面，回族所处的中国西部地区，像宁夏、甘肃、青海等地区，自然环境恶劣，人的生存受到自然的直接威胁，"伊斯兰文化自始至终面临的是酷烈的自然环境、艰难的生存条件和苛严的人文境况"②，因而人与自然的斗争也构成了回族作家苦难经验的一个重要内容。回民困窘的物质文化生存处境不可避免地浮凸于文本的表象层面。其次，伊斯兰宗教文化又具有乌托邦精神。如果我们把乌托邦理解为一种"信仰"和"希望"，那么在伊

---

① 本文为教育部人文社会科学研究规划基金项目"新时期小说中的'乌托邦'想象研究"（项目编号：13YJA751022）、济南大学博士基金项目"新时期小说中的'乌托邦想象'研究"（项目编号：B1210）的阶段性成果。

② 杨经建：《伊斯兰文化与中国西部文学》，《人文杂志》2003 年第 2 期。

斯兰文化中，苦难并不是人生的全部，或者说，人生的苦难具有救赎的可能，而这个拯救的源泉就是伊斯兰教所信仰的唯一的神——真主。石舒清在《残片童年》中说："人是多少需要一些神性的，神性带与人的，唯有幸福。"在伊斯兰教的教义中，真主是至仁至慈、全能、全知的，具有无上的权威，掌握正义和公理，人只要遵循真主的旨意，行善祛恶、奋发努力就能得到真主的酬报，获得后世的幸福。基于这样的认知，一部分回族作家就在他们的宗教信仰中找到了他们生存的理想家园。在石舒清的笔下，西部荒凉贫瘠的戈壁沙漠不再令人畏惧，因为"那不仅是一片皲裂的大地，那还是一个精神充盈的价值世界，在天人之际自有不可轻薄的庄重"①。而对一直具有理想主义情怀的张承志而言，经过漫长而艰辛的追寻与探索，走过辽阔的草原和现代化的大都市（包括北京、日本、欧美），他终于在天山和宁夏西海固这片黄土高坡找到了灵魂的栖息地，他真正的故乡，"我发现了世间原来有如此一块净土"（《最净的水》），他在那里找到了他苦苦寻找的"梦"——他理想中的生命形式，安抚了他浮躁疲惫而又混乱骚动的心灵。

二

我们知道，宗教的世界是与世俗相对峙的，是对人的日常生活、人的肉体感性生命的超越和提升，因而宗教所宣扬的天国实际上包含了对人的终极理想生命的想象与设置。赫茨勒认为，宗教的天国包含着乌托邦精神，因为"天国可视为一种发展过程，一种社会和精神上逐渐进步的过程"②。这种逐渐进步的过程就蕴含了乌托邦精神，它包含了乌托邦极为重要的否定和超越意识。伊斯兰教产生于现实苦难的土壤中，但又借助于神的力量实现了精神的升华，因而创造了与世俗相分界的"圣"的空间。

伊斯兰教"圣"的世界其核心价值在于对"清洁"的信仰。张承志就对穆斯林和非穆斯林作出简洁的界定："对于一切简朴地或是深刻地接近了一神论的人来说，farizo 是清洁的人与动物的分界。"（《离别西海固》）笃信伊斯兰教的回族作家经常怀着崇拜和赞美的情感书写对"清洁"之美的赞美，"从山峁和坡地之间的小路，走进沙漠和崇山峻岭。我欢喜地又

---

① 李敬泽：《遥想远方——宁夏"三棵树"》，石舒清：《暗处的力量》，石家庄：花山文艺出版社 2001 年版，第 2 页。

② ［美］乔·奥·赫茨勒著，张兆麟等译，南木校：《乌托邦思想史》，北京：商务印书馆 1990 年版，第 71 页。

遇到茫茫的大雪。风景千里万里一派迷茫,大雪如天降的淳白音乐。再也没有世俗化的苦痛和人事的纷扰,人的心,那时是清纯的"。(《神往》)"清洁"作为精神追求在伊斯兰教的世界里可以转化为对"水"的赞美,在西部干旱无水的戈壁沙漠中,水就是生命之源,因而在伊斯兰教"圣"的世界里,水是与神的恩惠相联系的存在。伊斯兰教"五功"中的"拜功"是向真主表示虔诚信仰的仪式,是穆斯林教徒的重要的宗教行为,信徒在行使拜功前有"大净"和"小净"的礼仪,就是用洁净的水按照一定的次序清洗身体,以清洁的身体与真主相遇。宗教风俗、仪式往往是与其宗教信仰相互联系的,伊斯兰的"大净""小净"正隐喻了伊斯兰教教义的重要的价值追求——即对"清洁"精神的追求。穆斯林生命旅程中的重大活动都伴随着"清洁"的水,查舜《淡蓝色玻璃》中的王老汉,每天早上都极其虔诚地履行"大净","从手到脚,从漱口呛鼻洗脸抹额到净下,全身上上下下每一个汗毛孔儿都没有放过。活这么大岁数以来,他一直对清晨时候的这种洗浴,充满着特殊感情。这不,一通大净洗过,不只是洗去了瞌睡和不洁,洗去了所有的疲乏和不快,同时也还洗出了一个新自己"。石舒清《清水里的刀子》中的老人马子善,唯一的希望就是能够知道自己的死期,因为"自己若是知道自己归真的一刻,那么提前一天,他就会将自己洗得干干净净的,穿一身洁洁爽爽的衣裳,然后去跟一些有必要告别的人告别,然后自己步入坟院里来",他希望能够带着洁净的身体和灵魂走向另一段旅程,那举义的老牛,透过一盆清水,看到了清水里的刀子,领会了自己的神圣的使命,"槽里的那盆净无纤尘的清水,那水在他眼前晃悠着,似乎要把他的眼睛和心灵淘洗个清清净净。那是一盆怎样的水啊"。(《清水里的刀子》)这种"清洁"贯穿在伊斯兰的社会生活中,成为一个真正的穆斯林终生遵循和信奉的道德原则。

　　"清洁"的精神意味着人的精神的升华和灵魂的纯净,它集中了伊斯兰教教义中对神性的理解,表现为个体对于世俗欲望的克制和约束,对纯洁清静世界的追求。查舜在《淡蓝色玻璃》中涉及"欲"的世俗世界和"清洁"的圣的世界的对照,作为现代文明的汽车曾经引起王老汉的羡慕,然而伴随着现代文明而来的却又是人的欲望的泛滥,身边飘来的乌烟瘴气的烟,电视上"过来过去都是精尻子亮肚脐眼儿露奶子的裱子和挺着肚子留着长发的嫖客捻捻掐掐嘻嘻哈哈胡骚情的事",还有公然的辩护"我们就像是戒不掉女人一样戒不掉这烟",所有的这一切,象征了一个现代化进程中文化所面临的新问题:肉体与精神、欲望与道德的关系和处理。欲望、情感、意志等世俗内容,正像马克思所说的,"人作为自然存在物,而且作为有生命的自然存在物，一方面具有自然力、生命力，是能动的自然存在物；这些力量作为天赋和才能、作为欲望存在于人身上；另一方面，人作为自然的、肉体的、感性的、对象性的存在物，和动植物一样，是受动的、受制约的和受限制的存在物，"① 是人的本质内容之一，欲望等世俗内容是生命体的本能要求，它既可给予生命以感官的满足，实现生命的本质，同时亦对生命构成了奴役。当欲望超越了合理的限度，膨胀到一定程度，欲望就不再是生命本己的部分，它转化为生命的对立存在，戕害人的精神追求，人就失去了自由而异化为欲望的奴隶，人就远离了德行的崇高和精神的纯洁而堕落到低等的层面。伊斯兰教所推崇的"清洁"精神，则对欲望保持了警醒的态度，自觉地对"欲望化"的世俗保持否定的态度，充分肯动了人的道德自律和精神自由，正像王老汉所思索的："'人'，活在这世界上，还有什么比吃喝更重要的呢？但恰恰是对这种最迫切欲望的突然调整和适度节制，常常就会使那些已经麻痹或迟拙的接受感官，再次敏感和活跃起来，常常也会使他的意志和体能由一种不规则挑战而拓展出更大意义的历练。"认为真正的"人"恰恰在于能够合理地控制自身的欲望，使自己能够从动物生存层面上升到"人"的精神层面。

三

宗教作为一种意识，它反映的是人与神的神秘关联，它为人的生存提供了一整套的价值系统和行为规范，最终指向人的根本归宿和生存意义的所在，因而具有乌托邦的理想精神和超越意识。但与世俗乌托邦不同，世俗乌托邦认为完美的世界存在于现实的社会中，不管它是存在于何种类型的社会制度中，还是存在于人与人之间的伦理关系中，它都是把乐土建立在属人的大地上，人类可以通过种种的努力在世俗生活中实现理想，而宗教具有超世的追求，"宗教对世俗生活、社会文明从根本上是否定的。宗教不会主张用一种社会制度去取代另一种社会制度，在宗教徒眼中任何世俗社会都是有缺陷的，不完美的"②。但要注意到，宗教超世，但并非完全厌世。在宗教的价值观中，世俗的生命是神的赐予，只有神才能收回，因而大多数宗教对生命采取顺其自然的态度，鼓励人们顺应神意，接受生命本身天赐的幸福。特别是伊斯兰教，它注重两世吉祥，既向往后世的终极

---

① ［德］马克思著，刘丕坤译：《马克思1844年经济学—哲学手稿》，北京：人民出版社1985年版，第124页。

② 王晓朝：《宗教学基础十五讲》，北京：北京大学出版社2003年版，第206页。

乐土，也不弃绝今世的短暂幸福。而不管是终极幸福还是短暂的世俗幸福，人所依靠的不是社会 、自然等外在因素，不在于外在政治制度和组织的完美，也不在于道德理想主义，宗教所追求的幸福体现在人的精神之中，"宗教想要改变的是人"①，在伊斯兰教的观念中，作为神在尘世的代理，人具有双重属性，"伊斯兰教认为人是真主在地球上的代理人，他们是最活跃的，他们有软弱的一面，也有坚强的一面，这种软弱与坚强紧密相连，有时一方会战胜另一方，从而表现出时而堕落、卑贱，时而进取、伟大"②。它既有恶的因子，也拥有神的本质，它可以被贪婪的欲望所裹挟，堕入恶的深渊，也能够战胜自身的软弱，表现出人崇高的内在神性，散发出壮烈优美的情操，因而体现出宗教所推崇的理想人格。

在回族作家所构建的"圣"的世界里，活跃的是一批具有崇高精神追求的理想人物。这一点在张承志的创作中特别突出。他的很多作品贯穿着相近的母题和形象，早期的多是九死不悔、执着寻找人生意义的追寻者、探索者，《九座宫殿》中的韩三十八，默默寻找传说中的"九座宫殿"，《黄泥小屋》的苏尕三坚信："哪怕走上这一辈子，哪怕走到这片茫茫大山的尽头，那大山的彼岸一定会有纯净的歇息处"，后期则成为信仰的捍卫者，在寻找到自己心灵的归宿——伊斯兰教后，作家把理想主义的激情转化成英雄的赞歌，代表作《心灵史》对张承志而言是一部重要的作品，其重要性在于它是一个对具有理想主义精神的斗士的最高赞歌，是作家视为可以结束自己文学生涯的收官之作。

可以说，在这个几乎被汉民族主流文化湮没的、沉默无语的苦难民族深处，张承志找到了他梦想中的生命形式，这个情感浓烈的、长久流浪的孤独的灵魂也找到了属于他的栖息之地，他曾经屡次强调这种发现对作家自己的意义，"我渐渐感到了一种奇特的感情，一种展示或男子汉的渴望皈依、渴望被征服、渴望巨大的收容的感情"。真正打动他的，就是伊斯兰教所追求的"人道"与"尊严"。这里的"人道""尊严"是一种"活在穷乡僻壤可以一贫如洗却坚持一个心灵世界的凛然的人道精神"，是伊斯兰教"清洁"的精神追求，它包含着五四启蒙运动以来的现代的价值追求，是一种平等、自由的精神，是对人的尊严、力量、主体性的肯定，是一个经受过现代乌托邦文明洗礼的知识分子在信仰崩溃的时代为现代人族所保存的理想赞歌，"我是从现代人的立场出发，从 20 世纪的末尾出发，来看待中国特殊的、充满圣洁理想和人道尊严的伊斯兰回族的。"（《未诞

---

① 王晓朝：《宗教学基础十五讲》，北京：北京大学出版社 2003 年版，第 206 页。

② 马燕：《伊斯兰教艺术观与回族文学创作》，《青海民族研究》1999 年第 3 期。

生的封面》）张承志绝不仅仅因为自己的血统而草率地决定了自己心灵的归属，而是站在一个更为开放的文化立场上思考华夏文化的前途，他在《心灵史》中说："我和哲和忍耶几十万民众等待着你们。我们把真正的期望寄托给你们——汉族人、犹太人、一切珍视心灵的人。"他在回族人民身上所发现的"人道""尊严""纯洁"，是对 20 世纪 90 年代以后的金钱拜物主义的反拨，是具有乌托邦精神的现代知识分子对真正的现代文明的期许。

张承志的神性生命推崇的是激动人心的阳刚之美。与佛教相比，伊斯兰教所推崇的生命形态是动态的、充满着力量和主动性的。如果说佛教的理想生命境界如湖水一样宁静、超脱、轻盈，充满内在的丰沛，那么伊斯兰教的生命形态则是动态的，他们表面上像岩石、森林，沉默无语、谦逊有礼，"我们这一类人在茫茫人世中默默无言但又深怀自尊"（《生命如流》），而他们的内心则像雷雨、闪电，内心涌动着澎湃的激情。这样的精神品质是伊斯兰文化漫长的积淀和艰苦的生存环境所铸造的。伊斯兰教从诞生的时候起，就面临着生存危机，恰如《古兰经》所云，"我确已把人创造在苦难里"（《古兰经》90：4），这里的苦难首先是历史性的，伊斯兰教属于平民的宗教，在宗教传播的过程中面临传统的多神教政治势力的压制，因而伊斯兰教的历史实际上是一段斗争的历史。在《古兰经》的教义中留下了早期斗争的痕迹，"你们当为主道而抵抗进攻你们的人"，（《古兰经》2：190）"你们当反抗他们，直到迫害消失"，（《古兰经》2：193）伊斯兰教崇尚"吉哈德"精神，也就是奋斗的精神。认为人要奋发努力，为维护圣道而竭尽全力。在宗教斗争的时代，"吉哈德"往往鼓励教徒为捍卫伊斯兰教而与迫害势力斗争，认为为真主而牺牲是伟大的光荣，可以得到真主的酬报；而随着时代的发展，"吉哈德"精神又转化为内在精神上的斗争，指的是"个人尽力，去驱逐一切罪恶、诱惑，纯洁心灵，远离各种罪恶"[1]，入华后的穆斯林在政治上一直属于边缘民族，"人口较少，在漫长的封建和半封建半殖民地社会，一直处于受歧视、受压迫的地位。逆境中的图存欲望使得他们不得不抱起团来，应付和反抗随时可能加身的凌辱与欺侮"[2]。而中国伊斯兰聚集地往往处于僻远贫困之所，特别是大西北穆斯林族群，自然生存环境也极为恶劣，民族生存环境的恶劣与宗教教义尚刚尚勇的精神结合起来，他们在历史上更多地发展了传统的圣战精神，形成了伊斯兰民族英勇顽强、坚忍不拔、追求纯洁与尊严的民族文化

---

① 刘其文：《智者与神》，郑州：河南人民出版社 2007 年版，第 254 页。

② 王树理：《试论回族穆斯林的民族认同感》，《中国穆斯林》2000 年第 5 期。

性格，并形成特有的赞美苦难、赞美流血的英雄气质。这一点，在张承志的创作中非常明显。杨经建说："穆斯林民族都极力倡扬坚忍、敬畏、苦其心志磨其心力的人格风范，强调为人的血性和刚气，呼唤人的硬朗与旷达，以此来品悟'苦难'和拒斥'悲悯'并坚守宗教信念的虔诚。"① 苦难对他们而言绝不仅仅是痛苦的经验，相反，伊斯兰教主张接受苦难甚至享受苦难，因为苦难是神的预定，恰恰经过苦难的磨砺，人的纯洁的追求才更为宝贵。《大阪》中的攀登者，历尽艰辛终于到达目的地，领略到千年积成的冰川的壮美，终于认识到"经过痛苦的美可以找到高尚的心灵"，完成了作者的心灵升华；《辉煌的波马》中神秘的"碎爷"，有着惊天动地的经历，"造反举义、背井离乡、冤狱折磨"，然而这些在"我"看来无比重要的事情对于碎爷来说却如过眼烟云，世俗的荣辱悲欢如微风过隙，真正的生命就是"在长流水里沐浴，在洁净的波马举礼，碎爷用不着一张白纸片证明自己，虽也有一颗打不垮的心"，"那枯瘦的沟壑密布的脸膛上，那紧张地凝聚着的诚挚、苦难、渴求的深情"打动了"我"的心灵，因为在这样一个沉默的生命中，"我"发现了那在苦难中默默坚守信仰的高贵的灵魂。

20 世纪 90 年代以后社会发展变化极大，人的物质生存要求被看作合理的需要，但同时它的发展也开始失控，人的欲望、物欲开始脱离理性的约束而无限膨胀，社会主义初级阶段的经济发展还不能完全满足民众的要求，因而现代人面临精神危机，甚至引起社会矛盾。在这样的情况下，宗教超越性的乌托邦精神为浮躁喧嚣的现代文明提供了参考，它所推崇的自由、纯洁、超脱的宗教理想人格与极度物化的异化的现代人形成了鲜明的对照，"它们价值，更多地在于为实存的人类提供了一种永恒的参照，使可能走向畸形的人类文明得到调整和匡正"②。

---

① 杨经建：《伊斯兰文化与中国西部文学》，《人文杂志》2003 年第 2 期。
② 杨慧林：《基督教的底色与文化延伸》，哈尔滨：黑龙江人民出版社 2002 年版，第 121 页。

中国当代西部文学在韩国的翻译与研究

［韩］ 金英明

（韩国外国语大学）

一、导语

进入 21 世纪，随着 1996 年由中国政府提出的"西部大开发"战略的全面推行，中国西部成了全球化大企业关注的一个热点。尤其是 2008 年以后，东部地区因为劳动力缺少现象严重，工资上涨，加上西部地区基础建设基本完成，吸引了国内外优秀企业家的竞相投资。对韩国来说，也不例外。对中国西部的关注，比起中文学界，各大企业早已形成专门研究队伍。像三星经济研究所、LG 经济研究所就是比较典型的事例。他们从地域学的角度，对西部地区的历史、文化、资源、人口、经济、基础设施等方面做了详尽的调查，三星集团于 2012 年在西安高新技术产业开发区投资 70 亿美元建立了半导体工厂，今年 5 月已竣工并开始投入生产。但目前为止，韩国的中文学界还没有人把西部文学作为一个单独的领域进行研究。虽有张贤亮、贾平凹、陈忠实、阿来等作家的作品被翻译成韩文，并有论文发表，不过都是以中国当代作家的一员来看待的。那么在韩国"西部文学""西部作家"概念的确立有何意义呢？

首先，什么是中国"西部"？什么是中国"西部文学"？在韩国，"西部"这个概念还比较模糊和陌生。但在文学界里，如果说"边塞"或"敦煌"还是比较熟悉，因为唐诗中的边塞诗所描写的荒凉、寂寞以及军歌等，有一种异国风情，让人记忆犹新。而电影《卧虎藏龙》和《黄土地》中所展示的沙漠、黄土地等所谓有西部特色的强烈意象把"西部"限定在比较狭隘的范畴中。而在中国"西部"概念的成立及确定与特定的历史时期有关。"最早意义上的较为正式的西部，是在 60 年代初的'三线建设'中出现的。三线建设是新中国成立后的第一次大规模的西部开发运动。这次运动最直接的制度背景是当时的领导人对战争爆发可能性的过高估计。

由于认为帝国主义可能发动侵略战争，把整个中国划成了三个部分即三线：东部、中部、西部。西部第一次作为中国的大后方较为模糊地被提出来。在我国的七五计划报告中，首次正式提出将我国经济发展区域按东、中、西三大地带划分。于是习惯上人们把中国分为东、中、西。有时，把中部与西部合在一起，称为'中西部'。有时东部代表沿海，中西部代表内地。西部地区，包括四川、贵州、云南、西藏、陕西、甘肃、青海、宁夏、新疆等九个省份。"① 而"西部文学"的概念自 1985 年提出开始就有很多争议。"西部"作为地理地域性概念，以此来界定文学范畴，难免产生陷阱。要么是出生或生活在西部的作家所写的作品都是西部作品，要么是写西部的作品都是西部文学。而西部文学研究者和倡导者们却提出要有西部意识和西部精神。那么所谓"西部意识"和"西部精神"又是什么呢？"有人归结为被自然环境及与此相适应的历史文化所决定的生存态度。从审美风格上来说，总是充满了阳刚之气和勇武气魄，是崇高壮烈而非优美缠绵，是宏阔坦荡而非细腻幽深。"② 而有人认为西部一般是作为历史的化身或象征出现的，当然也要异于现代中国。所以，西部和西部文学的起点往往是从强调"异"出发，这个"异"一般也会成为创作中的追求和目的，这种"异"往往由西部独特的自然风俗等演化而来，并将之升华为所谓的文化来表现"西部文学借重于地域的力量，将西部塑造成了一个'他者'，具有超时空的抽象性和理想性，提供了一种超越的批判的维度，提供了独特的美学风格和文学作品"③。而马为华认为由于过于强调精神性、理想性，也潜含着并且或多或少地透露出了脱离现实的复杂性，陷入创作固定化、类型化与程式化的危机。

综合上述对"西部文学"的定义，本文将文学作品中既有西部精神与意识，同时出生或生活在西部的几位作家作为研究对象。因为将张贤亮、张承志、贾平凹、陈忠实、阿来的作品看作"西部文学"也无人会提出异议的。

本文的意义在于，在韩国的中文研究领域中首次把"西部文学"作为一个单独而独立的概念提出来，这为以后韩国学界对西部文学的研究打下良好的基础。另外，把在韩国的西部文学翻译与研究情况介绍给中国学界，有助于加强中国西部与韩国学术界之间的直接交流，这也是符合时代需求的。

---

①　马为华：《中国西部文学论》，复旦大学博士学位论文，2003 年，第 2 页。

②　马为华：《中国西部文学论》，复旦大学博士学位论文，2003 年，第 8 页。

③　马为华：《中国西部文学论》，复旦大学博士学位论文，2003 年，第 10 页。

二、韩国对西部文学研究的历史分期

划分韩国对西部文学研究的历史分期之前先阐述一下韩国对中国现当代文学的研究情况。韩国对中国现代文学的介绍和研究是从 1920 年开始的。[①] 因此，到目前为止已有 90 多年的历史，有关中国现当代文学的论文达数千篇，翻译成韩文的现当代文学作品及研究著作也达数百篇。根据朴宰雨教授的研究，韩国对中国现当代文学的研究经历了日帝时期的黎明期和解放以后的开拓期。虽然有关中国现代文学的第一篇硕士学位论文早在 1956 年就问世，但研究进入正常轨迹是在 1980 年以后。从 1980 年到 1987 年之间研究成果渐渐增加，1987 年到 1991 年间形成了第一次研究高潮，1993 年出现了 28 篇硕士学位论文和 11 篇博士学位论文，研究成果急剧上升，形成了第二次研究高潮。而 1994 年到 1999 年是第三次研究高潮，形成了一个平坦的抛物线。进入 21 世纪，由于韩国各大院校中文系的增加，学院派迅速成长，无论是在研究数量还是研究质量上，都有了新的飞跃，研究对象和领域也逐渐多样化和具体化，2000 年以后也开始出现对台湾文学的研究。不过也有一些不足和需要改进的地方。比如中国现代文学的研究较集中于大牌作家，如鲁迅、老舍、茅盾、郭沫若、胡风、胡适、丁玲、沈从文、戴望舒、艾青、叶绍钧、闻一多、张爱玲、周作人、徐志摩、赵树理、张恨水、郁达夫、杨逵等。[②] 硕士学位论文中，除了上述对大牌作家的研究以外，还有曹禺、钱钟书、谢冰心、萧红、朱自清、冯雪峰、卞之琳、沙汀、张天翼、陈若曦、冯至、李金发、陈独秀、李健吾、施蛰存、谢冰莹、田汉、欧阳予倩、周扬、夏衍、臧克家、路翎、朱光潜、苏曼殊等。而从 20 世纪 90 年代末对当代作家的研究也开始出现，并呈现逐年增加的趋势。比如从 1997 年"北岛诗研究"开始，王蒙、戴厚英、汪曾祺、阿城、王朔、叶圣陶、韩少功、刘心武、王安忆、余华、高行健、刘恒、舒婷、贾平凹、顾城、毕飞宇、林白、残雪、余秋雨、张杨、曹文轩、池莉、史铁生、苏童等等。因此，虽然韩国对中国现当代文学的介绍与研究时间比较早，但对中国西部作家或者西部文学的接受才刚

[①] 韩国杂志《开辟》，从 1920 年 11 月号到 1921 年 2 月号连着 4 期介绍中国文学革命的消息。该文是日本人青木正儿于 1920 年 9 月号至 11 月号在《支那学》连载的，由韩国人梁白华翻译。以后有关中国文学革命的消息常常被介绍到韩国媒体。（朴宰雨：《韩中现代文学交流史考（1）——以作品翻译的交流与课题为中心》）。

[②] 这是以博士学位论文为例。

刚开始，还没有形成一股力量。在这样一个大的研究历史背景中，可把韩国对中国西部文学的研究历史分为以下三个时期：

第一时期（1986—1999 年）：对个别作家代表作品的译介和短评。

第二时期（2000—2009 年）：对藏族作家的关注，学位论文的出现，研究队伍的专业化。

第三时期（2010 年至今）：确立"西部文学"概念时期。

三、西部文学在韩国的翻译概况

一部作品或者一个作家被另一个国家接受或研究，都要经历一个翻译的过程。有关中国现当代文学在韩国的翻译和研究情况，朴宰雨教授曾经做过一个系统的整理。其实翻译在广义上也是一种研究，那些有名的作家或评论家都有翻译外国作品的经历。他们既是作家、翻译家，也是评论家。一直以来，中国文化及文学作品对东亚各个国家产生了重大影响。中国的文学作品从古至今被译成韩文介绍到韩国，除 20 世纪 50 年代到 80 年代冷战时期以外，从未间断过，可以说是单方面的输入过程。为了便于理解，下文先介绍一下西部文学在韩国的翻译情况，然后再介绍研究情况。作为中国现当代文学一部分的西部文学，其在韩国的翻译情况如下：

第一时期　（1986—1999 年）：

最早翻译成韩文的西部文学是张贤亮的《男人的一半是女人》（郑成镐译，泰光文化社 1986 年版）。1992 年韩中建交以前，翻译成韩文的作品大部分都是现代文学，而张贤亮的《男人的一半是女人》1986 年就已经译成韩文，应该是最早译成韩文的中国当代小说。《男人的一半是女人》有四种版本被译成韩文，除了上面提到的郑成镐译本以外，其他三本分别是金义镇译，美学社 1991 年版；金世民译，东西出版春秋园 1992 年版（韩文书名是《爱情中人们》）；李帆译，saelon 文化社 1994 年版。可见韩国读者对张贤亮作品的偏爱。以后陆续出版的其他译本有：

张贤亮的《早安！朋友》，姜清一译，英雄出版社 1989 年版。《绿化树》，朴在渊译，韩民族 1988 年版。《黄河的儿子》，朴在渊译，flowerworld1990 年版。《绿化树》，金英玉译，德寿出版社 1993 年版。《习惯死亡》，郑宰亮译，vissem1993 年版。

贾平凹的《浮躁》，吴世卿、金庆林译，第三企画 1994 年版。《废都》，朴何婷译，日曜新闻社 1994 年版。

陈忠实的《白鹿原》，林洪彬、姜永梅译，韩国文苑 1997 年版。

在韩国 20 世纪八九十年代译成韩文的当代中文文学作品中，最多的是金庸和琼瑶的小说以及林语堂的散文。一种小说被译成多种版本的情况在中国现代文学作品中虽能多见，像鲁迅的《阿 Q 正传》有数十种版本，郁达夫的《沉沦》也有多种版本，但在当代文学作品中是很少见的。但张贤亮的《男人的一半是女人》却在短短的 8 年间，被翻译成四种版本，《绿化树》被翻译成两种版本，共有五种小说被翻译，这不能不说是奇迹。因为《男人的一半是女人》是张贤亮自传体色彩很浓的小说，小说的主人公章永麟在 1955 年 "反右运动" 中，被打成右派进行劳动改造。在长期的压抑中无论是精神上还是肉体上都成了废人，这是对当时专制社会体制的批判和揭露。而韩国一直到 20 世纪 90 年代初经历了长期的军事独裁统治，从 1992 年到 1999 年是民主化运动达到白热化的时期。因此，韩国中文学界也想通过文学这一窗口了解中国社会，而张贤亮的小说正好符合了韩国人对中国社会的一种想象。另外，贾平凹和陈忠实的翻译作品也都是重量级的，翻译时机也很及时。

第二时期 （2000—2009 年）：

这一时期是中国当代小说在韩国翻译最多的时期。比起早期的伤痕文学、反思文学，更让韩国出版界感兴趣的体裁是先锋文学和新写实主义小说，像莫言、余华、苏童是这一时期最受韩国读者欢迎的中国当代作家。还有曹文轩、刘震云、韩少功、刘恒、韩寒等人的多部作品也被译成韩文，虹影、毕飞宇、格非、方方、铁凝、朱文等人的作品也开始被介绍进来。同时 2000 年高行健获得诺贝尔文学奖以后，中文学界开始关注下一届诺贝尔奖候选人，因此这一时期西部文学翻译的作品的数量并不是很多，但研究方面取得了很大的进展。这一时期共有五部西部文学作品被译成韩文：

阿来的《尘埃落定》，季坤译，Aracne2000 年版（韩文译本的书名是《西藏的孤独》）。《尘埃落定》，林启才译，Done2008 年版（韩文译本的书名是《染于色》）。《格拉长大》，全秀亭、梁春姬译，Aura2009 年版。

阿来等的《游神》，哈伯特 J. 巴特编，李文喜译，Darunwoory 2005 年版。[1]

贾平凹的《朋友》，金伦辰译，Ire2008 年版。

石舒清的《清水里的刀子》，《吉祥如意 (만사형통)》，金泽圭译，民

---

[1]　共收入 7 篇短篇小说，分别是：扎西达娃的《西藏，系在皮绳扣上的魂》和《风马之耀》，阿来的《草原的风》，马原的《游神》和《小说》，格央的《一个老尼的自述》，严歌苓的《买红苹果的盲女子》。

音社 2008 年版。

红柯的《吹牛》，《吉祥如意（만사형통）》，金京善译，民音社 2008年版。

阿来的《尘埃落定》译介到韩国，很大程度上跟 2000 年《尘埃落定》获得第五届茅盾文学奖有关，《尘埃落定》自 1998 年出版以来已售出两百多万册，在中国产生了巨大反响。同时西藏独特和神秘的文化，以及宗教信仰，也使很多韩国人神往。另外，由美国翻译家哈伯特 J. 巴特编、韩国人李文喜翻译的《游神》是一部西藏短篇小说选，里面收入了扎西达娃、阿来、马原、格央、严歌苓等人的作品。马原虽然是汉族，但他大学毕业后进入西藏写了很多关于西藏的系列中短篇小说，他的《冈底斯的诱惑》已列入 20 世纪中文小说一百强。这部短篇小说选的翻译意义在于把藏族作家扎西达娃、阿来、格央的作品介绍给韩国的读者。马原和严歌苓虽是汉族，但他们的小说中也体现了藏族文化，为进一步了解藏文化提供了新的视觉。这一时期，除了贾平凹的一篇散文《朋友》以外，西部文学数阿来的作品翻译得最多，可见阿来在韩国出版界和读者心目中的地位。这一时期值得注意的是由朴宰雨教授主导的对中国当代 13 位作家作品的翻译（书名《吉祥如意（만사형통)》），里面搜集了曾获鲁迅文学奖、人民文学奖、北京文学奖、当代文学奖的年轻作家的作品，其中就有两位西部作家石舒清和红柯的作品。这是韩国中文学界从多角度、不同视野关注中国当代文学的一次尝试。

第三时期（2010 年至今）：

由于这一时期仅过了三年多的时间，已经出版的西部文学只有一篇，即贾平凹的《高兴》（金伦辰译，Ire2010 年版，韩文版名字是《快乐的人生 1，2》），但相信以后将有更多的西部文学作品被译成韩文。

四、西部文学在韩国的研究情况

第一时期（1986—1999 年）：

虽然 1986 年张贤亮的《男人的一半是女人》就被翻译成韩文，但有关张贤亮的研究直到 2000 年以后才出现。虽然报纸上有一些简单的评论：小说的主人公与哲学家、与神话中的人物、与动物的对话中可以看出拉美魔幻现实主义对作者的影响，同时也体现着作者追溯中国文化本源的一种渴望。1998 年有一篇有关《废都》的评论（金钟贤，《〈废都〉批评分析》，《东亚论丛：人文·社会·自然科学》）。在这篇文章里金钟贤对

《废都》提出了两方面的批评，一个是作家精神的堕落，一个是对性描写的道德主义批评。还有一篇是有关张承志的评论（张丽，《张承志：在皈依的路上》，《中国学论丛第 8 辑》，1999）。

第二时期（2000—2009 年）：

进入 21 世纪以后才出现几篇有关西部文学的学位论文和较有深度的学术论文。在这里先说明一下在韩国中文研究者的情况。大部分研究者是韩国国籍的教授和研究生，一部分是中国国籍在韩国读研或教书的中国人，还有一部分是以交换教授的身份来韩国短期居住的中国学者，还有少数是在中国读研的韩国留学生。但他们共同的特点都是在韩国期刊上发表了文章。在这里，虽然主要讲述的是韩国国籍学者的研究情况，但中国学者的研究情况还是要适当地提及。

2000 年以后，有关西部文学的学位论文如下：

杨磊：《〈雾津纪行〉与〈黑骏马〉比较研究》，首尔大学大学院硕士学位论文，2003 年。

裴桃任：《贾平凹小说的寻根意识研究》，仁荷大学硕士学位论文，2005 年。

刘成喜：《陈忠实〈白鹿原〉研究》，韩国外国语大学教育大学院硕士学位论文，2008 年。

一般学术论文有：

刘丽雅：《张贤亮小说研究：以〈灵与肉〉为中心》，《人文科学论丛》2001 年 6 月第 23 号；《张贤亮小说人物形象研究》，《中韩人文科学研究》2001 年 12 月第 7 辑。

赵映显：《贾平凹的〈商周〉与身份认同探索》，《中国现代文学》2002 年第 22 号；《中国改革开放与认同感的冲突：贾平凹小说所见农村地区矛盾》，《吴淞大学论文集》2002 年第 7 集。

姜鲸求：《神话幻想的复活——贾平凹的〈废都〉与陈忠实的〈白鹿原〉研究》，《中国语文学》2003 年第 41 辑。

李善玉：《中国八十年代寻根文学考察》，《中国现代文学》2004 年第 30 号。

千贤耕：《张承志创作初探：他的理想主义与抗战文学论》，《中国学论丛》2004 年第 17 辑。

金良守：《关于张贤亮〈男人的一半是女人〉》，《中国小说论丛》2005 年第 4 辑。

林春成：《通过新时期小说看"人性恢复"与"欲望"问题》，《文镜》2005 年第 6 号。

　　杨高平：《时间与空间：张贤亮中篇小说创作技巧初探》，《国际中国学研究》2007 年第 10 辑。

　　崔恩贞：《男性自我的体现方式——郁达夫、张贤亮、邱华栋的作品为中心》，《中国语文学》2008 年第 51 辑。

　　朴恩淑：《战争与思想斗争的客观化与其意义——廉想涉的〈骤雨〉与张贤亮的〈绿化树〉比较研究》，《韩国文学理论与批评》2008 年第 40 辑。

　　金良守：《作为中华世界边缘记忆的西藏文学——〈西藏，系在皮绳扣上的魂〉为中心》，《韩中言语文化研究》2009 年第 21 辑。

　　赵映显：《贾平凹〈废都〉研究》，《中国文学研究》2009 年第 29 辑。

　　田鹰：《性别视觉下的透视：女性形象解读——以劳伦斯和张贤亮小说为个案》，《东亚人文学》2009 年第 15 辑。

　　Kim YeongKu：《主流汉族学者对维吾尔现代文学的叙述观点》，《现代中国研究》2009 年第 12 辑 2 号。

　　这一时期，关于张承志、贾平凹、陈忠实的研究各有一篇硕士学位论文。一般学术论文中涉及张贤亮和贾平凹的论文比较多。这一时期有关张承志的论文也有一两篇出现，但细看的话，研究者都是中国学者。而且奇怪的是到目前为止，张承志的作品没有一篇被译成韩文。其中有多种原因：一方面可能是张承志本人与韩国中文学界的沟通不足，另一方面是张承志作品中体现的理想主义和英雄主义色彩没能符合韩国读者的价值取向等。另外研究方面，虽然一些研究者对张承志的作品感兴趣，但是没有韩译本也直接影响到韩国研究者的研究，这是毋庸置疑的。另外，这一时期的研究亮点是研究者开始把目光投向西藏文学和维吾尔文学。两篇文章虽然都只是从中心与边缘的角度去看西藏文学与维吾尔文学的局限性，但也算是开启了对文学死角地带的研究，具有非同寻常的意义。还有，姜鲸求把贾平凹的《废都》和陈忠实的《白鹿原》从神话复活的角度去分析，这说明两部作品之间有内在的联系。虽然没有从西部共同的特色去分析，但也为以后的研究奠定了基础。还有，朴恩淑把张贤亮的《绿化树》与韩国廉想涉的《骤雨》做了比较，分析了在极端历史背景下人性的扭曲与欲望，也为韩国文学与西部文学的比较开启了道路。

　　总之，第二时期虽然在翻译作品量上没有第一时期那么多，但研究成果有了很大的进展。学位论文的出现意味着一股年轻的专业力量的诞生。另外，研究者们开始把目光投向西部文学，而且在深度和广度方面都向前迈进了一大步，这是值得肯定的。

第三时期（2010 年至今）：

2010 年以后，有关西部文学的学位论文如下：

韩相贤：《阿来的〈尘埃落定〉研究》，韩国外国语大学大学院硕士学位论文，2011 年。

李莉：《贾平凹〈废都〉与〈秦腔〉研究：以改革开放转型期社会问题为中心》，全北大学教育大学院硕士学位论文，2013 年。

一般学术论文有：

田鹰：《性爱之美和性政治：以〈查特莱夫人的情人〉和〈男人的一半是女人〉为个案》，《东亚人文学》2010 年第 17 辑。

王文兴、李承熙：《论张承志创作的理想主义倾向》，《中国学论丛》2010 年第 27 辑。

Pi KyungHoon：《站在民族史的边界——〈北方的河〉思维构造与历史意识》，《中国现代文学》2012 年第 62 号。

裴桃任：《读贾平凹长篇小说〈秦腔〉主人公张引生的欲望》，《外国文学研究》2013 年第 51 期。

因为这一时期只经过了三年多的时间，翻译和研究成果还需要等待。但已有研究阿来《尘埃落定》的硕士学位论文和对贾平凹的重量级作品《废都》和《秦腔》进行对比研究的硕士学位论文问世，这为以后的西部文学研究开了一个好头。然而为了让更多的韩国读者和研究者了解中国西部，了解中国西部文学，仍有必要加强韩国中文学界与中国西部学术界之间的横向交流，也有必要把更多的西部作家、作品翻译并介绍到韩国来，像梅卓、石舒清、龙志毅、向本贵等少数民族作家在韩国还是比较陌生的。

五、结论

以上简单介绍了中国西部文学在韩国的翻译与研究概况。本文对"西部文学"的定义，遵循了中国学术界的普遍认同，即以出生或生活在西部，并且他们的文学作品中有西部精神与意识的作家的作品作为"西部文学"。因此，本文的研究对象是张贤亮、张承志、贾平凹、陈忠实、阿来、扎西达娃。最早翻译成韩文的西部文学是由郑成镐于 1986 年翻译出版的张贤亮的《男人的一半是女人》，在短短十几年间，张贤亮的作品被翻译成韩文 9 次，共 5 种小说，这与当时韩国的时代背景与社会需求有很大的关系。而对张贤亮和贾平凹的研究到了第二时期才逐渐增加。第二时期翻译最多的是阿来的作品，而有关阿来的研究到了第三时期才出现。可见，翻译与研究之间是有一定时间差距的，一般遵循着先翻译后研究的过程，其时间间隔少则两三年，多则七八年。因此，一部外国文学作品从翻译到研究再到让一般读者了解，需要经过漫长的时间。尤其是像中国西部，与韩国在地理位置上相距很远，文化上差异也很大，语言上也存在障碍，这些客观存在的问题，对双方的交流产生一定的影响。

因此，本文通过把"西部文学"的概念引进到韩国学界，从过去与单一作家的对话，转向国家对一个地域的对话。这不仅有利于双方的学术交流，同时也是时代发展的必然趋势。

奉献与乡愁：
稳定性与流动性之间的兵团民间文学

吴新锋

（石河子大学）

一、概念与源流：兵团民间文学的几个基本问题界定

（一）兵团民间文学的历史源流

作为一个概念，真正意义上的兵团民间文学形成于 20 世纪 80 年代中叶的民间文学搜集、整理运动中。1987 年，新疆根据全国的安排，开始在各地开展民间文学搜集整理工作。兵团各师直单位的民间文学搜集工作大多从 1990 年前后开始展开，1992 年夏季开始陆续出版各师单位的分卷本①，并将这些分卷本资料上报给新疆民间文艺家协会。1992 年以后，各团、农场及其他企事业单位都陆续编印了本单位的"民间文学三套集成"分卷本。这些出版或油印的民间文学集成质量参差不齐，而且很多集成卷本没有得到重视，甚至被当作废纸卖掉。

在田野调查中，笔者发现了两册非常珍贵的油印本民间文学集成资料：《石河子公路总段民间故事集成》和《石河子市八一毛纺厂民间故事集成》。这两本油印小册子生动直观地为我们还原了那段民间文学搜集运动的历史片段。特别是后者，更是从民间纬度再现了石河子八一毛纺厂的光辉历史（在物资紧缺的年代，石河子八一毛纺厂在全国影响极大，它的毛纺织品甚至成了新疆、兵团的象征符号）。从油印的小册子上，这两个单位都设有专门的民间文学集成办公室，从搜集整理上看也都比较规范。

---

① 笔者参阅的分卷本有：《中国民间故事集成新疆卷·新疆生产建设兵团农一师、农二师、农三师、农四师、农五师、农六师、农七师、农八师石河子市、公交局分卷》（共九册），《中国民间故事、歌谣、谚语集成新疆卷·新疆生产建设兵团农九师分卷》（一册），《中国民间歌谣集成新疆卷·新疆生产建设兵团农一师、农二师、农四师、农五师、农六师、农七师、农八师石河子市分卷》（共五册）。

由此可见，特殊体制下的兵团动员了各基层单位，对民间文学的搜集工作可谓全面而深入，整理工作也比较认真、负责，基本上能够按照"忠实记录、慎重整理"的原则来工作。

兵团民间文学正是在这种特定的历史背景和传统精神的影响下，逐渐发展和建构起来的。柯文认为："历史学家重塑历史的工作与另外两条'认知'历史的路径——经历和神话——是格格不入的。对普通人而言，这两条路径具有更大的说服力和影响力。"① 这段话对我们理解兵团民间文学的形成与建构，理解兵团民间文学对兵团精神的建构或许具有重要的启示意义。对普通人而言，兵团民间文学——那些亲身经历的"传说故事"、那些流传的戍边英烈歌（如《火凤凰之歌》）以及兵团师、团各具特色的传说故事——将真正为我们触摸那段可歌可泣的宏伟历史提供更多的可能性。正因如此，准确界定兵团民间文学概念就变得十分必要和重要。

（二）界定兵团民间文学

所谓"兵团民间文学"是指在现行兵团体制内各族人民的口头文学，是兵团各族人民屯垦戍边的奉献精神和乡愁情感的自发流露，也是他们各自"地方性知识"的传承与新变的总结，是一种稳定性传统与流动性文化的双重建构。

这个概念应从三个方面来理解：①兵团民间文学不仅只是汉族的口头文学，更包括兵团辖区内各族人民的民间文学；②兵团民间文学中包含的战天斗地的豪情与月明星稀的乡愁并不矛盾，这些思想和情感都是他们发自内心的情感的真实流露，正是兵团民间文学的真挚质朴所在；③兵团民众来自疆内疆外、五湖四海，在兵团体制下，他们身份存在的自由纬度都有其特殊性。正因如此，他们各自的传统、习俗和民间文学既有传承又有新变，这种传承与新变的互动正体现了兵团人"地方性知识"的独特性———一种稳定性与流动性的双重构建。

从体裁内容上看，兵团民间文学和内地民间文学一样包括神话、传说、故事、民歌、俗语、民间说唱和小戏等，不同的是兵团民间文学具有典型的复合性。具体而言，神话都是来自五湖四海的军垦战士从家乡传入的，兵团并没有产生神话也不可能产生本地的神话，来自全国各地的神话在兵团人的讲述中产生了复合和变异。兵团民间传说主要包括两部分：一部分来自群众家乡的各种传说（以人物传说和历史传说为主），另一部分则是与屯垦戍边有关的军垦传说（以王震、陶峙岳、张仲翰等兵团领导带

---

① ［美］柯文著，杜继东译：《历史三调：作为事件、经历和神话的义和团运动》，南京：江苏人民出版社 2000 年版，第 1 页。

领各族军垦战士热火朝天开展屯垦的传说为主），这是兵团民间文学最具特色、最动人、最具生命力的部分。兵团民间故事也包括两部分：一部分主要是反映兵团人战天斗地、真实的军垦故事（一种介于传说和故事之间的讲述），另一部分来自兵团人家乡的各种生活故事、动植物故事和民间笑话。兵团民歌中最有特色的是军垦歌谣，军垦歌谣继承了人民军队延安时期的军旅歌谣传统，又融合了新疆兵团的独特社会生产、生活内容，大多短小精悍，艺术上非常质朴且富有激情，反映了兵团人热情豪迈地开展屯垦戍边事业的精神风貌。同时，兵团民歌也吸收了全国各地的民歌艺术传统，几乎各地有特色的民歌都可以在兵团各师团找到。兵团的民间说唱和民间小戏传统也非常特殊，这类民间文学都是从内地传入兵团的，传入渠道有两个：一是来自各地的兵团职工把家乡民间说唱和小戏带入兵团，这部分大多能够传承两代；二是20世纪60年代前后全国各地赴新疆文化慰问团将丰富的民间说唱和小戏传统带入兵团，虽然通过这一渠道传入的东西很多，但大多昙花一现（大部分没有传承下来）。通过以上两个渠道传入并传布开来的民间说唱和小戏，现在也面临着失传的危机，比如兵团的非物质文化遗产——眉户（又称迷糊戏，从甘肃武威传入，老艺人已去世，他的儿子狄光照继承了父亲的事业）就面临着失传的危险。

从讲述者方面来考虑，兵团民间文学又可分为两大部分：本地民间文学与移民传入的民间文学。其中本地民间文学又可分为两类：新近产生的、直接反映军垦生产生活的民间文学和有一定历史传统的本地民间文学。而移民传入的民间文学内容丰富、形式多样，表现出了新疆多民族聚居、人口构成多元的典型文化特征。

（三）兵团民间文学的独特性

兵团民间文学是中华民间文学大家庭中一个具有"悠久历史传统"的崭新成员。其"悠久历史传统"可以追溯到汉代，这和历代中原中央王朝对西域的经营和屯垦戍边有密切关系。我们可以在新疆的地方历史传说中找到不同历史时期反映屯垦的民间文学文本，这些文本已经成为新疆各族人民共同开拓边疆、建设新疆的重要明证被不断传诵。兵团民间文学继承了这些悠久的屯垦传统，同时也形成了自己的特色。除了口头性、集体性、变异性和传承性这些民间文学的基本特征外，我们理解兵团民间文学时，还要注意它的在地性、时代性、多元复合性。

"在地性"① 是兵团民间文学独具特色的特征。提到"兵团民间文

① 陈晓明教授在与笔者探讨"兵团民间文学"时，提到"在地性"的问题，笔者的观点受到陈晓明老师的启发。

学"，因为外界觉得兵团是一种特殊的军政体制，具有强烈的官方色彩，提"兵团"民间文学似乎存在一种"官与民"的矛盾。我们认为"在地性"是指兵团民间文学植根于兵团各师团民众所在驻地的文化土壤，与驻地地方文化传统紧密融合后形成的一种新的文化传统所表现出来的特性。这就意味着兵团民间文学并不是无源之水（古屯垦一脉相承的戍边为统一的历史渊源），它既有屯垦戍边、无私奉献的文化传统，又深深地扎在兵团辖域内的土地上。

兵团民间文学还具有鲜明时代性。在屯垦戍边、建设新疆的宏大事业中，兵团各族群众共同创作了具有鲜明时代色彩的军垦故事、军垦歌谣和军垦谚语。在这些民间文学作品中，部分作品与 20 世纪五六十年代出现的社会主义新文艺（民间文学）的时代背景相同，但它们反映的内容主题和情感内蕴却有不同之处。还有很多作品所体现的时代性更为明显，因为它们只有在新疆的兵团才有，与兵团发展的历史一起脉动。

兵团民间文学还具有多元复合性的特征，体现在三个方面：①兵团各族职工、群众之间的民间文化传统的交融；②兵团军旅文化与所在驻地地方文化的交融；③来自五湖四海的兵团职工之间的多元复合。

对兵团民间文学在地性、时代性和多元复合性的初步界定，也许仍值得深入探讨。但这些界定和独特性的分析却有利于我们将兵团民间文学置于特定时空的政治、经济和社会文化变迁中来探讨它的存在方式——一种稳定性（建构性）和流动性的存在。

二、稳定性与流动性：兵团民间文学的存在方式

兵团民间文学存在方式的独特性——一种稳定性与流动性的多元文化建构，正是其作为兵团"地方性知识"的最突出特征之一，也是区别于其他地域民间文学的重要特征。为深入阐述这个问题，我们以"农八师民间故事集成"为例来梳理兵团民间文学的稳定性与流动性。

"农八师民间故事集成"共收入故事文本 530 篇（不含故事异文），每篇故事都标明了流传地。故事文本只标明了现在的流传地——"农八师石河子市"（或某一具体团场、社区），占 311 篇；另一部分故事文本不仅标明了现流传地，还标明了故事来源地（原流传地，多为故事讲述者的故乡），占 219 篇。

笔者把后者界定为"流动性文本"，但前者却不完全属于"稳定性文本"，因为我们详细考察了前 311 篇故事文本后发现，个别文本并不完全

符合上述对"稳定性"的界定。只标明现流传地的文本可分为三种情况：一是特征鲜明的稳定性文本，即军垦传说故事（38篇），主要内容是反映屯垦戍边生活，主题以讴歌奉献精神为主，体裁则以传说居多；二是特征并不明显的稳定性文本，我们把其称为屯垦地传说（15篇），这部分内容多是屯垦所在地的风物传说，有些传说在兵团人进驻前就已存在，还有部分传说在各师团流传后发生变异而打上了兵团的烙印；三是流动性较为明显、数量较多的民间故事文本（以动物故事、幻想故事和生活故事为主），这些文本内容、主题大多不固定，讲述人的多元化使这些民间故事呈现出多样性和丰富性的特点，同时也流露出兵团民间文学的内在情感内蕴。

同样的传说和故事，却来自江南塞北，情系着不同的城镇乡野。我们能够通过标明了来源地的故事（如表1所示），理解兵团民间文学的流动性特征。

表1

来源地	篇数	来源地	篇数	来源地	篇数	来源地	篇数
安徽	13	河南	62	江西	1	陕西	5
北京	2	湖北	4	辽宁	18	四川	41
甘肃	6	湖南	2	青海	1	天津	1
广西	1	吉林	14	山东	16	浙江	3
河北	7	江苏	16	山西	2		

尽管表1有其偶然性（考虑到农八师的特殊性、讲述人的讲述能力以及搜集整理的编选等）的成分，但我们仍然可以通过这215篇来自全国各地的神话、传说和民间故事来窥探兵团民间文学那流动性的部分，那充满了温馨、幻想的柔软地带隐藏着的绵绵乡愁，这些乡愁或许曾经召唤过一些兵团人离开新疆回到故乡，但更多时候是支撑兵团人进行屯垦戍边的拓荒事业的精神支柱。从这个层面上讲，流动性的多元乡愁与稳定性的屯垦戍边事业建立了勾连，甚至发生着某种微妙的位移。让我们再来看看相对稳定的军垦故事（38篇）的篇目（如表2所示）：

表 2

故事题目	来源地	故事题目	来源地	故事题目	来源地
周恩来改诗	石河子	神磨	136 团	所长找老婆	莫索湾
王震将军的手套	石河子	第一座礼堂诞生记	小拐镇	煮红薯	莫索湾
王震撵猪	石河子	挖棉花	136 团	一个人骑驴	石河子
要老婆	石河子	白大胖压死黑野猪	小拐镇	假死一回	下野地
野人见首长	121 团	军垦战士智擒恶狼	石河子149 团	我爹是你爷	炮台镇
陶司令闹洞房	石河子	老李与狼亲嘴	石河子147 团	不许放屁	132 团
陶司令背砖	石河子	敲水桶防狼	石河子下野地	等油灯	122 团
把水端回去	下野地	伙食比赛会	小拐镇	把关	135 团
将军送鞋	石河子	火墙	石河子市	老鼠和黄鼠狼	南山
张仲翰当警卫员	石河子	老营长和八二三	150 团	改姓名的故事	炮台镇
张仲翰赔被面	石河子	义狐	西古城镇	不搞资本主义	炮台镇
一把铅笔	石河子	只认衣服不认人	石河子市	开幕和闭幕	石河子
陈实睡公路	石河子	打瞌睡的故事	150 团		

笔者不可能把表1、表2的故事内容一一描述，但是我们可以试着通过一些文本（异文）分析对稳定性与流动性的存在方式作出更准确的阐释。

（一）稳定性（建构性）的兵团民间文学

所谓稳定性就是指兵团民间文学中的一部分文本在内容、主题、体裁和情感内蕴等方面具有相对稳定的传承性和建构性，这部分文本多是军垦第一代人在屯垦戍边的拓荒事业中产生的，且以军垦传说故事、屯垦地传说和军垦歌谣（民歌、谚语等）为主。

在兵团各师都流传着王震将军的传说：《王震将军的故事》（农二师），《王震说媒》（农三师），《王震将军趣话》（农六师），《王震将军的手套》《王震撵猪》《野人见首长》（农八师），《王震将军的传说》《"王胡子"的来历》（与《野人见首长》内容相似，异文）（农九师）。这些传说故事主要表现王震将军投身兵团建设事业的责任感和使命感，由此表现了他的人格魅力。兵团各师大多是王震将军的"老兵"，所以自然就有表现王震将军戎马生涯的英雄气概的故事传说。在兵团民间文学中，表现抗日战争、解放战争（解放新疆）的主题也不少，从将军到士兵，都成为故事讴歌的对象，这正体现了兵团民间文学的军旅文化传统。

兵团民间文学中还有一些故事传说和歌谣生动地再现了兵团人的生产场景、生活风貌。在农九师焉耆 163 团流传着一个《馒头变成土坷垃》①的故事：兵团垦荒战士因为劳动强度大，吃饭时拿着馒头睡着了，馒头掉在地头上，但垦荒战士睡梦中下意识找馒头吃，于是抓起地上的一块土坷垃就往嘴里放，嚼了几口，感觉不对劲，醒了发现手里拿着土坷垃、嘴里含着土……我们听着像笑话，但这种故事在兵团各团场却很多。兵团成立后，不仅实现了自给自足，而且在三年自然灾害和各个时期为国家贡献了大量的粮食和棉花。含在嘴里的土坷垃的味道是苦的，也是甜的——一种无私奉献的甜味，这甜味已经穿越时空甜到了内地人的心里。还有一类反映兵团人住房问题的故事在各师团的流传也很广泛。农五师《睡错床的故事》② 和农九师《钻错了被窝》③ 都是表现兵团人在艰苦的地窝子里生活的故事。兵团建立初期，各基层连队住宿条件都很艰苦，住得都是地窝子④。几对结婚的年轻夫妇晚上都挤在一个地窝子里面。上面两则故事讲得就是妻子或丈夫晚上出去小解，回到地窝子钻错了被窝的"笑话"。

这些反映兵团人建设新疆的生产、生活的故事、传说和歌谣具有典型的稳定性（建构性）。可以说，通过这些民间文学文本，兵团人建构起稳

---

① 《中国民间故事、歌谣、谚语集成新疆卷·新疆生产建设兵团农九师分卷》（合订本），乌鲁木齐：新疆农业厅印刷厂 1993 年版，第 310 页。

② 《中国民间故事集成新疆卷·新疆生产建设兵团农五师分卷》，乌鲁木齐：新疆人民出版社 1992 年版，第 185 页。

③ 《中国民间故事、歌谣、谚语集成新疆卷·新疆生产建设兵团农九师分卷》（合订本），乌鲁木齐：新疆农业厅印刷厂 1993 年版，第 309 页。

④ 新疆生产建设兵团草创时期较简陋的居住方式：在地上挖一米左右的深坑，形状四方，面积 2~5 米不等，四周用土坯垒起约半米的矮墙，顶上放几根木椽子，再搭上芨芨草或树枝编成的笩子，再用草叶、泥巴盖顶。

定的兵团文化精神——无私奉献、屯垦戍边的精神。

（二）流动性的兵团民间文学

流动性则是指兵团民间文学部分文本在内容、主题、体裁等方面体现出的多元交流的流动性特性。这些文本多是由兵团职工的家乡传入，多在劳作间歇或夜晚休息时讲述，且多以神话、故事为主，亦有来自家乡的民间说唱小戏。

兵团民间文学中的神话故事均是由内地传入的。以《太阳和月亮》神话为例，根据笔者掌握的材料做了一个表格（如表 3 所示）：

表 3

题目	主要内容	流传地	来源地	讲述者情况
太阳和月亮的传说	盘古开天地后，来了哥妹，哥是月亮，妹是太阳，哥晚上出来，妹白天出来，妹害羞，哥给了一包绣花针，白天谁看太阳就刺谁	农五师84 团	四川邛崃	李运琼，女，邛崃人，初小
太阳为什么扎眼睛（异文）	太阳和月亮是姑嫂二人，妹妹想白天出来，嫂嫂不愿意，不想让人看到妹妹，最后妹坚持，说自己放出绣花针，谁看她就刺谁	农五师建筑公司	河南商丘	赵秀兰，女，商丘人，初中
太阳和月亮	兄妹两人，谁也离不开谁。哥是太阳，妹是月亮，原来一起走，后来分开，哥白天，妹晚上。有懒汉不干活老看太阳盼落日后收工，妹送哥绣花针，谁抬头刺谁；妹晚上走，好色之徒老看她，哥送纱巾盖住脸	农六师共青团农场	江苏	薛和英，女，江苏人，文盲
太阳和月亮的传说（异文）	哥哥是月亮，妹妹是太阳，哥晚上出来，妹白天出来，妹害羞，哥给了一包绣花针，白天谁看太阳就刺谁；妹担心哥晚上害怕给了一把弯刀，所以月亮有时是弯的	农六师102 团	河南登封	陈玉成，男，登封人，高小

（续上表）

题目	主要内容	流传地	来源地	讲述者情况
太阳和月亮	太阳和月亮是夫妻，星星是他们的儿女，人间发洪水，月亮可怜受灾的人们，求丈夫太阳把洪水晒干。太阳爱生气，月亮不忍心看着人们受苦受难，就带着自己的儿女星星离开了太阳藏起来了，所以，太阳总找不到月亮和星星	农八师石河子	四川	唐军，男，四川人，工人，高小文化

以上五篇神话（含两篇异文）分别从四川邛崃（异文，河南商丘）、江苏（异文，河南登封）、四川传入兵团农五师、农六师和农八师，除了农八师的异文变化较大外，其他四篇变异不大，至少没有和新疆当地风物发生任何关联，既是一种偶然性的植入，又具有一些普遍性，因为神话讲述者的讲述代表了故事来源地文化在兵团的流动与传播。

兵团的民间故事（幻想故事、生活故事、笑话、寓言）同样精彩多元，融汇了全国各地的精华，同一个故事类型可能在一个师（市）存在多个异文。例如，"人心不足蛇吞象"：在农八师石河子市的民间故事集成里收录了143团的《人心不足蛇吞象》，笔者在油印本的《石河子公路总段民间故事集成》中也看到了《人心不足蛇吞"象"》（陈金安讲述，安徽传入），同样在油印本的《石河子市八一棉纺厂民间故事集成》中也看到了《人心不足蛇吞象》（曹程士讲述）。三篇异文母题相同、内容情节却稍有差异，因为故事是从不同的地方流入的，显然带着来源地的一些特色，当然这些故事还会顺着兵团人的口继续流动变异下去。

兵团的民间歌谣也非常有特色，除了具有稳定性的军垦歌谣外，五湖四海的民歌汇聚于各师团，青海、甘肃、宁夏的花儿，陕北的信天游，湖南的花鼓戏、盘歌，土家族的民歌，新疆维吾尔、哈萨克族等民歌调，均汇聚于此。歌谣类型有情歌、生活歌、仪式歌、传说歌等，其中又以情歌为最盛。例如，"光棍苦"的情歌一度很流行，形象地反映了兵团建立初期，"百男一女"的历史史实。

这种神话、故事、歌谣的流动自然体现了一种文化的移动，无论这种文化移动是基于政治的原因还是人口的自然迁移。民间文化的流动与交流从来都是民间自发自觉的。这也就意味着，当那些源自江南塞北、城镇乡野的民间文化已然流进兵团文化血液里的时候，也成就了兵团文化多元包容的精神品格。

更进一步说，兵团民间文学稳定性与流动性的存在方式在一定意义上形塑了这种文本精神品格，也因此，兵团民间文学具有了某种精神和气质。这精神和气质既包含了兵团人战天斗地、无私奉献、屯垦戍边的精神，同时也隐藏着他们颠沛漂泊、柔软缠绵的边疆散居乡愁。这似乎有着某种天然的"对立"，但是如果我们了解那独特的体制和特定的人群所肩负的特殊使命，并回到那个特定的时空点，那么我们一定会理解他们的信仰，并对他们的生活处境和奉献精神心存敬意。这时，我们会奇特地发现在稳定性与流动性之间的那种历史间性。这间性填满了奉献和乡愁，因为在那个时代，奉献与乡愁不仅不对立，反而成为相互支撑的情感建构力量。

三、奉献与乡愁：兵团民间文学的情感意蕴

目前存在一个客观事实是兵团民间文学传承的现状不容乐观，而且研究成果也相对较少。在全球化语境中，研究者以怎样的视角和方法才能准确触摸那填满在稳定性与流动性之间的间性——奉献与乡愁的情感意蕴，这的确有待思考和探讨。

（一）散居与乡愁

笔者曾在《新疆世居民族民间文学研究的回顾与前瞻》中提出："我们可以在散居族裔理论的视阈下研究兵团民间文学。"[1]

"散居的概念，20 世纪 60、70 年代，散居一词开始兼备专有名词和普通名词两种用法：作专有名词时，特指犹太人散居这一历史现象中散居行为、散居地、散居者和散居状况四位一体的意义……作为普通名词时，有三个义项：①一种分散（关于有共同民族来源或共同信仰的人群的）；扩散（关于民族文化的）；流亡，分散的移民群。②某一国分散在他国中的人群，如亚美尼亚人的某些阶层。③孤立于他们自己的宗教团体的基督教徒的分散。"[2]

绝大多数的兵团人似乎可以理解为"分散的移民群的一种民族文化的扩散"，这种扩散与地域文化身份相关。当一个兵团人向你介绍自己是"某师某团某连人"时，你对此或许一无所知，那么你也许会问："你家乡

① 吴新锋：《新疆世居民族民间文学研究的回顾与前瞻》，《文艺理论与批评》2012 年第 3 期，第 138 页。
② 潘纯琳：《"散居"一词的谱系学研究》，《重庆工商大学学报》（社会科学版）2006 年第 2 期，第 143 页。

是哪里?"兵团人说:"我是河南啲!"(河南方言)这或许道出了兵团人作为散居者的尴尬境地,兵团既是一个在地的单位,也是兵团第一代的第二故乡——当然这个故乡是一个未完成的建构。尽管这种单位的地域性正在建构起一种故乡的概念(比如农八师人逐渐建构起的石河子家乡感),但兵团人的地域文化身份是否完成了真正意义上的建构?如果没有完成,在这种稳定性与流动性之间,难道永不终结的建构将持续?如果说这种"文化身份既是一种形成物,又是一种存在物(a matter of 'becoming' as well as 'being');既属于未来又属于过去,而非某种超越地点、时间、历史和文化的已经存在之物。在这样一种视角的观照之下,身份及文化身份都处于一个不断建构的过程之中,与鲜活变化的生存经验紧密相关,呈现为永无止境的未完成状态"①。这种散居的地域文化身份似乎更是一种"永无止境的未完成"的建构,这也从理论上证明了乡愁作为兵团民间文学情感意蕴的一种精神品格。

　　农九师 162 团 6 连(塔城叶尔盖提)流传着这样一首歌谣(集成把其归入儿歌类里)《十六打花月月清》:"十六打花月月清,西向成都去看亲;一来要看张家女,二来要看李家亲。张家女儿长一岁,李家儿子长一分……"② 1991 年 3 月采集歌谣时,演唱者李国兵 80 岁(四川仁寿县人),他是兵团的第一代(现已去世)。我们相信他给孙儿唱起这首儿歌的时候,心是向着成都的,那里有他的童年记忆和亲族朋友,那里有他思念的张家女、李家亲。他铮铮铁骨从战争年代走来,走进兵团,他是兵团第一代的代表;他又柔情似水地从四川离家,来到塔城安家落户,他还是四川人的典型。"西向成都去看亲"既解构着李国兵作为兵团人的文化身份,同时这种乡愁的底蕴也正建构着他兵团人的文化身份和性格。

　　来自五湖四海的"李国兵们"当然不是"流亡"的移民群,他们从故乡来到新疆体现了一种"民族文化的内部流动"。因此,绝大多数兵团人的散居是一种民族国家共同体内的区域移民,这种散居导致的文化身份未完成建构,其实质也就是地域文化碰撞与融合。

　　因此,没有散居,何来乡愁?

　　我们在过分强调这种散居时,或许已经不自觉地以某种方式强化或建构了兵团人的那个可能已经虚无的精神家园——家园与乡愁。而且,这种乡愁往往会客观上(甚至主观上)激活某些创伤性的记忆。可是,我们难

---

　　① 潘纯琳:《"散居"一词的谱系学研究》,《重庆工商大学学报》(社会科学版)2006 年第 2 期,第 143 页。

　　② 《中国民间故事、歌谣、谚语集成新疆卷·新疆生产建设兵团农九师分卷》(合订本),乌鲁木齐:新疆农业厅印刷厂 1993 年版,第 477~478 页。

道真的了解"创伤历史"的真相吗？对那些带有创伤性的民间文学文本，我们的理解是否因过于简单化而忽略了兵团人高贵的奉献品格了呢？这或许就是我们引入"创伤证词理论"的必要性。

（二）创伤与奉献

朱利安·沃尔弗雷斯在其《21世纪批评述介》① 中详细介绍了西方对"创伤证词理论"的解释，在此笔者不再赘述。凯西·卡鲁斯说："让历史成为一部创伤的历史意味着这样的历史知识是参考性的，因为它完全没有按真实发生的历史被充分感觉到；或者用稍微不同的话来说，历史只能在其发生无法被接触的情况下被把握。"②

在部分民间人士或一些研究者的眼中，新疆生产建设兵团的早期历史充满了创伤性的苦难记忆，但这并不意味着兵团早期的历史就是一部创伤的历史，因为那段鲜活的、惊天动地的历史"完全没有按真实发生的历史被充分感觉到"。当兵团人在讲述一个个《地窝子》《班长遇险》③（农五师民间故事集成）的传说故事时，我们如何通过民间讲述来理解兵团人创业的艰难？如果把其简单地理解为一部只有创伤的历史，我们恐怕真的无法感受到那段真实而又火热的兵团历史。因为，一方面兵团第一代承受了巨大的苦难和创伤，而更重要的另一方面是他们肩负的历史使命和责任，这才真正体现了他们无私奉献的精神品格。

在《西部女人事情：赴新疆女兵人生命运故事口述实录》④ 中，石河子大学中文系的张吕教授（现为湖南师范大学教授）和朱秋德教授为我们呈现了30篇"西部女人事情"，这些"事情"呈现了兵团第一代女性特有的创伤和苦难。这一类创伤文本在各师的民间故事集成中均有体现，多是讲述年轻女兵（学生）"被迫"嫁给老军垦的传说故事。这类故事流传在兵团各师各团各连，几乎每个兵团第一代、第二代都能讲述情节各异主题相同的这类故事。

农五师有《摸丈夫》："……全团就是缺姑娘。正巧，从山东支边来了一批姑娘，小伙子们一听说都急了。组织上开始考虑了，当时那个环境，自由恋爱会找不少麻烦，再说一些老实巴交的小伙子可能还相不上对象，

---

① ［英］朱利安·沃尔弗雷斯著，张琼、张冲译：《21世纪批评述介》，南京：南京大学出版社2009年版，第168～197页。

② ［英］朱利安·沃尔弗雷斯著，张琼、张冲译：《21世纪批评述介》，南京：南京大学出版社2009年版，第168页。

③ 《中国民间故事集成新疆卷·新疆生产建设兵团农五师分卷》，乌鲁木齐：新疆人民出版社1992年版，第147、175页。故事主要讲述兵团人屯垦戍边的生活条件艰苦、工作危险。

④ 张吕、朱秋德：《西部女人事情：赴新疆女兵人生命运故事口述实录》，北京：解放军文艺出版社2001年版。

干脆来个决定：摸丈夫。小伙子排成一条长队，姑娘们也全部蒙上眼睛去摸，摸到谁就跟谁结婚……"①农九师的《摸亲》②比《摸丈夫》要详细很多，讲述的是刘湘云摸到二连罗连长，开始以为是一个"牙齿整齐洁白"的帅小伙，没想到是个大她二十岁的满口假牙的"小老头"。

根据《西部女人事情》口述回忆录的材料，似乎大部分"摸丈夫"的女兵和支边青年都不后悔，尽管当时她们是多么的不情愿。这让我有些困惑，或许我们真的不应该用一套固化的分析模式来对待那些女兵的创伤性体验。无论是山东的支边女青年还是刘湘云，她们用苦难和创伤温暖了兵团，她们是这瀚海戈壁上的伟大母亲。作为一种民间的见证，兵团民间文学中那些创伤讲述已经不可能回到创伤事件的时空点。因为作为一个即时的现场"审美体验"已经结束，你如何见证？我们能用她们新婚之夜的快乐与忧伤来简单定性吗？那么我们该如何面对？在笔者看来，创伤性文本是真正的幽灵，当我们面对幽灵时，"伦理、政治和责任"的纬度能在多大程度上有效，值得我们审慎地考虑（尤其值得我们考虑的是幽灵浮现地所在的兵团传统），在兵团传统时空纬度上考虑"伦理、政治和责任"或许会更加接近创伤性文本的真相。从某种意义上讲，兵团精神里"无私奉献"正是对那段记忆的认可和礼赞。兵团民间文学作为既是这段复杂历史的一种见证和记忆，又是对兵团人无私奉献精神的一种高扬。

所以，没有创伤，何来奉献？

四、结语

梳理和界定兵团民间文学的历史源流和概念，呈现兵团民间文学的独特性和存在方式，分析兵团民间文学的情感意蕴。这些研究工作，一方面可以帮助我们真正把握兵团民间文学中所蕴含的地域文化传统和兵团精神；另一方面也可以让我们从更本质的层面触摸那段动人心魄的兵团屯垦戍边史。在稳定性与流动性之间的兵团民间文学文本面前，奉献和乡愁同时被询唤出来，我想兵团民间文学中所呈现的这种"散居与乡愁""创伤与奉献"的间性便是对那段历史间性的最好阐释。

---

① 《中国民间故事集成新疆卷·新疆生产建设兵团农五师分卷》，乌鲁木齐：新疆人民出版社1992年版，第209页。

② 《中国民间故事、歌谣、谚语集成新疆卷·新疆生产建设兵团农九师分卷》（合订本），乌鲁木齐：新疆农业厅印刷厂1993年版，第312~313页。

新疆新生代汉语文学的现实主义书写与反思

王　敏

（新疆大学）

　　新疆新生代汉语文学写作作为中国当代文学的边缘性构成，一直保持着一种现实主义创作的态势。无论是基于现实主义传统的一种无意识继承，还是基于新疆生活体验的有意识再现，抑或是基于对新疆文学创作经典性复现的一种策略性选择，新疆新生代汉语文学创作依然本能地选择了现实主义的叙事模式以及现实主义的写作态度。

　　这一选择既有文化语境的原因，也有本土文化传统的原因，还有成功作品示范性的影响。

　　第一，20世纪80年代是中国社会的重要转折时期之一，这一转折时期的主要特征是存在着一种"结构性裂隙"，即政权的有效延续、意识形态结构的新构成质素的渐次生成，与社会体制的逐步变迁。在这一转折时期，伴随着葛兰西意义上的对文化权力的重新思考的"人道主义思潮"的新人文话语，新疆新生代汉语文学写作与内地的文学写作保持一致，重新建构了一种新型的个人观念，即重新安置"人"在社会结构中的位置，以弘扬个体的"主体性"为主要标志，在个人、社会和国家关系上确立了一种新的模式。这一主体观念影响到文学创作上，便主要表现在对新疆各民族群众现实的个体生活状况、精神世界的关注和表现成为作家创作的主要内容。就此而言，新疆新生代汉语文学写作可供借鉴追溯的传统之一便是王蒙小说的创作。新疆是王蒙的避难之地，一别京城16年，他在伊犁巴彦岱公社像一个真正的农民那样劳动、生活了8年。系列小说《在伊犁——淡灰色的眼珠》就是他献给第二故乡——伊犁的纪念品。这些作品书写了那些普普通通的维吾尔族、回族、汉族等各民族群众在特定年月的生活以及作者个人的亲身经历和生命感触。在王蒙之前，还没有一个当代作家能将新疆兄弟民族特有的民族个性和现实生活这样真切地书写出来。可以说，王蒙关于新疆的文学作品开启了新疆新生代汉语作家对新疆各民族现实人生状态进行关注和表现的现实传统。与此同时，哈萨克族作家艾克拜尔·米吉提的现实主义创作构成了新疆新生代汉语文学写作的另一个传统。如果说王蒙的异族视角，使其对生活在伊犁大地上的维吾尔族人的现实书写是外围透视的，带着一点微妙的异文化打量的色彩，有其强烈的政治情结的投影，作品中的人物无一不是作为"政治"书写物的主体而存在。那么，哈萨克族作家艾克拜尔·米吉提则是栖身于本民族文化传统的内部，着力于书写平凡的日常生活和情感生活中表现出的带有本民族特殊印记的流动的文化传统，从而使其笔下的人物更具有本民族文化的色彩和性质。换言之，他是以"局内人"的姿态经历和体验着哈萨克族的现实生活，却保持着对本民族传统文化精神内在的反省和思考，凭着对本民族社会生产、生活方式的理解和对民族传统文化的深沉热爱，他积极探索着民族文化传统在时代变迁中的变与不变。无论是王蒙的异质文化视角中外聚焦的新疆生活，还是艾克拜尔·米吉提从本民族文化视角中书写的新疆哈萨克牧民生活，他们写作的成功构成了新疆新生代汉语文学写作渴望出位的一个重要传统，并逐渐作用于 20 世纪 90 年代新疆汉语文学创作的潜意识。

　　第二，新疆本土文化传统中很重要的一部分就是对历史的现实叙述，或者说对现实的历史叙事某种程度上也被视作新疆发展史的重要部分。比如新疆当代文学创作中醒目的"屯垦"小说和"拓荒"小说。兵团、屯垦、军旅，这些语汇之于新疆人而言绝不陌生。然而，人们也许没有想到，这些语汇的背后饱含着多少心酸往事，又有多少历史在人们的垦荒中悄然发生。这些真实发生的、还在进行的故事成了新疆这块地域与众不同、令人神往的色块儿，我们今天所谈的"新疆特色"多少离不开这样深重的历史体验。对于这段历史的记忆以及饱含情感的再现性叙事，虽不能在一种昨日重现的移情角度上加以理解，却一定程度上构成了新疆新生代汉语文学写作的现实主义穹顶。这其中，董立勃选取了以"新疆生产建设兵团"屯垦战士的生活作为自己创作的中心点并赢得了自己在新疆新生代汉语文学写作中的领先地位，更是成就了一种成功地"扬弃"了传统的现实主义文学创作的典范。作为第一代屯垦者的后代，他对生产建设兵团的生活非常熟悉。20 世纪 80 年代他就开始了屯垦小说的创作，但一直到他的长篇小说《白豆》荣获《当代》文学拉力赛 2003 年首站赛"《当代》最佳"称号，才引起文坛广泛的关注。董立勃关于兵团屯垦生活的小说揭示了在一个高度集约化的组织形式中，个体意志的存在是多么艰难。这些放下刀枪来不及取下徽章就开始屯垦荒原的官兵，战争时期集体主义原则掩盖下的专制思想以及士兵的服从意识也是专制观念滋生的土壤，换言之，心灵的麻木和精神上的奴性也助长了军事专制主义的畅行无阻。对于新疆新生代汉语文学写作而言，除了可以化用屯垦历史作为写作资源之外，20 世纪五六十年代迫于生计"走西口"来疆的"自流人员"的辛酸往事、人生遭遇、坎坷命运再次开启了新疆新生代汉语文学写作书写现实的底层叙事空间。这其中尤以赵光鸣的小说创作而得到了生动的展示。他的小说集中表现了中国式或西部式移民的人生命运，表现底层民众生活多样的人生形态，生活百相。这些处于社会底层的小人物，常常是在国家意识形态、社会强势群体的遮蔽和压抑下谋求生存，这些小人物构成了赵光鸣艺术世界的叙述单位，他们所面对的种种苦难、生存困境是通过叙事主体的理解和同情叙述出来的。

另外，对于戍边历史的再现式叙述，似乎再次成为新疆新生代汉语写作不可舍弃的题材，它与"新边塞"诗的创作起源以及审美倾向有着某种同构的关系。在新疆新生代汉语作家的历史书写中，戍边历史的再现叙事与内地主流文学的文化寻根意识保持了一致。无论是芦一萍的长篇报告文学《八千湘女上天山》还是张者的《老风口》都是其中典型。人总会好奇甚而迷恋于自己所不知道的发生史，喜欢从过去寻找意义，这一点从张者的访谈中更可得到印证，"我在查找资料时，被兵团的发展历史迷住了，那些史料那么精彩又鲜为人知，要不是为了写小说，也许我会一头扎进那些史料堆，成为专门研究兵团史的学者"①。《老风口》历时 5 年，是张者格外看重的一部作品，他的创作初衷也是希望老一辈兵团人能够浮出历史地表，被更多的人记忆。

2010 年《老风口》的问世和市场反响，再次证明了新疆新生代汉语文学叙事仍然保持着高度的现实主义审美认同心理。《老风口》并没有全景式叙写新疆生产建设兵团的历史，而是把焦点集中在一个普通连队里，从他们进疆时在羊粪坡扎营开垦荒地开始，一直叙述到我们这个时代。透过这些以连长胡一桂、指导员马长路为代表的普通基层指战员经历漫长生活变化所带出的悲欢离合、爱恨情仇，反映出一个时代的风云变幻和人生命运，揭示出现实矛盾冲突的本质，表现出新中国一代戍边军人的思想品格和精神境界。

小说中最为华彩的乐章之一，就是一大批女军人加入这支从来没有女

---

① 颜慧：《我知道这本书意味着什么》，中国作家网，http：//www.chinawriter.com.cn/6k/2010 - 01 - 05/40667.html。

性的戍边部队的情节。这些来自祖国内地农村、城镇的女军人们把她们美好的青春都献给了看起来并不适合她们生存的地方，和男军人们一起经历了半个多世纪的风云岁月。这个写作细节与芦一萍的《八千湘女上天山》再次照应，该书也是历时五载，三易其稿的倾心之作，先后荣获中国报告文学大奖和昆仑文艺奖。在这部书里，著者采用全新的视角，通过湘女们回忆录般的口述纪实，完整而客观地再现了被时光所遗忘的陈情悲歌、传奇故事，该书以湘女入疆的历史背景为纵线，以当事人口述故事为横轴，还原了一份历史的厚重和时代的真实。那批进疆的湘女中有的是文艺青年，有的是大学高材生，有的是国民党将领的女儿，有的是商贾富豪的千金，为了新疆和平解放后的长治久安，行军数月来到瀚海戈壁、沙漠边陲，安家落户、奉献一生。在那个特定的历史时期，湘女们用自己的生命、理想和爱情补偿了那个时代所造成的广大驻疆官兵鳏寡孤独的命运，她们执掌着自己灵魂的纯净和心灵的安详，对时代所错待的个体命运给予了深厚的同情和宽容。如此，戍边历史的再现性书写往往与支边女性的命运纠结共同建构起新疆新生代汉语文学写作乐此不疲的写作资源。事实上，回顾新疆的历史，在整个西域历史的庞大坐标里，有过细君、解忧西行万里，远涉和亲、奠定家国基业，两千年后的另一个特定时期，大批的女兵沿着她们的足迹来到天山南北。在这片苍茫的荒原大地演绎着一个又一个悲欢离合的故事，建构着时代更迭中新疆建设的另类历史，对抗着宏大的历史洪流和辛酸的红尘过往。她们在这片土地上扎根安家，孕育后代，传承文化，为了这片土地的开拓、家园的建立，没有谁比她们的牺牲更多。似乎借由对她们进行叙事再现的同时，新疆新生代汉语作家也完成了某种谢绝邀怜的角色转换，从而获得一种"吟咏后妃之德"的人格伟力。

　　第三，新疆少数民族的史诗文化以及口传文学模式一定程度上也影响着新疆新生代汉语文学创作的现实主义表达。中国的主流文学从过去到现在都是长于抒情而短于叙事的，因而，关于中国文学没有史诗的言说似乎一直受到主流批评界的认同。但是，在新疆大地上，这个结语并不能得到成立。新疆的少数民族文学中孕育了世界著名的史诗文学，中国少数民族"三大史诗"中的两部英雄史诗——《玛纳斯》和《江格尔》均诞生在新疆的大地上。同时，不少民族也保有自己的口传文学。可以说，这个史诗性的文化滋养是内地的文学创作鲜少具备的。正由于此，出于对新疆本土文学审美特性的下意识追求，新疆新生代汉语文学创作也无可厚非地选择了一种现实主义的叙事倾向，以便与保持少数民族文学史诗传统形成一种内在逻辑上的合拍。同时，这样的书写也意味着反衬本民族的历史，以形成在文学领域中与汉民族文学的一种对应。这一点在少数民族文学的汉语叙事中得到了一种显豁的表现。我们至少可以在叶尔克西、傅查新昌的文学写作中找到很好的印证，他们的写作更像是一种民族志的书写。从叶尔克西的《永生羊》到傅查新昌的《秦尼巴克》，他们的现实主义书写更像是拼出了气力为本民族历史作传，意图浮出被其他民族叙事遮蔽的历史地表。也因此，他们的现实主义书写在某种程度上超出了文学写作的范畴而进入历史记述的领域。这一种越界书写在塑造新疆新生代汉语作家的新疆表达时无疑成就了后者的史诗气质。

当然，除去为民族历史进行记录的无意识心理，新疆大地本身所具备的迥异于内地文化的故事性素质也是新疆新生代汉语作家选择现实主义题材的一个写作诉求。当然，故事性一直是新疆或者说西部作家关注的重点，或者是因为在西部这块土地上可以而且应该发生这样那样传奇事件和诞生传奇人物的缘故，一直以来，叙述一个完整的故事和人物在西部小说是不被质疑的。或许正因为如此，当 20 世纪 80 年代末期以来中国发生巨大的历史选择时，新疆的文学创作并没有受到多大冲击，反而还在市场化的大潮中找到了一席之地。

第四，新疆作为异域体验的被描摹物，庞大事像的客观对应物赋予了写作主体一种现实还原的写作需要。对于写作主体而言，这一点主要出于一种对住居新疆生活经验的无法不言说的心理。比如今年热销的李娟的散文《阿勒泰角落》和《我的阿勒泰》，以及新疆 80 后作家董夏青青的小说《胆小鬼日记》，都是对生活在新疆的住居体验的一种现实性书写。碍于篇幅的关系，我想重点结合董夏青青的写作谈谈新疆住居体验的现实书写问题。

如果一定要给新疆"80 后"汉语小说写作选一个代表的话，就目前的创作状况而言，董夏青青的写作是值得关注的。就董夏青青的年龄而言，她是严格意义上的"80 后"生人，受目前批评语境影响，她的写作似乎也难逃很多人对"80 后"写作刻板印象的痕迹。董夏青青确实异常年轻，她1987 年生于北京，毕业于解放军艺术学院。从她过往的写作履历来看，董夏青青的写作领域还未能形成个人的体系，若她继续下去，恐怕也就像很多的 80 后写手一般，隐身于网络、媒体，特质尚未形成便被磨平，最终消匿于均质化的大众文学书写和符码化的青春文学叙述里。但是 2009 年 7月，董夏青青来到了新疆，成为新疆军区政治部创作室的专业作家。

这之于她是一次人生的转折，也是一次写作之旅的全新启程。在新疆乌鲁木齐的独特体验，大大刷新了董夏青青之前的生活阅历。她的生活被新疆重新"给予"了，新疆文化的多元丰富，民俗风情的差异性以及新疆2009年发生的许多社会变故给予了她全新的素材和全新的思维角度。对她以及她的写作而言，这种被给予性是无处不在的。如果未来新疆之前，她对新疆有过种种的想象——这种想象当然能够构成她对新疆生活种种直观的感受——那么，这些想象在她亲临新疆生活，完成对新疆生活的在场之后，得到了另外一种还原。正如海德格尔所言，亲身是存在者自身被给予的一个显著样式。董夏青青的新疆移民使得她对新疆体验得到了"亲身的同一性"。这个改变直接作用于她的写作。2009年，她基于移居新疆体验而创作的小说《胆小鬼日记》在《人民文学》2010年第4期发表，小说以散文体的笔法，记述了作者初到新疆乌鲁木齐的所见所感，通过与一个维族小男孩的不期而遇，描写了与一个维吾尔族家庭的日常交往，并穿插叙述了父母对自己的惦记与关爱。这里又牵扯到笔者在前文中屡次提到的一个话题，审美距离之于创作主体的意义。毫无疑问，董夏青青与新疆的生活是有着绝对尺度的审美距离的，然而她移居新疆所获得的完整的在场叙事使她保有对新疆生活的亲身同一性，这又使得她的创作不会变成对新疆生活的一种猎奇性记叙。她的写作在直观尺度上被无限给予，却又能够在"面向实事"上得到一定程度地还原，这是她的《胆小鬼日记》能够被认可的重要原因。

作品中，作者根据自己的所闻书写了关于新疆的种种印象与感受，通过不同族群人们在生活与交往中的言谈话语、情态心迹，毫无掩饰地倾倒出来，在一种浑象又原生的日常社会生活图景中，让我们看到了一个真实无欺的社会现状与人们的心理动向。那既是一个在社会生活上日渐趋于平稳和活跃的景象，又还在一些方面存有着矛盾与隐忧等问题。但在不无怨尤、又相互忍让的求同存异之中，又维系着一种内在的平衡和团结的格局。这些我们从库尔班的不满心结，从华凌商贸城的缓慢恢复中，都可以清晰而切实地感受到。这些都是她作品中的被给予性。同时，她通过虚构一个5岁的维吾尔族小男孩凯德尔丁，展开与自己的对话。在作者眼中，一个不期而遇的异族男孩给她营造出一个心安的氛围，使她乍来初到，便有了一个可以置放不安的自己的落脚点，从而能够对这个陌生又心悸的异地的观察与瞭望，具备一个相对正常同时也得修正的视角。由此及彼，异地的生活体验以及对童年记忆的勾连使得作者难免有了想家之情，于是，作品里不时写到父亲与母亲对自己的种种牵挂，以及为她到底该不该来，现在是否安全等而发生的一些争吵，把"儿行千里母担忧"的父母与女儿的天然情感系连，在不露声色之中，写得淋漓尽致，进而又牵扯出父母对于自己无微不至的关怀往事的回忆。这些细节再次证明董夏青青对新疆生活的还原并不具备她所被给予的那么完全。她必须把这种异域的体验还原到自己所熟知的童年经历和生活经历中去才能把握住目前生活的真相。也就是说，董夏青青对新疆生活的叙述中，虽然具备完全的主体在场，也在尽可能大的限域里得到了相对多的给予，同时也能够进行烛照自身经历的还原，但是由于这种还原并不具备一定的问题意识，使得她的叙述并不能真的切入新疆生活的真相。从这个层面上讲，《胆小鬼日记》不如跳开新疆生活，完全可以虚拟一个地区和空间，这样反而更有利于主题深度的开掘。

如此便又回到了我这篇论文的内核深处，新疆新生代汉语文学写作的上方总会悬挂着一柄现实主义之剑。设若，我们在再现现实的维度上是十分有限的，为什么还如此着迷于对现实的叙述呢？还是，我们的作者表达和创造的能力实际上比我们再现现实的能力更为有限？两者之间，我更担心的是后者。

即便如此，笔者仍然认为，新疆新生代汉语文学写作仍然应该取得其在中国当代文学中的合法地位。作为中国当代区域文学现实主义书写中的一个边缘性构成，它无疑提供了一份独特的地方样本，其现实主义书写中普遍具有的"流寓"（既有地理的也有文化的）特性使得他们的创作具有深刻的哲理体验和人道反思，体现出崇高、悲凉的美学韵味，从另一个角度深化了中国当代文学创作的人文内核。只不过，接过新疆新生代汉语文学写作的杯盏，新疆当代文学写作的下一阶段书写若想进一步完善自己的现实主义表达体系，深化现实主义书写的表意内涵，还需注意以下几点：

一则，在再现文化语境时，需要注意内外视角的有效统一，达到真正意义上的视界融合，视角错位不仅会模糊新疆社会的历史属性，也会模糊新疆文学创作主体的精神向度与价值立场。

二则，在再现历史时，需要注意国家意志和个体意志的有效统一。既要避免一路高歌猛进地大唱主旋律颂歌，也要避免一味追求娱乐至死的个体自由至上。

三则，在再现民族传统时，需要有一个族性意识内部的他者视角。新疆的少数民族题材写作大多为本民族的历史和传统进行书写，或者说进行民族志书写，但是这种书写需要有一个审美距离，也需要有一个相对稳定的异文化参照系，否则就会流于表面，甚至会因为叙述者的判断立场的迷失而从叙述的内部解构文学叙述自身。

　　四则，在再现住居体验时，需要注意在地性和去地性经验的统一。既要重视居住地生活经验的重新给予也要把握好对居住地生活经验的还原。

　　总之，新疆新生代汉语文学的现实主义书写只有超越以往的道德关切、性别关切、族性关切以及地域关切才能有更大的突破和创新。同时，诚如我在文章一开篇指出的那样，要将中国当代文学设想为一个单一的实体实在是困难的，新疆文学作为中国当代区域文学的一个边缘构成①，其历史和现实处境中的多元性、复杂性，各种文化素质之间的不平衡性，外部语境与内部语境间的协商、对话和适应性，都迫切需要当代中心区域文学的重新审视和另眼相看，而实际上，中心和边缘，它们的发展在一定程度上既是一种相互反应，也是一种相互游移。不妨这样来讲，首先，从历时角度来看，新疆区域文学文化身份的重新确立，是由中国文学史发展的内在逻辑需要所决定的。新疆文学或者说新疆题材文学在历史上一度也是主流文学瞩目的方向，正如同这片区域在历史上曾经边远却又中心的政治文化身份一样②，它经历了这个由"中心"移向"边缘"的过程，因此，文学版图上"中心"和"边缘"的绘制是有时效的。其次，从现实语境来看，新疆区域文学文化身份的重新确立，也是当下正在经历着的西方理论和思潮经历从"中心"向"边缘"旅行进程的间接结果。围绕着这种理论现实，多少学科都在拆装重组、重新绘制自己的疆域和版图，文学史自身也面临着去经典化以及重构文学经典的时代命题，托大地说，"边缘"对"中心"的挑战是目前所有思潮中的主流。有因于此，笔者以为，重新从"区域"的角度而非从"边缘"的角度考量新疆新生代文学的文化身份，对于中国当代文学研究而言，也是现实中的现实。

---

　　① 当然，这个定位仍有待商榷，是边远构成还是边缘性构成？对这个构成的反思不仅有助于我们反思中国当代文学的生成方式，也有助于反思区域文学与文化间的划分基准，即进一步反思我们的文学/文化分层、分区现象坚持的是文学标准还是社会学标准？

　　② 韩子勇先生在《文化新疆　心灵故乡》（载《光明日报》，2010 年 11 月 18 日第 10 版）中提到新疆在历史上的这种文化身份，论述确凿而精彩，他认为，"在陆权时代，中央王朝的目光主要是向西的，道理简单，就是在古典时代，生产力水平决定了我们的先民们，只能沿自然地理所规定的方向去前行、去拓展"，而到了"海权时代"，这种西域的中心位置才发生了位移，进而决定了其文化身份的让权。这个历史事实说明文化身份的"中心"与"边缘"从长远眼光来看，确实是一种相互游移与变化的存在。

"鲁拜""柔巴依"与中国的新诗①

成湘丽

（新疆大学）

鲁拜体本来指波斯语"四行诗"，从波斯的诗歌之父鲁达基（858—941）以来，波斯几乎所有的重要诗人都写过鲁拜体诗作，但其世界声誉却是因 19 世纪的英国诗人菲茨杰拉尔德成功翻译了 11 世纪的波斯大诗人莪默·伽亚谟②的诗集《鲁拜集》而获得。目前全世界保守估计已出版的《鲁拜集》各类译本在五百种以上，被誉为是数量仅次于《圣经》的翻译奇迹。我国自新文化运动时期开始翻译介绍《鲁拜集》，目前仅公开出版的各类中文全译本已逾 20 种，如果再加上节译本、发表的个别译作和大量民间"鲁拜迷"未发表的网上译作，汉语译作也是蔚为可观。在众多译本中，《柔巴依集》这个名字格外深入人心，因为"柔巴依"也是一种广泛流传于我国新疆地区维吾尔、哈萨克、柯尔克孜、乌兹别克、塔吉克族等操突厥语民族中的诗体形式，此译名能体现"存在于英国文学及世界文学中的著名的 Rubai 同我国柔巴依的关系，看出它们之间的渊源"③。更有意思的是，《鲁拜集》不仅是中国最早以新诗形式译出并出版的西方诗集④，而且郭沫若特别指出："鲁拜这种诗形，一首四行，第一、第二、第四行押韵，第三行大抵不押韵，和我国的绝诗相类似。"⑤

---

① 本文为教育部人文社会科学研究青年基金项目"基于文化认同视角的新疆当代文学中民族民间文化资源的转换研究"的阶段性成果，项目批准号：11YJC751013。

② 以郭沫若等为代表的现代诗人将其译为莪默·伽亚谟，以黄杲炘等为代表的当代译者多将其译为奥马尔·哈亚姆、欧玛尔·海亚姆等。译名的不统一反映了鲁拜译介中的分歧争议。

③ 黄杲炘：《英语诗汉译研究——从柔巴依到坎特伯雷》，武汉：湖北教育出版社 2007 年版，第 224 页。

④ 在 20 世纪 80 年代以前，所有译文的底本都是英译文，并从郭沫若和闻一多开始，都是将其视为"西洋诗"。

⑤ ［波斯］莪默·伽亚谟著，郭沫若译：《鲁拜集》，北京：人民文学出版社 1958 年版，第 6～7 页。

一、关于绝句、"鲁拜"与"柔巴依"关系研究的历史述评

这恐怕称得上是文学的"斯芬达克斯之谜"了，在缺乏更有利的历史文献和考古资料的条件下，我们或许只能存而不论，但是但凡对"鲁拜"有一定了解的中国人又很难做到避而不谈。比如当鲁拜体最早被翻译成新诗发表于 1919 年第 1 卷第 3 期的《新青年》上时，胡适恰好也是把它称为"绝句"，最早的相关翻译批评文章是闻一多的《莪默伽亚谟之绝句》（长文全篇都没有用"鲁拜"的称谓而称作"莪默的绝句"）。这或许是因为鲁拜和绝句这两种诗体实在有着太多的相似之处：每首都是四句并且偶句押韵（柔巴依在用韵上大都采用 aaba 或者 aaaa 的形式），以单音节为主的汉语绝句采用了五或七音节为一句，源于印欧语系的波斯鲁拜多采用十一音节为一句[①]（也有认为是十到十三音节为一句），唐代绝句依四声平仄实现抑扬顿挫，波斯鲁拜每句一般要求五个重音。我们尤其能在 20 世纪波斯鲁拜被翻译成中国现代白话诗的探索实践中，明显体会到汉诗音顿与英诗音步的对应性及其之于诗歌节奏和谐的重要性。

翻译家杨宪益先生早在 1983 年就提出一个假设："这种诗体在古代波斯又被称为'塔兰涅'（Taranch），意思正是'断章'或'绝句'。两种诗体形式既然相似，名称又如此相同，说明两者之间很可能有某种联系。从时间和地域方面来看，如果说鲁拜体是从唐代绝句演变而来，这并不是不可能的。"[②] 因为鲁拜在波斯文坛定型与成熟之前的民间孕育期和生长期（公元 6—10 世纪），正是波斯和唐朝文化交往最为频繁和密切的时期，当时已有以波斯人李珣为代表的大批擅长写绝句的双语诗人。波斯学家张晖（紫军）还进一步提出了中国绝句影响波斯鲁拜的两种途径：一是在唐活动频繁的波斯商人成为唐文明的传播使节，二是由 9 世纪后西迁至帕米尔高原的回鹘人传播至波斯。[③] 罗新璋则直接挑明："我国绝句，或许经维吾尔柔巴依，而成波斯的柔巴依？"[④]

另一种与之相反的看法是，因为中国的绝句在唐代的发达与胡人乐曲

---

① 1988 年张晖在湖南人民出版社出版的《柔巴依诗集》中提到：柔巴依这种诗体的"每一诗行的音节及重音都有严格规定，都须符合 lahulu – lagovāt – ala – balāleh 这一音韵"。

② 杨宪益：《试论欧洲十四行诗及波斯诗人莪默凯延的鲁拜体与我国唐代诗歌的可能联系》，《文艺研究》1983 年第 4 期。

③ 紫军（张晖）：《中国绝句与"柔巴依"》，《文汇报》2007 年 6 月 13 日。

④ 罗新璋：《七分译三分作》，《文汇报》2007 年 8 月 17 日。

的兴盛有直接的联系，比如在"《乐府诗集》中《近代曲辞》就发现在一些明显来自西域的曲名下所配的诗均为七言绝句"①。所以也有学者认为，唐代绝句和波斯鲁拜的同出一源指的是它们同是突厥文化影响下的不同变体，比如杨宪益先生在前文中提出："一位意大利学者包沙尼（Alesandro Bausani）就曾经指出鲁拜体可能来自中亚的西突厥，而且他也认为可能与唐代的绝句同出一源。"季羡林大约是最早同时介绍这两种观点的学者："这种诗体可能来自中亚突厥文化，同唐代的绝句同出一源，或者是唐代绝句通过突厥而传入中古波斯的。"②"中国新疆塔吉克民族甚至认为'柔巴依'这种四行诗体，首见于塔吉克，是生于丝绸之路上的沙布尔市的海亚姆加以完善和发展成'柔巴依'的。"③

不过也有很多学者持相反的观点，因为早在 15 世纪，伟大诗人纳瓦依就在《韵律的标准》一书中详细探讨了阿拉伯—波斯语对维吾尔诗歌创作的影响和特点，如阿鲁兹格律开始在传统的维吾尔诗歌里出现。比如易风一面肯定杨宪益的推测"很有道理"，一面又提出"格则勒、柔巴依、卡斯台等维吾尔诗人常用的诗体，都是从波斯诗人学来又发展了的"。④ 其依据之一就是维吾尔柔巴依兴盛的时期（10—13 世纪、17—20 世纪），刚好与波斯文学四行诗繁荣的时期相一致。马树钧就认为："波斯文学曾给予维吾尔文学以深刻影响。柔巴依的出现就是这种影响的结果之一。"⑤

学者张明曾以维吾尔"柔巴依"为参照点，将其起源总结为"自源说""西源说""合源说""东源说"⑥。笔者立足于不同诗体之间的比较研究，认为还须注意维吾尔"柔巴依"之于唐代"绝句"和波斯"鲁拜"产生的可能影响，所以暂且将上述三种不同的说法总结为"绝句起源说""柔巴依起源说"和"鲁拜起源说"。

在维尔吾古典文学研究史上，关于"柔巴依"的界定标准还存在着一定的分歧，因而使这一问题变得更加棘手起来。比如 20 世纪 80 年代乌铁库尔就提出了柔巴依的一些基本特点，如富有哲理、独立成篇、语言犀利和遵从格律。但他又认为，所谓格律要求只是遵循了莪默·伽亚谟等创作

---

① 伯昏子：《绝句兴唐原因试探》，新浪博客，http：//blog. sina. com. cn/s/blog_ 4dce55740100 is16. html。
② 季羡林：《四大文化圈中的东方文学》，360doc 个人图书馆，http：//www. 360doc. com/content/09/0914/21/304504_ 5975411. shtml。
③ 孟昭毅：《中伊文学交流史断想》，《国外文学》1991 年第 1 期。
④ 易风：《维吾尔族古典诗歌与中古波斯文学》，《西北民族学院学报》1987 年第 2 期。
⑤ 马树钧：《"柔巴依"浅析》，《民族文学》1982 年第 2 期。
⑥ 张明：《维吾尔族当代"柔巴依"创作漫议》，《民族文学研究》1998 年第 2 期。

之后的约定俗成，"柔巴依的根本特点，还是在于思想内容的哲理性、讽喻性和语言的高度简练含蓄方面。从这一特点上说，柔巴依和某些诗断想只有形式上的差别。如果除去这一差别，内容深沉完整一些的只有四行的'诗断想'，也可以称之为柔巴依"①。如果按照后一个标准，"柔巴依"创作的外延无疑会被人为扩大。另外 1986 年版的《福乐智慧》的中译本在序言中也提出"《福乐智慧》中的四行诗，就其未被作者冠以'柔巴依'的诗体名称而加以区别这一点来看，认定它们是柔巴依早期的代表作品，是合乎逻辑的"。这些论述多少有将"柔巴依"约等于"四行诗"的嫌疑。不同的界定标准不仅关乎维吾尔柔巴依和波斯鲁拜之间的影响研究，也在很大程度上影响了翻译和创作柔巴依的基本原则问题。我们在 20 世纪中国诗体的发展和"鲁拜"的翻译实践中，可以明显地感受到这一困惑。

二、《鲁拜集》的翻译与早期白话新诗潜在的格律冲动

波斯鲁拜与维吾尔柔巴依的内在联系自古有之，而绝句与鲁拜、柔巴依的关系从目前掌握的史料文献来看或许只好存而不论。波斯鲁拜明确与中国汉语诗坛发生深刻联系则是在 20 世纪初的西学东渐之时，而这次两大东方文明的交流对话无疑是借助了英美文化的强势平台，有学者将其称为"五四诗歌翻译的逆向审美"，并发现五四时期翻译的东方诗歌（如泰戈尔的哲理小诗、日本俳句等）多于西方诗歌②，但至少对于被翻译的最早和次数最多的莪默·伽亚谟的《鲁拜集》而言，译者参考的所有译本都是菲茨杰拉尔德的英译本。关键问题在于：为何众多现代桂冠诗人和翻译名家都不约而同地选择了转译后的英语格律诗？是跃跃欲试于证明汉语翻译的灵活性和生命力，还是急于挖掘"格律"之于不同语言的可能性和表现力，或者还是因为 11 世纪莪默·伽亚谟诗歌中对传统道德的怀疑精神和反叛意识、19 世纪菲茨杰拉尔德英译时期西方人的信仰危机和幻灭心态、20世纪早期中国知识分子破旧立新的文化期待和启蒙精神，无意中实现了一次误打误撞的"误读"和歪打正着的契合？

近些年来已有不少研究文章从语言翻译和文化交流的角度探讨新文化运动时期《鲁拜集》的选译问题，本案例则侧重从文类学入手，考察不同译家不同的诗体选择以及背后深层的翻译理念和诗歌理想。有意思的是，

---

① 吾铁库尔：《"柔巴依"的特点》，《民族文学》1982 年第 2 期。
② 熊辉：《西潮涌动下的东方诗风》，《文学评论》2010 年第 5 期。

20 世纪 20—40 年代，除了郭沫若、吴剑岚、孙毓棠、李霁野、李竟容等出版过专门的《鲁拜集》译本外，胡适、闻一多、徐志摩、朱湘等白话新诗的奠基者们都翻译过少量的《鲁拜集》诗作，并就个别作品的翻译问题展开了热烈而持续的学术讨论，所以"鲁拜体"的翻译问题在很大程度上也可以折射甚至辐射出现代白话新诗持续不断且众说纷纭的"自由和格律"的选择问题。

作为白话新诗的开创者胡适，同时也是第一位发表《鲁拜集》译作的诗人，早在 1919 年他就翻译了第 7 首与第 99 首并刊发于《新青年》第 6 卷第 4 号上，其中据菲茨杰拉尔德英译本第 2 版翻译的《希望》，因为已发表有近 30 个版本①，被认为是翻译成汉语次数最多的英语诗歌之一②。

下表是据菲译本第 4 版第 99 首（第 1 版第 73 首，第 2 版第 108 首）的部分译文：

胡适译：（手稿未标时间） 爱呵！要是天公能让你和我 抓住了这糟糕的世界， 我们可不要把他全打破， 好依着我们的心愿重新造过么？	胡适译：（1919 年发表） 要是天公换了卿和我， 该把这糊涂世界一齐都打破， 要再磨再炼再调和， 要依着你我的安排，把世界重新造过。	郭沫若译：（1922 年发表） 啊，爱哟！我与你如能反畔"他"时， 把这不幸的全部的"计划书"来夺取， 我怕不把它扯成粉碎—— 从新又照我心愿涂写！
闻一多译：（1924 年发表） 爱哟！你我若能和"他"沟通好了， 将这全体不幸的世界攫到， 我们怕不要捣得他碎片纷纷， 好依着你我的心愿去再抟再造！	徐志摩译：（1924 年发表） 爱阿！假如你我能勾着运神谋反， 一把抓住了这整个儿寒尘的世界， 我们还不趁机会把他完全捣烂，—— 再来按我们心愿，改造他一个痛快。	郭沫若译：（1924 年出版） 啊，爱哟！我与你如能串通"他"时， 把这不幸的"物汇规模"和盘攫取， 怕你我不会把它捣成粉碎—— 我们从新又照着心愿抟拟！

---

① 参见民间"鲁拜学"专家老鸽的博文《读茇默〈鲁拜集〉》，新浪博客，http：//blog. sina. com. cn/s/blog_ 4ef539fc01009h8f. html。

② 参见邵斌《诗歌创意翻译研究———以〈鲁拜集〉翻译为个案》，杭州：浙江大学出版社 2011 年版，第 155～157 页。

（续上表）

| 朱湘译：（1936 年出版）
爱呀，要是与命运能以串通，
拿残缺的宇宙把握在掌中，
我与你便能摔碎了——又抟起，
抟成了如意的另一个穹窿！ | 张承志译：（1999 年发表）
若能像亚兹丹神驾御天穹，
我便把这层天，从中拿掉。
并重新另造一个天空，
使自由的心儿，快乐如愿。 | 张承志对原作的拉丁转写：（1999 年）
Gar bar falakyam dast bodi qun yazdan
Bar daxitami man in falak ra-ze miyan
Wa zeno falaki gakyar qinan sahtami
Kazade be kame del residi osan |

　　在目前已发现的胡适关于此诗的 3 种译文[①]中，上列手稿是 2012 年 5 月 5—9 日北京大学图书馆举办的"庆祝北京大学建校 114 周年北大著名学者手稿展"中展出的译文，胡适另一篇发表在《新月》第 1 卷第 7 号上的欧·亨利短篇小说《戒酒》中的译文只将 1919 年发表的译文由四行改为五行，由"糊涂"改为"寒碜"。比较而言，手稿译文则更趋通俗口语化，用韵也更为自由（abac），而这篇被胡适称作是自己"最得意的一首译诗"[②]，则有明显的旧体诗痕迹和文言迹象[③]，用韵也相当齐整，只是每节的顿数和字数相当参差自由。

　　作为在国内影响最久、流传最广的译本，郭沫若的《鲁拜集》译本的经典地位无疑不可撼动（"鲁拜"一词也据此而来并被普遍接受），其不拘格律、收放自如的自由译法也显示出正处于诗情蓬勃激荡中的诗人势不可挡的骄人诗才。其实早在 1922 年 10 月，《创造季刊》第 1 卷第 3 期上就全文刊发了郭沫若的鲁拜译文和对莪默·伽亚谟的介绍，但在 1924 年出版的据菲译本第 4 版翻译的《鲁拜集》中他又有多处改动。对比其中第 99 首的两篇译文，郭沫若最大的改动在第二句，"物汇规模"这一生硬蹩脚的欧化翻译取代了之前译文中的"计划书"，除却引入具有现代性表征的新

[①] 参见王一丹：《跨越东西方的诗歌之旅——从〈鲁拜集〉的最初汉译看文学翻译成功的时代契机》，《新疆师范大学学报》，2012 年第 6 期。

[②] 徐志摩：《莪默的一首诗》，《晨报副刊》1924 年 11 月 7 日第 3 版、1924 年 11 月 12 日第 4 版。

[③] 邵斌提出胡适这首译诗与宋末元初女词人管道升的"我侬词"之间的互文关系："你侬我侬、忒煞情多；情多处，热如火；把一块泥，捻一个你，塑一个我，将咱两个一齐打碎，用水调和；再捻一个你，再塑一个我。我泥中有你，你泥中有我；我与你生同一个衾，死同一个椁。"（邵斌：《翻译即改写：从菲茨杰拉德到胡适——以〈鲁拜集〉第 99 首为个案》，《北京第二外国语学院学报》2010 年第 12 期）。

词考虑，笔者认为另一个重要原因是出于音顿节奏的考虑。初译文顿数较为混乱，改译后则全部为六顿；初译文前两句二字尺三字尺的搭配随意混乱，改译后则较为工整：1 - 2 - 3 - 2 - 2 - 2/2 - 3 - 2 - 2 - 2 - 2，从中可以看出换用"物汇规模"有明显的节奏考虑。

虽说郭沫若的部分译作是合韵的（半）格律诗或古体诗（如第 51、52 首），但闻一多还是很快在《创造季刊》第 2 卷第 1 期（1924 年）上发表了以探讨郭译成败得失为主的诗歌翻译评论长文《莪默伽亚谟之绝句》。他在文中指出 9 处误译，又以"新格律诗"的要求肯定了郭沫若的部分译作，重译了菲本第 99 首等五六首诗，并借 Mr. Duncan Phillips 之言指出读《鲁拜集》的愉快"不由于他的哲学，而由于他那感觉的魔术表现于精美的文字底音乐之中，这些文字在孤高的悲观主义底阴影之外，隐约地露示一种东方的锦雉与象牙底光彩……这些字变成了梦幻，梦幻又变成了图画"①。其中唯美主义的形式感可让我们视其为 1926 年《诗的格律》的先声。

同年徐志摩也在讨论译诗问题时翻译了该诗②，1936 年商务印书馆出版的朱湘译诗集《番石榴集》中收录了该诗译作。值得一提的是朱湘，他选译的《鲁拜集》15 首全部都是每行 11 个字，不仅力求音节数量的严密工整，同时努力将译诗的"形体美"和建筑美发挥到了极致。当然，这其中也潜藏着一个疑感：白话新诗到底是应该追求文字形式的工整，还是音顿音组的和谐？朱光潜在评价现代白话诗运动的废韵尝试时说："中国诗的节奏有赖于韵，与法文诗的节奏有赖于韵，理由是相同的：轻重不分明，音节易散漫，必须借韵的回声来点明、呼应和贯串。"③

一个有趣的问题出现了：为何最早热衷于翻译英译格律"鲁拜"诗的中国诗人是一批白话诗人？是不是如梁实秋所说："他们要试验的是用中文来创造外国诗的格律，装进外国式的诗意。"④ 他们何以在《鲁拜集》的翻译过程中不断实践着音顿音组、节奏韵脚在白话新诗中的可能性？是不是因为"对于草创期的新诗人来说，熟悉的是古典的'格律化'节奏，陌生的是'散文化'节奏"⑤？或许在其中我们可以看到这些诗人艺术实践的

---

① 闻一多：《莪默·伽亚谟之绝句》，《诗词翻译的艺术》，北京：中国对外翻译出版公司 1987 年版，第 34 页。

② 徐志摩：《徐志摩译诗集》，长沙：湖南人民出版社 1981 年版，第 200 ~ 201 页。

③ 朱光潜：《诗论》，北京：生活·读书·新知三联书店 1998 年版，第 211 页。

④ 朱自清：《〈中国新文学大系·诗集〉导言》，《中国新文学大系·诗集》（影印本），上海：上海文艺出版社 2003 年版。

⑤ 王雪松：《白话新诗派的"自然音节"理论与实践》，《华中师范大学学报》2012 年第 2 期。

多重诉求：既以格律诗的翻译转换实践证明白话新诗收放自由的优势所在，又按捺不住要在"鲁拜体"里寻找自由体诗的格律之道，甚至也有借花献佛，暗中向中国古典诗歌取经的意味。当然，最重要的是，它说明自由与格律的关系问题是中国新诗自初创期以来就未能解决好的世纪难题，选择"鲁拜体"本身也体现了中国现代诗人若隐若现的格律渴望和集体心理。

三、当代的"鲁拜"翻译与"柔巴依"创作之对比研究

从 20 世纪 30 年代开始，有关《鲁拜集》的翻译一直不温不火又延绵不绝，即使是战乱频生的 40 年代，也有不少诗人或翻译家倾心倾力于此，如吴剑岚、李竟容①的旧诗体译作，吴宓、李霁野的绝句体译作，刘半农、孙毓棠、潘家柏、梁实秋的自由体译作等。20 世纪 50—70 年代的《鲁拜集》翻译主要集中在台湾地区，直到 1982 年为纪念菲茨杰拉尔德逝世一百周年，上海译文出版社推出黄杲炘译本后，《鲁拜集》的翻译才开始持续进入内地读者的视线。我们尤其需要重视两个现象，一是除了孟祥森、黄杲炘、飞白、屠岸、程侃生（鹤西）的自由体译作外，多数译本都采用古典格律诗的形式，如黄克孙、傅一勤、眭谦（伯昏子）等的绝句体译作，徐燮均的五言绝句体译本，柏丽、虞尔昌的绝句体、自由体（拟鲁拜体）合译本，阮小晨的绝句体、七言句混合体译本等；二是开始出现据波斯文直接译出的自由体译本，如张晖、张鸿年、邢秉顺等波斯文学专家的翻译。

《鲁拜集》何以有如此神奇的魅力？或许是因为莪默·伽亚谟诗作中人生无常的虚无感和及时行乐的享乐主义与中国文化精神中"看破了之后的执迷"这一儒道合一传统的无意契合？这种气息即使在集中翻译最能表现破旧立新时代主题的《希望》等诗的 20 世纪 20 年代，我们也能隐约感受到（如胡适的另一首《鲁拜集》译诗："来！斟满了这一杯！让春天的火焰烧了你冬天的忏悔！青春有限，飞去不飞回——痛饮莫迟挨！"）。如果说对生死之谜和生命本身的形而上思考是带给《鲁拜集》永恒魅力的意义源泉，那么"鲁拜"在不同语言语体中奇妙无穷、变化万端的开放形式

---

① 关于《鲁拜集》汉译者的误传较多，1942 年李竟容自费印制的旧体诗译本常被误为"李竟龙"或"李意龙"（见施蛰存：《鲁拜·柔巴依·怒湃》，《读书》1991 年第 10 期）。关于其他译者的情况可参见老鸹的博文《〈鲁拜集〉汉译者大荟萃》，新浪博客，http://blog.sina.com.cn/s/blog_ 4ef539fc0100keup. html。

则为《鲁拜集》的翻译提供了不竭的动力。一个突出证据就是，虽说自郭沫若翻译的《鲁拜集》问世并流行之后，"鲁拜"基本成为众多现代译家采用最多的译名。但在当代，关于这种波斯诗体 Rubaiyat 的译法除了"柔巴依"（黄杲炘）外，又出现了"怒湃"（柏丽译）、"狂酒歌"（孟祥森译）、"露杯夜陶"（郑天送译）、"醅醁雅"（钱钟书译）等关于诗体名的创意翻译。

除了海内外"鲁拜"汉语翻译的繁荣外，当代另一个突出现象是新疆地区的文人"柔巴依"创作及其汉语译作的井喷，这一情况主要集中在"十七年文学"和 20 世纪 80—90 年代，当然我们也需留意的重要事实是：当代"鲁拜"的汉语翻译和新疆地区"柔巴依"的创作之间还存在巨大的文化反差和形式差异。

首先，"鲁拜"的翻译进程中从波斯语本直译的情况日益显著，而"柔巴依"的当代创作却呈现出与莪默·伽亚谟的"鲁拜体"截然不同的思想意蕴。比如金庸《倚天屠龙记》中的明教就是传自波斯，谢逊说小昭、殷离等常唱的小曲"来如流水兮逝如风，未知何处来兮何所终"就是一首波斯曲子，"是两百多年前波斯一位著名的诗人峨默做的，据说波斯人个个会唱"[1]。20 世纪 80 年代，王蒙在小说《鹰谷》中就曾提及在干校劳动时期，他"接触过并部分地抄录过的乌兹贝克文译本与英译本根本无法相参照"，并借作品中维吾尔族诗人图尔迪之口说："您不觉得，奥迈尔·阿亚穆的'柔巴依'有点像李白吗？"其实王蒙本人在很多公众场合都曾用维语、乌兹贝克语朗诵过菲译本中没有收录的一首托名于莪默·伽亚谟的诗："我们是世界的期待和果实，我们是智慧之眼的黑眸子，若把偌大的宇宙视如指环，我们定是镶在上面的宝石。"这些都让我们看到了当代"柔巴依"翻译中的中亚文化因子。

20 世纪 90 年代以来，内地陆续推出了由张晖、张鸿年、邢秉顺等据波斯文译出的自由体诗译本，这也是我国当代波斯语言研究和文学翻译的重要成果，当然其中也夹杂着争议和分歧。比如我们再回到那首据菲译本第 4 版第 99 首，张承志就曾以对伊斯兰教的深刻体认在《波斯的礼物》一文中严格区分了原作中使用的是祆教用语 yazdan（天神）而非 Huda

---

[1]　参见郭译本《鲁拜集》第 28、29 首。译文为：第 28 首：我也学播了智慧之种，亲手培植它渐渐葱茏；而今我所获得的收成——只是"来如流水，逝如风"。第 29 首：飘飘入世，如水之不得不流，不知何故来，也不知来自何处；飘飘出世，如风之不得不吹，风过漠地又不知吹向何许。陈志明提出"金庸作《倚天》，自拟'来如流水兮逝如风，未知何处来兮何所终'，是融合《鲁拜集》第二八首末句部分原文及第二九首诗意而成"。见陈志明：《金庸笔下的文史典故》（下），北京：东方出版社 2007 年版。

（真主），认为新文化运动时期此诗译文失真，并尖锐地提出因为文化的"误读"造成了中国现代文人"洞彻波斯以及天下学术大势、获得能与欧洲人分庭抗礼的世界知识，进而建立更科学的方法论与世界观的可能——被失之交臂"①。

我们再来看创作方面。从 20 世纪 60 年代开始，《诗刊》《人民文学》等就曾陆续刊登过一些维吾尔当代诗人的"柔巴依"系列诗作，不过《鲁拜集》中出现频率最高的醇酒美人和形而上观已被关乎日常伦理的普遍情感和洞察人性的生存智慧所取代，这种特点早在《突厥语大辞典》和《福乐智慧》中就有呈现，在当代则更为明显。比如克里木·霍加早在1963—1964 年，就发表多篇立意于歌颂党、祖国和毛主席的用汉语创作的"柔巴依"，它们大多采用了太阳、海洋、高山、青松等时代意象和骆驼、夜莺、红柳、沙枣等新疆物象表达了时代共鸣里的"颂歌"基调，这与同时期新疆少数民族文学对国家意识形态的普遍文化认同保持了一致性。

到了 20 世纪 80 年代，经历人生大起大落后又遭遇病痛折磨的克里木·霍加和铁依甫江，都在生命的晚期选择"柔巴依"作为自己的夜莺之歌，其中因为融合了诗人几十年的生活经验和人生智慧而更显赤子之心。尤其是铁依甫江创作的一些讽刺社会不良现象的"柔巴依"则更是明快犀利、辛辣尖锐，并对民族关系的新动向和本民族的前途命运有了更为深入的思考。如果再联系赛福鼎·艾则孜、尼米西依提、乌铁库尔、伊敏·吐尔逊、马木提·扎依提、阿不都秀库尔等诗人的"柔巴依"创作②，我们可以在其中清晰地看到新时期维吾尔文学中内地诗坛的潜在影响和政治认同的文化表征。

其次，当代柔巴依在翻译进程中普遍对格律有严格要求，但格律原则却大相径庭，当代柔巴依的汉语创作越来越趋向于自由化。近些年来，关于《鲁拜集》的翻译比较、翻译方法和翻译原则等问题，引起了国内英语学界和波斯学界的广泛关注，相关讨论也渐成语言学界的一个热点，尤其是黄杲炘"兼顾顿数与字数"、屠岸"以顿代步"等译法的提出，都从翻译角度给予白话新诗的格律问题以启示。另外，在王一之、郝关中、马树钧以及艾克拜尔等人的新疆"柔巴依"译作中，虽然大多数译者对顿数字数等并没有十分严格的限定，但大多数译作还是达到了第一、二、四句押韵的基本要求。

---

① 张承志：《波斯的礼物》，《人民文学》1999 年第 10 期。
② 见《新疆文学》1979 年第 3 期、1980 年第 9 期、1982 年第 3 期等，《民族文学》1982 年第 2 期、1992 年第 3 期、1992 年第 4 期、2001 年第 5 期、2003 年第 5 期等。

　　但在 20 世纪 90 年代以来不断出现的一些尝试将"柔巴依"嫁接到汉语诗林的艺术探索中，我们看到的往往是另一番景观。比如诗人沈苇自 1996 年至今已在《诗刊》等刊物上发表过上百组的"柔巴依"，其中的西域风情和中亚色彩格外引人注目，其中充盈着大量的新疆自然物象、地理名词、历史符号和文化意象，不过因为沈苇的绝大多数"柔巴依"都不押韵，在句式和音步上也相对自由，所以笔者担心这是否会混淆"柔巴依"和"四行诗"之间的基本界限和区别。当然正如主张新诗形式散文化的废名先生所说："在新诗的途径上只管抓着韵律的问题不放手，我以为正是张惶心理的表现。"① 所以我们或许可以说，像沈苇、郑炜（浙江）、顾伟（新疆）等一些创作"东方柔巴依"的诗人，或许代表的正是白话新诗继胡适、周作人、废名、艾青等而来的那主张诗体自由、不拘格律的传统，何况沈苇有时也将自己的这类作品称为"准柔巴依"或"疑似柔巴依"。

　　或许正是"柔巴依"自身的神奇魅力让太多文学缪斯的追随者对她情有独钟并魂牵梦绕。无论绝句与"鲁拜体""柔巴依"之间的渊源关系是否和何时能被揭晓，这一百年来的中国新诗史、翻译史、出版史和文化交流史，已然不断见证着这一来自异域的诗风是怎样构建着古典诗词和白话新诗在 20 世纪中国生长的另类空间的，同时也透露着我们广纳博采的中华文化早已达成了怎样默契的历史秘密，从而让"鲁拜"与"柔巴依"在间隔近千年后重新携起手来。近百年来层出不穷且异彩纷呈的"鲁拜"翻译是一个非常特殊的个案——一方面，它独具的东方风韵与西诗华采相得益彰、波斯文学史和英国文学史上"双料"经典的独特魅力，使得"鲁拜体"绝非仅仅停留于"欧化"的模仿与借鉴，而成为东西方文化回流互渗、东方文化确认自身传统的绝佳范例；另一方面，在不计其数的各种版本各类语言各样文化中流转的"鲁拜"译作，既将"鲁拜"在每一种诗体中探索的可能性推向无限，又不断更新着诗歌翻译可能的向度和标准。可以说，历经这一百年来无数次的淘洗、锻造、冶炼与打磨，"鲁拜"无疑已成为诗歌圣殿上最为璀璨夺目、光芒万丈的一颗明珠。它和"绝句"遥遥相照，与"柔巴依"交相辉映，使白话新诗熠熠生辉，永远闪烁着光怪陆离、气象万千的迷人光彩。

---

　　①　冯文炳：《谈新诗》，北京：人民文学出版社 1984 年版，第 39 页。

飞天形象演变：
中西人体艺术理想化途径之差异

胡　敏

（湖北第二师范学院）

艺术脱离不了对理想的表达和追求。中西古典雕塑和绘画都以追求生活真实为基础，塑造最美的人。但在具体创作思路和创作途径上存在着大的分歧：中国艺术家擅长运用主观想象，以线条为基本构型方式，创作出飘逸轻盈、富有音乐般"韵律"美的人体形象；西方艺术家则强调以生活为摹本，采取科学主义的分析、测量方法，塑造出富有体积感和血肉感的人体形象。前者以意象造型作为主要创作思路和表现方式，后者则以科学写实作为主要创作手段。而以上两种造型方式，却都在同一个称谓的人物形象——"飞天"中得以体现。

时至今日，"飞天"一词在国际上已然是中国艺术的一个典型化符号或象征。提起飞天，人们会瞬间联想到"天衣飞动"的富有韵律感的佛教艺术形象。原因在于中国自北魏以后的佛教石窟和寺庙的造像和壁画中，常将之塑（画）作飞行虚空状，故形象性地称其为"飞天"。但"飞天"形象溯其由来，有一个从写实表现到意象造型的、复杂的"中国化"历程。在此历程中，它经受了多元文化和时代差异性的影响，在不同民族和地区之间，以及在同一地区的不同历史时期内，均展现出各不相同的面貌。

有关飞天形象的演变，从 20 世纪初迄今，学界没有中断过探讨。本文仅就关乎其由具象走向意象造型的主要表现，以及与其相关的较具确定性和共识的成果作简要的归纳。

一、飞天：从表达具象到表现意象

飞天传入中国之前，在印度本土，其原型来源于印度教文化中的歌、乐神——乾闼婆和紧那罗，他们是一对夫妻。公元 2 世纪犍陀罗至 5 世纪笈多时代雕刻中的飞天，其造型写实，往往表现出乾闼婆和紧那罗这一对夫妻在天上双栖双飞的姿态。女性飞天的形体受印度生殖文化中的"药叉女"形象影响，大部分表现为丰乳肥臀。进入新疆地区的早期飞天（公元 3—5 世纪），如季羡林先生所言，由于此地区是世界上唯一一个四大文化体系（汉族、印度、伊斯兰、欧洲）汇流的地方，因而横向上展现出多元文化的影响：其一，保留了印度人体视觉审美要求的、关于女性飞天的艳情表现，即丰满的身体、浑圆的胸部；其二，出现了和希腊人体造型十分相似的、高鼻大眼白皮肤的"有翼天使"[①] 形象；其三，出现了具有本地民族外貌和服饰特征的"龟兹风"[②] 飞天。

从纵向的历史脉络来看，中国境内的早期飞天，不论是在龟兹地区还是在敦煌莫高窟，其造型均粗率简单，强调体积感，主要表现在人体形象和人体装饰两方面：人体形象上，早期飞天的脸型椭圆、身体壮实。男性要表现胸肌或腹肌，女性要体现丰满的性感美。例如，克孜尔尕哈石窟第 23 窟早期飞天[③]，其形象赤足而微屈体，腹肌显露，男性特征明显。到东汉后期，虽然飞天仍倾向写实，但部分飞天在性别上有混淆男女两性的倾向：身体的姿势逐渐呈现出女性美，但胸部胸肌夸张似男而非女，唇上有小胡须。如克孜尔 69 窟飞天的形象就是其中一个典型。[④] 人体装饰上，大量使用了类似披帛的长巾。这种长巾是南亚服饰文化的表现。今日尼泊尔和印度境内着传统服装的信仰印度教妇女，常年也戴着这种披帛。早期飞天形体上的披帛仅简单地围着脖颈，尾端分叉为剪刀状，略有弯曲。由于线条粗宽、长度短，不予人飞动和飘逸的感受。总体来看，公元 5 世纪早期以前的飞天形象，其共性在于：脸型圆，身体健硕，有飘带围绕身体作装饰却无飘逸之美，姿势也较为生硬，以表现人的实体为主而非以神韵为先，这是希腊科学主义写实影响到印度人体形象具象化的结果。

北魏晚期到西魏的飞天（以敦煌石窟为代表）开始了明显的"中国式"转变。作为魏晋风度下的广义综合，本用来形容南朝画家陆探微绘画风格的"秀骨清像"，延伸到人物形象表现的一切领域，包括飞天在内的佛教艺术，也要求能表现出面目清秀俊美、身材修长挺拔的人物形象。具

---

①　参见 [英] 斯坦因（Stein, M. A.）著，海涛编译：《斯坦因西域盗宝记》，北京：西苑出版社 2009 年版；王嵘：《关于米兰佛寺"有翼天使"壁画问题的讨论》，《西域研究》2000 年第 3 期；夏海东：《米兰佛寺"有翼天使"壁画造型风格考》，《艺术百家》2009 年第 4 期。

②　参见张爱红、史晓明编绘：《克孜尔石窟线描集·前言》，合肥：安徽美术出版社 1994 年版。

③　龚云表：《诗心舞魂——中国飞天艺术》，上海：上海书店出版社 2004 年版，第 39 页。

④　龚云表：《诗心舞魂——中国飞天艺术》，上海：上海书店出版社 2004 年版，第 31 页。

体而言，脸型从早期十六国时期的方圆变成长圆的鹅蛋面型，眉眼嘴鼻都要秀丽；身体比例由早期的短粗变成修长，强调腿部的长度，"有的腿部甚至相当于腰身的两倍"①；生动、丰富、多变的线描方法的发展，导致仅作为颈部装饰的飘带逐渐由人体形象的"配角"进化为"主角"，飘带由单条变为多条，形式多为随风飘动的上举之象。飘带成为人体的重要组成部分，只凸显身体成 U 形或 V 形的姿势美，可以说身体的具象写实性被大大地降低了。这时的飞天，已经是一个富有乐感的"韵律式"人物，是中国艺术意象造型的结果。

二、"韵律式"人物和"体积式"人物——中西人体艺术的理想化途径不同

"韵律式"人物，是笔者对于以线条表现、强调人物姿态和气韵的中国人物造型艺术的一种归纳，特指中国造型艺术对人物形象的塑造，主要运用线条勾勒、刻画人物空灵曼妙的姿态，表现出一种富有乐感的人体美。相对而言，西方古典艺术人物造型可以称为"体积式"。

宗白华曾指出，作为西方艺术源头的"希腊的人像着重在'体'，一个由皮肤轮廓所包的体积"②。同中国相比，西方传统艺术对人体形象的处理，不表现以抽象的线条概括或者简化的人体，而是使人物表现出血肉丰满的感觉和体积感。可以说，（雕塑和绘画）塑造立体感强，有厚度、重量感的"逼真"人体形象是西方艺术传统的一种理想。在这里，笔者借用宗先生的比喻，将之概括为"体积式"人物形象。

古希腊哲学很早就萌发了主客二分的二元论思想，将人与自然分离对待，这种观念贯穿了从毕达哥拉斯学派、柏拉图到笛卡尔的哲学体系中。二元论导致希腊人将人与宇宙事物相区别，以自身作为衡量对象世界，以及事物的真实性和存在与否的唯一准绳。与此同时，希腊宗教描绘的诸神，与人同形同性，他们"有刀枪可入的皮肉，会流出殷红的鲜血；有同我们一样的本能，有愤怒，有肉欲；甚至世间的英雄可以做女神的情人，天上的神明也会与人间的女子生儿育女"③，这样的神同人类的唯一区别就是可以长生不死，"更强壮、更美、更幸福"④。人与自然分离的二元论思想以及神人同形同性的观念，造成古希腊艺术以人体——特别是人的裸体

① 龚云表：《诗心舞魂——中国飞天艺术》，上海：上海书店出版社 2004 年版，第 49 页。
② 宗白华：《美学散步》，上海：上海人民出版社 1981 年版，第 130 页。
③ ［法］丹纳著，傅雷译：《艺术哲学》，北京：人民文学出版社 1963 年版，第 45 页。
④ ［法］丹纳著，傅雷译：《艺术哲学》，北京：人民文学出版社 1963 年版，第 46 页。

为关注的中心。在希腊文明的全盛时期，人体艺术发展到一个很高的程度。古希腊雕塑完善了人体（人的裸体），雕塑的特性和人的肉体必然占据空间并具有体积的形态学特点，从两个维度决定了雕塑人物必以"体积"表现为主要目标。

在绘画方面，从古希腊到西方近代，艺术家们持续发展了科学的测量、分析与实验的方法，包括对人体的大量解剖，对人体比例的摸索，将数学的原则运用于人体的塑造，对光、影、透视、绘画材料等多方面的研究等，发明了油画以及混色、晕染、明暗、透视、解剖等一切绘画工具、技巧和造型手段，目的是要模仿三维空间的立体感，来达到或造成人体形象"真实"的幻觉。文艺复兴时期的大量人物画都体现了这一点，达·芬奇、拉斐尔、米开朗基罗等人的作品中塑造的人物形象，就是一幅幅渗透了科学研究成果的杰作——建立在色彩丰富，对层次、光影、明暗、透视以及人物的肌肉和骨骼的内在构造有深刻了解的前提之下，其根本目标就是追求一个逼真的、富有体积感的实体形象，这同中国艺术为了追求人体的韵律美，而放弃了人的形相实体之真的做法形成了鲜明的反差。

中国雕塑和绘画所关注的人体，总体而言是一个去除了实体性的人体形象。从魏晋时期的绘画理论开始，中国艺术就把"神"放在最重要的位置。南齐谢赫在《古画品录》中提出绘画六法，第一项就标举"气韵生动"。其所谓"韵"，实质指的就是"神"，是"一个人的情调、个性，有清远、通达、放旷之美"①。强调气韵，事实上就意味着要放弃人体的真实性和具象性。东晋顾恺之在画裴楷肖像时，故意于其面颊增益本无的"三毛"，意在通过这个虚拟的细节强化人物内在固有的精神和气质。这种通过强调、虚构人体局部特征来强化、衬托人物整体精神的艺术表现手法，有别于写实性的绘画原则。强调气韵，还意味着一定要重视表现生命之气，塑造有动感美的人物形象。"气"具有流行变化的特性，中国古代人物画为了表现生命之气的流动，强调人体的动态美，常以线条勾勒为主，使人物的衣褶呈现飘舞和飞扬之态。历代石刻中的仙人造型、绘画中"吴带当风"的人物形象、北魏晚期以后的飞天形体等，均以线条飘逸、形体轻盈为主要特征，体现了对流动的生命之气的爱好和关注。这样的审美表现方式，由于将重点放在了对人的精神世界的表达上，因此客观上也就撇开了对肉体美的关注。

飞天形象开始在中国出现时，表现为裸体的男女，其生理性别判然而

---

① 徐复观：《中国艺术精神》，上海：华东师范大学出版社 2001 年版，第 106 页。

明，常常是"全身赤裸"①，不论是米兰佛寺的有翼天使，还是表现出犍陀罗雕刻特点的新疆和敦煌等地的早期飞天，都体现出西方科学写实主义的影响。发展到后来，飞天形象中的男性逐渐消失，女性成为题材的主角。由于受人体审美的遮蔽②理念、重神轻形的审美观念的影响和制约，女性飞天形象也从初期不顾忌地展现成熟丰满的女性裸体，发展到回避直观刻画或淡化人物裸体的倾向。线描或线刻的长裙、彩带从人体形象的辅助手段逐渐演变为形象的主体结构。例如，莫高窟飞天"在早期壁画中"，还只是运用了首尾一致、均匀有弹性但略显生硬的"铁线描"，此后在各个时代，分别发展出如长线条、"莼菜条"、白线勾勒等不同的线描风格和形态，而在雕刻艺术中则发展出成熟的漫圆刀法和曲线、曲面的表现方式，越发加强了飞天轻盈流动、富有曲线美和生命力的飞翔意趣。中、后期的飞天基本上是由线纹构组而成。这些线纹构造出的飞天形象的最大特点，是"在飞腾的舞姿中（连立像、坐像的躯体也是在扭曲的舞姿中）；人像的着重点不在体积而在那克服了地心引力的飞动旋律。"③ 这种富有旋律美的"韵律式"人物可以说是集中体现了中国人物艺术造型的一种理想。

　　综上所述可知：中西造型艺术对于理想人体形象的追求，由于创作思路和创作途径的不同，表现出的人体形象的理想境界也就迥然有异。中国艺术的"韵律式"人物，建立在意象化造型方式的基础之上，作为"有意味的形式"④，摒弃了对人体自然形相的真实表现，以充分表现人体生命气韵之"神"，表达了中国人关于人体的最高理想。西方艺术则以自然的人体为前提，根据科学的测量、实验和分析方法，积极探索形式美的范型，雕塑和绘画所塑造的"体积"人物是出于对"模范自然"（宗白华语）之"真"的追求。"真"与"美"的统一造就了西方人体艺术的理想境界。

　　需要强调的是，任何民族的艺术表现形式都是多元的，从来不存在单一的民族艺术形态。从艺术表现形式上看，中西艺术都有运用线纹表现韵律感及强调体积性的人物形象。不过表现形式不能简单地等同于艺术理想。"韵律式"人物不是西方艺术的理想，正如"体积式"人物也不是中国艺术的理想一样。

　　西方以线纹表现动感的人物形象与中国的"韵律式"人物形象有质的

---

① 赵志凡：《中国裸体佛像初探》，《求索》1995 年第 1 期，第 104 页。
② "遮蔽"观点参见拙著《中西人体美导论》，哈尔滨：黑龙江人民出版社 2010 年版。
③ 宗白华：《美学散步》，上海：上海人民出版社 1981 年版，第 130 页。
④ ［英］克莱夫·贝尔著，周金怀、马钟元译：《艺术》，北京：中国文艺联合出版公司 1984 年版，第 9 页。

区别。原因在于：其一，艺术运用线纹的作用和目的不同。在西方人体艺术中，有流动感的线纹几乎只出现在以"湿衣"手法塑造的人像上。艺术人物在形象上要求富有实体性和血肉感，因此不可能使用线纹构成人物的全体。线纹的使用仅是为了强调或者装饰，或为了加强人物的动态美，或用来衬托"湿衣"人体毕露的曲线美。也就是说，西方艺术主要是以线纹作为塑造理想人体的辅助手段而非主要方式。而在中国艺术"韵律式"人物形象的塑造上，线纹是最主要的构形方式，流动的线纹构成了人体的主体，表达了对人体形象的理想，在人体塑造中起着统率形体的作用。其二，中西艺术线刻（绘）的方法不同，造成的效果也不一样。希腊雕塑的动态人物，一般以具有直线感的线条构图。即使是飘动的动作，也表现出某些冲突、悲壮、力量、神圣和体积感。而中国造型艺术的动态人物，一般采用弯曲圆转的线纹勾勒，表现的主要是一种"飘飘欲仙"的状态——既表达了中国人对于仙界的一种向往，也体现出中国意象化造型艺术重视人物气韵和精神的观念。这说明：在中国人体艺术中，线纹既是艺术创作的手段，也是目的，是"韵律式"人物形象的灵魂；而在西方人体艺术中，线条始终只是一种辅助手段，只为表现肉体形相服务。

同样地，在中国造型艺术中，毫无疑问也存在着同西方艺术一样表现出体积感的人体艺术形象——主要反映在雕塑上。雕塑的实体性，决定了中国雕塑同西方雕塑一样具有体积感。但是中国人物雕塑并不以体积和与体积相关的逼真与明晰作为追求的目的。中国人物雕塑主要由宗教塑像（佛教、道教雕像）和俑塑构成。宗教塑像特别是佛像的摩崖造像，以其庞大的形象与体积象征着超常和无边的佛力。尽管如此，佛像对体积感的强调仅是通向象征的手段，并不是艺术想要达到的最高境界。而俑塑也只以体积作为塑造手段而非表达理想。这是因为俑塑源于古代的人殉制度。人殉先以活人殉葬，发展到以木、陶、石等制作偶人以替代活人，称为俑葬。依照"事死如事生"的规矩，俑人在形象上必须肖似于真人。这是由原始巫术法则决定的。原始巫术法则受"互渗律"影响，将模仿物等同于原型，若模仿物与原型相似度较高，施行巫术的预期效果就较好。为了让俑人在地下能有效地为死人"服务"，一般有以生活中的真人为原型来创作俑人的习惯。而俑人的制作目的虽要求写实，但事实上这仅是一种意象化的写实——俑塑强调的是俑人面貌的生动，却忽视了其身体的立体感与真实性，秦俑就是一个很好的例子。由此可见，俑塑的形体只是一种让灵魂找到依附对象的替代品，它不论就制作目的还是就风格来讲都不体现理想。同中国雕塑只将体积感视作创作手段而非目的相比，西方的"体积式"人物，追求的却是一种血肉丰满的"真"。雕塑作为能体现体积感的重要造型媒介，可以在一定程度上满足"真"的要求；而绘画则采取了种种科学手段，借以表现出艺术人物形象的体积感。由此可见，西方造型艺术所塑造的"体积式"人物，其体积感既是一种造型的手段，更是追求的目的，即艺术理想。

朱玛拜短篇小说集《蓝雪》的文化意蕴

祁晓冰

（伊犁师范学院）

悲剧精神是人类在与异己的力量进行不屈不挠的抗争时显现出来的意志，而悲剧意识是人类对自身悲剧精神的感悟。朱玛拜·比拉勒是当代哈萨克族小说家，他的短篇小说集《蓝雪》曾获得"第七届全国少数民族文学骏马奖"。纵观《蓝雪》中的二十余部小说，不难发现，悲剧精神是作者朱玛拜的一个重要写作视角。《蓝雪》这个集子和朱玛拜的多数作品一样，都是草原题材，都是描写哈萨克牧民的生存处境、生活方式和精神状态的。面对同时代生活于草原上的哈萨克同胞，朱玛拜以一种自觉的悲剧意识，特别专注于展现草原生产生活方式的传统、自然环境的恶劣、牧民思想的封闭与保守。

哈萨克族是草原游牧民族，逐水草而居，在一个哈萨克族部落、家族中，男性往往在外奔波、游牧、转场、迁徙，与恶劣的自然环境抗争，于是女性就成为维系部落、家族日常生活的重要支撑。朱玛拜的小说特别关注女性，在《蓝雪》这个短篇小说集中，不少篇章都是女性题材，朱玛拜不仅关注哈萨克族女性的生存现状，也关注她们的人格成长历程。

短篇小说《少妇》中年仅十五岁的姑娘因未婚夫不幸去世，夫家的族人认定已经送了作为聘金的牲畜，姑娘就应该归夫家处理，于是以抢亲的方式将姑娘娶来许配给了未成年的小叔子。"长兄死了，由其兄弟继承家业，这是老规矩"①，这种古老的观念只顾及部落、家族的利益，而完全忽视女性的诉求。在哈萨克族的传统伦理道德体系中，存在着男尊女卑的思想，这样的伦理道德规范极大强化了女性的从属地位和附庸意识，导致了女性自我意识和女性意识的缺失。小说中的小姑娘正是在这种伦理道德观念的熏陶下成长的，她也并不认为或者并没有意识到自己应该有追求幸福

---

① 朱玛拜·比拉勒：《蓝雪》，乌鲁木齐：新疆青少年出版社2007年版，第62页。

的权利，虽然对自己的不幸感到不甘与悲苦，但最终并没有作任何抗争，只是将自己的不幸归结为命运的不公。传统习俗对人的约束是无形的，当一个人属于某种文化或社会时，就很难彻底摆脱传统习俗的束缚。哈萨克族古老的"安明格尔"婚俗让他的一代代子民在"生死由命"的劝谕中放弃了做自己命运主人的权利。哈萨克族是草原游牧民族，有着古老的"安明格尔"婚姻制度，即丈夫过世后妻子若要改嫁，必须嫁给亡夫的兄弟，或者是叔伯兄弟，若无兄弟则须嫁给本部落内的其他成员，而亡夫的兄弟及部落成员也有娶寡妇的权利和义务①。这种婚姻习俗因为寡妇由亡夫之弟续娶，所以也称袭嫂制，在我国又称"叔接嫂""转房""收继婚"等。对于游牧民族而言，"袭嫂制"同牧民在草原上的生产劳动是紧密联系在一起的，主要是为了避免家族劳动力的再丧失，维护部落对草场、耕地的所有权。游牧民族更加需要部落、家族成员的合作才能经营更大的牧群、养活更多的牲畜。这种传统的婚姻习俗虽然有着保护妇女的良好初衷和动机，但客观上却造成了女性丧失自主权、被当作物品一样随意交换的事实。朱玛拜的不少小说都涉及"安明格尔"制度残害女性的话题。具有理性批判精神的作家能自觉地从女性立场出发，对本民族世代传袭的男权思想进行了深刻的反思，对传统观念和不合理婚姻制度束缚下哈萨克妇女的坎坷命运进行了有力的书写。

《少妇》中的少妇算是幸运的，虽则无法主宰自己的命运，但还遇上了一位疼爱她的婆婆，而在作家的另一篇小说《符咒》中，"安明格尔"婚姻制度则彻底埋葬了一对青年男女的终身幸福。年轻的寡妇意欲安排自己的生活、寻找属于自己的幸福，但专制的族人蛮横干涉了她的自由，寡妇心有怨恨："这怨恨是对着家族的——凭什么她不能把握自己的命运？"②但终究仍是无奈，只能听凭家族发落。而小叔子并不愿意接受家族强加于他的履行兄长权利和责任的命运，不能接受与亲嫂同床共眠亵渎兄长亡灵的习俗，更不能接受保守愚昧的族人为达到目的而强加在他身上的莫须有的罪名，拼死抗争，结果遭到族内毛拉的诅咒。这对青年男女的抗争在强大的旧道德、旧思想和保守婚姻制度面前是无力的，身心疲惫的小叔子最终被"符咒"击垮了，遭遇风寒中风倒下，年轻的寡妇则无可推卸地担负起照顾卧床小叔子的责任。

除了"袭嫂婚"外，哈萨克族历史上还曾经实行过一夫多妻的婚姻制

---

① 哈萨克族简史编写组编：《哈萨克族简史》，乌鲁木齐：新疆人民出版社 1987 年版，第 266 页。

② 朱玛拜·比拉勒：《蓝雪》，乌鲁木齐：新疆青少年出版社 2007 年版，第 119 页。

度，而且这种婚姻制度一直持续到 20 世纪上半叶。在小说《童养媳》中，一个命运多舛的小女孩就成了这种婚姻制度的牺牲品。一场瘟疫过后，垂死的父亲将在瘟疫中死里逃生的十二岁的女儿托付于自己已婚的朋友做童养媳。小姑娘头脑中满是传统的道德观念，知道自己迟早是要嫁人的，于是"也就莫名其妙地服从了这几个大人对自己未来的安排"①。身为女性，在旧制度的樊笼里是没有话语权的，而身为童养媳的小姑娘更是无法左右自己的命运和幸福，她只能听从族规，听命于男人们的安排。小姑娘一生历经坎坷，身为小妾受尽女主人的欺负凌辱，也遭到来自家族强权的蹂躏，丈夫是她的父辈，在她二十五岁的时候就匆匆离世，女人守寡五十年，才终于迎来人生的圆满。朱玛拜在真实揭示传统社会哈萨克族女性悲剧命运的同时，也深刻剖析了哈萨克族女性自身的局限和弱点，那就是宿命思想的禁锢与束缚。

普通哈萨克女性的生存悲剧是朱玛拜小说描写的重心之一。在朱玛拜的小说中，女性往往背负着生命的苦难。苦难是人类可以意识到它的存在，但无力也无法摆脱的生之痛苦。所以，正视苦难、超越苦难便成为在苦难中挣扎的人们对付苦难并进行自我拯救的方式。朱玛拜笔下的女性尽管平凡，但都不屈服于苦难，都在与苦难作最顽强、最执着的抗争。进入20 世纪，在妇女解放运动大潮的促进下，哈萨克族女性也开始了改变自身命运的努力。历史的重荷让哈萨克族女性经受着难以想象的艰难困苦，同时也磨砺了她们坚忍抗争的品格。在朱玛拜笔下，虽则多数哈萨克族女性在反抗男权文化的斗争中最终走向了失败，但这些抗争与努力也在哈萨克族文化的现代转型进程中，为哈萨克族女性的身心解放开辟了道路。

《夜半鸟鸣》中的女主人公服从命运的安排，结婚生子操持家务，像一匹不知疲倦的马，忠实守护着丈夫和他的家园。丈夫终年四处迁徙、漂泊不定，女人一人支撑着整个家庭，为了孩子、为了丈夫献出了最美的青春。然而，在女人内心深处，有着一个"隐秘的角落"，那里藏着一个"神秘的、从不曾泯灭的诱惑和希望"，所以人过中年的女人在一个夜晚似乎又听到了屋后传来的心上人的联络暗号——鸟鸣声，虽然遥远，若有若无，但在神秘的黑夜深深拨动了女人的心弦。小说中的半夜鸟鸣声是一个隐喻，是主体性丧失的女性内心试图寻找自我的呼唤，女人虽然以坚定的理性，以对家庭和丈夫、孩子的责任感成功自我克制，没有被夜半的鸟鸣声所诱惑，但这声音却在她的心头掀起了涟漪，让女人反思自己为了丈

---

① 　朱玛拜·比拉勒：《蓝雪》，乌鲁木齐：新疆青少年出版社 2007 年版，第 34 页。

夫、孩子、家庭完全丧失自我的生存现状。"夜半鸟鸣"是微弱的，却是开始觉醒的哈萨克族女性发出的寻找自我的声音。《夜半鸟鸣》中女人的内心波动有着一种令人神清气爽、让人激动欢欣的东西，让人们呼吸到了一种新的空气。善良、温顺、憧憬自由的女人曾经被夜半鸟鸣激动了心肠，自然的人性悄悄萌动，但在传统观念的束缚下，女人常常对自己的心灵被诱惑与情感的冲动感到内疚，只能以对丈夫家庭更多的付出来实现救赎。女人的自我谴责心理是20世纪哈萨克文学中女性的典型心理现象。女人渴望自由的生活、真挚的爱情，然而在冲破旧礼教束缚的思想萌动时又感到内疚和胆怯，所以女人追求自己所肯定的价值，但不可避免地要以悲剧告终。曹禺先生对悲剧精神的解说是"悲剧精神，应该是敢于主动的。要有所欲，有所取，有所不忍，有所不舍"，"这样的人才有悲剧精神"。①在面对悲剧的叹息中，悲剧主人公以及欣赏者都在对生命的沉思中获得了一种超越生命本身的启示。进入21世纪的今天，社会在发展，文明在进步，文化互融日益频繁，平等自由成为人们共同的心声和行为宗旨，当我们再去严肃思考人的存在意义和生命的终极价值的时候，朱玛拜笔下的这个有所憧憬、有所希冀的哈萨克族女性形象，对于永远结束男权中心的历史悲剧就具有了深刻的意义。在另一部小说《蓝雪》中，朱玛拜塑造了一个挣脱传统道德束缚，大胆追求个人幸福的女性。年轻的寡妇胡尔丽海莺为了追求自由的爱情，甘愿接受被夯水的家规，因为心中怀着对爱的憧憬，与恋人在双双遭遇被族人溺水于冰窟窿中的惩罚时，胡尔丽海莺也不曾向族人求饶半句，最终她的坚持得到了族人的祝福，她的抗争让她收获了幸福。胡尔丽海莺作为独立、自主的个体，能够突破男权文化的藩篱，她的朴实的信念、张扬的欲望、不满宿命的反抗，无疑是千百年来饱受男权思想压抑的哈萨克族妇女走向新生的一曲凯歌。

　　《蓝雪》中的胡尔丽海莺，《渴望》中的女人、童养媳、少妇，这一个个与苦难抗争的女性，她们所追求的其实并不是什么伟大的理想、崇高的事业，而仅仅是活着。在苦难面前，为了能让生命延续，她们并不畏缩，也不回避，她们只是尽最大的努力去化解身上背负的苦难，用自己的生命、尊严来与苦难抗争。她们知道，苦难不会自己离开，只有与苦难作斗争，才是最好的也是唯一的办法。别林斯基认为："悲剧的实质……在于冲突，即在于人心的自然欲望与道德责任或仅仅与不可克服的障碍之间的

---

　　① 曹禺：《悲剧的精神》，北京：京华出版社2005年版，第115页。

冲突、斗争。"① 朱玛拜让笔下的女主人公经受着生活的考验，在生存压力中表现女性坚忍顽强的风采，凸显她们宿命思想中的反抗意识。与苦难抗争体现了人的生存勇气，也是人的生存选择，朱玛拜小说描写的哈萨克女性对苦难的抗争，表现了她们对生命尊严的维护、对未来生活的追求，也体现了作者对生活在苦难中的人们的同情与哀怜。

朱玛拜的小说创作与 20 世纪哈萨克社会的文化转型有着密切的关系，当现代文明以各种不同的形式逐渐进入哈萨克草原，并且在总的发展方向上影响了哈萨克族的思想和文化之时，思想敏锐的朱玛拜一方面理性地意识到走向现代文明是哈萨克社会转型的必由之路；另一方面，由于深受传统文化的濡染，同时也目睹现代文明入侵草原后游牧经济遭到的破坏，草原哈萨克牧民的思想观念和行为方式发生的转变，这注定了作家要在小说中作出保护传承民族文化的价值选择。上述的《蓝雪》《少妇》《童养媳》等作品，虽是在表现传统婚姻制度以及保守思想对于女性幸福的扼杀与摧残，但不乏温情。《蓝雪》中的胡尔丽海莺在遭遇夯水惩罚后与意中人喜结连理，而族人则前嫌尽释，为一对恋人送上最诚挚的祝福；《少妇》中的少妇遭遇未婚丧夫的厄运、转房的不幸，但婆婆却以一颗宽厚善良的心把所有的关爱和呵护都给了这个柔弱的新妇；《童养媳》中一生受尽女主人折磨的小妾在丈夫死后与女主人相互依傍并最终为她养老送终；《符咒》中的女人曾被族人逼迫嫁给小叔子却遭到小叔子的抗婚，但当小叔子中风偏瘫后，女人心无芥蒂，如同手足一般一心一意侍候床前。这些一抹抹亮色"不难窥见草原民族宽厚、灵活、舒展而富有人情味的民族文化心理特质"②，写出了作家对民族传统文化的眷恋和认同。

朱玛拜深受哈萨克族传统文化的熏陶，在 20 世纪五六十年代开始文学创作，彼时正是哈萨克社会迈开现代转型步伐之际，城市文明给风俗淳朴但保守封闭的哈萨克草原吹进了一缕变革的新风，异质文化的给养悄悄改变着哈萨克族人们的思维方式和思想观念。传统与现代、草原与城市，在作家的内心产生极大的碰撞：传统文化需要继承，但人性也应受到尊重。调和两者的冲突实现和谐共生，是朱玛拜对民族文化的深沉探寻与理性反思。

---

① ［俄］别林斯基：《诗的分类》，伍蠡甫主编：《西方文论选》，上海：上海译文出版社1980 年版，第 383 页。

② 陈柏中：《哈萨克草原文学的全新拓展——读朱玛拜小说集〈蓝雪〉》，《西部》2003 年第 5 期。

从女性形象看锡伯族女性文学①

吴晓棠

（伊犁师范学院）

女性形象一直是锡伯族文学重要的表现对象。从早期民间文学中具有理想光辉的女祖神"喜利妈妈"，到书面文学中的素花姑娘；从众多的女性形象到女性文学创作，无不反映出锡伯族女性从客体走向人生主体的成长过程和言说过程，以及她们的聪明才智、忍辱负重和无私奉献的心路历程，显示了一种超越时空、超越生命、超越自我的精神力量和文化内涵。

一、民间文学中的女性形象

（一）女祖崇拜

"喜利妈妈"的形象在锡伯族文学史中占有重要地位，也成为锡伯族家喻户晓的文学形象，被人们所敬重。在《喜利妈妈的传说》② 中，"喜利妈妈"，或叫"子嗣神"，是锡伯族崇拜的最重要的女祖神，她主管传宗接代，保佑子孙繁衍兴旺，是庇佑锡伯族发展兴盛和家庭平安的女祖先神。对女祖先神的崇拜是锡伯族最古老的宗教信仰之一，很早就在锡伯民族中广泛流传着。传说在远古的时候，锡伯族部落的男人们全部出动去围猎，只留下一位名叫喜利的姑娘，照看老人和儿童。围猎人一去不归，喜利姑娘凭借着勇敢和智慧，战胜了各种困难和险阻，消灭了妖魔鬼怪，保护了老人和孩子，并把孩子们抚养成人，给他们组成了家庭，锡伯族部落从此繁衍兴盛起来。玉帝为之感动，认喜利姑娘为女儿，并封她为"喜利妈妈"，后来"喜利妈妈"就成了锡伯族人世代供奉的女祖宗。这一形象与

---

① 本文为教育部社会科学规划基金项目"新疆锡伯族文学的发展及其与新疆多民族文学关系研究"（项目编号：11XJJA751002）的阶段性成果。

② 贺元秀主编：《锡伯族文学简史》，北京：中央民族大学出版社 2010 年版，第 16～17、115～116、216～217 页。

哈萨克等其他民族文学形象中透着神性之光的女性形象有所不同。

还有在锡伯族《萨满歌》中所提到的数十个祖先神灵，处处都可以看出女祖崇拜的痕迹，如其中的伊散珠妈妈、伊兰恩杜里格格（神姐）、吉朗阿妈妈、苏鲁妈妈、豚依妈妈、玛法妈妈等等。伊散珠妈妈是想象中的锡伯族萨满教的祖师，从中可以看出女性在当时的重要作用和崇高地位。

（二）美女报恩

锡伯族民间动植物故事的内容比较丰富，其中也有生动的女性形象，如关于动植物变成美女报恩的故事，因其来源于民族生活本身，因而具有很强的真实性。如在锡伯族民间广泛流传的《灵芝姑娘》① 中的灵芝姑娘的形象，这个故事是锡伯族于 1764 年西迁时带到新疆来的，在流传的过程中，故事的地名也变为新疆的乌孙山、伊犁河等。故事讲述的是一个住在深山里，以采药为生的老爷爷和他的孙子。有一天，爷孙俩在梦境的指引下采到了十二株大灵芝，爷孙俩留了一株在家里，其余的都卖了。后来那株留在家中的灵芝现身为一位美丽善良的姑娘，暗中帮助爷孙俩收拾屋子，做出美味佳肴。最后，灵芝姑娘与孙子结亲，夫妻俩精心照顾爷爷并过着幸福美满的生活。还有《青蛙新娘》的故事，讲述了荷花公主因为活泼好动触犯天条而被变成青蛙，后被一个叫巴图的小伙子无意中娶回家，在经过了一段快乐幸福的婚后生活后，青蛙终于恢复了公主身，巴图与荷花公主过上了幸福的生活。

还有如《扎穆丽姑娘》《扎鲁山与梅翠》等传说故事，《扎鲁山与梅翠》讲述的是孤儿扎鲁山与仙女梅翠的爱情故事。扎鲁山父母双亡，以砍柴为生。在神秘老人的指引下，他在东边湖里发现了下凡来洗澡的天仙三姐妹，并将小妹妹梅翠的衣服藏了起来，使得梅翠姑娘留下来与扎鲁山结为夫妻，过起了幸福甜蜜的生活，转眼间梅翠生下了一个孩子。但是好景不长，一个魔王早就想娶梅翠为妻，用魔法将梅翠抢去。扎鲁山背起孩子，到西山寻找妻子的下落。在这期间，梅翠死也不答应魔王的要求，最后她用智慧偷取了魔王的隐身衣逃出魔窟，和丈夫一起把魔王烧成灰烬。这类民间故事的主人公通常都能在超现实力量的帮助下，实现自己的理想或愿望。这类故事表达了锡伯族人民惩恶扬善的愿望以及对美好生活的追求，歌颂了女性善良美好的品质，也寄托了锡伯族民众爱憎分明的情感和扬善惩恶的理想，生动地折射出锡伯族人们对勤劳善良、勇敢智慧的女性品质的赞美和对幸福生活的美好憧憬。

---

① 关宝学主编：《锡伯族民间故事集》，沈阳：辽宁民族出版社 2002 年版，第 146～156、157～166、197～199、226～232、299～304、305～316、486、498～500、571～574 页。

（三）聪明巧智

聪明姑娘和媳妇的故事也是锡伯族女性形象的一种重要类型。这类故事中都有一位聪明的女性，用她的聪明才智为人们排忧解难。比如《莲花妈妈的故事》讲的是察布查尔三牛录（正白旗）的莲花，她温和、寡言，刚直不阿，不欺软不怕硬，也不嫌贫爱富，因此人们都尊称她为"莲花妈妈"。她凭借智慧和一己之力，收拾教训了仗势欺人的无赖、流氓及盗马贼，她的许多惊人之举，至今被人们传颂着。《阿罕的媳妇》讲述了一个叫阿罕的小伙子很老实，但是心眼不灵光，父亲叫他去把家里的绵羊卖了，然后买二十公斤盐，再用绵羊驮回来，可是阿罕怎么也想不通卖了绵羊怎么又能再牵回来。邻居云花是个非常聪明的姑娘，她出主意说把羊毛剪下来卖了，用卖羊毛的钱买盐，再用羊把盐驮回来不就行了。这事让阿罕的父亲知道了，十分高兴，很快让两个人成亲。婚后的云花同样通过自己的聪明才智替丈夫处处解围。这类故事还有《聪明的妻子》《替公公出气的媳妇》等，都塑造了聪明巧智的女性形象，表现了女子敏捷的思维和机智的行为能力。

当然，锡伯族文学中也有各民族的生活故事里都有的坏女人形象，比如《灰姑娘》《尼曼芝与霍宁芝》《后娘的故事》等。《后娘的故事》讲述的是后娘母女俩百般虐待前妻留下的女儿，后来竟把继女推入水井淹死，还把井填满，没过几天从井里面长出一棵柳树，上面有一只小鸟很通人性，见到父亲就唱，见到后娘就掉眼泪。狠心的后娘又害死小鸟，将它烧成灰洒在大门外。邻居老奶奶从灰中捡出一颗绿宝石，绿宝石其实就是被害死的姑娘，她变成人和老太太一起生活。一天，姑娘备了一桌饭菜，让老奶奶把父亲和后娘请去做客，席间姑娘讲了一段悲惨故事，父亲才恍然大悟，遂即大怒，即刻把后娘送进官府严惩。

（四）悲惨不幸

长篇叙事诗《海兰格格》是一首充满悲情的情歌。"格格"在锡伯族口语中是姐姐的意思，在书面语中是对女性的尊称。"海兰格格"可以理解为"可爱的姑娘"。诗歌讲述了一对有情人难成眷属的爱情悲剧。他们相知相爱、生死相恋却最终不能结合，不得已各自成了家。但随着时间的流逝，他们之间的爱情并没有因为时间的流逝而淡忘，晚年时不幸落单成鳏夫和寡妇，即使如此，碍于封建礼教他们也不被允许往来，为了掩人耳目，他们找到一个公开往来的理由，让儿女成婚，结成亲家，终于可以见面往来，并一起做生意。后因生活所迫，男主人公不得不离开家乡，远到俄罗斯去做买卖，后又"不幸被押在牢房"。在男主人公被押在牢房期间，

"海兰格格"天天烧香祈祷，保佑远方的情人"免遭大祸殃"，然而当男主人公历尽千辛万苦，受尽折磨和凌辱，重新获得自由回到家乡时，却意外听到了自己日思夜想的情人——"海兰格格"因酒铺失火而不幸命丧黄泉，他悲痛欲绝、撕心裂肺地唱出了《海兰格格》这首著名的情歌。《海兰格格》塑造的"海兰格格"这一美丽善良、对爱情执着坚贞的女性形象，与其好听的诗名一样，给人留下了难以忘怀的印象，也反映出旧时代的保守观念对男女间纯真爱情的伤害。

二、现代作家笔下的女性形象

（一）《素花之歌》

素花姑娘是锡伯族历史上的真实人物，通过 20 世纪 40 年代何耶尔·柏林用汉文写的长诗《素花之歌》及 70 年代诗人何耶尔·兴谦用锡伯文写的《忆素花之歌》，还有后来锡伯族诗人高青松的叙事长诗《素花》等作品，素花形象在锡伯族中广为流传，家喻户晓。

素花的故事发生在锡伯族西迁百余年后的 19 世纪，清朝的统治已摇摇欲坠，广大民众民不聊生、怨声载道。民族分裂势力也乘机煽动民族分裂，伊犁的反动教主相继叛乱，建立割据势力。苏尔坦就是其中势力强大的一个，他南渡伊犁河，掠夺锡伯人的粮食、牲畜，堵塞锡伯人赖以生存的察布查尔大渠，使农田庄稼荒废，甚至强迫锡伯人信仰伊斯兰教，企图彻底毁掉锡伯族。在民族存亡的危急时刻，素花姑娘以国家利益和民族生存的大局为重，牺牲个人幸福而嫁给苏尔坦，用自己的智慧和勇气说服所谓的苏尔坦汗国与锡伯族结盟。这一结盟暂时稳定了伊犁动荡的局势，挽救了锡伯人民。可以说素花姑娘是锡伯族的骄傲和自豪，是锡伯人心中光彩夺目的女性形象。

何耶尔·柏林的《素花之歌》还通过中国历史上的女性人物，如春秋时代的息夫人、汉家公主刘细君、明妃王昭君的形象来衬托素花，塑造出巾帼压倒须眉的飒爽英姿和深情永驻的锡伯族女性形象：

> 息姬不语香妃怨，吴宫儿女怀志坚，
> 我乡有女名素花，燃眉之际敢拯民。

当代锡伯族诗人高青松在叙事长诗《素花》的后语中感叹这么一个英雄女子，但其歌颂的诗文却很少，这是一种遗憾。在读了上面两篇诗作之后，诗人决定续写素花，让更多的人知道素花，了解素花，记住这位民族女英雄，于是又创作了叙事长诗《素花》，并续写了苏尔坦投靠了沙俄，素花也跟着去了的故事。诗人悲伤地写道："素花她也走了/从故乡走到异乡。""伊犁河的滔滔流水更长了/她的心/她的泪/永久地渗在了嘎善的土壤里。"这动人的一幕使全诗的情节更完整，也使素花的形象更加生动感人，素花形象是锡伯族勇于奉献的民族精神的真实写照。

（二）郭基南等人的创作

郭基南是锡伯族现当代最著名的作家。他的叙事诗《祖母泪》是一篇经典代表作，其中塑造的慈爱善良又不屈的"祖母"形象给我们留下了深刻的印象，这里的"祖母"形象明显地带有诗人祖母的影子，然而又是那个时代千千万万善良不幸的祖母形象的艺术概括。诗中既有当时社会生活的真实描写，也有诗人真情实感的抒发。

> 祖母搂着我揪心痛哭，
> 我也依偎着祖母断肠啜泣；
> 父亲又唤我去打门灵幡，
> 泣血把四叔的灵柩葬入墓地。

在郭基南长篇小说《流芳》三部曲的《情漫关山》中，莲花、札墨尔及札母的形象都给人留下了深刻的印象，尤其是热情率真、乐于助人的莲花，在西迁途中，她把别人给她的唯一一粒救命的"再造丸"给了产妇，而当她自己生产时却无药可救命丧黄泉，读到此，无人不为之动容和肃然起敬。

久善·永托尔氏是一位 20 世纪 40 年代中期活跃于文坛的锡伯族著名作家。和郭基南一样，他于 1940 年从察布查尔家乡来到乌鲁木齐文干班学习，受到革命思想教育和进步文艺活动的熏陶，此后不久便开始了文学创作生涯。他创作的著名话剧《伊奔芝和花莲芝》及叙事长诗《除夕》写的都是在社会主义建设初期，伊奔芝姑娘的成长经历以及广大锡伯族人民的乐观向上、英勇豪迈和艰苦创业精神。伊奔芝的父亲在旧社会受尽了压迫，她的母亲也因为染了瘟疫而去世，小小的伊奔芝不得不承担起养家的担子。她被逼嫁给地主的独眼二少爷。幸亏有解放军救了她，被解放了的伊奔芝终于在党的光辉照耀下变成了俊美格格。她为了报答党和毛主席的恩情，努力工作，成为拥护合作化的积极分子。

赵灵富的叙事长诗《华连顺与美根芝》，塑造了美根芝这一对爱情忠贞不渝的女性形象，为了心中所爱宁肯吊死在沙枣树下，故事可歌可泣，美根芝的形象让人敬佩不已。

傅查·新昌的小说创作，奠定了锡伯族文学在中国当代文坛的一席地位。而傅查笔下的女性形象多是一些受损害的"身处破败而绝望的爱情现场"①，为生存而苦苦挣扎的悲剧形象。如《父亲之死》里的红花、萨音梅，《秦尼巴克》里的梅芳、素花、安娜、新芳等备受折磨却又坚韧不拔的伟大女性形象。

而且，傅查把女性在生存之路上挣扎的一时欲望和情感称为恶魔性因素，这确实道出了现实中很多人生悲剧产生的根源，但这种根源既有所谓"红颜薄命"的女性自身的欲望驱使做出的缺乏理智和不合伦理的"蠢事"，也有很多女性本身无法抗拒的社会强力因素在里面。如《明净的地方》里的李红、刘燕燕等。

冯庆华博士撰文说，傅查笔下的男人女人，"有的只是欲望，因为没有情，所以没有伦理"，傅查展示的是一种他认为的心理真实场景，作品中形形色色的女性形象：要么软弱无力、忍气吞声，要么像嗜血的妓女；要么是爱的超载，要么是爱的异化。总是与生存休戚相关，表现出广大锡伯族女性在人类现代文明中的种种深层忧伤，以及作者对现当代女性生存状态的大胆探索和表现。这里没有献身的悲壮、无畏和崇高，但有面对苦难生活时的勇敢、坚韧和坦然，充满了善与恶、美与丑、文明与野蛮的鲜明对峙。苦难中包含着渴望奋争，追求中又有些迷惘困惑，这使得这些女性形象呈现出超越民族性的人类普遍情感及人性的复杂度。新疆师范大学教授、学者黄川这样评价："作者用人性细节来审视生存环境、民族习性和社会组织，给人一种心灵在场的阅读感受。"②

三、新时期锡伯族女性文学

新时期锡伯族女性文学的突出标志就是出现了女性文学创作，她们以女性的视角和思维对锡伯族女性给予现代观照，反映了锡伯族女性在时代变革中的成长与进步，以及鲜明的女性主体意识。这是锡伯族文学发展中的新现象，具有代表性的作者是郭美玲、富秀兰、佟志红等。

郭美玲，1958 年出生于新疆霍城县。1985 年走上文学创作道路，是新

---

① 冯庆华：《选择的延宕——论傅查新昌长篇小说创作》，《民族文学研究》2012 年第 4 期。
② 傅查·新昌：《秦尼巴克》，上海：上海人民出版社 2006 年版，封底。

疆作家协会会员、新疆报告文学研究会会员，曾在区内外报刊、杂志上发表小说、散文、诗歌、杂文及报告文学数百篇。她一直用汉文进行小说创作，现已发表《卖葡萄的老人》《傍晚的歌》《裙子》等具有较强生活气息和时代特色的小说作品五十多篇。虽然篇幅都不长，但对一些敏感的社会问题有着深刻的揭露和谴责。作为一名女性作者，她以自己独特的女性情怀、自我的生命体验和视角，给人们讲述了《网络爱情故事》《那一段情人往事》《错过的爱情路漫漫》等一个个婉转动人、牵人心魄的爱情故事，塑造了丰满多姿的女性形象，写出了她们丰富多彩的心灵世界。

除小说、诗歌创作之外，郭美玲还写有《情书的魅力》《说说罚款态度》等大量散文。其散文题材广泛，无论是山水景物、花草树木，还是人情事理、现实针砭等都似信手拈来，往往于平淡处见深刻。虽短小精悍，从生活琐事谈起，却表现出作家对平凡人生的一种细致关怀，具有较浓郁的生活气息和丰富而深刻的文学意味。

总之，郭美玲的文学创作，既表现出女性自我心灵世界的特质和丰富的精神内涵，也拓展了锡伯族女性文学创作的领域，展示了锡伯族现代女性独立把握自身命运的自觉意识和主体精神，以及实现自我价值的人生理想，且都能融人生感悟、知识趣味与审美愉悦于一体，文字顺畅，即使是一些生活小事，也写得很有意趣。

富秀兰，1964 年 8 月出生于察布查尔县纳达齐牛录的一个干部家庭，16 岁参加高考，以优异成绩被新疆军区军医学校录取，成为恢复高考后的第一位锡伯族女军官，2000 年转业。富秀兰在 20 年的军旅生涯中受过良好教育和严格训练，她多才多艺，酷爱写作，一直坚持业余创作，已在国内外报纸杂志发表散文和诗歌百余篇。1986 年，她的处女作《家乡的光荣》在《中国青年报》副刊发表，其后，她的作品不断在新疆及全国获得一、二等奖，2000 年出版了个人诗文集《错爱》，受到读者广泛好评。2011 年，富秀兰的散文《锡伯人中的大禹——图伯特》发表于《新疆人文地理杂志》，她用饱含深情和优美的笔调，在"一个初春的暖意中开始还原锡伯人中的大禹——图伯特壮美传奇的一生"。她的诗歌《我等你很久了》，虽然谦卑地称自己是"路旁一朵无名的花朵"，但情感却像"奔腾的伊犁河"，透露出一种真挚、豪情和大气。随着年龄的增长和生活阅历的积淀，她更加关注锡伯民族的历史，关注美丽的家乡——察布查尔的风土人情，视野更加广阔、思想更加深邃、文笔更加流畅。读着富秀兰的文字，可以感受到她的创作是贴近心灵、贴近生活、贴近锡伯民族的。

佟志红，生于 1968 年，12 岁开始在《中学生之友》上发表文章，

1989 年毕业于西北民族学院汉语言文学专业。毕业后任《伊犁晚报》的记者、编辑，业余时间创作并发表了大量的诗歌。诗歌集《西部回声》曾收录了佟志红早年的 8 首诗歌，并有组诗入选上海文艺出版社出版的《西部交响曲》。《草莓》一诗是她的代表作："我追逐草莓/一如追逐慢慢消逝的爱情"，表现出诗人敏感细腻的内心情怀，也显示出非凡的才情。还有《路》："这是一条延伸了几千年的路/开始和结尾都有让你心痛的东西。""路"可以被看作锡伯族西迁之路，同时也是一个人的人生之路、追求奋进之路。从诗歌流宕出的情感，可以预见无论是生活还是写作，她都在走着一条属于自己的独特的"路"。另外，《爱是四季》《承诺》等诗作写出了女性从浪漫到现实的心态转变历程，表现出作者从充满理想的青春期到敏感脆弱的青春将逝的悲凉之感，尤其对于女性来说，青春的美丽流走得更快，怎不令人伤怀？同时，佟志红还发表过一些有关诗歌理论的文章，说明其对诗歌创作的自觉行为及较高的文学理论修养。

　　作为女性作者，郭美玲、富秀兰、佟志红等人的文学创作一直是在面对生活、面对自己的内心。无论是自我生命的情感体验，还是对外部世界的观照，都非常真挚而坦诚。她们都擅长细腻的心灵抒写和强烈的主观情感表达，在艺术表现上也显示出较高的艺术功力。需要指出的是，作为锡伯族作者，她们的作品对锡伯民族的历史和发展关注并不够，对锡伯民族独特文化的表现和反映还较为欠缺。我们期待着有更多锡伯族女性作者的加入，共同为锡伯族女性文学创作的繁荣发展增光添彩。

新疆当代散文的关键词：生命、边缘、焦虑

汪　娟

（新疆大学）

文学作品将人的生命感知及其精神内质投置到了新的思考维度。一种文本系统，就是一种文化的符码系统，通过文学的文化符码，能把人在不同文化背景下的生命特质揭示出来，文学永恒性的魅力之源就在于此。新疆当代散文作家们的散文言说方式明显地迥异于其他省份的散文创作，正如新疆本土评论家韩子勇所指出的："偏僻省份的文学写作与大国中心区域和沿海地区的文学写作的差异，从创作者的情况看，就在生存体验上的差异。思想、观念、知识、体系、学问等等可以通过学习、借鉴、交流而获得，可以像钱币那样流通，像流疫那样传染，但体验无法偷换、抹杀和替代，而且无法重复的模仿。关于体验、经历和感受，如同弯曲的空间，如同万有引力，如同绚烂的极光，折射出自身生命的存在方向。"① 在新疆这样一块土地上，地老天荒的山川大漠，多民族的杂居交融，艰难滞后的生存环境，稀薄蛮昧的人文环境，给新疆当代的散文创作注入了深度的生命感知和精神理念，作家对生命、边缘、焦虑的言说方式将边地的异域色彩升华到了一种具有边陲人文意义的境界。

一、生命的阐释

笛卡尔提出的"我思故我在"这个命题使关于人类生命个体的自我审视达到了一个新的深度。新疆当代散文对生命情调、生命感悟、生命人格的书写与传达，在中国当代散文的范畴内形成了边缘文化之魂。他们的散文所张扬的生命力、生命意志的终极大美恰恰是新疆文化中最本质的东西，也是中原文化所缺少的。在新疆当代散文作家的意识中，"什么也没

---

① 韩子勇：《文学的风土》，乌鲁木齐：新疆人民出版社 2004 年版，第 142 页。

有生命重要，和生命相比，言论无非是一些唾液溅湿了的声音，美貌不过是一瞬间的浮浅表相，至于其他的那些短暂的东西，更是不值得一谈，唯有生命，应该成长。最终一切都是生命之王"①。在他们的作品中，"生命"的内蕴是丰富而复杂的，充满着感性、灵性和悟性。

"在黑暗中，我将笃信你，也只能笃信你。当一切都沉沦陷落之时，当你还不曾麻木、谦卑之时，记住：生命，我是你的崇拜者。"② 周涛的散文中有永无休止的生命主题。他的散文世界是一个充满生命活力的生命世界。他赞美生命、尊崇生命，将对生命现象的描绘和对生命本质的探索有机地融合在一起。他认为思想是来自生命的，而生命，虽然短暂却美好，也因其短暂才越发显得美好。其作品无论是《巩乃斯的马》《二十四片犁铧》《红嘴鸦》《猛禽》，还是《过河》《吉木萨尔纪事》《哈尔沙尔随笔》，都充满了生命的激情与对生命的感喟。

《二十四片犁铧》中，周涛真切感悟生命的意义，展示对生命的理解。作品表达出周涛对生命无论大小都具有的尊崇之情，同时也表达了作者对生命遭毁灭的悲怆和感慨。尊崇生命，才会珍惜生命，才会对摧残生命的二十四片犁铧痛恨无比。周涛清醒地认识到二十四片犁铧的锋芒可以劈开无数种生命，切断草根、土地和顽石，但是哈萨克妇人沉默而又寒冷的目光对它是一种无言的、高贵的藐视。由此体察出周涛对于生命本质意义的思考是深邃的，这种思考已升华至文化层面，显现出作者探索生命意义时所达到的由物及人、由人及民族、由民族及历史的思想深度。"生命崇拜的主题贯穿了周涛的全部散文，他的散文也因此而获得了一种恢宏、博大的气度和属于自然的魅力。"③ 周涛用文字的方式淋漓尽致地表达他的生命体验，他敏锐地捕捉每一种生命的存在状态，并把自己对万物的观照化为一种生命的体验。

"刘亮程散文中最打动我的是生命意识。在中国作家中，要找到几位具有比较稳定、比较敏锐的生命意识的作家，不是太容易。"④ 刘亮程的作品《一个人的村庄》用善意的眼光、爱惜的眼光看待这个世界上的每一个个体生命，他对所有的生命都充满着善意的关爱与悲悯之情。刘亮程的描述对象是渺小而卑微的，但他从不怠慢进入他视野中的任何事物。生命意识无所不在地洋溢在他的字里行间。鸟虫草木在他的眼中都是具有活跃的

---

① 周涛：《周涛散文·和田行吟》（第 1 卷），北京：东方出版社 1998 年版，第 168 页。
② 周涛：《周涛散文·吉木萨尔纪事》（第 1 卷），北京：东方出版社 1998 年版，第 66 页。
③ 丁帆：《中国西部现代文学史》，北京：人民文学出版社 2004 年版，第 245 页。
④ 摩罗：《生命意识的焦虑——评刘亮程〈一个人的村庄〉》，《社会科学论坛》2003 年第 1 期。

生命力的。他认为："其实这些活物，都是从人的灵魂里跑出来的。它们没有走远，永远和人呆在一起，让人从这些动物身上看清自己。"① 在刘亮程看来，每一个生命都以其他一切生命为背景，同时也与其他一切生命同喜共悲。散文的最高境界是写作主体最直接、最真切的生命体验，是与写作者灵魂的直接对话。刘亮程散文中无处不在的生命意识承载着他的情感和心灵之语，他对于生命博大无边的悲悯情怀坦然地裸现在文字中。摩罗认为一个有深度的作家"往往有比较明显的生命意识，懂得用生命意识来看待人生，看待我们这个人文环境，看待我们整个的自然界和宇宙。否则的话，你的作品就难免显得浅薄或者荒凉"②。刘亮程的散文之所以能够打动人、滋润人，正是因为这种强烈的生命意识穿透了村庄与新疆地域，成为具有普世性的情怀。

同样的对于生命意识的言说在李娟的散文中也格外鲜明。在《阿勒泰的角落》中，她所描写的哈萨克族牧民们热爱和珍惜一切生灵的生命，尽管自然条件与物质条件都极其恶劣，但哈萨克人对生命及生活的热爱无不表达出深深的敬畏意识。

二、边缘的解构

"'边缘'是在同一时代背景下两个或两个以上的区域、民族、社会体系之间，从隔阂到同化过程中人格的裂变与转型特征，这是一种空间性、地域文化冲突的产物。"③ "边缘"是勾勒中国版图的线条，"边缘"一词与"中心"是相对而言的。新疆的地理位置是边缘的，是相对于"中心"的西部地区。"新疆"从其地名而言，就标明了其所处"边疆"的地理位置。"在内地人眼里，新疆的性质仍被一团神秘的云团遮掩着，大国的疆域如此辽阔，经济的发展又是这样的不平衡，被关山阻隔的遥远新疆显得如此响亮，又如此的偏僻、不为人知。但这又是多么大的一块偏僻之地啊！"④ 从历史上而言，新疆由于特殊的地理、族群、文化、历史等原因，在中国版图上是斑驳与错综复杂的象征。多民族、多文化构成了新疆的

---

① 刘亮程：《刘亮程散文》（下），乌鲁木齐：新疆人民出版社 2009 年版，第 44 页。

② 摩罗：《生命意识的焦虑——评刘亮程〈一个人的村庄〉》，《社会科学论坛》2003 年第 1 期。

③ 叶客南：《边缘人》，上海：上海人民出版社 1995 年版，第 48 页。

④ 姚新勇：《寻找：共同的宿命与碰撞——转型期中国文学多族群及边缘区域文化关系研究》，北京：中国社会科学出版社 2010 年版，第 240 页。

"边缘"性质,"与其他内陆地区相比较而言,它与中华文明一直保持着某种若即若离的关系——它是中华文明不可或缺的一部分,但又游离于传统核心之外,常处于被遗忘的地位"①。自古以来,新疆纳入众人视野的都是历史上的流放发配之地。今天,或许在很多人眼里,新疆也只是沿海、中原地区经济发展的资源库而已。自然的贫瘠、地域的闭塞、文化心态的驳杂,使新疆地域的现代性的转化格外艰难、沉重和迟缓。至此,从地理与文化两个层面而言,新疆的边缘是双重的边缘。地理位置的边缘往往也意味着文化的边缘,新疆当代散文写作正如本土评论家韩子勇所言:偏远省份的写作。政治、经济、文化都被边缘化的新疆,其复杂性与难解度,使新疆当代散文作家们有着难以言说的边缘书写与边缘心态。新疆当代散文作家们对于自身"边缘"的体察是深切的,在他们的散文书写中,"边缘"不仅是地理的边缘,更是文化的边缘。边缘经验是作家对新疆文化地理在心灵层面的体会,但同时也获得了独树一帜的边缘的活力。

　　"边陲"一词将新疆地域的自然状态、生存状态全部涵盖。"没有植物的遮掩,地平线是一条环形的虚线,匀质的沙砾和充满迷茫白光的天宇,人烟稀少踽踽独行,相距遥遥的村落或独立房子"②,这就是新疆大地的视觉概貌。周涛在《边陲》中很好地概括了新疆的地理境况,"在版图上,边陲像是一大块被人忘记钉上城市的铆钉的木板那样,呈现出大面积的空白区,这种空旷使它显得异常凄凉"③。新疆地理的边缘在周涛散文中的表述是明确的。生长于新疆的独特经历和对边疆自然的爱培育了周涛自觉的边缘意识。新疆地理位置偏远,自古以来就是流放发配之地,这意味着其特殊的地理位置及功能。这种边缘的地理特征还表现在它特殊的人文景观——"边防连"上,一个由军人组成的特殊的边疆景观。周涛在《北塔山纪事》中这样描绘边防连,"依托着山壁,近傍着水源,大门正对着蜿蜒而来的公路,身边簇拥着白杨、胡杨、红柳、野刺玫及沙枣的一个非村庄、非城堡的特殊区域"④。这种边防驿站是只属于边疆地区绝无仅有的地理景观。而刘亮程心目中的黄沙梁村庄更是边缘的边缘之地,"这个村庄隐没在国家的版图中,没有名字,没有经纬度。历代统治者不知道他的疆土上有黄沙梁这个村子。这是一村被遗漏的人。他们与外面的世界彼此

　　①　姚新勇;《寻找:共同的宿命与碰撞——转型期中国文学多族群及边缘区域文化关系研究》,北京:中国社会科学出版社 2010 年版,第 240 页。
　　②　韩子勇:《文学的风土》,乌鲁木齐:新疆人民出版社 2004 年版,第 9 页。
　　③　周涛:《周涛散文·边陲》,杭州:浙江文艺出版社 2010 年版,第 71 页。
　　④　周涛:《周涛散文·北塔山纪事》(游牧卷),乌鲁木齐:新疆人民出版社 2009 年版,第 211 页。

无知，这不怪他们"①，这种荒远是外界所无法理解的。

地域的力量无可置疑。边缘、边疆、边陲是新疆的代名词。"'边疆'是'混杂''混淆''混乱'的，它因远离'中心'而处于不断解魅的状态。同时，它又与'忽视''遗忘'和'不惹人注意'相同义，与'规范''规定''规律''规整'方向相反，处在'理性'的侧面，处在'异质''陌生'和'边远'的控制里。而所谓'神秘''原始''野性'等等之类印象式判断，更是'主流文化'的居高临下的优越心理的表露。"②周涛清醒地认识到这一点，所谓"中心的权威，腹地的文化厚壤，沿海的商帆乘风，南国的润雨如酥，都是对边陲存在的嘲弄和否定"③。地理位置的边缘意味着落后、种族、边防等。新疆当代散文作家作品对于"边缘"的书写更多来自他们内心对自身所处"边缘"的体认。周涛对于"边缘"的态度是坚决而明确的。在《西部与西部》中，他将中国西部与美国西部进行对比，指出"每每翻阅中国西部的历史，有些史料常常使人惊愕。那些发生过的事情是那么富有戏剧性、那么惊险传奇，然而在今天却早已无声无息了。是的，当今文化中心和热点不在这儿，不但不在这儿，不但不在，而且距离非常遥远。只因这点现象，我们就足够得出一个结论：所谓文化，从来也没有公平过，它始终喜欢在政治经济的墙院内徘徊而害怕远处的、底层的长天大野"④。周涛入木三分地写出了边缘新疆的边缘状态，诱发人们思考西部新疆土地的性质，"所以我不喜欢什么'地处边缘'啦，'西部诗人'啦之类的说法，这里有一种抱怨或无奈，同时还有一种自我原谅和贬低。在圆的地球上，中心是自然形成的，而且中心也不是永恒的，正如边缘亦非生就的"⑤。这种对"边缘"的认知是新疆当代散文文本表象下所反映出的作家深层的文化心理：新疆当代散文的写作是处于非主流的、非中心的文学环境之外的边缘写作，而在作家作品是通过他者的肯定来确认自己的价值的情况下，处于地理与文化双重边缘的新疆散文作家们则担心因"边缘"而被漠视或被忽略。

姚新勇曾指出"历史和现实早已在'东部'和'西部'之间，构建

---

① 刘亮程：《刘亮程散文》（下），乌鲁木齐：新疆人民出版社 2009 年版，第 47 页。

② 韩子勇：《文学的风土》，乌鲁木齐：新疆人民出版社 2004 年版，第 69 页。

③ 周涛：《周涛散文·边陲》，杭州：浙江文艺出版社 2010 年版，第 70 页。

④ 周涛：《周涛散文·西部与西部》（游牧卷），乌鲁木齐：新疆人民出版社 2009 年版，第 143 ~ 144 页。

⑤ 周涛：《周涛散文·西部与西部》（游牧卷），乌鲁木齐：新疆人民出版社 2009 年版，第 143 ~ 144 页。

起了一种'不平等'的'中心—边缘'的二元对立关系"①。"边缘"是被言说、被支配的地位。对此，刘亮程在全国文坛缘何引起关注的例子可以很好地说明这一点。刘亮程的散文 1998 年在新疆人民出版社出版时，并不为人所关注，1999 年后随着《天涯》《大家》《北京文学》等著名刊物刊出他的作品，刘亮程顿时声名鹊起。姚新勇称其为"中心"地区文化对文学上的加冕权力。新疆本土作家也更愿意将自己的作品在内地出版社出版，这不能不说与新疆文化地缘的位置有关。刘亮程则宣称："我写作时从来没感到我是在西部。西部这个概念本身有点文化歧视味道。我在你的西边，你就叫我西部。一副文化中心霸权面目。"② 所以面对《一个人的村庄》诗意的描写，范培松指出，刘亮程看似简单和快乐的一个人的村庄之下，实则暗藏着对中心主流文化的抗衡，刘亮程的"驴崇拜"就是对主流文化中"黔之驴"的颠覆。③

　　"边缘"为作家留下了缝隙、缺口，带来了新的可能性，作家们在"边缘"中获得了解构、创造之力。因此，"边缘"一方面构成了作家创作的压力，另一方面也形成了一种创作的张力。在边缘体验与叙说之时，散文作家们也获得了一种边缘经验。所谓的"边缘经验是指在潮流之外或被遗忘或被遮蔽的文学资源"④。边缘经验成为作家"边缘"的优势。新疆当代散文作家们的散文都是新疆"边缘"地理与文化的结晶。周涛的"边缘"文化意识为他在主流文化的漩涡之外提供了某种不同的存在，使他的某些散文特质迥异于历来居于中心地位的中原文化。"边缘"成就了刘亮程的《一个人的村庄》，创造出中国当代散文中独一无二的村庄。同样，李娟《阿勒泰的角落》引起关注的元素就是阿勒泰地区特殊的自然地理环境、人文环境及新鲜奇异的边缘生活。阿勒泰大山里边缘而原始的生活，从来没有为他者所观察过，更没有谁说出来过，没有前人可以参照，"边缘"成就了李娟的散文创作。基于这一点，周涛指明："边缘不是世界结束的地方，恰恰是世界阐明自身的地方。"⑤

---

① 姚新勇：《寻找：共同的宿命与碰撞——转型期中国文学多族群及边缘区域文化关系研究》，北京：中国社会科学出版社 2010 年版，第 240 页。

② 赛尼亚编：《乡村哲学的神话·村庄的事情》，乌鲁木齐：新疆人民出版社 2002 年版，第 156 页。

③ 范培松：《重塑"自我"灵魂的狂欢——范培松散文论集·西部散文：20 世纪末最后一个散文流派》，南京：江苏人民出版社 2005 年版，第 82 页。

④ 孟繁华：《坚韧的叙事——新世纪文学真相》，福州：福建教育出版社 2008 年版，第 75 页。

⑤ 周涛：《周涛散文·西部与西部》（游牧卷），乌鲁木齐：新疆人民出版社 2009 年版，第 144 页。

　　新疆当代散文中不同的文化背景与生活方式融会于一身的"边缘性"特征也为读者提供了新的阅读快感和经验，新疆作家在其边缘体验的基础上，无论是走向边缘意识的理性解构，还是走向边缘情感的文学展现，都让人感到一种追求更自由、更平等、更积极的价值观。面对强势话语对边缘文学的遮蔽，这种边缘的阐释使主流文学有了重新被审视的契机，使中国当代散文获取了新的灵感与言说方式。

三、焦虑的言说

　　"焦虑"是新疆当代散文中蕴含的普遍性情感，这是一种源自边缘的焦虑，地理与文化的双重边缘使新疆散文作家们呈现出渴望被认可的焦灼心态，这种心态是于文本之下潜藏着的一种焦虑的言说，这种言说的体现方式各不相同。周涛的作品中对焦虑的言说流露于其对文化的思考之中，而刘亮程、李娟的作品中对焦虑的言说则反映在他们的生命意识体悟之中，虽然他们表达焦虑的言说方式并不一致，但究其原因，无不与新疆的文化地理有关，新疆大地苍茫而寥廓，使人不觉产生悲凉之情。生活在这样一片文化和经济双重落后，远离文化中心的土地上，新疆当代散文的写作与内地的写作相比，潜藏在表象之下的是压力、无奈、挣扎和落寞。

　　摩罗认为"完整地考察刘亮程的乡村散文，我们不难得出这样的结论：表达生命意义的焦虑已经成为他写作的基本视角之一"①。这种对生命焦虑的言说在刘亮程的散文中通过时间与空间呈现出来。《一个人的村庄》里充满了对于时间焦虑感的言说。"我不知道时间过去了多少年，也许我的一辈子早就完了，而我还浑然不知不觉地在世间游荡，没完没了。做着早不该我做的事情，走着早就不属于我的路。"②《天边大火》借孩子的恐惧准确地表达了他内心中对生命的焦虑。作者内心虚空的焦虑感借村庄的空间得以表达。因此，一个人的村庄在刘亮程心目中绝不是海德格尔般诗意的栖居地，他那看似悠闲、舒缓的叙述之下掩藏着一颗焦灼的灵魂。现代社会的工业化进程对于刘亮程而言是失去家园的焦虑，新弗洛伊德主义者卡伦·霍妮把当代人的这种普遍的感受称为"现代性焦虑"。逃避"现代焦虑"有各种各样的方式，而创造一个诗意的世界（艺术的想象）是消除焦虑重要而有效的途径③。刘亮程营造的诗意村庄，恰恰反映出他对

---

① 摩罗：《生命意识的焦虑——评刘亮程〈一个人的村庄〉》，《社会科学论坛》2003 年第 1 期。
② 刘亮程：《一个人的村庄》，沈阳：春风文艺出版社 2006 年版，第 103 页。
③ 王岳川：《二十世纪西方哲性诗学》，北京：北京大学出版社 1999 年版，第 256～257 页。

"现代性焦虑"的一种逃避，其所描述的村庄实质是浸透了焦虑的村庄。

李娟对艰苦的阿勒泰山区生活的表述方式也如刘亮程表达村庄的方式一样，贫瘠而艰难的生活在表象上的描述中充满了诗意而明朗的色彩。但仔细斟酌推敲，在她明丽、愉悦的文字表述之下，不难发现她对生存的焦虑感与内心的恐惧感是难以言说的。李娟对焦虑的言说也表现在对空间的感知上。"我一个人住这么大的房子，半夜总会因为冷而醒来，裹着被子下床，往炉膛里添块煤……想到自己是一个人在这间大房子里，房子在空旷安静的废墟里，废墟在雪野之中，四面荒茫……这是在阿尔泰深山中，阿尔泰在地球上，地球在太阳系里，而整个太阳系被银河系挟裹着，在浩瀚宇宙中，向着未知的深渊疾驰而去……"① 与空间的博大相比，荒野里的生命是脆弱而又渺小的，她日益强烈地呈现出一种焦虑感，那样的黑夜里，李娟的梦境是漆黑一团的，她惊恐地寻找母亲，后来看到"雪野茫茫，一行脚印伸向远方。我循着那脚印走了很远，最后走向一个坟墓……"②在坟墓的意象中，其内心的感受是不言而喻的。在《我的阿勒泰》中，对焦虑的言说还表现在她对生存环境缺乏安全感。她对阿勒泰这片异域土地的感情中总是潜藏着一种深深的焦虑心态。从她的散文《森林》中可以找到这种复杂心理的暗示："这森林，用一个没有尽头的地方等候着我们。隔着千重枝叶，目不转睛地注视着我们的一举一动。我们迷路了，我们背靠着一棵巨大的朽木喘息。然后安静，直到沉静。"③ 这里可以看到，"森林"正意味着故乡，"迷路"在此则暗示着一种没有安全感和寻找家园的忧郁，当回头一望时，是"绊了一跤""踉跄着""恍恍惚惚"的乱了，作者追问是"闯入了谁的命运"。在森林里，"我"与妈妈走散了，大声呼唤着妈妈，森林里轰然倒塌的树木发出的声音，"这一声只喊一声，终生只喊一声"。作者李娟内心的冲撞表现得十分深刻，这种错综复杂的感情，这种与母亲失散的焦虑表述，成为她写作中的一部分，显现出她焦虑的心迹：何处是家园？"我"的阿勒泰是亲近又疏离的，这里不是"我"的故土与家园。

文化双重身份的焦虑是新疆当代作家在两种不同民族的文化因素的融合、互补与撞击中产生的焦虑，尤其是对于善于思考或反省的作家而言更是一种焦虑的痛苦的挣扎过程。周涛的焦虑就产生于自我灵魂在新疆与祖籍两极之间徘徊的状态下，中原汉文化与新疆少数民族文化的撕扯使他难

①　李娟：《阿勒泰的角落》，沈阳：万卷出版公司 2010 年版，第 186 页。
②　李娟：《阿勒泰的角落》，沈阳：万卷出版公司 2010 年版，第 187 页。
③　李娟：《我的阿勒泰》，昆明：云南人民出版社 2010 年版，第 249 页。

以言说。焦虑是因为处于一种双重文化交会的夹缝地带，徘徊于两种文化之间。周涛对新疆这片土地的情感非常深厚，称自己永远不会离开新疆，他说他在这里扎了根，接受了少数民族语言的高等教育，已经成为新疆的一分子。但他血液中的汉文化传统与他生存环境的游牧文化处在不断的融合与碰撞之中，"使得他常常在焦灼不安的困境边缘，一遍一遍地重温着连他自己也不愿承认的精神危机和理想危机"①。汉文化是他血脉中的传统文化，而游牧文化则是他的精神根脉。在他的长篇散文《游牧长城》中，他清晰地表达了处于两种文化中间地带的焦虑："我，中原文化一脉相传的嫡亲，同时又是天山山麓的游牧人的养子，当我丧失了狭隘的民族立场，我是多么自由又是多么痛苦啊……"②

　　不得不承认，地域本身就是一种力量。这种力量对于许多人意味着生存的支撑作用，早已远远超过他们自身的分量。新疆地域的生活对于这片土地上的人所产生的影响是根深蒂固的，已经成为每个新疆人渗透于内心的一种精神力量。对于新疆当代散文作家们而言，新疆地域是内化于他们的生命之中的血液，他们对于新疆这片土地的体悟是深邃的、本质的，他们的散文所呈现的对于生命、边缘、焦虑的言说是新疆地域背景下对人的精神、文化状态的探寻与凝练。

---

　　① 半边人：《周涛的判断》，游成章编：《众眼阅周涛》，乌鲁木齐：新疆人民出版社 2006 年版，第 470 页。
　　② 周涛：《周涛散文·游牧长城》（游牧卷），乌鲁木齐：新疆人民出版社 2009 年版，第 10 页。

论唐祈的西部诗

周仁政

（湖南师范大学）

唐祈是九叶诗派中以西部为题材创作了大量作品的诗人，他的西部诗创作分前后两个时期，一是 20 世纪 40 年代，二是 80 年代。这也是他在西部生活和工作的两个不同时期。

一

唐祈（1920—1990）生于江苏苏州，后迁居南昌，抗战时（1938）随家庭西迁兰州，开始了他的西部生活。1942 年唐祈毕业于西北联大历史系，先在兰州省立工专任教，1947 年离开兰州去上海，与陈敬容、曹辛之（杭约赫）等主编《中国新诗》，成为九叶派诗人之一，从此开始了他的西部诗创作的第一个重要时期。

作为九叶派诗人，唐祈的诗富于哲理性，追求"抽象的抒情"。据唐湜说，1937 年（17 岁），唐祈在南昌的教会中学读书时，曾写下《在森林中》一诗：

我漫步，在森林中，听，岁月里，悠悠的风。我听到了远处的山上的钟，像永久的歌声上升到天空……

（唐祈：《在森林中》）

1937 年离开南昌赴西北前，他还写下一首《旅行》：

你，沙漠中的圣者，请停留一下，分给我孤独的片刻。……我要去航行阿剌伯，远方的风会不会停歇，沙砾会死亡一样静默？……沉思里，我观看星宿；生命在巴比伦天空突然显得短促。

　　诗中表现了对未知世界和未来生活的迷惘与向往。这首诗的构想与《圣经》中的所罗门之歌有关，反映了唐祈早年在教会学校受到的影响。唐湜认为，诗里"有千言万语在奔涌，可又宁静如雕塑的石像：默默无言。'沉思里，我观看星宿……'一个独往独来的精灵，一个与天地相往还的形象闪现在我的面前，那是亚伯拉罕那样的圣者，流动不居的'光'"①。

　　来到西北后，茫茫的戈壁、浩瀚的草原、奔腾的群山和荒漠的土地，更增添了唐祈的诗兴及面对自然和人生的无穷思考。因此，其早期的西部诗多带有浓郁的哲理性及迷茫的个人情感抒发。如《辽远的故事》组诗：

　　蒙海，一个蒙古女人，……她穿着往日的马靴和羊皮衣，头套上的珠子夸着衰落的贵族的富丽，她唱一支牧羊女的谣曲：说是成吉思汗的后裔。那谣曲唱出了沙漠一千个城廓，苏尔丁长矛征服俄罗斯，埃及，美丽的多瑙河……欧洲人都颤栗地跪在蒙古人面前——世界上游牧过我们金黄色部落……（《蒙海》）

　　拉白底，你从很远的沙漠地来，今夜却死在异乡寺院的门外。你的手在胸前的符上战抖；拉白底，最末一次向神的膜拜。……你从风雪的天山走到戈壁的夏日，荒凉的祁连山下有跪拜的脚迹，你抛弃了家人，房屋，和七千头羊……一步步远了啊；记忆里故乡的南疆。（《拉白底》）

　　看啊，古代蒲昌海边的羌女，你从草原的哪个方向来？山坡上，你像一只纯白的羊呀，你像一朵顶清净的云彩，游牧人爱草原，爱阳光，爱水，帐幕里你有先知一样遨游的智慧，美丽的笛孔里热情是流不尽的乳汁，月光下你比牝羊，更爱温柔地睡。牧歌里你唱：青青的头发上很快会盖上秋霜，不欢乐的生活啊，人很早会夭亡，哪儿是游牧人安身的地方？（《游牧人》）

　　其中，《蒙海》写一个骄傲的蒙古女人，《拉白底》写一个朝神者的死亡，《游牧人》则写一个美丽羌女的悲苦。这是一组十四行诗。作者聚焦于不同的历史和人物，述说着不同的故事、文化和生活。荒远的回响、现实的迷茫，以及"念天地之悠悠，独怆然而涕下"的感慨交织在一起，构成一种大西北特有的诗情和画意。

　　他曾叙述过自己创作《辽远的故事》组诗的经过：

---

　　①　唐湜：《诗人唐祈在四十年代》，《诗探索》1998 年第 1 期。

　　一个羌族姑娘的羊群，被反动派的兵士化装成暴徒抢走了，她美丽的脸庞突然变得那样悲伤、绝望；一位从南疆来金瓦寺求神的老牧人，他一路走几十步就跪拜一回，走了几千里，满面灰沙风尘，白天我还和他在寺院里攀谈，第三个晚上我就看见他倒毙在寺院的门外，在幽秘的鼓声中离开了世界；还有在甘肃兴隆山我遇见蒙古妇人——蒙海，她和几十个蒙族人都是山上守成吉思汗灵柩的成员，抗战时成吉思汗的棺椁、盔甲、长矛"苏尔丁"都从内蒙迁放在山上。我听他们叙述蒙古英雄的史诗，受到极大的震动，尤其蒙海怀恋沙漠故乡唱出的歌谣，那声音凄凉又哀怨真是动人极了，象这许多生活里的故事实在太多了，所见所闻足够我写一本小书。①

　　1942 年大学毕业前后，唐祈深入西北各地"考察历史和搜集民歌"。他说：旅行中"我又看到了辽阔的大草原，稀稀落落的蒙古包、帐篷、放牧的羊群、牛群，不过是地平线上浅浅的一条杂色的线，而蔚蓝的天空广阔得一望无边……令人惊叹大自然的美。而在藏胞的帐幕里，我又听到了动人的情歌，再次听到了流传在群众口头的仓央嘉措的情诗，尤其是在青海西宁鲁萨尔镇的金瓦寺里，我看到金碧辉煌而又幽晴阴森的庙宇和经堂，香烟缭绕的庄严的佛殿，接触到当时黄教和红教的喇嘛僧侣，和许多蒙、藏、羌族等兄弟民族的生活，我完全被他们真挚、纯朴、善良的感情所感动，为一种新鲜和美好的生活图画吸引住了。后来，我又在西北不少地区旅行。回族朋友们帮助我了解穆斯林的宗教生活，维吾尔族兄弟向我叙说古老而又辉煌的历史，蒙古族的猎手给我描绘沙漠中可怕的沙暴，蒙古老牧人的马头琴奏出了成吉思汗英雄的史诗，藏族的女歌手给我们唱出了一支又一支好听的歌"②。

　　熟读《圣经》，钟爱《雅歌》，又富于幻想，加之学习历史，唐祈的诗富于超越的意境、优美的情思和哲理的沉思，诗、史、思的融会贯通增添了其诗作的表现力和思想性，这正是他作为九叶诗人的独创性所在。1938年来兰州后，唐祈曾随父亲的邮车在西北各地漫游，《辽远的故事》组诗等就构思于这种漫游途中。在甘肃学院文史系学习时，唐祈结识了陈敬容夫妇。在西北联大（陕西城固）读书时，和同时期求学于西南联大的诗人穆旦、郑敏等一样，唐祈热衷于西方现代派的创作，受到里尔克、奥登等欧美诗人影响，他的创作与这些欧美诗人的创作具有了一定的共性。唐祈

---

　　① 唐祈：《在诗探索的道路上（寄给 H. S. 诗简之一）》，《诗探索》1982 年第 3 期，第 214 页。
　　② 唐祈：《在诗探索的道路上（寄给 H. S. 诗简之一）》，《诗探索》1982 年第 3 期，第 214 页。

还爱好演剧活动，曾任西北联大话剧社社长，该剧社后被改编为抗日演剧队，活动足迹遍及陕西、甘肃、青海各地。种种漫游的生活经历都为唐祈的边塞诗创作提供了良好的条件。

唐祈说："在大学的几年和离开学校以后，我阅读了许多关于思考人类社会和探索人生命运的书。哲学、历史、宗教、文学（尤其西方现代哲学和文艺思潮之类）……使我对人生产生了从未有过的困惑、迷惘和对于真理的探求。""生活在战时后方那样一个极不安定、黑暗而复杂的社会，大学毕业就失业是普遍现象，我仿佛看到存在主义者所描写的大战后人类的'极端情境'。我开始走着一个知识分子孤独的道路。从一座城到另一座城，教书、漂泊、写诗……我默默在生活中体验，在体验中反思生活，越是在困顿不安的境遇中，越使我学会了不断透视自己的内心情感，有些善良的少女从我身边走过，有些诚实的朋友向我伸过来救援的手……后来，我在生活中遇见了各种各样的事情，碰到了难以预测的命运，许多解释不了的难题……我开始从自己的遭遇出发，溶入自己的感情和想象去感悟、领会一切事物。我似乎在学习古人所说的：'中得心源'，放弃那些外在的干扰，守住自己一个内心世界，从自己内在的感受去透视、去反思、去创造自己的诗行。"①

由于接受过教会学校的教育，唐祈对宗教生活具有特殊的感情，在《回教徒》一诗中他写道：

白色的教堂里没有神像，黎明时，向太阳祈望，右手提壶，流动的水，生命永在洗涤中不断忏悔……回教徒呵，每日清洁吧，神的心灵乃在于净化。

据唐湜介绍，1938—1939 年间，唐祈在兰州时写下了一个组诗《仓漾嘉措》，约有 15 首左右。仓漾（央）嘉措是清代乾嘉年间西藏的一位达赖喇嘛，却是"神前的替罪羊"，灵魂里是一位唱情歌的草原歌手，不幸成了"人世的君王"，终于被他宫廷里的臣僚们谋杀于青海旅途中。可他创作的情歌却流传于青藏一带牧人、牧女的口里，也有梵文的译本，唐祈说他得到过一本仓漾（央）嘉措情歌集。在《诗·第一册》里，在《遥远的故事》题下有三首关于仓漾（央）嘉措的诗，其中第九首《藏漾嘉措的情歌》注明"1939 年根据一首梵文译诗写成"，第四首《仓漾嘉措的比

① 唐祈：《〈唐祈诗选〉跋》，《西北民族学院学报》（哲学社会科学版）1988 年第 1 期，第39 页。

喻》抒写仓漾（央）嘉措"像一朵奇异的云飘行在西藏顶燠热的山上"，他的情歌"更有生命的火焰"：

你爱比喻一个树上刚熟的山桃，你的热情是上边蒙茸的细毛，愿为一个山上的少女摘去，融化在她烈火似的胃囊里。

这位在草原上流浪，甘愿抛弃君王尊荣的歌手有一种以色列王式的单纯情怀：

快乐的白云呵，您被监禁在黑暗的牢盒，虽未失掉洁白的一双翅膀。又哪能让你飞到天堂呢？……美丽的鹦鹉呵，虽是上界飞禽，却禁不住海水的诱惑，早被引到一个暖和的南极……

追求自由的他逃出宫廷，像李尔王那样流浪在暴风骤雨的草原上。诗人这样抒写这位草原精魂的死亡：

尕斯桑爱人呵，轰轰的夜雷响在耳旁，暴风闪电找不出你的方向，山上、天空、松树林和河流呀，残暴，却是旷野一般自由。……自由，自由刚在你的身体内滋长，勇敢的僧人，你竟渴死在旷野上……（《仓漾嘉措的死亡》）①

纯洁、纯情、执着、坚定使唐祈在宗教中获得了启迪诗情的新的感悟，从而使他对大西北产生了深厚的情感。写于 1944 年的《恋歌》（给希慧）和 1945 年写于成都的《十四行诗——给沙合》都是情诗，但也少不了其西北诗的旷达风韵。如《恋歌》：

快乐时：我只想和你默默地对坐，在高耸的山顶，看一颗遥远的星。

1948 年到上海以后，唐祈的诗风发生了重大变化。他说："生活在四十年代那个历史的严峻时期，我必须学会以一个现代人的意识来思考、感受和抒发，把上海那个大城市的丑恶、复杂、冷酷、恐怖……放进现代主义的冷峻的诗歌中。因而我写下了《时间与旗》《老妓女》《女犯监狱》

---

① 唐湜：《诗人唐祈在四十年代》，《诗探索》1998 年第 1 期。

《郊外一座黑屋》《最末的时辰》……这一类诗。"① 这些诗歌在总体的现代主义风格之中融集了浓郁的现实主义诗情，按公刘的说法是给解放前的大上海拍了"最清晰的一帧遗像"②。

二

　　创作上经过了现实主义的洗礼，经历了上海、北京等地的生活，感应了数十年社会政治风云的急遽变幻，到 20 世纪 80 年代，唐祈重返西北时，其创作的思想和内涵都发生了一定的转变。

　　20 世纪 80 年代初唐祈回到兰州后，任教于原西北民族学院汉语系，并致力于复刊《中国新诗》（出版数期）。在这期间，他继续西部诗的写作，直至 1990 年因病去世。

　　较之早期的西部诗，唐祈后期的西部诗流失了沉郁沧桑的历史感和苦难荒肃的现实感，却也写得哲思洋溢、抒情而唯美：不揭难堪的伤疤，缺乏政治的豪情，亦不似朦胧诗的晦涩，久经埋没的诗思和才情仿佛一朝苏醒，如涓涓细流般轻盈涌出，重续前缘。

　　写于 1981 年的《西北十四行诗组》是一组洋溢着青春活力的情诗，诗人歌唱：

　　阿克苏草原的夜啊，篝火旁烤着火的是我爱的那姑娘；金色的火焰把她的长发照亮，像一朵花闪在墨绿的草海上。寒冷的夜风吹自黑暗的山崖，她拣来的红柳枝不够燃烧，拿去吧，我的心和冬不拉，它会是你心中永不熄灭的火苗……（《阿克苏草原夜歌》）

　　放牧的毡篷里，月光把我唤醒了（还是我梦见了月光？），我听到她在远处低唤着牛羊……太阳照射到牧场，我把热情的牧笛吹响；天鹅从水边飞起，羊群像翻滚的白浪。五月白色的花朵开放，雪水在山谷间喧响，直到晚霞燃烧我的脸庞。那棵白杨树旁/不由得心慌，用刀刻下的/名字，就像她的辫子飞扬……（《放牧谣——一个边疆知青手记》）

　　你在我的秋天里/射来一缕明亮的阳光/让我看见鲜花开放/鸟雀在白杨树梢歌唱//渐渐地消失了十年的忧伤/欢乐的血液重新在周身流荡/你无形的手指按抚在我心上/打开了我收摺的翅膀//我的温柔的油沉默/将触到

---

　　① 唐祈：《〈唐祈诗选〉跋》，《西北民族学院学报》（哲学社会科学版）1988 年第 1 期，第 42 页。

　　② 唐湜：《诗人唐祈在四十年代》，《诗探索》1998 年第 1 期。

你黎明前醒来的前额/像冬不拉胸膛里最美妙的音节……（《冬不拉的歌——一个维吾尔歌手的心曲》）

……天山的云彩被雪水洗过/野草上露珠熠熠闪光/天鹅用快乐把世界遗忘……（《天鹅》）

1984 年，唐祈又写下了著名的《大西北十四行组诗》：

旅途中我们总是心绪不宁/想趁在黎明前多做点事情/撒拉族姑娘牵出猎犬/说草原什么也看不清//夜夜在帐幕的地毡上/早听见古老的地下河在歌唱/神妙的仪器从不会对荒原说谎/河西走廊将变成金黄的粮仓//驼队向西，向西/高大的木轮车响着烟云般的马蹄/戈壁仿佛也听见了信息/悄悄退出一片朦胧的晨曦//撒拉族姑娘象荒原上一棵绿树/想把绿色的眼泪滴落在我们心里（《驼队向西》）

我们站在鸣沙山眺望/沙漠的胸脯在早晨金光灿亮/无边的瀚海埋葬着多少宝藏啊/人类文明在这里放出第一线曙光//你看，这戈壁，这敦煌/这高大的骆驼车铜铃叮当/驮着一个深沉而灿烂的东方/你说，你的灵魂已深得象沙漠一样//你听到西域的古乐在心中弹唱/飞天仙女抱着琵琶在天空飞翔/她们同世界一样古老而又年轻/就象今天的中国这样金碧辉煌……（《赠 H. 苏伦斯——写在一位美国朋友的诗册上》）

沙漠用静默唤醒了我/这无言的暗黄的波涛啊/它有时轻柔得象一声云雀/黑夜才深沉得如大海的寥廓//宏观世界让我加入他们的队列/去祁连山雪线上悄悄停歇/也许此刻，去罗布泊探寻神泉/而茫茫冰山在静默中断裂//我的回话藏不住惊喜/新的造山运动在沙砾中掀起/广阔的地下海在汹涌奔突/西北高原隆起了历史的肌体……（《沙漠》）

旷野上残留着冰雪/河流悄悄泛出青灰色/高高的白杨树站在风里/银绿的叶掌把春光摇曳//大地的暖气把草叶吹响/白杨抖落了黎明的薄霜/雪青的铃铛花开放/林间射来五彩缤纷的阳光/藏族牧羊女在歌唱/召唤雀鸟飞来家乡/树枝的手指牵住她的长袍/春风灌醉酡红的脸庞//啊，春天再不会躲藏/象牧羊女向别人微笑的眼光（《白杨树林》）

唐祈重新鼓起探索的勇气，内心又唱出了希望的歌声。

还有《敦煌组诗》：

敦煌从荒漠中走出来　带着她那/山崖上神秘的洞窟　天梯　牌坊/金

碧的神龛　壁画　佛的塑像/伴随着地平线上初升的太阳/召唤旅人们来自世界八方……（《敦煌》）

一排排神秘的洞窟，在风沙的山上站立；我想起一队队来朝觐的使者，在举行它无言的赞礼。……（《莫高窟》）

从古城雉堞上一抹夕照/我听见了历史无声的波涛/古西域的乐音在风中飘/我沉思如一棵静默的秋草……（《路过阳关》）

你这样年轻，美丽，/总使我想起一颗/珍珠，沉在深深的海底。/幽暗的光线中，你汲取色彩，梦幻，神奇——/让所有存在的美——/……/统统唤起自己的生命，/在新鲜的空气中/舒畅地呼吸。……（《珍珠——赠临摹壁画的H》）

这些新生的诗是几近熄灭的生命之火的重燃，是一颗年轻的心冰封后新的跃动。诗人平静的咏叹中总有澎湃的激情，舒缓的诗语掩不住沧桑世变。尽管只是印象般的素描，但大西北厚重的历史、多彩的人文、诡谲的自然，混合着谨慎的希冀，流淌在诗人笔底总是显得那么沉郁而苍凉。

论王蒙新疆叙事的文化记忆及其价值①

陆兴忍

（东南大学　武汉纺织大学）

王蒙在新疆度过了他人生中最宝贵的 16 年。其中，1965—1971 年他在伊宁市郊的巴彦岱乡一维吾尔族老人家吃住、劳动，学习维吾尔语，完全融入维吾尔人的生活当中。这段生活经历对他产生了持续、深远的影响。从 1978 年开始，他写下了大量新疆题材小说，"总字数达百万之多，约占王蒙小说创作总量的三分之一"②。但是由于各种原因，王蒙的新疆叙事小说，没有像他的其他小说那样得到学界和评论界的关注和更深入的开掘③。本文拟从文化记忆理论的视角和对话理论的视角对王蒙新疆叙事的文化记忆与对话价值进行初步探析。

一、对王蒙新疆叙事的相关评论

对于当代汉族作家的边疆题材小说的叙事模式，学者雷鸣把它们称为"外来者入边疆"的故事类型，并把它们概括为三种模式："拯救苦难"与"文明使者"模式，"外来落难者沐浴着边疆人性温情"模式，"寻求精神救赎和对边疆异质文化的膺服"模式，并认为王蒙的新疆题材小说《在伊犁》系列是极为典型"落难沐温情型"的外来者故事。他认为这种叙事模式在对边疆小人物心灵深处人性美的发掘上，会"使政治创伤体验被朴素的温情所遮蔽……在一定程度上也就遮蔽了历史的创伤记忆，使得历史创伤体验不可能深刻或持久，对历史的反思亦缺乏深刻性"④。关于这方面，

① 本文为 2011 年度国家社会科学基金青年项目（项目编号：11CZW018）的阶段性成果。
② 夏冠洲：《论王蒙的西部小说》，《新疆师范大学学报》（哲学社会科学版）2002 年第 4 期。
③ 夏冠洲：《论王蒙的西部小说》，《新疆师范大学学报》（哲学社会科学版）2002 年第 4 期。
④ 雷鸣：《"外来者故事"模式与当代汉族作家的"边疆叙事"小说》，《浙江社会科学》2013 年第 3 期。

更早如董健、丁帆、王彬彬认为王蒙等"心甘情愿成为伟大历史叙事祭坛上的牺牲品"的思维模式阻碍其对苦难历程的反思本可以抵达的劫难与人性的幽深程度①。有学者则认为王蒙小说"青春"和"老干部"的叙述方式，既是王蒙的贡献，也可以视为影响他的小说继续向深度、广度拓展的两个"陷阱"②。孟繁华主编的《中国当代文学通论》认为王蒙等人的创作是"将劫难化为传奇，创造了一个50年代知识分子受难圣徒的神话"③。王爱侠则指出："走过苦难之后的王蒙尽管也回忆了历史之痛，但他力图通过道家的逍遥精神化解内心的矛盾，并借助传统文化完成了对于历史苦难在某种程度上的遮蔽与超越。……当王蒙以宽容之心来回顾历史苦难，以调和的心态来书写右派生涯的创伤记忆之时，他便失去了作为一个知识分子问难历史的深度。"④ 这些立足于现当代文学史的宏观视野，从结构主义叙事学和社会历史批评方法的角度对王蒙小说叙事的阐释无疑大大加深了我们对于王蒙新疆叙事的认识。然而，王蒙的新疆叙事虽然也是描述反右运动和"文革"时期的新疆，但是正如郜元宝所指出的："他主要不是写新疆的'照猫画虎'的'文革'，而是写'文革'时期的新疆，写那一时期在新疆的实际生活经验，特别是写他在与汉族文化差异甚大的维吾尔族群体中独特的精神体验。"⑤ 王蒙自己也说："你们看到的、你们感兴趣的，大概不仅是异乡奇俗、边陲风景，也许你们更会体认到那些境遇、教养、身份乃至语言文字、宗教信仰全然不同的维吾尔农民以及一切善良者的拳拳之心。"⑥ 因此，在社会历史批评的视角和结构主义批评视角的基础上，从文化记忆理论、文化比较和对话理论的视角去重审王蒙新疆叙事，我们或许能更全面地理解王蒙新疆叙事的意义。

毕竟"在当下的文学研究范式中，记忆（memory）和回忆（remembering）

---

① 董健、丁帆、王彬彬：《中国当代文学史新稿》，北京：人民文学出版社2005年版，第409页。
② 孟繁华、程光炜：《中国当代文学发展史》，北京：人民文学出版社2004年版，第161~162页。
③ 孟繁华：《中国当代文学通论》，沈阳：辽宁人民出版社2009年版，第231~233页。
④ 王爱侠：《无法触底的创伤记忆——从右派形象的嬗变探索王蒙创作的精神源流与归宿》，《文史哲》2012年第5期。
⑤ 郜元宝：《当蝴蝶飞舞时——王蒙创作的几个阶段与方面》，《当代作家评论》2007年第2期。
⑥ 王蒙：《在伊犁（台湾版小序）》，《王蒙文存》（第21卷），北京：人民文学出版社2003年版，第117页。

是核心范式之一。近年来，集体记忆理论已经对文学研究造成了重大冲击"①。"文化记忆以文化体系作为记忆的主体，是超越个人的。因为记忆不只停留在语言与文本中，还存在于各种文化载体当中，比如博物馆、纪念碑、文化遗迹、歌曲以及公共节日和仪式等。通过这些文化载体，一个民族、一种文化才能将传统代代延续下来。"② 王蒙新疆叙事展现了怎样的文化记忆呢？王蒙新疆叙事如何选择和转化关于新疆的文化记忆呢？

二、王蒙新疆叙事的文化记忆

（一）关于新疆各种人物的文化记忆

通读王蒙的新疆叙事小说，你会深深感动于王蒙笔下那些善良而又各具个性特点的农民形象，你可以感受到王蒙对这些农民所倾注的深情厚谊，以及王蒙对他们那幽默达观、重情重义、宽容互助的民族性格的赞赏。穆敏老爹和穆罕默德·阿麦德无疑是王蒙用笔最深的两个人物形象，可以说代表了老一代和年青一代的新疆农民形象。穆敏老爹在勤劳和朴实中包含着质朴的生活智慧和达观的生活态度，他精通维吾尔族的各种农活，他对工作的认真负责、任劳任怨和不计报酬，对年轻一代的包容和帮助，对邻里土地纠纷的公私分明，对同父异母兄弟的想念与探望，对老伴的爱护和体贴，无不体现出他作为维吾尔族德高望重、令人尊敬的长者的厚道和德行，更令人称道的是年老的他还有不断求知的欲望，经常思考问题，常跟"落难诗人"王民探讨问题，是农民中难得的民间智者。对于穆罕默德·阿麦德，王蒙细致地描写了他的诸多"与众不同"：他清秀而略带"艾杰克孜"（汉语"性变态"的意思）的相貌和举止，他在劳动时使用超小坎土曼，他爱和女社员插科打诨与逗乐⋯⋯随着叙事的展开，这个看似文弱而被大伙轻视的小青年却是个深明大义、有正义感和有担当的男子汉：他挑起照顾极端贫困、穿破衣烂裳的父母及弟妹的重担；他毫不畏惧人言和权威，帮女中学生玛依努尔逃婚；他花不少钱娶了瘦弱有病的南疆姑娘并治好她的病，当她像石榴花一般时"却把她放走了"⋯⋯可以说穆罕默德·阿麦德身上集中了维吾尔族的文化和浪漫气息，又秉承了中华民族仁义、善良的品格。作者用充满深情的笔调充分表现了这两个人物思想性格的复杂性和丰富性，并将它们和谐地统一于一体，以他们性格的独

① Marion Gyminich, Ansgar Nunning & Roy Sommer（eds.），*Literature and Memory：Theoretical Paradigms，Genres，Functions*，Tübingen：Francke A. Verlag，2006，p. 1.

② 燕海鸣：《集体记忆与文化记忆》，《中国图书评论》2009 年第 3 期。

特性丰富了中国现当代文学人物形象的画廊，留下了令人难忘的文化记忆。

（二）关于新疆人民生活与习俗的文化记忆

王蒙关于新疆叙事的一系列作品充分展现了新疆的民族地域风貌，尤其是因偏远而古风犹存的乡野习俗和地域风情。除了对自然景观和居住环境的描摹以外，王蒙新疆叙事对维吾尔人民的饮食起居、言谈举止、交际礼仪、衣着装扮、婚丧嫁娶、宗教信仰等种种习俗进行的深度挖掘尤为可贵。如穆敏老爹将赴南疆探望弟弟时举行的上路"乃孜尔"；阿依穆罕大娘的"彻日饮"茶以及把干馕泡在奶茶里就是一顿饭的饮食风俗；马尔克一家和爱弥拉姑娘全家那十分诚恳、十分烦琐的招待客人的礼仪；穆敏老爹在室外酿制原汁葡萄酒的工序；"没有哪个女人敢露出头发和腿来"的伊利农村女性着衣习俗；伊犁"男人打架，可以用拳头，可以动刀子，就是不准撞头"的习俗；当地人把钱存在砌炕的活砖里的习惯以及过年习俗等等。德国学者扬·阿斯曼（Jan Assmann）指出："文化记忆的传承一定是遵循着特定而严格的形式的，从媒介上来说，文化记忆需要有固定的附着物、需要一套自己的符号系统或者演示方式，如文字、图片和仪式等。节日与礼仪是文化记忆最重要的传承和演示式。"① 王蒙对新疆少数民族生活习俗的兴趣益然的细致描摹，正是保存新疆醇厚的民族文化记忆的重要方式，在这方面，正如有学者指出的："在我国当代文坛上，为第二故乡——新疆奉献出丰富多彩的文学作品几近王蒙者，是屈指可数的。"② 这些文化记忆必将有助于人们了解新疆各兄弟民族特有的风土人情和文化趣味及其历史变迁，并在此基础上判断和把握特定时空中少数民族的文化性格和情感倾向，促进各民族多元文化之间的相互尊重、交流与融合。

（三）关于新疆民族民间艺术的文化记忆

新疆地处古丝绸之路，素有"歌舞之乡"的美誉，汉唐时期新疆歌舞就享誉中原，民族歌舞艺术资源丰厚、源远流长。王蒙新疆叙事对新疆这个歌舞之乡的歌舞传统也有所表现。《歌神》里就写了喀什夏夜彻夜歌声不断的盛况，"从黄昏到黎明，城乡的歌声不断……一切没睡下的人都在高歌，一切睡下的人都在歌声的伴和中寻找自己的梦"③，喀什人民公园门前的"广场上围着好多圈子，每个圈子里都有一个歌者在弹弄热瓦甫或者

① 黄晓晨译：《文化记忆》，《国外理论动态》2006 年第 6 期。
② 张书群：《来自西部边地的人生感悟与文学体验》，《南都学坛》（人文社会科学学报）2012 年第 2 期。
③ 王蒙：《歌神》，《虚掩的土屋小院》，乌鲁木齐：新疆人民出版社 2006 年版，第 9 页。

都塔尔，拉响萨塔尔或者艾杰克。歌者各唱各的，唱的多是关于战争和爱情的万古长青的叙事诗，混乱的声调汇在一处，共同诉说着维吾尔人的悠久的、充满悲欢离合、爱爱仇仇的历史"①。在这样的歌海的背景中，王蒙用象喻化的语言从正面和侧面描写歌神艾克兰穆震慑全场的歌声，全方面表现歌神艾克兰穆"唱起歌来，连麋鹿、羚羊、银狐和雪鸡都聚集起舞……"② 的巨大感染力和艺术魅力。在《新疆的歌》（两章）里，王蒙比较了北疆民歌代表作《黑黑的眼睛》和南疆民歌代表作《阿娜尔姑丽》，谈到了"在遥远的伊利，几乎每个本地人都会唱《黑黑的眼睛》这首歌，几乎每一次喝酒的时候都要唱这一首歌"③，又描述了他第一次听到两个年轻女子一边干活一边大声唱《阿娜尔姑丽》的震撼情景："这歌声响彻一个上午，中午稍稍休息，又一直唱下去唱到太阳快要落山。她们的精力，她们的热情，她们的喉咙，似乎都有着无穷的蕴藏。"④ 从这些"奇观"的描绘里，我们可以知道政治风云变幻也不能阻隔新疆各少数民族热爱歌舞的天性，即使面临政治惩罚也在所不惜，如《歌神》中艾克兰穆在"黑水河水利工地饭馆的唱歌事件"后过了好几年的逃亡生活。即使家庭极端贫困，穆罕默德·阿麦德家中也有"一个大肚的庞然大物——那是一种乐器，叫做都塔尔"⑤。从这些叙述中我们能更深入地认识新疆各少数民族无时不在的歌舞风尚和能歌善舞的民族性格。

可以说，新疆的民间歌舞艺术本身就凝聚着千百年来新疆少数民族丰富的文化记忆，记录着不同时代、不同地域文化记忆的变迁、发展与交会。许多歌舞本身就是民族集体记忆的文化载体，不同的人、不同的地点和环境对这些特定歌舞的演绎能将古老而丰富的文化记忆带入令人意想不到的语境中，在过去、现在和将来之间架起桥梁，对少数民族的审美认同有重要意义。王蒙对这些新疆民族的民间艺术文化记忆的描述也会在新的时代和符号语境中与其他各种因素结合，生成新的意义，成为更高层次文化记忆的宝贵组成部分，丰富和深化我们对祖国文化艺术和民族特性的认识。

---

①　王蒙：《歌神》，《虚掩的土屋小院》，乌鲁木齐：新疆人民出版社 2006 年版，第 9～10 页。

②　王蒙：《歌神》，《虚掩的土屋小院》，乌鲁木齐：新疆人民出版社 2006 年版，第 21 页。

③　王蒙：《新疆的歌》，《虚掩的土屋小院》，乌鲁木齐：新疆人民出版社 2006 年版，第 245 页。

④　王蒙：《新疆的歌》，《虚掩的土屋小院》，乌鲁木齐：新疆人民出版社 2006 年版，第 249 页。

⑤　王蒙：《哦，穆罕默德·阿麦德》，《虚掩的土屋小院》，乌鲁木齐：新疆人民出版社 2006 年版，第 59 页。

（四）关于新疆"文革"的文化记忆

尽管王蒙新疆叙事也写新疆的反右与"文革"斗争，但是从作者的叙事中，我们可以发现相较于汉族地区更加声势浩大和真抓实干的政治斗争，新疆少数民族的政治活动更多的时候是走形式，如在伊宁劳动改造间歇时，社员们名曰学习毛主席著作，实际上却是闲聊（《哦，穆罕默德·阿麦德》）；响应上级号召开展无产阶级新式婚礼搞得煞有介事，实际上维吾尔人传统结婚程序"十天之后，真正的婚礼延期悄悄举行"；当全国掀起"文革"高潮，"远在新疆边远农村的维吾尔人虽然对于革谁的命、革什么命、怎样革命和为谁革命茫然无知"，"但是，由于多年来跟着党搞运动的习惯，不免也照猫画虎、若有其事、稀里糊涂、乱乱哄哄地动作起来"① ⋯⋯这些维吾尔村民的"照猫画虎"以及他们抵抗"文革"官方政治统辖和规训的细微变形或随机应变的德赛图式"日常生活实践"，体现出维吾尔人生活中无处不在的幽默和智慧，更体现出普通老百姓那不为政治割断的日常生活习俗的顽强生命力。同时也可以看出，在"文革"期间虽然有来自政府的各种号令和组织活动，但是在新疆边远农村，推动和维系人们的人际关系和民间事务处理的，更多是来自维吾尔人千百年来延续的未被外来文化侵扰的朴素的道德观念、民间的意识形态和文化习俗，因此，"文革"给新疆人带来的伤害远没有汉族地区沉痛。如《哦，穆罕默德·阿麦德》中因使用小坎土曼而被汉族生产队长批评的阿麦德竟然敢于与工作队干部辩论，并以"凌厉的口舌占了上风"，最后作业组长仅仅"把他训斥了几句"，就"宣布继续干活"。而在汉族地区，赵树理小说《锻炼锻炼》中消极怠工的"小腿疼""吃不饱"因为不服从村干部的管束和安排，直接被铁腕的杨主任揪到群众大会上批判而毫无抵抗。由此可见，在汉族地区，政治权威对人们的震慑力是绝对的、充满暴力的，毫无温情的余地。难怪"文革"时期身处新疆的王蒙作为受益者，深深感叹道："即使在那不幸的年代，我们的边陲，我们的农村，我们的各族人民竟蕴含着那样多的善良、正义感、智慧、才干和勇气，每个人心里竟燃起那样炽热的火焰⋯⋯我们的生活变得沉重的年月，生活仍然是那样强大、丰富、充满希望和勃勃生气。"②

总而言之，王蒙新疆叙事中关于"文革"的文化记忆不是他表现的中

---

① 王蒙：《买买提处长轶事》，《虚掩的土屋小院》，乌鲁木齐：新疆人民出版社2006年版，第26页。

② 王蒙：《在伊犁·后记》，《王蒙文存》（第8卷），北京：人民文学出版社2003年版，第237页。

心，他对"文革"的叙事更多是表达流淌在这段岁月中不被极左政治权威所改变的维吾尔人朴素的温情、善良和情义，他的"文革"叙事因此也曾被批判为缺乏历史深度，但是正如哈布瓦赫指出的："集体记忆在本质上是立足现在而对过去的一种重构。"① 虽然人类集体并非"客观"地回忆过去，而是在特定时代对过去记忆的当下重构，王蒙的"文革"记忆是许许多多个"文革"记忆集体中的一个独特的存在，尤其是他作为一个外来者对新疆边远地区的"文革"时期的人和事的记忆，或许有可能通过文化记忆的重构来加强某种集体的、民族的自我认同，或者有可能选择忽略、淡化甚至遗忘某些文化记忆，弱化或去除可能对集体构成威胁的部分。但是，无论如何，这些文化记忆对于人们更全面地了解"文革"在各个地区的面貌、"文革"在新疆地区的影响及"文革"在特定地域中发生的人和事提供了难能可贵而又生动的文本资料，它们将随着时间的流逝愈显弥足珍贵。

三、王蒙新疆叙事文化记忆的价值

王蒙新疆叙事的意义不仅仅在于提供关于新疆地区的自然风貌和人文风情的文化记忆以及一个知识分子的边地体验的心路历程和异域文化记忆。从宏观上说，王蒙新疆叙事的文化记忆至少有两个方面的价值。一个方面是对新疆少数民族认识自己的民族性格、民族现代性的发展历程和民族审美及身份认同产生积极影响。随着全球化的传播媒介和艺术生产手段的普及，多元文化的交流和冲突更加频繁，地方文化、亚文化、边缘群体文化的身份意识开始觉醒，身份认同问题更加明显。而"在文化的很多方面，尤其是各种类型的审美形式——舞蹈、音乐、歌曲、视觉艺术、文学、戏剧和说故事——在群体认同形成中起到了重要的作用。有些审美形式是传统的，也有一些是当代的，但所有这些文化表现形式多有助于本土认同的形成。因为每一种文化表现形式都可以说是表达和建构了本土认同"②。王蒙对于新疆的习俗、民风、歌舞艺术的文化记忆是新疆民族地区群体成员在长期生活中形成的，凝聚了大量民族的情感、习俗、记忆、传说和神话等。王蒙新疆叙事能够唤起人们的集体记忆和归属感，从而实现

---

① ［法］莫里斯·哈布瓦赫著，毕然、郭金华译：《论集体记忆》，上海：上海人民出版社2002 年版，第 59 页。

② Steven Leuthold, *Indigenous Aesthetics：Native Art, Media, and Identity*, Austin：University of Texas Press, 1998, p. 5.

文化与身份认同的功能。同时，王蒙在乡村日常生活的艰苦劳作和日常习俗之中发现普通少数民族个体如穆敏老爹、艾克兰穆等身上作为普通人不一般的品行和坚韧的精神，在促成人们对民族优秀品格的认同和对民族文化精华的向往的同时，激发人们对安居乐业、稳定温情的日常生活的追求并显示出民族和社会认同的力量。

　　王蒙关于新疆叙事文化记忆的另外一个方面的价值就是文化交往和对话的价值。王蒙在新疆生活了 16 年，能够如当地人一样自如运用当地语言和阅读当地文化典籍。由于他深入地了解了当地文化和观察生活，他的新疆叙事小说就如巴赫金所论说的那样具有长篇小说的"杂语"性：有作者直接的文学叙述；有对日常各种口语叙述的模拟；有对各种半规范性日常叙述的模拟，比如日记、书信等；有各种非艺术性的作者话语，如道德的、哲学的话语，科学论述，演说，民俗描写等；有主人公带有修辞个性的话语等。因此，文本内部和文本外部都可能形成各种思想、人物之间的对话关系。比如他对维吾尔人在日常生活中使用频率很高的一个词"塔马夏尔"的阐释就有助于人们对于维吾尔人的自由率性、幽默诙谐的民族性格的认识①。王蒙对于文化的交往和对话的收获有深切的体认："学习语言的过程是一个生活的过程，是一个活灵活现地与不同民族交往的过程，是一个文化的过程。你不但学到了语言符号，而且学到了别一族群的心态、生活方式、礼节、风习、一种思维方式、一种文化的积淀。"② 王蒙也多次表达新疆文化对他的影响："新疆……你对我有恩，客观上，正是新疆人保护了我，新疆风俗培育了我，新疆的雄阔开拓了我，新疆的尤其是维吾尔人的幽默熏陶了我。"③ 他坦言："在新疆的生活使我及我的作品于纤细、温和中，多了一种强烈的激情、幽默、粗犷与豁达。"④ 对此，学者贺兴安也有过评论："一竿子插到底，一个人住进语言不通的维族老夫妇家里，使他有可能从比较者、陌生人的眼光中，学到别的环境都无法与之相比的东西。"⑤

　　另外，王蒙作为中国当代重量级的作家，他从新疆返回北京之后可以说在文坛和政坛炙手可热、呼风唤雨。但是他的自我定位"不是自命精英和自我膨胀的，不是高高在上的救世主的，不是超人式的霸主式的，而是

---

　　① 王蒙：《淡灰色的眼珠》，《虚掩的土屋小院》，乌鲁木齐：新疆人民出版社 2006 年版，第108 页。

　　② 王蒙：《王蒙读书》，上海：复旦大学出版社 2005 年版，第 378 页。

　　③ 王蒙：《王蒙自传》，广州：花城出版社 2007 年版，第 38 页。

　　④ 黎曦、王蒙：《永远怀念新疆》，《民族团结》1995 年第 10 期。

　　⑤ 贺兴安：《王蒙评传》，北京：作家出版社 2003 年版，第 51 页。

宁可低调的"①。正是这样的自我定位使他的新疆叙事不是精英式的、高高在上的，而是文化平等心态和朋友式的叙述视角，这样可以更加客观地表现和捕捉新疆少数民族群众的日常生活细节和文化习俗，表现他们善良、幽默的性格和朴素的道德观念，更能产生文化认同。不同的作家处于不同的身份立场表现某一族群的文化，会呈现出不同的身份定位和文化形象。作为一个主流民族的主流作家，如果处理不好写作视角和身份定位，有可能会将其他族群的生活或者描绘成"他者"眼中的"民族情调"，或者固化表现出某些少数民族的刻板形象，或者有对少数民族生活表现"本质化"的倾向。王蒙成功地克服了这些现象，因而他作为主流民族的主流作家去表现新疆各民族的生活和他们的文化，比少数民族作家去表现本族群的文化更有利于文化的传播，更能得到文化的认可，更有利于文化的交往和对话。正如王蒙本人所言："不能简单地把我去新疆说成是被'流放'。去新疆是一件好事，是我自愿的，大大充实了我的生活经验、见闻，对中国、对汉民族、对内地和边疆的了解，使我有可能从内地—边疆、城市—农村、汉民族—兄弟民族的一系列比较中，学到、悟到一些东西。"② "'美人之美'的姿态，不仅是认识和阐释，同时还是一种胸襟和关怀，对他民族文化的热爱、赞美，对于寓于其中的人们的关切。'美人之美'的主体：不拘于哪个具体民族的知识分子，只要坚信人类可以互相理解，出于善良和关爱之心。"③ 因此从"美人之美"这个角度看，王蒙新疆叙事的文化记忆亦对推动民族之间的文化交流与对话，推动民族之间的文化认同和审美认同，促进民族团结、和谐、进步有重要意义。

---

① 王蒙：《王蒙自述：我的人生哲学》，北京：人民文学出版社 2003 年版，第 24 页。
② 王蒙：《我是王蒙》，北京：团结出版社 1996 年版，第 61 ~ 62 页。
③ 刘俐俐：《后殖民语境中的当代民族文学问题的思考》，《南开学报》2000 年第 1 期。

放逐　孤独　回归

——以张贤亮《灵与肉》为中心

［韩］徐　榛

（韩国外国语大学）

一

张贤亮出生于南京，早年的遭遇可以说是曲折坎坷。1957 年，张贤亮创作了政治抒情诗《大风歌》，引起轰动。但也是因为这首诗，张贤亮受到了一些报刊的批判，被定为"右派"言论的代表作家，因而被定为"右派"并被开除公职，送至农场劳教改造。从 1958 年至 1976 年之间，他经历了两次劳教、一次管制、一次"群专"（即交由"人民群众"监督改造），所以张贤亮很长时间是处于一种非正常人的生活空间中。这种抓了放、放了抓的状态一直持续到"文革"后期，在 1979 年才被彻底平反。他曾在《满纸荒唐》中详尽地叙述了自己的人生历程，并且用《苦难的历程》中的三句话来描述自己的人生经历："在清水里泡三次，在血水里浴三次，在碱水里煮三次。"

1979 年张贤亮"复出"重新写作。其作品大多是描写与他的生活息息相关的故事，大多发生在西北地区的乡村。特别是创作于 20 世纪 80 年代的短篇小说《灵与肉》《邢老汉和狗的故事》《绿化树》，长篇小说《男人的一半是女人》《习惯死亡》以及 90 年代出版的《我的菩提树》《青春期》等，可以说是他"复出"后的代表作。张贤亮的一些小说，曾在不同的时间、不同的问题上引发激烈的争议。《灵与肉》是张贤亮"复出"创作的短篇小说，这篇小说问世之后，引起了很大的反响。张贤亮把作为正常人生活的一切被畸形的社会所剥夺之后的压抑的情感，毫无保留地写入了《灵与肉》这篇小说中。

在《灵与肉》这篇小说中，主人公许灵均是被错划为"右派"的知识分子，他的苦难难以言说，许灵均的形象好像带有张贤亮的影子，带有

"自叙传"色彩。许灵均被社会和人伦所孤立,"放逐/孤独"成为他身份的母题,而这类知识分子的身份是特殊的,他们的身份被赋予了政治的成分,而张贤亮笔下的许灵均更是被抛向了放逐/孤独的极端。然而张贤亮并不是悲剧地放弃许灵均的命运,在他被放逐、感受孤独的时候,张贤亮为他找到另外的精神出口,"回归"也就是张贤亮为他们作出的最后的争取。很多学者提出许灵均最后回归为"爱国者的形象"①,但是笔者质疑,张贤亮设计的回归之路真的就是将错划为"右派"的知识分子转向"踏实的建设者和爱国者"的成功之路吗?在放逐/回归的二元对立中,像许灵均这样具有特殊身份的知识分子到底走向了何处?本文就以张贤亮的《灵与肉》为研究对象,分析和阐释张贤亮笔下特殊知识分子的"放逐/孤独"体验和人性突围的最终归属。

二

20 世纪 70 年代末到 80 年代中期,对"文革"给人们带来的伤痕进行反思成为文学创作的主题,"反思文学"成为继"伤痕文学"之后的第二个文学思潮。"反思文学"深刻地反映了 20 世纪 50 年代到 70 年代作家们内心的伤痕和矛盾,特别是反映和书写了关于知识分子所遭受的痛苦和磨难(当然包括肉体上和精神上所遭受的迫害和伤痕)。张贤亮的《灵与肉》就深刻地再现了那个时代特殊知识分子的生存困境,以及在经历这样的责难之后,知识分子灵与肉的矛盾。

张贤亮引用雨果《悲惨世界》的话:"他是一个被富人遗弃的儿子……"这就已经表明了作家刻画的许灵均是被"遗弃"的人,是被"放逐""孤独"的人。那许灵均又是怎样被放逐和遗弃的呢?"他曾经是钟鸣鼎食之家的长房长孙,曾经裹在锦缎的襁褓中,在红灯绿酒之间被京沪一带工商界大亨和他们的太太啧啧称赞的人。"② 他是一个美国留学生和一个地主小姐不自由的婚姻的产物。后来,父亲没有回家,母亲知道父亲带着外室离开了大陆,没几天就死在了一家德国人开的医院里,③ 他的现实是被父亲遗弃,母亲死了。舅舅把母亲所有的东西都卷走,单单撇下了他。④

---

① 西来:《劳动者的爱国深情》,《人民日报》1981 年 2 月 11 日。胡培德:《最美最高尚的灵魂》,《朔方》1981 年第 5 期。

② 张贤亮:《灵与肉》,北京:十月文艺出版社 2012 年版,第 36 页。

③ 张贤亮:《灵与肉》,北京:十月文艺出版社 2012 年版,第 28 页。

④ 张贤亮:《灵与肉》,北京:十月文艺出版社 2012 年版,第 34 页。

至此，我们可以发现，许灵均是被父亲、母亲、舅舅所遗弃的"孤儿"，十一岁的时候，他已经模模糊糊地懂得了一些：他母亲最需要的是他父亲的温情，而他父亲最需要的却是摆脱这个脾气古怪的妻子。不论是他母亲或父亲，都不需要他！① 这个时候，在血缘上，他已经是一个孤独的人，已经成为这个世界上被孤立的个体。

　　而最为悲哀的还不只如此，当许灵均在血缘、人伦意识上被遗弃之后，共产党收留了他，共产党的学校教育他，他从一个畸形家庭走向、熔化于社会大集体中，他有了自己生活的道路——社会意识的认同和社会身份的肯定。然而，为了完成抓"右派"的指标，他又被推到父亲那里去，又成了资产阶级的一分子。过去，资产阶级遗弃了他，只给他留下了一个履历表上的"资产"，后来人们又遗弃了他，却给他戴了顶"右派"帽子。他成了被所有人都遗弃了的人，被流放到这个偏僻的农场来接受劳教。② 在阶级意义，或者说是社会意义上，许灵均被放逐了两次，先是被资产阶级遗弃，在被共产党收容之后，又再次被打回资产阶级，被共产党遗弃。

　　我们可以发现，现实的压抑和苦难造成了许灵均的生活困境，他的孤独感体验和缺失感体验不予言表，他经历和体验着双重意义上的放逐和孤独。许灵均——一个被血缘抛弃的受害者/政治运动的牺牲品——在人伦意义上被疏离/社会意义上被孤立，人类和社会都已经和他没有任何的关系，"孤独"成为他身份的母题，也正是知识分子，准确地说，是当时被错划的"右派"知识分子的身份标记和符号。

三

　　张贤亮并没有将许灵均完全抛向"孤独"的一方。许灵均的肉体与精神都承受着痛苦和磨难，他在人类的世界中被放逐、被孤立，他只能转向另一个世界寻求肉体的解脱和精神的出口。

　　当许灵均在人伦意义和社会意义上都被放逐和遗弃的时候，他走向了马圈，睡在马槽里。一匹马顺着马槽向他挪过来，把嘴伸到他头边。他感到一股温暖的鼻息喷在他的脸上。这匹马发现他以后，并不惊惧，反而用湿漉漉的鼻子嗅他的头，用软乎乎的嘴唇擦他的脸。马儿这样的行为让许灵均的心颤抖了，他抱着马头失声痛哭，把稻粒都堆在它的面前。③ 许灵

①　张贤亮：《灵与肉》，北京：十月文艺出版社 2012 年版，第 28 页。
②　张贤亮：《灵与肉》，北京：十月文艺出版社 2012 年版，第 34 页。
③　张贤亮：《灵与肉》，北京：十月文艺出版社 2012 年版，第 34~35 页。

均从动物的身上体验到了无法从人类社会中得到的感动和慰藉。

不仅如此，"他在解除劳教之后，无家可归，于是被留在农场放马，成为一名放牧员……他骑在马上，在被马群踏出一道道深绿色痕迹的草地上驰骋，就像一下子扑到大自然的怀抱中一样"①。他处理马群中马儿之间的纠纷，"这时，他会感到他不是生活在一群牲口中间，而是像童话里的王子，在他身边的是一群通灵的神物"②。从这里我们可以得到几个信息：①许灵均接受劳教之后，还是没有得到人伦和社会意识的认同，"无家可归"表明了他孤独的境地。②许灵均找到了可以排遣孤独感和缺失感的方法，走出被放逐的境况。他和马群建立起了友谊，他和马儿之间能够互相理解和明白对方的意识和情感，能够交流，互相配合，这使许灵均得到前所未有的慰藉。③许灵均不仅将自己融入动物的世界，和它们成为朋友，而且还积极地融入整个自然，与其说是融入自然，不如说是逃脱人伦社会，回归自然。这里的"回归"一方面是对人伦社会的否定，另一方面也是对"放逐/孤独"的逃离。

许灵均的孤独源自他被人伦世界和政治社会所驱逐，这种孤独使得他与动物为伍，最终回归到广阔的大西北自然之中。但是值得注意的是，此时此刻，许灵均还是没有被人伦世界和政治社会所认可。但是，张贤亮并没有就此把许灵均留置于西北广阔的自然之中，而是再次把他拉回到人伦世界，让他再次参与到社会生活和政治活动之中。由此，许灵均逃离放逐/孤独的境地不仅仅是奔向自然，也在"女性"那里找到了归属感。至此，许灵均也再次由自然走向了社会。

许灵均从女性身上找到归属感，并不是张贤亮小说中特有的情节。《绿化树》和《灵与肉》可以说是姊妹篇。无论是许灵均还是《绿化树》中的章永璘，都是被资产阶级遗弃的对象，有着同命运的知识分子共有的生活体验，都在劳教之后，他们走向了女性，在女性的身上找到了遗失的归属感。许灵均的爱情和婚姻是一种社会关系，而且是一种集中检验高尚与卑劣、壮美与丑恶的社会关系。作者对许灵均的爱情婚姻描写，是在悲喜交融之中叙说荒唐与幸福，是在同一画面之中叠印悲喜色调，蕴藉深厚的哲思。③

---

① 张贤亮：《灵与肉》，北京：十月文艺出版社 2012 年版，第 36 ~ 37 页。
② 张贤亮：《灵与肉》，北京：十月文艺出版社 2012 年版，第 38 页。
③ 叶定、程丽蓉：《抚痛而能笑——论〈灵与肉〉中许灵均的悲剧性和喜剧性》，《红河学院学报》2012 年第 12 期，第 54 页。

　　许灵均的婚姻是在无意识准备下，以荒唐的方式达成的。"郭蹁子"兴冲冲地说："喂，'老右'，你要老婆不要？你要老婆，只要你开金口，晚上就给你送来。"① "郭蹁子"的神态和语气，在骨子里折射出了"极左"谬误造成的贫困、苦难和事理人情的变态。② 晚上，"郭蹁子"就带来一个用 8 分钱邮票换来的、从四川逃荒来的姑娘李秀芝。姑且先不谈"郭蹁子"的荒唐举动和受"极左"思想造成的精神是怎样的匮乏，许灵均却在与李秀芝的婚姻中，重新找到了人伦世界的关怀。许灵均被女性（他的母亲）抛弃，又在女性（他的妻子）这儿得以回归人伦。而且，不可忽略的是，这两位女性都来自农村，只是阶级不同，许灵均在被地主阶级抛弃之后，在农民阶级中找回了家庭。李秀芝虽然是农村妇女，但是被作家赋予了极为正面的能量，这位吃红薯长大的姑娘，不仅给许灵均带来了从来没享受过的家庭温暖，而且使他生命的根须更深入地扎进这块土地里。许灵均更是有种早已认识这位姑娘，而且等待她多年的感受。有学者谈道："那年月，尽管有'割资本主义尾巴'的压力，但秀芝像一株顽强的小草，硬是从石板缝里伸出了绿茎。一年以后，他们的生活大大地变了样。"③ 秀芝常常将从电影里学来的台词——"面包会有的，牛奶也会有的"——挂在嘴边；遵循"钱只有自己挣来的花得才有意思，花得才心里安逸"的宗旨，使得他们这个小小的家庭认识到："劳动是高贵的；只有劳动的报酬才能使人得到愉快的享受；由剥削或依赖得来的钱财是一种耻辱。"④ 秀芝的思想觉悟完全处于她的身份之上，而且在家庭中，对许灵均来说，是起到引导作用的。所以，在许灵均去见父亲的时候，秀芝完全不担心许灵均会离开她、离开这个家庭和他们深植的土地；同时，许灵均也无时无刻不在想着秀芝给他带来的家庭的温馨，或者说是人伦世界对他的再次接受和认可。

　　不仅如此，许灵均还在政治生活中得到了重生。他在董副主任宣布他的问题得到纠正，给他开好证明，发给他补助的钱，回到家以后，他并不在乎得到补助的钱，而是极为兴奋地说："喂，秀芝，从今以后我们就和别人一样了！哎呀！钱算得了什么？值得高兴的是我在政治上获得了新生……"⑤ 在劳教时，他一直和牲口为伍，和一些牧马人一起生活，成为

---

① 张贤亮：《灵与肉》，北京：十月文艺出版社 2012 年版，第 45 页。

② 叶定、程丽蓉：《抚痛而能笑——论〈灵与肉〉中许灵均的悲剧性和喜剧性》，《红河学院学报》2012 年第 12 期，第 55 页。

③ 高崇：《张贤亮小说论》，成都：四川文艺出版社 1986 年版，第 73 页。

④ 张贤亮：《灵与肉》，北京：十月文艺出版社 2012 年版，第 52 页。

⑤ 张贤亮：《灵与肉》，北京：十月文艺出版社 2012 年版，第 51 页。

地地道道的体力劳动者；而此刻，他的问题被纠正、被平反，他被委任为教书员，教孩子们学习识字。他一下子从体力劳动者变成了脑力劳动者，或者说成为被摘除了"右派"帽子的、真正的知识分子。原先一起放牧的牧人对他的看法发生改变，许灵均自己也是沉浸于政治上获得新生的喜悦中。

从上述分析我们可以发现，张贤亮为被放逐于孤独一方的许灵均寻求解放和回归的出口，主要体现在两个方面，一方面是让他脱离人伦和政治社会，单纯地回归自然，在西北的广阔自然中找到自己的存在；另一方面是通过女性对他的救赎，又将他拉回到人伦世界，参与政治社会。特别有意思的是，许灵均"被女性抛弃，又被女性救赎"后回归人伦，即"被资产阶级抛弃——被无产阶级救赎——再次被无产阶级抛弃——再次被无产阶级救赎"，在这样荒唐和无聊的反复中，许灵均经历了由"人伦世界和政治世界的遗弃——回归自然——拉回人伦世界和政治社会"更为荒诞的回归之路。

四

可是，像许灵均这样的被错划为"右派"的知识分子在放逐/回归的二元对立中，真正地走上了所谓的"踏实的建设者和爱国者"之路吗？笔者对此带有疑惑，因此尝试再次探讨和考察在"灵/肉"的矛盾中，在"放逐/孤独"的境地里，这些知识分子的回归之路到底是通向何处？他们到底是怎样的爱国者？

如上文所述，许灵均在接受劳改之后，在农场当了放牧员，政治身份的不认同和"替罪羊"的境地已经使得他身心俱疲，再加上穿着破旧的衣服，躺在潮湿的土坯房里，生活环境的恶劣足以让他处于雪上加霜的境地。然而，当他回归到自然中的时候，他认为自己已经融化在旷野的风中，"到处都有他，而他却又失去了自己的独特性。他的消沉、他的悲怆，他对命运的委屈情绪也随着消失，而代之以对生命和自然的热爱"①。其实，我们需要考虑的是两个方面的问题：①他的委屈情绪是如何消失的，难道完全是对自然的热爱，或者说是自然的美感动了他吗？②作家也毫不掩饰地表示，许灵均失去了他的独特性，也就是表明，他作为个体存在的特有意义，或者说作为个体的价值发生了改变和偏差。作者想极力渲染他

---

① 张贤亮：《灵与肉》，北京：十月文艺出版社 2012 年版，第 37 页。

对于大自然的挚爱，让自己回到所谓的"平凡而质朴中去"，借以美化他
的灵魂。此刻，他的肉体和灵魂充满了矛盾，一个被无产阶级抛弃的带有
资产阶级血统的肉体，和一个突然之间崇尚自然之美，陶醉于春风与泥土
之间的灵魂，充满着对立和不可言说。但事实上，主人公的这种爱，是他
消沉意志、悲怆命运、委屈情绪、孤单心理的一种变形，是无法实现自身
价值和获得身份认同而表现出来的一种爱的转移。这种爱就其表象来说是
重返自然，而实质是向"人之初"的转步，是一种倒退的心理状态。有学
者提出："许灵均的精神世界之所以深广和稳定，是因为他在严酷的劳动
中获得了劳动者的体魄、劳动者的心胸、劳动者的情感。劳动者的尊严感
和劳动者的自豪感充盈于他的灵魂，使他的内心在外界的物欲的诱惑面前
保持平衡和稳定。而这种劳动者的情感，是他从'劳动'的炼狱中取得的
主要赠品。"① 但是，笔者认为，许灵均也许通过劳动缓解了精神上的困乏
和痛苦，稳定了自己的精神情绪，但是许灵均的精神世界和所谓的劳改实
在是没有太大的关系。许灵均最后之所以能够得到精神上的大满足，是源
自"在政治上获得了新生"。而这里的"新生"不言而喻是指被平反，他
的政治身份被认可，可是这样的认可是因为他埋头苦干的劳动而换来的
吗？显然不是这样的，他只是被血统和政治玩弄的替罪羊而已，这是多么
大的讽刺。那所谓精神上的深度和稳定又从何谈起呢？

　　另外，当许灵均成为教书员之后，抛弃他的父亲再次回来，想带他一
起出国。那么我们一起看一下许灵均的北京之行。在这一趟行程中，许灵
均暴露出多对矛盾。

　　首先，是非判断标准的矛盾。北京之行让许灵均感到"不适应"——
站在北京饭店的七层大楼上，有一种晃晃悠悠的感觉；走在王府井的大街
上，四处的嘈杂声让他的神经感到紧张和疲惫，一回到家里，就有一种脚
踏实地的感觉——许灵均完全不能适应社会和时代的变化与发展。而且，
在他的脑海里，他一直将"黄土高原的土地"和"北京的现代化"进行对
比："北京楼房外一片空漠的蓝天"和"黄土高原的农场，窗外的绿色和
黄色的田野，开阔而充实"，"城里的沥青路"和"乡村松软潮湿的土
地"，"王府井卖冰棍的百般无聊"和"村里卖冰棍的扯喊声"。诚然，我
们应该认识和承认发展给自然环境带来的影响，但是，从许灵均的认识对
比来看，这是反映了现代物质生活与朴拙自然生活的碰撞与矛盾。更应当

---

① 曾镇南：《灵与肉，在严酷的劳动中更新——谈〈灵与肉〉内在的意蕴》，《朔方》1989
年第9期，第75页。

注意的是，这里所体现的发展并非负面的发展，而是时代的进步。可见，许灵均的思想判断是较为落后和狭隘的，他跳不出小生产者的框架，掩饰不了落后农民身上精神匮乏的伤痕。许灵均的"灵/肉"在这里保持了超然的统一，朴拙自然生活与排斥新事物的精神世界的统一。

再有，许灵均在通过劳动改造之后和父亲见面，从父亲的口中听到他记忆的史前时期，他将对自己的认识分为"过去的自己"和"现在的自己"，即资产阶级少爷和真正的劳动者。许灵均认为在"糅合着那么多的痛苦和欢欣的平凡劳动中，他已经成为一个名副其实的劳动者了"①！值得注意的是，他的快乐几乎离不了和痛苦的对比，如果没有这些痛苦他似乎不能感受到快乐的存在。这是一个出自质朴农民的情感本能，无可非议。但是如果因为许灵均有着这样一套对土地的情结和自我判断的标准，就认为他回归黄土、回归劳动，就是真正的劳动者，是否也是有偏差的？提到"真正的劳动者"，其实有必要认识一下许灵均是怎样的劳动者。对于劳动者来说，并不以体力劳动和脑力劳动为界限而区分贵贱，然而在人类发展的总趋势下，总是要让人从繁重的体力劳动中解脱出来，成为有文化水准的劳动者。许灵均赞赏淳朴的生活，热爱原始自然的质朴，但是并不代表只有回归原始的质朴才是进步、才是爱国。许灵均通过劳动拥有劳动者的体魄、劳动者的情感，这固然是好的，但是真正意义上的劳动者的包容胸怀和寻求发展的思想似乎没有在他的身上得以体现。

那么关于许灵均是不是爱国者的判断就显得不那么容易了。在面对父亲让他出国的问题，许灵均毅然决定回到黄土高原，所以一些学者认为这是崇高爱国者的表现。通过以上叙述，用一个简单化的标准"走"和"留"来评判许灵均——"留"就是爱国的表现，"走"就是不爱国的表现——传统的二元对立的是非观好像就显得不太靠得住了。

综上所述，许灵均的回归之路经历了一个轮回，是在人伦社会和政治生活抛弃和认可的反复中完成的。那在从放逐/孤独的回归之路上，出现了两对矛盾：一是政治意义上资产阶级和劳动者的矛盾，许灵均在两者的矛盾中，在政治的强制和引导下，走向了劳苦大众；另一个是在社会认识中的纯粹劳动者（体力劳动者）和知识分子的矛盾，许灵均的回归到底是走向"进步"还是"退步"？

---

① 张贤亮：《灵与肉》，北京：十月文艺出版社 2012 年版，第 36 页。

五

张贤亮刻画的许灵均的形象是在一个非正常的历史时期造就的悲剧形象。诚然，他最终走向了劳动，走向了土地，但是他的回归是纯粹的回归，还是政治话题框架下的产物？张贤亮在其作品中，极力地将许灵均刻画成淳朴的、脚踏实地的、经历政治洗礼后找到自己的精神出口的爱国者的形象。在经历被抛弃之后，许灵均毅然决然地抛弃自己的身世，甚至是后来回来找寻他的父亲。那么，这样带有明显阶级意义的二元是非观的形象，真的就是爱国者的代言人吗？笔者认为，这是一种在病态的社会时期出现的畸形人物。面对这样的情况，怎样解读也成了一个重要的话题。不管怎样，张贤亮刻画的许灵均在表现阶级意识的层面上，毋庸置疑地、清楚地表明了自己的立场，但是这类知识分子的回归走向又在何处，是极为复杂的，也是值得关注的。

红柯《喀拉布风暴》的文学间性研究

姚芮玲

（西藏民族学院）

在新疆工作生活了十年之久的陕西籍作家红柯，一直通过与对象保持距离来激活美感、追寻创作冲动。他在新疆写的大都是陕西，回陕西写的又都是新疆，2013 年《收获》春夏卷首发的长篇新作《喀拉布风暴》实现了红柯作为陕西籍新疆作家双重身份的一次融合，从而使这部小说具备了两个地域、两种文化、两种审美方式和两种民族性格间相互体悟、参照的宏阔视野。学者常用"文化间性""文学间性"（interliterary）、"文本间性"等"间性"词语来描述跨越两种或多种民族文化进行写作的现象①，就《喀拉布风暴》而言，研究其文学间性不仅有利于阐释它的文本生成，亦可彰显其精神特质和艺术魅力。

"文学间性"是文艺学中用来描述文本间性与主体间性之间交叉、复合关系的一个概念，它的提出代表文本间性与主体间性两大理论视域的融合，对阐释文本生成和意义生成具有重要作用②。匈牙利比较文学家伊什特万·索特尔用这个概念来描述"不同（民族、国家）文学之间的"或同一民族文学不同文本之间最广阔的可能的联系和平行关系③。这里我们用比较文学的方法，从横向地理跨越、纵向历史跨越和文化跨越三个方面来分析《喀拉布风暴》在文本生成过程中广阔的平行关系和纵深的历史联系。

---

① 蔡熙：《关于文化间性的理论思考》，《大连大学学报》2009 年第 1 期，第 82 页。

② 赵毅衡、邹国红：《试论文学间性与文学活动诸要素的相互关系》，《创作评谭》2004 年第 8 期，第 58~61 页。

③ ［斯洛伐克］马利安·高力克著，伍晓明等译：《中西文学关系的里程碑（1898—1979）·导论》，北京：北京大学出版社，第 1 页。

一、《喀拉布风暴》的横向地理跨越

从空间上看,《喀拉布风暴》讲述的是一个发生在陕西西安和新疆精河、以追寻爱情为题的"双城故事"。美丽的精河女子叶海亚与相恋七年的男友孟凯即将结婚,却因为听到张子鱼吟唱民歌《燕子》怦然心动而陷入爱情,毅然抛下婚约,追随张子鱼进入人迹罕至的沙漠共度新婚蜜月。突如其来的打击使孟凯一蹶不振,经历了一段时间的痛楚消沉之后,孟凯结识了来精河买药材的张子鱼的大学同学武明生,从武明生那里得知了张子鱼来精河的大致原因,以及张子鱼不为人知的隐秘爱情。为了探索张子鱼过去的秘密,同时也搞清楚自己到底输在哪里,孟凯来到张子鱼的老家西安,在张子鱼的爱情隐秘被一步步揭开的过程中,孟凯也在人生历练中收获了真正属于自己的爱情。这是小说的大致轮廓,在这个轮廓当中,又套入了另外一个故事,而这个故事的空间跨度更大——从欧洲到中亚腹地,那就是斯文·赫定与米莉的爱情故事和他屡次进入中亚腹地的探险经历。故事的传奇性几乎仅体现在小说开头,叶海亚抛开相恋多年的男友、突然间投入一个还很陌生的男子张子鱼的怀抱,并追随他进入环境恶劣的大漠这种极具爆发力的叙事中,而后便是漫长、细密的探索人性幽微之处的过程,正如有评论者指出的那样,叙事并不是红柯所擅长的,《喀拉布风暴》的宏阔和丰富之处,首先体现在它的横向地理跨越上。

(一)作为陕西籍新疆作家的红柯

红柯的文学创作大都以奔马、奴羊、天山、大漠为景观,在《喀拉布风暴》中,作者以极具震撼力的文字着意刻画阿拉山口的黑沙暴,不厌其详地描绘天山阿拉套山艾比湖的鸟瞰图,迷恋般地一再咏唱哈萨克民歌《燕子》,惊叹于地精、锁阳、肉苁蓉这些沙漠里的神奇生物,赞美为爱狂奔的金骆驼……然而,红柯的创作模式却类似20世纪20年代的"乡土小说"——一批寓居在北京、上海等大城市却被故乡放逐的现代作家,依靠回忆来书写自己遥远的故乡。不同之处在于,新疆虽不是红柯的故乡,却可以说是红柯的"第二故乡"或精神故乡。而对于家乡陕西,红柯并没有在写作中遗忘,出版于2013年5月的《百鸟朝凤》便是他在浓浓的乡思中对故乡的一次礼赞。写过《百鸟朝凤》之后,红柯终于把他对陕西和新疆两个地域的情缘统一在一部小说当中,《喀拉布风暴》的创作模式是作者身处故乡陕西、在回忆中亲近另一个精神故乡新疆的模式。这份双重的地理情缘使红柯的创作既不同于其他陕西作家,也在进疆的作家中独树一帜，更不同于新疆的本土作家。

从作家的主体意识来看，红柯显然不同于传统的知识分子/启蒙者身份，对于自己的写作对象——新疆这片广袤的土地以及生活在这里的人，红柯都是怀着诗意去赞美的。孟凯父亲说："水流二里净，你就是一把鼻涕一团脓水四五百公里的戈壁沙漠净化不了你？"① 精河是一个可以净化人的地方，张子鱼因爱受伤、失去爱的能力后只身来到精河，穿梭在戈壁沙漠的风暴中，也是因为这里的天地辽阔高远，是一个可以疗救人的地方；而对于燕子、地精、金驼这些神奇的造物，红柯更是心向往之……但也并非赞美这里的一切，通过对比新疆和陕西的区别，红柯也认为西域瀚海的历史零落如碎片，没有纵深感——这也算是一种客观评价，不含批判的意味。

深入分析会发现，作者的这种诗意赞美，其实隐含的是一种外来者/旁观者的眼光和姿态，即汉族地区对民族地区、内地对边疆的观看和把握，这也恰巧符合作者的实际身份，尽管这种观看和把握是抱着惊叹、赞美、迷恋、震撼等情感态度的。作家陈忠实曾对此有很明确的区分，他说在农民眼里，土地和劳作都不具有诗意，他们考虑的是怎样多打粮食过好日子等实用目的，而作家思考和体验的就可能不是这些。这其实是一个很重要的区分，作家的主体意识决定了其情感介入的方式和作品最终呈现的景观。在《喀拉布风暴》中，作者对新疆的描写既不具备批判精神，也不具备本土意识。

比较另外一位进疆作家赵光鸣，红柯这种旁观者的主体意识就更鲜明了。赵光鸣十岁就随父母进疆，"八千里路云和月"的进疆之路和在新疆的成长经历成为他日后文学创作的"珍贵尘土"，如同一个土生土长的新疆人一样，他从不以外来者的眼光强调那些具有典型民族特色的征象，只是将其作为生活场景处理。赵光鸣善于描写那些四处游走谋生的流浪汉、漂泊者及同样处于生活底层的人们，在毫无诗意的日常生活中表达生存层面的世俗精神。在《喀拉布风暴》中，西安人张子鱼和新疆小子孟凯也都因为爱被放逐漂泊到异乡，但这种漂泊不是一种生存方式，而是一种精神现象和文学景观。

（二）斯文·赫定与中国

张子鱼和孟凯早在他们还未相遇的少年时代就已相互关联，联系他们的不是叶海亚，而是斯文·赫定的《亚洲腹地旅行记》，这种关联虽不是

---

① 红柯：《喀拉布风暴》，《收获》（长篇专号）2013 年春夏卷，第10页。

实质性的，却有某种宿命的意味。张子鱼远走精河不仅是为了忘却爱情，还体现了他对斯文·赫定的仰慕和追随，三个男人的爱情都与空间距离的变换息息相关——爱情与空间距离的矛盾张力是这部小说的一个主题。

在《喀拉布风暴》中，冲淡或阻隔爱情的，不是时间，而是空间，这个空间是包含生命意义的。空间能冲淡或阻隔爱情，不仅由于空间距离跨度之大，还因为这种距离有斩断过去的意义。对赫定来说，每次进入亚洲腹地的探险都是对生命的挑战，是生与死的距离，虽然他与米莉的爱情最早是建立在两人对探险的共同向往之上，米莉也爱慕赫定身上那种北欧神话英雄们所具有的荒蛮气质和作为一名探险家所具有的雄心，但是当赫定越走越远、越走越难的时候，世俗的爱情注定要离他而去。爱情失落了，爱还在延续，赫定的探险之旅是与荡气回肠的爱情之歌《燕子》《蕾莉与马杰农》相伴的，没有了爱情却更懂得爱情。每到生死边缘，米莉总能幻化成永恒女性的形象引领赫定穿越死亡不断上升，米莉嫁人之后，赫定也强忍着悲痛宣称自己"已经嫁给中国了"。从世俗的爱情走向精神的、永恒的爱情，从一种爱情走向另一种爱情，从孟凯与叶海亚间寡淡普通的爱情走向张子鱼与叶海亚、孟凯与陶亚玲间如同被击中的爱情，这是《喀拉布风暴》带来的启示。

斯文·赫定走过戈壁瀚海来到中国标志着他地理探险的成功，而他与当时中国的文人学者们——沈兼士、鲁迅、刘半农等人的交游才是两种文明、两种文化的真正接触。作者虽对此着墨不多，对鲁迅来西安讲学、计划创作剧本《杨贵妃》而后胎死腹中、婉拒诺贝尔奖推荐等史料的叙述也稍显散佚，却拓展了小说的文化意蕴和层次格局。对于生长在陕西的作家红柯来说，《喀拉布风暴》在写西域的同时依然执着地表达历史情缘和文化诉求是很自然的事，小说通过叙述赫定对中国文学的兴趣、对复兴古代丝绸之路的兴趣，把一个民族的文化自信问题引入小说。有感于西安讲学期间所见的唐代遗迹，鲁迅在《看镜有感》中表达了他对这一问题的看法：

遥想汉人多么闳放，新来的动植物，即毫不拘忌，来充装饰的花纹。唐人也还不算弱，例如汉人的墓前石兽，多是羊，虎，天禄，辟邪，而长安的昭陵上，却刻着带箭的骏马，还有一匹驼鸟，则办法简直前无古人。……汉唐虽然也有边患，但魄力究竟雄大，人民具有不至于为异族奴隶的自信心，或者竟毫未想到，凡取用外来事物的时候，就如将彼俘来一样，自由驱使，绝不介怀。一到衰弊陵夷之际，神经可就衰弱过敏了，每遇外国东西，便觉得仿佛彼来俘我一样，推拒，惶恐，退缩，逃避，抖成一团，又必想一篇道理来掩饰，而国粹遂成为屏王和屏奴的宝贝。①

二、《喀拉布风暴》的纵向历史跨越

前文述及鲁迅是因其与斯文·赫定在中国的游历相关，而在笔者看来，红柯的《喀拉布风暴》与鲁迅的内在相关性并非主要体现在这里，而是体现在某种精神气质上——红柯笔下的瀚海风暴，与鲁迅笔下朔方的雪，有极大的相似性。鲁迅在《雪》中写道：

朔方的雪花在纷飞之后，却永远如粉，如沙，他们决不粘连，撒在屋上，地上，枯草上，就是这样。屋上的雪是早已就有消化了的，因为屋里居人的火的温热。别的，在晴天之下，旋风忽来，便蓬勃地奋飞，在日光中灿灿地生光，如包藏火焰的大雾，旋转而且升腾，弥漫太空，使太空旋转而且升腾地闪烁。

在无边的旷野上，在凛冽的天宇下，闪闪地旋转升腾着的是雨的精魂……

是的，那是孤独的雪，是死掉的雨，是雨的精魂。②

在鲁迅笔下，朔方的雪是与暖国的雨和江南的雪类比出现的，如粉如沙、绝不粘连、蓬勃地奋飞、灿灿地生光、旋转升腾、弥漫天空是它的外形，孤独的雪、死掉的雨、雨的精魂是它的内质。借朔方的雪，鲁迅表达了一种高度凝结的情感张力和理性精神，抛开我们惯常联系的社会背景，孤独、死亡这些极致的生命体验，使文字具有的诗性和穿透力触及灵魂。

《喀拉布风暴》写瀚海里的细沙比面粉还要细腻光滑，毫不粘连，揾在脸上像毛巾，流下来跟水一样干净彻底，水还有个湿印子，沙子却一粒也不沾。但是当风暴来临时，沙漠就"站起来"，遮天蔽日，昏天黑地，就成了传说中的喀拉布风暴——"冬带冰雪夏带沙石，所到之处，大地成为雅丹，人陷入爱情，鸟儿折翅而亡，幸存者衔泥垒窝，胡杨和雅丹成为奔走的骆驼。"③

---

① 鲁迅：《看镜有感》，《鲁迅全集》（第 1 卷），北京：人民文学出版社 2005 年版，第208 ~ 209 页。

② 鲁迅：《雪》，《野草》，北京：人民文学出版社 2006 年版，第 23 页。

③ 红柯：《喀拉布风暴》，《收获》（长篇专号）2013 年春夏卷，第 13 页。

朔方的雪和沙漠里的黑风暴具有太多相同的气质，但终极的一点在于，人在这样的风雪和风暴中，灵魂会被打磨成粗暴的，然而这种打磨是人完成自己的使命所必需的过程。粗暴也是一种极高的生命体验，是人主动追求的结果。温软的江南的雪没有这种旋转升腾、蓬勃奋飞和冲决一切的力。同样，不经历风暴，人无法陷入真正的爱情，喀拉布风暴带来的燕子是爱情的象征，古歌《燕子》与风暴融为一体。

《蕾莉与马杰农》是故事中的故事，它同《燕子》这首古老的爱情之歌一样，出现在斯文·赫定的历史故事中，也出现在张子鱼和孟凯的当下叙事中，是一条贯通全文的情感线索。如果说《燕子》是风暴之后温暖祥和的爱情结晶，那么《蕾莉与马杰农》就是一场爱情的风暴，疯狂是爱的最高境界——"到此为止吧，我的心神已经耗尽，我像蜡烛一样内心一直在燃烧，再移半步全身就会烧焦，也会使他（马杰农）更加忘情更加癫狂。"① 西域大漠中古老的爱情之歌与古老的爱情故事都是引领人追寻生命冲动、走向自我原野的神启。

三、《喀拉布风暴》的文化跨越

两种或多种文化之间的距离、交流与冲突构成了小说《喀拉布风暴》叙写的广阔空间，同时体现了小说的内在张力。

（一）边地与关中：《喀拉布风暴》与《白鹿原》

比较《喀拉布风暴》与《白鹿原》，不仅因为陈忠实与红柯都是陕西籍作家，关中文化作为一种集体无意识在这两位作家身上不同程度、不同精深度地体现出来，还因为这两部小说中都写到了神奇的生物。《喀拉布风暴》里描绘的地精、锁阳和肉苁蓉不仅外形上很像男性生殖器，其生长的原因和功效也神奇无比，小说写地精刺破太阳的壮阔画面，写人与地精的相遇，写武明生家族的故事，无不热情洋溢渗透着男性生殖崇拜的意味，作者有意将这种赞美剥离了文化内涵，还原为人的自然本能，因而写得直白而充满激情。《白鹿原》故事的叙述也以白嘉轩在地头雪野里发现了类似白鹿的植物开头，但这个"白鹿"所包含的文化意蕴和精神象征远比地精、锁阳和肉苁蓉更丰富，也更含蓄。《白鹿原》开篇即写性却不是为性而性，而是要写白嘉轩的豪狠，写他意志的坚忍顽强，其目的是突出其身上所秉持的文化韧性。

---

① 红柯：《喀拉布风暴》，《收获》（长篇专号）2013 年春夏卷，第 73 页。

两相对比一下区别就很明显了，一个指向自然本能，一个指向文化诉求。这显然与西域边疆和关中厚土这两种迥然相异的地域文明相关，所有的人文都是地理的，都是次生于地理的。但需要指出的是，红柯毕竟不是土生土长的新疆人，他对新疆的体悟依然带着陕西人的烙印。因此，在《喀拉布风暴》中，红柯虽然主要写西域戈壁，却借新疆小子孟凯的眼将他所熟悉的关中文化风物作了陌生化处理："他和张子鱼一个奔向时间一个奔向空间……孟凯的爷爷外公总让他想到天山阿拉套山艾比湖，想到天空大地，张子鱼和武明生的爷爷却紧连着历史。"① 此外，对张子鱼爷爷的刻意描写让人看到一个精明、隐忍、独断，俨然乡村哲学家的宗法社会家长，与《白鹿原》里的家长族长有几分相似。

《喀拉布风暴》写孟凯在关中的探险之旅中爱上了西安姑娘陶亚玲，其实吸引孟凯的除了陶亚玲身上的独特气质外，还有她所擅长的秦腔艺术，尤其是眉户剧。孟凯随陶亚玲寻访此剧种的发源地户县，小说用了不小的篇幅来描写这一地方剧的艺术魅力，并多次津津乐道"眉户听多了会丧失理智"，这是作者描写西域瀚海之外另一截然不同的文化景观，有种刻意在里面。

（二）城市与乡村

小说中的张子鱼几乎不具备爱一个人的能力是多少让人匪夷所思的。城郊出身的张子鱼在成长过程中极其幸运地不断命犯桃花，屡屡得到最美丽、最优秀、出身最"高贵"、最有家学修养的三个女孩子的青睐。不可思议的是，在这些令人心动的女孩子面前，张子鱼从来鼓不起爱的勇气，每次都是在心动之后自觉地掐灭心中爱火，以致一次次造成对对方的毁灭性打击，极端的表现是他在红碱淖拥抱李芸的前一刻突然昏厥，像中弹一般完全丧失爱的能力。然而在作者看来，造成张子鱼这种精神阳痿的是城市与乡村两个世界的距离。

生活在城郊的张子鱼与城市居民楼里的女孩近在咫尺，两家只隔着不到五百米的砂石路，却分属两个完全不同的世界，城里的女孩画画、听音乐、弹钢琴的高雅生活离割麦子、进砖厂、打零工的乡村少年太遥远。尽管张子鱼五官清秀、教养良好，但他内心的极度自尊发展成了自卑。在武明生别有用心地不断吼唱《一无所有》的同时，张子鱼也一遍遍地告诉自己同样的话，就是这种自卑心理使张子鱼在爱情面前却步，久而久之发展成一种令他完全丧失爱的能力的心理疾病。

---

① 　红柯：《喀拉布风暴》，《收获》（长篇专号）2013 年春夏卷，第 50 页。

　　文化有时候会构成对人性的阉割。但是同等出身的武明生却大胆鲁莽，为追求爱情不择手段，可见文化并非对每个人都形成桎梏和约束，张子鱼的矜持是出于极度的自尊，他的精神阳痿是文化与性情共同造成的心理结果。

　　《喀拉布风暴》看似千头万绪——西域与关中、历史与当下、东方与西方、地理与文化——熔于一炉，地域的跨越及由此带来的文化跨越只是小说的表象，其基本的精神内涵在于追寻生命的冲动。冲动虽不是生活常态，却在人的生命中必须得有一次，唯有如此才能证明生命依然鲜活，才能使生命获得提升，这是在风暴中我们得到的启示。

足迹与方向
——沈苇诗歌创作发展论

冯庆华

（周口师范学院）

耿占春的《自我的边界：沈苇诗歌地理学》这样概括："一个人和自己出生、成长的地方是一种伦理和道德的关系"①，还借用曼海姆"自我距离化"的理论，把沈苇这种直面当下的自我超越性写作概括为"自我距离化"。耿占春对于沈苇诗歌的评价启发了我对文章中提到的主题——"阶段性"问题的思考。

历时性地审视沈苇的诗歌创作，尽管不太清晰，我仍然能依稀辨识出沈苇思想发展的轨迹与方向。为了便于论述，我仍试图采用保守而又牢靠的分阶段研究方法。

沈苇的诗集《我的尘土，我的坦途》基本上呈现了沈苇在20世纪90年代至21世纪初的思想发展历程，我的研究对象便是以这本诗集为基础，以2003年之后的《博格达信札》与沈苇的一些近作，作为《我的尘土，我的坦途》之后这一空档的补充，同时参阅沈苇这20年前后出版的其他文集，如《新疆词典》《植物传奇》等，认为沈苇思想的发展可以概括为以下几个阶段：

一、初涉人寰

个体成长的过程便是个体对世界认识、在世界中寻找自我位置、建构自我和世界关系，并进而确认自身价值和意义的过程。这个过程中的每一步都是坎坷曲折的，阵痛主要来自现实对个体梦想的冲击。孤独的个体在

---

① 耿占春：《失去象征的世界》，北京：北京大学出版社2008年版，第189页。

这个过程中，总希望找到一个可以诉说的对象，以实现自我价值和意义的对象化，而这个对象的寻觅却并不容易。所以，岳飞在《小重山》一词中感叹："欲将心事付瑶琴，知音少，弦断谁听！"知音难得，于是敏感善思的主体都试图把自己的思想和情感具象化，途径不一而足，其中之一便是付诸文字，所以有"悲愤出诗人"或"忧伤出诗人"的说法。

小说、散文和诗歌，每一种体裁本质上不过是作家表达自己审美、情感或思考的艺术介质，就像几种工具放在那里，不同的匠人只需选择自己顺手的。至于选择哪一种文体，一方面与主体的经验有关，另一方面也与主体的天赋有关。沈苇在这个过程中先是经历了体裁的选择，据他自己介绍，他在大学期间曾经写过不少失败的小说，最后才把努力的方向转移到诗歌上来。①

20世纪90年代初期对于沈苇来说还是一个"为赋新词强说愁"的阶段，此时沈苇在人生经验的触发下开始思考并试图用诗歌来诠释自己身处其中的世界。《我的尘土，我的坦途》分五辑，按照编辑的意思，第一辑"沙乡练习曲"大概便是按这样一个初衷来归置的。

本时期沈苇诗歌的主题追求上似乎多限于对一人、一物、一事或某一场景的联想，也常常表现出对青春流逝的忧伤，如《中国屏风》是一幅屏风里的图像勾起诗人内心的思古幽情，也让诗人展开了祛魅化想象；《少女们开遍大地》则表达了对"少女"的美好想象及时光中少女容颜更替的感慨。但概而言之，本时期经常出现的几类主题大都只是瞬间的、直观的情感，一种浮光掠影的扫描，一种"为赋新词强说愁"的曲意。

我看到本阶段沈苇努力阐释世界的同时，还更多地看到沈苇在这个阶段对自己诗艺的锤炼。经历过大学期间小说创作的失败，他把努力的方向转移到诗歌上来，尽管事实证明沈苇后来成为一个优秀的诗人，然而没有人是天生的生花妙笔，诗歌对于当时的沈苇来说，毕竟还是一个陌生的领域。沈苇在兴趣的引导下，进入这个领域，他还必须在时间的淘洗中，完成驾驭体裁的技能训练。在本辑中，一个比较突出的特征便是"形胜于质"的追求，如《一个地区》：

中亚的太阳。玫瑰。火
眺望北冰洋，那片白色的蓝
那人依着梦：一个深不可测的地区

---

① 沈苇：《博格达信杞》，《新疆诗章》，乌鲁木齐：新疆人民出版社2009年版，第4页。

鸟，一只、两只、三只，飞过午后的睡眠①

本阶段的诗大抵如此，其中随处都能看到的对比或者类比意象的刻意选取、陌生化意象的过度追求、语言的跳跃性搭配，让本时期的大部分诗歌读起来显得晦涩。曾经有人把沈苇归入朦胧诗人的行列，只是此时朦胧诗的潮流早已过去，沈苇自己也坦陈并没有参与到 20 世纪 80 年代那场文学热潮中去，那么此时沈苇的表现只能解释为受到 80 年代诗潮的影响。

不过沈苇成熟后，其他的叙事特征在这个时期也初露端倪，如对于细节、微末之物的关注，《开都河畔与一只蚂蚁共度一个下午》写道：

但是，有谁会注意一只蚂蚁的辛劳/当它活着，不会令任何人愉快/当它死去，没有最简单的葬礼/更不会影响整个宇宙的进程；我俯下身，与蚂蚁交谈/并且倾听它对世界的看法/这是开都河畔我与蚂蚁共度的一个下午/太阳向每个生灵公正地分配阳光。

诗人不但可以俯下身与蚂蚁交谈，还把自己比附为一颗沙粒，再如《旅途》中诗人写道："在旅途上/人很小，太阳很大"，"当我向着塔克拉玛干沙漠靠近/感到自己正成为沙砾的一分子/而太阳是天空唯一的皇帝"。当你想象自己深处茫茫无际的沙漠，头顶烈日前行时，人相对于沙漠的阔达几乎可以忽略不计，你的快速前行从一个俯瞰的角度几乎等同于静止。此时你会感到自己的渺小，而太阳一直照射着大地，照射着每一颗沙粒和你，你真会体悟到太阳的博大与无孔不入。正是这种谦卑之心，让诗人对万物充满敬意，认为神性充满天地，让他理解每个个体在宇宙中的位置，从而对一切生命怀着悲悯与敬畏，也质疑一切不平等与不和谐的人性根源，这也是他思想发展的动力。

还有视角的灵活多变。在《雨水》中诗人通过雨水在不同场景下的不同样态，表达自己对于雨水的领悟；还有对一次告别的多角度呈现，在外省高高的山冈、在早春的一个梦里、在死亡的阵阵冷战中、在告别的风暴中心表达自己对于别离的伤感，"人生自古伤别离，此情不关风与月"，这也是一种古今相通的情感。《风有什么意义》也是一样，是诗人从不同角度对于风的意义的追问与回答。这些多变视角其实是作者试图多角度、全面观察世界的努力。

---

① 沈苇：《我的尘土，我的坦途》，乌鲁木齐：新疆人民出版社 2004 年版，第 3 页。以下所引诗句除另外注明外，均出自该诗集。

此时诗人对真理怀着一种希冀和向往，但尚处在抵达人性本真的途中，按照王国维的对于人生三种境界的划分，应该还处于"昨夜西风凋碧树，独上高楼，望尽天涯路"的第一阶段，或者处于与"衣带渐宽终不悔，为伊消得人憔悴"① 第二阶段的衔接处。而这个阶段中个体之所以处于这种惶惑的状态，是因为他还没有真正完成自我价值的清晰建构。他有自己的审美追求，也有自己的价值判断，但都很模糊，知道是这样，但还没思考清楚为什么是这样。但有了这种追求，不同甚至相反的人生经验必然推动他进一步思考。

二、上下求索中寻找自我

1995—1997 年的"根和翅"部分被归入第二辑，但我认为本辑的诗作和第一辑可以视为一体，因为两辑之间并没有太大的差异，或者说尚不能看到作者思想方面出现质的飞跃，只是在对自我的认知与思考渐渐形成一种自觉，诗人思想的成长也由此真正开始。如《状态》这首长诗在主题上与前面相差不大，只是对于自己理想的翘望和当下状态的思考：

> 我天生就是一个被追捕的人：被影子追捕/被影子的影子追捕，被影子的影子的影子追捕/一个被追捕的人，一个被轰出书斋的人/在逃亡中免费周游了世界/我唯一的罪行就是热爱美。

这里"影子"大概是一个世俗中的我，世俗强迫我接受人间的一切价值观，而诗人却因为向往着那种纯美和自由而不愿屈从。如下节所说的："我看见那么多人，被无形的手指挥着前进/他们的一半已经腐烂，另一半仍在狂欢。"这里诗人有种清醒者自命的感觉。对人与世俗的洞察，让他远离人世，走向荒野，完成耿占春先生所认为的那种"自我距离化"。

个体有了自我意识，才会有这种认识自我的冲动，而要完整全面地认识自我，又必须在一个大的时空背景提供的参照系中进行。这方面，古今思想者大都有类似或相通的经验。也是因为这种冲动，沈苇的思想开始走出自我狭小的天地，把思维之光投向了个体生存于其中的时间和空间，这是探索现象本源的一种努力。如《时代》："时代开得飞快/万事万物在狂奔中喘着粗气……我的一生，曾经反对石磨下的童年/如今反对匆忙的车

---

① 王国维：《人间词话》，北京：中华书局 2009 年版，第 16 页。

轮和脚步。"这里诗人对传统与现代的两种感受作了对比，石磨下的童年象征成长的传统背景，匆忙的车轮和脚步则喻指现代文明尤其是市场经济下"失去象征的时代"。诗人那一代人的幼年时期恰值中国现代化大发展之际，在现代化的宣传建构的幻象中，曾经把"楼上楼下，电灯电话，点灯不用油，耕地不用牛"当作我们对未来的希冀与梦想，把我们生活于其中数千年如一日、节奏缓慢的生活状态认定是落后的、应该摒弃的。而当我们真正飞快进入了现代社会时，我们身处各种现代符号的包围之中，被这种快节奏，失去自我成为现代机器的一部分的生活状态所累，如鲁枢园所言："科学取代了信仰，理智取代了感情，实证取代了想象，机械取代了生命，就连精神现象也被当作物理学操作控制的对象物，人失去了灵性，更失去了神性，仅仅成了物质，成了'被降格为单纯的，本身无本质的可塑造的某种东西'，当人的机体中配置的全是人造的器官，流动的全都是'科学的血液时'，人的本质、本性、本真的存在便被毁坏了，抽空了。"① 诗人蓦然发现，自己仍然眷恋那种传统中缓慢然而恬淡的生活状态，于是他发出慨叹：

只有小人物，在乡下安度他们的晚年/被深沉的遗忘青睐、笼罩；他临终时，仍在操心/一份静止不懂的田产，一只不肯下蛋的鸡。

多年之后，人物皆非，但诗人又觉得自己从未离开过，因为故乡一直在自己的记忆之中。而支撑这些记忆的、留存于时间之维中的那些凝聚情感的亲友以及与之相关的一草一木，这便是时间里的故乡。

《楼兰》这首诗则更分明地把空间和时间糅合为一体进行思考。楼兰是一堆废墟，然而这废墟却记载着人类的历史，特别是从那里出土的楼兰美女的干尸，让我们不得不思考死亡与生命、有限与无限、瞬间与永恒、情感与理智这些哲学话题。诗人面对楼兰，无限遐想，从不同的角度回顾了楼兰的历史："鼓声咚咚沐浴朝露的楼兰/黑发披身乳房明亮的楼兰/兽裘为衣天鹅为伍的楼兰/头枕白雪脚踏黄沙的楼兰……人烟断绝逃出楼兰的楼兰。"之所以感叹这片废墟，是因为美好事物的破损总是更加让人伤感。他还原了楼兰美女的一生：

楼兰的玫瑰开了/楼兰的天空亮了/楼兰的葡萄酿美酒/楼兰的女儿要

---

① 鲁枢园：《精神守望》，北京：东方出版中心 1998 年版，第 151 页。

出嫁；楼兰的玫瑰开了／楼兰的天空亮了／楼兰的庭院铺大麦／楼兰的女儿
摘葵花；楼兰的玫瑰开了／楼兰的天空亮了／楼兰的沙土埋尸骨／楼兰的女
儿登天堂。

　　这种思考的拓展是符合逻辑的，其方向一般指向对世俗的超越。人对
世界真正的理解应首先从认识自我开始，遗憾的是很多人穷其一生都没有
弄懂自己，更不要说弄懂世界，于是都在世俗中浑浑噩噩，仅仅为了一顿
饭、一辆车、一所房子，日夜操劳，疲惫不堪。
　　或许诗人是从呈现新疆这个异域空间经验崛起的，这点被很多评论者
认可，他们从中看到异质性的经验和反思，然而异质性只是起点，如果一
个诗人或作家只是安心于凭借这种特异性的反复咀嚼以区别于他人，而不
能摆脱这种外在因素进行深度开掘抵达人性深处那层最普遍和本质的层
面，那么这个人，无论他是诗人还是小说家，都只能说还停留在浅薄的阶
段。如同海子关于诗人的观点："诗人必须有力量把自己从大众中救出来，
从散文中救出来，因为写诗不是简单地喝水、望月亮、谈情说爱、寻死觅
活。重要的是意识到底层的断裂和移动，人的一致和隔离。"① 沈苇似乎也
是从这个阶段起，不再满足于这种地域性的、异质性的表达。由于寻找自
我的努力，沈苇把自己放在一个大的时空背景中，在古与今、中与外、故
乡与异域的对比思考中，摆脱了自己的民族性、地域性等狭隘属性，他自
认已经超越了民族和地域，甚至超越了国家和种族，呈现出一种在不同民
族、不同地域基本相通的视野和普遍价值判断。诗人清醒地意识到了这
点，多次表达自己对"地域性"标签的抵制，如他在一篇随笔中说："存
在一种寄生地域的写作，如同文学的贴牌、自我的标签化。瞧，地域主义
的迷人陷阱里居住着如此多的诗歌寄生虫，他们要么狐假虎威地变成了一
个地域自大狂，要么甘愿做一只失去'蛙皮湿度'的井底之蛙。"② 尽管他
的写作中有地域性和民族性的题材，但他认为这些题材传达的都是一种全
人类甚至所有生命共通的情感和理想。在《沙漠，一个感悟》中，他从沙
漠那种特异的地貌中，看到永恒背后的有限生命，看到沙漠像海；"一个
升起的屋顶／塞人、蒙古人、突厥人、吐火罗人"都曾站在那里眺望天空，
他看到风沙一如从前，吞噬着城镇、村庄，看到这种特殊中的普遍性。诗
人似乎从那时起意识到自己曾经的狭隘，他说："我突然厌倦了做地域性

------

　　① 海子：《太阳·断头篇·代后记》，西川编：《海子诗全集》，北京：作家出版社 2009 年
版，第 1037 页。
　　② 沈苇：《地域性碎语》，《名作欣赏》2013 年第 9 期。

的二道贩子。"

三、存在的困境与超越

无论是诗人还是哲学家，对个体生命的思考，必然导向逼问个体存在的本质。随着对自我思考的深入，沈苇的诗歌渐次进入存在之境。尽管这类诗歌在沈苇的作品中所占比例不大，但其在沈苇思考生命本真的过程中却具有标志性的意义。他在这个过程中感受到了生存的孤寂。在《夜。孤寂》中，诗人这样写道：

走在深夜的街上/我在心里对自己说："生命就是孤寂。爱是孤寂，愤怒和悲伤也是孤寂……"夜也是孤寂——工作着的孤寂/夜只是呈现，放弃了徒劳的表达/用嘲讽的嘴和星光的牙/囫囵吞下我/一个叫嚷着孤寂的可怜虫/——夜在今夜吞下半个地球的可怜虫。

孤独于人生当然是一种痛苦，如同萨特所说的"他人即地狱"的生存体验。当然诗人也尝试了通过自为的选择超越生存的困境。第三辑"旷野行吟"和第四辑"存在的眩晕"中的一些诗作表达了诗人这方面的追求。这两部分的思想主题与前几年也没有清晰的分界，诗人思考的仍然是时间和空间，仍然围绕在个体在日常见闻中的感动和忧伤。只是这两个时期的诗中，更多蓄积了诗人对于个体生命的沉思。从这个角度上看，他向人生的本真又靠近了一步。《一个老人的话》中，一个时常跨越海洋和沙漠、大地和天空、蚁虫和神祇的老人，却被人们嘲笑为谵语和梦呓，但老人并不以为意：

现在我足够老了，快要活出这个世界——/当我登上天山，看到了/死后的大地、人群和现实/命运就像旷野上的风滚草/被风中不可知的暴力驱赶着/如同嫩芽努力咬破种子的皮壳/新命运的蹒跚总是跟着古老命运的踉跄……

这是沈苇对于生与死的思考，一个人必须经过这种思考之后，才会靠近人生的本真，所谓"向死而生"便是这个道理。在这种向死而生的思考中，诗人在试图窥破一切表象背后的本真。这种追求在《古尸馆》中得到进一步的表现："当人们面对生命的未来：一个古怪的尽头/还有何话可说？我们总愿意轻易承认/他人之死，面对自己的，却是噤若寒蝉/这难道是对生的过分迷恋造成的疲惫和狭隘。"我们如此敬畏死亡，因为生命是有限、脆弱和不可重来的，这必然为将要进入的那个不可知的生命尽头的个体带来震颤与绝望，然而也正是这种绝望感，才让敏感善思的个体真正反思人生。而这种反思常常把个体导向对世俗的超越，甚至成为一个虚无主义者，但这种选择显然于事无补。

刘小枫认为："确认了世界的空虚，只是问题的开始。人必须找到世界的意义，而非世界的空虚。如果因为世界的本相即虚无就会否弃对现实意义的要求，无异于肯定现世的虚妄就是意义，世界之外的价值无法透入到这个世界。如果肯定这一点，就得承认放弃生命的要求是合理的。"① 由于"向死而生"的生命态度，沈苇完成了世俗超越，完成了"自我距离化"，但他并未成为厌世主义者或享乐主义者，而是在这日常的生活中努力寻找爱与美以慰藉平淡的人生。这个时期沈苇的诗歌一边面对生与死的沉思，一边在沉思过后有了自己的选择，他更倾向于关注那种生活中最普遍甚至渺小的事物。他继续着和一只蚂蚁共度一个下午的习惯，关注一棵树、一株草，甚至为它们写下铭文（如《新疆植物记》）。在《植物颂》中，他谈到了自己对于荨麻、葡萄、白桦和白杨的感悟，出于这种对自然大道的理解和体味，他能感受到自己与一切生命息息相通。他甚至理解一个盲人歌手的存在价值，认为他歌唱光明，因为他精通黑夜。

如萨特的一篇文章所写："存在主义是一种人道主义。"与其说沈苇这一时期是在思考存在，不如说他是在悲悯生命。正是出于对生命的悲悯，他对于那种破坏自然环境、威胁人类生存的行为表达出一种忧虑和谴责，如《黑的雪》中，"黑的雪"象征煤烟和与之相关的浓雾天气，"像一顶皮帽扣在城市头顶/整整一星期，太阳没有露面"。"黑的雪，僵硬如死者之舞"，如魔鬼发出的诅咒，叫嚣着"毁了这城，毁了它！用硫磺，一点点毁了它的肺……"而此时，电视台主持人在告诫市民关起门窗生活时，还开着不合时宜的玩笑："为了健康，最好停止呼吸！"但面对这样一个沉重的主题，我们实在难以笑得出来。

若问诗人超越之后的人生状态改变，我认为主要表现在诗人在面对人生的诸种困境时，变得坦然和自由了。在第五辑"我的尘土，我的坦途"收集的 2003 年的诗歌中，我们能够感受到沈苇这种疲惫与快乐、沉思与坦荡并存的心理状态。如《吐峪沟》：

---

① 刘小枫：《拯救与逍遥》，上海：华东师范大学出版社 2011 年版，第 53 页。

> 村民们在葡萄园中采摘、忙碌
> 当他们抬头时，就从死者那里获得
> 俯视自己的一个角度，一双眼睛

在死者眼睛的注视下，活着的人因为习惯于这种生与死的衔接，反而能够更加坦然地面对来世，更加执着地忙碌此生。诗中表现出一些洞透之后的豁达，死亡能够给人深刻的启示，它诱导人思考归宿和彼岸的问题。当活着的人向死而生时，他们获得了灵魂的安宁。

四、思想和形式的日常化

读沈苇的诗，可以感受到其技巧和思想在 1990—2003 年间已经成熟，并进入思想发展的横向拓展期，此时的表现就是无论从思想上还是形式上都返璞归真，进入一种日常化状态。读 2004—2008 年的《博格达信札》，无论是上编书写新疆经验的《楼兰美女》《将军戈壁》《郊外的烟囱》，还是下编书写江南经验的《雨在下》《三个傻子》《苏州园林》，都在延续着2003 年前后形成的思绪，如对生命甚至非生命的尊重、对微末人物的关注、超越世俗而又执着于其中的人和事的生命状态等。这当然是其思想在发展到一定阶段之后，在对历史、社会、政治、人生进行祛蔽和祛魅之后，一切都回归到了"日常化"的表现。这里的"日常化"并非转了一圈又回到了原点，这种状态类似于王国维"人生境界说"中的第三种境界："蓦然回首，那人却在灯火阑珊处。"经过初涉人寰的"昨夜西风凋碧树，独上高楼，望尽天涯路"的面对复杂世相的焦虑，再经过"衣带渐宽终不悔，为伊消得人憔悴"的上下求索，他终于发现，人生的本真就是我们的日常生活，这与庄子《知北游》中所说的"道在屎溺"是同一个道理。站在这样一个高度，观察社会和生活、历史和当下，沈苇发现，平民百姓才是自己的真实身份，生活中的柴米油盐、亲情友情，乃至一饭一菜、一花一草才是生活的本真，才是应该关注的重点。有了这种领悟，思想和主题回归到日常化的"一地鸡毛"也就在情理之中了。

与这种思想进入平台期相辅相成，沈苇对于诗歌形式的追求也发生了变化。他在 20 世纪 90 年代初期开始诗歌创作时较为重视诗歌形式、言语，致力于话语方式和结构形式的创新，如"柔巴依""占卜书"形式的化用和创新，跳跃的语言、新奇意象的着意追求，让他的诗读起来显得生涩拗口。这些诗很容易被初学写诗者所推崇，甚至被奉为优秀诗篇的标准。这当然是一种误区，如海子在读荷尔德林的诗歌时感受到中国 20 世纪 80 年代诗歌存在的问题："从荷尔德林我懂得，必须克服诗歌的世纪病——对于表象和修辞的热爱，必须克服诗歌中对于修辞的追求，对于视觉和官能感觉的刺激，对于细节的琐碎描绘——这样一些疾病的爱好。"① 真正成熟的诗歌其实并非一味地追求形式语言的奇崛，所谓"删繁就简三秋树，领异标新二月花"，关键是在日常生活中见人所未见，言人所未言。

　　沈苇诗歌创作走向朴拙的状态，据我的阅读来看，似乎始于 2008 年新疆"7·5"事件给他带来的震撼。围绕这次事件，他创作了《安魂曲》，在诗中，他表达了自己的震惊，并对人性进行了追问和反思。事件把沈苇对新疆的印象完全颠覆了，"一声惨叫颠覆一首新疆民歌／一滴鲜血颠覆一片天山风景／一阵惊恐颠覆一场葡萄架下的婚礼／一截棍棒颠覆一棵无辜的白杨树／一块飞石颠覆一座昆仑玉矿／一股黑烟颠覆一朵首府的白云／一具残尸颠覆一角崩塌的人性／一个噩梦颠覆一个边疆的夏天／一个夏天颠覆一整部《新疆盛宴》"。他曾经对新疆情感深厚，不遗余力地歌颂她的美好，把乌鲁木齐称为"混血的城"，诗人说，"整整八年，它培养我的忍耐、我的边疆气质"，"整整八年，我一个异乡人，爱着／这混血的城，为我注入新血液的城"。"7·5"事件后，他又写下了《混血的城》改写版，"时隔十年，如此混血了：／是死者之血／与死者之血／的混血"，他还写道："时隔十年／我的语言深受重创／我的诗歌目瞪口呆／我用这一首《混血的城》／推翻、改写另一首《混血的城》"。如诗中所言，这次事件带给诗人的冲击不仅仅是思想上的，或者说这种思想上认知的深入必然促使他对盛载思想的容器——言语和形式进行变革。如他在《安魂曲》的"后记"中所说："这就是我的'旷野呼告'，我的'乌鲁木齐安魂曲'，我的从语言尸骸上站起来的新语言。"他的诗似乎从此不再追求高蹈，不再无视曲高和寡，他的写作开始呈现出日常化状态，而这种语言的朴讷也并未影响其主题的厚重，如《买馕的人》：

　　买馕的人买回两个馕
　　走到家属院门口
　　被传达室老大爷臭骂一顿
　　买馕的人与卖馕的人四目躲闪
　　手脚慌乱，像是做了一笔

---

　　① 海子：《我热爱的诗人——荷尔德林》，西川编：《海子诗全集》，北京：作家出版社 2009 年版，第 1071 页。

见不得人的生意
现在，买馕的人
站在威严的传达室老大爷面前
低着头，像做了错事的孩子
接受一位长辈劈头盖脸的臭骂
他满脸羞愧，抱着两个无辜的馕
恨不得立马钻到地下

这首诗几乎找不到之前诗歌中那些奇崛的意象、跳跃的语词、铺张的修辞，就是描述了日常生活中的一个场景，这场景太普遍，几乎在新疆的每个角落、一天中的任何时候你都会遇到，但买馕人和卖馕人四目相对的尴尬，买馕人遇到传达室老大爷的内心压力，都让我们为这场灾难在一个普通人心中留下的阴影而叹息和反思。一个如此平常的场面却能激起我们无尽的反思，谁能说这不是一首好诗呢？

这当然需要人生经验的极度丰富，也必须有思想和现实的紧密结合方可达到，必须如鲁迅那样"心事浩茫连广宇"，才能真正做到"于无声处听惊雷"。沈德潜论诗时说："古人不废炼字法，然以意胜而不以字胜。故能平字见奇，常字见险，陈字见新，朴字见色。"① 这是一种如同"庖丁解牛"式的超乎技而近乎艺的境界，是一种返璞归真的境界，沈苇似乎已经抵达这一境界。

五、结语

沈苇的诗歌题材尽管多与新疆相关，而他的思想和追求却是超越地域和民族的。这种渐入深刻的思想从 20 世纪 90 年代初期起，大致经历了诗歌的形式训练、自我价值的确认和自我价值体系的建构、关于存在的思考等几个阶段。2003 年后，沈苇在思想上渐入成熟和深刻，在现实的碰撞与反思中实现了对困境的超越。当然，由于沈苇一直徘徊在修辞与现实之间并倾向于"无边的现实主义"，这种"超越"显得有点艰难，同样因为对现实涉入的深度与广度，他之后的诗歌渐渐走出"象牙之塔"，特别是2008 年后，他的思想和诗歌形式都有回归日常化的倾向。

---

① 沈德潜：《说诗晬语》，北京：人民文学出版社 1979 年版，第 242 页。

西部草地的别样书写

——严歌苓《雌性的草地》与《陆犯焉识》

梁小娟

（湖南科技大学）

改革开放以来，沿海经济特区的陆续设立，在中国经济史上谱写了崭新的诗篇，给中国带来的一个直接影响就是东部、中部、西部经济发展上差距的不断拉大。从经济学意义上讲，"西部"这个词在一定程度上等同于落后与贫穷。但在文学文本的书写与建构中，无论是自然风貌、地理物产还是民情风俗、精神信仰等，西部有着中东部地区无法比拟的得天独厚的优势，这些优势在不少作家笔下被反复书写，西部也一次次被文学加以想象与重构。尽管目前学界对于文学视野下"西部"范围的界定存在一定分歧，但在严歌苓的小说《雌性的草地》《陆犯焉识》中，草地被一次次地书写与放大。诗意般的草原不复存在，取而代之的是被当作流放之地的贫瘠、荒凉、落后的草地。作为人物活动的空间，草地被建构成小说主人公人格炼狱的重要场域，主人公的精神、信仰在严酷的自然环境的考验下得以升华。从这一层面来讲，严歌苓为读者建构了一番别样的草地风景，也为读者考察"流放者"群体的精神蜕变提供了一个独特的视角。

一、徜徉在诗意与真实之间

从地理学意义上讲，西部因地理位置、经纬度的不同，其自然景观呈现出与东部地区截然不同的面貌：戈壁、雪山、刺蓬、黄沙、大荒漠、干旱的湖滩、草甸、沼泽等。从唐代诗人的边塞诗开始，西部就已进入读者的视野里。与南方水乡的小桥流水、钟灵毓秀不同的是，西部更多地体现出"大漠孤烟直，长河落日圆"的辽阔与"远芳侵古道，晴翠接荒城"的寂寥，同时伴随一定程度的异域色彩与神秘感，空间上的距离感也较易给读者带来审美上的艺术效果。西部的草原，在文学文本中已被诸多诗人不同程度地描摹：在马丽华眼里，草原有令人目眩神迷的美景："有雪也有风/有端庄的清晨/有过于斑斓的黄昏/有瑟瑟开放的动人的琐碎花絮/草原是又一面星空/当幽蓝消隐便有碧绿的闪烁"（诗歌《总是这草原》）；在王卫科笔下，草原有着与压抑虚空的都市截然不同的景观："辽阔的疆域/矫健的马匹/清澈的泉水野花的美丽/摇曳的芦苇飞翔的天鹅/肥大的羊群朴实的牧民/浓郁的马奶可口的肉食/原始的状态在这里延续/纯洁的心田在这里繁衍"（诗歌《草原》）。同样，玛拉沁夫的《茫茫的草原》，张承志的《骑手为什么歌唱母亲》《黑骏马》《金牧场》，王蒙的《狂欢的季节》，姜戎的《狼图腾》，高建群的《最后一个匈奴》，红柯的《西去的骑手》等小说，以及周涛、马丽华的散文都为读者描绘了一幅幅草原美景，并在严酷的自然环境中寻觅草原原始蓬勃的生命力。草原，在一定程度上被赋予了超自然的神性力量，是一个充满原始气息、引人遐想的静谧空间。

事实上，随着生态环境的恶化和西部大开发的推进，充满野性与诗意的草原已荡然无存，取而代之的是人类过度放牧与掠夺后的沙漠化。草原只能够在诗人"旧日的想象"（诗歌《草原》）中诗意地栖居，在文本的想象与建构中重返昔日的辉煌与灿烂。从这一角度来看，文本建构的草原空间与真实的草原其实已经呈现出巨大的鸿沟，前者只是创作者个人情结与审美理想的投射而已，真实的草原日渐溃败，这已成为不可回避的残酷现实。面对这一严峻的现实问题，是恪守现实主义的写作原则、正视草原的现状，还是继续在文本中建构先入为主的理想图景？这往往取决于作家的个体经验与审美趣味。与大多数沉湎草原盛景的作家不同，严歌苓在书写草原时并没刻意去渲染一个充满神秘色彩的异度空间，而是力图还原草原本真的面貌，既正视草原的贫瘠与荒蛮，又能在贫穷中发现草原中的真、善、美，以一种辩证的、不偏不倚的眼光对待草原这一独特的叙事空间。

《雌性的草地》以川、藏、陕、甘交界的一片大草地为叙事场景，以知青"女子牧马班"的故事来试图阐释"人性、雌性、性爱都是不容被否定的"[①] 叙事目的。雨过天晴后的彩虹、放荡盛开的多头向日葵、灵动飘逸的红马、受到惊吓四处逃遁的老鼠、翱翔的飞鹰、凌厉凶猛的草原狼、忠诚憨实的牧羊狗以及没入草径的森森白骨，这些都是草地上常见的生态景观。与此同时，草地也有另一番诗意的美："草地一波接一波。草已不

---

① 严歌苓：《从雌性出发（代自序）》，《雌性的草地》，西安：陕西师范大学出版社 2008 年版。

青，也不润，草尖结出黄色的穗，风吹来吹去，就有了一波接一波泛金色的、微乎其微的浪头。"《陆犯焉识》中的甘肃草地连绵起伏，"形成了绿色大漠，千古一贯地荒着，荒得丰美仙灵"。但也是在这片草场、盐碱地上寸草难生，冬季的戈壁刮起五级狂风，积雪没过膝盖，人只能在冻土、冻渣中刨食。作为地理性景观空间中的一员，个体能否跳出现实的拘囿，超越现实，捕捉到置身其中的诗意与美感，往往受制于个体的心理视野与心灵深处的情感寄托。很多时候，地理性的叙事差异体现的恰恰是创作主体对生存境遇与生命价值的不同感悟与体验。在草地的书写与建构中，严歌苓跳出了既往书写者的窠臼，既没有沉溺于自我创设的诗意幻景，也没有忽略草地这一空间真实的自然景观，而是用女性的柔韧与坚忍构筑了一个风景迥异的、悲烈与壮观、荒芜与突兀、挺拔与傲视、地理景观与文化心理相交融的西部时空。

二、原乡情结与流放地的冲突

从古至今，文学史上因政治原因而遭贬谪的文人数不胜数。在当代文学史上，受历次政治运动的影响，不少知识分子被当作革命的对象下放或者"发配"到偏远地区接受教育、改造思想。知识分子不得不背井离乡，在流放之地开始新的生活。与此同时，为缓解新中国成立后20世纪60年代越来越大的就业压力，大批知青响应毛主席的号召上山下乡，被安置到全国各地接受贫下中农的再教育。严歌苓的小说中，也不乏这类放逐者形象。在严歌苓笔下，草地是小说主人公远离故土的放逐之地。无论是主动请缨去草地牧马的女知青，还是因政治问题而被打为"右派"的劳改犯陆焉识，对于草地而言，他们都是外来的"他者"，是不折不扣的"入侵者"。外来者已经先验地积累了不少"原乡"的生活经验与生存智慧，进入草地这一"异乡"后，外来者的原乡经验与异乡生活产生冲突与矛盾，在生活习惯与心理上都产生较大的反差。外来者要想融入草地并被草地彻底接纳，必须入乡随俗，从生活习性到情感心理都必须发生转变，才有可能在草地生存甚至扎根。

《雌性的草地》中，女知青沈红霞带着女子牧马班的其他成员在军区首长面前信誓旦旦地要征服骏马、驰骋草原，于是在艰苦卓绝的自然环境中上演着人与自然、人与人、人与意志间的持久较量。女子牧马班生活的草地在海拔三千米以上，自然环境非常恶劣，每年只有三天的无霜期，暴雪与暴风常伴左右，生活用水严重匮乏，终日与马群、羊群为伴，还要抵抗狼群、男性以及常人无法想象的精神孤寂。草原是女子牧马班放逐青春、放逐人群的空间，在这一特定地域空间中，女知青面对的不仅是茫茫草原，还有原乡经验对草原本土生活的巨大挑战。在时间的流徙中，女知青这一群体已不似原初时那般纯粹，对草原之外的世界的向往使这一队伍逐渐走向分化瓦解。小点儿是女子牧马班中的一个独特的存在。因在"文革"期间犯下不可饶恕的罪过，小点儿以一名"流亡者"的身份逃遁到草原。为从乱伦的姑侄关系中挣脱出来，小点儿主动加入女子牧马班，开始流放生活。对于小点儿而言，草地是自我放逐的避祸之处，内心的罪恶感驱使小点儿远离人群，终日混迹牧群，最后葬身火海完成自我救赎。

《陆犯焉识》中的陆焉识因知识分子的张扬与不谙世事，在新中国成立后的历次政治运动中获罪，被判无期徒刑后发配到西北大荒漠服刑二十年。在那片草地上，人的尊严被漠视与践踏，犯人间相互折磨与倾轧，陆焉识只能以严重的口吃来掩饰生存智慧，艰难地生存下来，并凭借盲写书稿来寻求精神慰藉。也是在那片草地，陆焉识经历了在齐膝的雪地跋涉与被狼崽舔舐的噩梦，分食过从死人口粮中抠出的土豆，啃过带有淀粉的绿草。流放期间，陆焉识从来都不曾熄灭过的回城信念与后来的逃亡经历，使他无暇顾及草地的美丽，也很难把草地当作审美客体。这一点也恰恰确证了"他者"的境遇与经验势必会在草地的真实与虚幻的美丽间筑起一道无法跨越的鸿沟。从 278、老几、老陆到陆焉识的称呼变换，从上海到西北的大荒漠，在身份变迁与空间流徙中，未回故乡之前的陆焉识只是把草地当作人生旅途中的一段征途而已，回到故土才是始终萦绕心头的执念。在都市文明与原始草地的流徙间，在原乡与异乡的情感较量间，陆焉识的情感天平很明显地向前者倾斜。因为上海那座原乡，不仅负载着他的成长经验，更有一个令他眷念不已的妻子，一段历经世事变迁后才顿悟的、足以让他后半生倾其所有的迟来爱情。对于流放期间的陆焉识来说，根深蒂固的原乡情结带来的诱惑远远胜过草地的盛景。

三、心灵朝圣的栖息之所

在原乡经验与异乡生活之间，严歌苓与张贤亮、王蒙等绝大多数描写右派知识分子遭遇的作家一样，会在两者之间建构一种难以调和的矛盾，并让小说主人公作出艰难取舍。不同的是，严歌苓笔下的人物在经历这一痛苦的矛盾之后，最后会把他乡当故乡，选择草地作为心灵的寄托之所，借草地来实现灵魂的升华。草地最终成为小说主人公逃离都市文明、返璞归真的精神圣地。草地在一定程度上具备了象征内涵，个体对草地的眷念超脱了世俗的制约，甚至上升到宗教层面。个体在茫茫草地完成了心灵的朝圣之旅，并在草地这一奇特的叙事空间中实现了人格涅槃。

沈红霞其实是有多次机会可以离开茫茫草原回到现代都市的，但她却一而再、再而三地将回城的机会悬置，一次又一次固执地将自我放逐于草原，日夜与马群为伍。沈红霞驯服红马的过程，实际上可以看作外来者与草地间的博弈。沈红霞以羸弱的女性之躯应对草地自然环境的残酷，以征服者的姿态傲然屹立于草地之间，以视力的日渐衰退、双腿肌肉的萎缩、女性特征的丧失来完成对草地的悲壮融入。女子牧马班的成员频繁更迭，唯有沈红霞像磐石一样在草原落地生根，并用自己的威严与坚定稳住其他知青返城的迫切心理。即使知青全部返城、牧马班解体，沈红霞仍坚守草地，常伴着马群固守在草原，为的是实现心中所追寻的理想与信仰，用心灵的坚守来征服草地。在理想光环的普照下，沈红霞完全无视草地恶劣的生存景观，在寂静的草地虚构出自己与女红军芳姐子和垦荒团的陈黎明之间的精神对话，在同样献身草地的女性前辈那里寻找精神慰藉与为信仰牺牲的理由，以一种女性特有的悲壮苍凉完成了自我对信仰的执着与守护。草地见证了沈红霞为实现信仰而倾心付出的苦难，也见证了小点儿纵身火海后的新生。在沈红霞的感召下，小点儿渐渐顿悟到自身的卑劣与罪恶，在自我的克制与反省中完成了对于大写的"人"这一含义的诠释。草地虽吞噬了小点儿的肉身，但释放出来的却是灵魂重生时无比耀眼的光芒。于是，沈红霞和小点儿成为草地上一个不死的传说。

与沈红霞的执着相比，陆焉识是在苦熬二十年之后重返故土上海，经历世事变迁后，才猛然顿悟"草地大到随处都是自由"。重回上海后，深爱的妻子冯婉喻已患了失忆症，一对儿女的生活也因父亲的再次出现而被打乱。在大荒漠的二十年，虽然行动上缺乏自由，但在思想上陆焉识一直是极度活跃与空前自由的，他用惊人的记忆力在脑海不停地盲写与润色写给妻子的大部头书稿，也是靠着这点信念支撑着度过了漫长的刑期。妻子死后，陆焉识夹在女儿和女婿的缝隙间卑微地生存，丧失了一直以来所信奉与追求的自由。与大上海市侩的卑琐生活相比，茫茫草原更适宜安放陆焉识那颗沧桑疲惫的心。陆焉识离开都市再次出发，追寻着草原的深情呼唤，寻求灵魂的自由。在他临终的眼里，草原俨然成了自由的天堂和心灵最后的皈依之所。从上海到草原的多次迁徙中，陆焉识用时间与生命演绎了爱情与自由这两大命题，并最终在辽阔而苍凉的草原实现了个体的自由。

　　就文学的虚构与现实而言，西部草地的书写无疑是由创作主体的个人体验、审美趣味、性别差异、宗教信仰等综合因素的交叉作用而形成的。严歌苓在《创作谈》中也曾提到："多少美妙故事的产生，是由于我们记忆的不可靠性。记忆筛下什么，滤去什么，是由人的阅历，人的世界观、价值观变化而决定的。而记忆强调什么，忽略什么，更是一个人价值观、审美观的体现。"① 从这一意义出发，西部草地的书写与建构是否符合真实客观的原则已不重要，重要的是创作主体所重构的草地所承载的文化内涵以及创作主体所要表达的书写意图。在《雌性的草地》与《陆犯焉识》中，严歌苓以女性视角为读者建构了一个柔中带刚的、在一定程度上又超越性别立场的西部草地，在原乡经验与本土生活的冲突间塑造个体对爱、自由与信仰的坚守。

---

　　① 严歌苓：《苓茏心语》，努努书坊，http：//book. kanunu. org/files/chinese/201103/2074/47707. html。

董立勃小说创作的地域特征

张　凡

（石河子大学）

　　生命个体从诞生的那一刻起就被深深打上了地域的烙印，这个烙印如同人的胎记一般鲜明而富有意义。更确切地说，地域文化对一个人的影响是根深蒂固的，它对生命个体特性的形成与塑造具有不可替代的作用。俗话说，一方水土养一方人。从这个意义上说，地域特征是一个作家鲜明个性的关节点之一，作家在创作中会或多或少地显现出某种地域性的征候。就作家自身而言，对脚下那片土地的熟悉与彻悟是自身创作的源泉，"生于斯，长于斯"既是作家生活的基点，也是其文学创作的起点和自身独特性的落脚点。对成长于新疆这片土地上的作家董立勃来说，他的与众不同与新疆这一特殊的地域有着千丝万缕的联系。比较而言，多数当代新疆作家对脚下这片沃土的倾力抒写，热衷于表现边地新疆特有的地域特征与民族风情，并满怀激情地对边地世界的奇异与神秘进行纯美想象与浪漫抒怀。而身为新疆本土作家的董立勃却把宏阔的视野投向脚下这片赖以生存的边疆热土，以其丰沛的热情与载满温情的文字勾勒出与物欲横流、享乐盛行的都市世界截然不同的、充满诗意的屯垦家园。当浓郁的边地风情进入文学视野之后，给人们带来的不仅仅是供猎奇的、粗犷的民族与风景，更是一种雄浑阔远的美学范式与苍凉深沉的悲剧精神。对有着透彻的生命体验与丰富的人生阅历的董立勃来说，新疆兵团那片炙热的土地是他走进文学殿堂的起点，也是其文学再现的着落点，他用那饱蘸真诚之笔将蓄积于胸中许久的激情挥洒在对这片热土动情的描写上。董立勃的大多数小说都是围绕"下野地"这一特定区域展开的，他笔下的"下野地"既有荒原般的苍穹戈壁，更有生活在这片神圣土地上的那些粗犷真情、纯洁朴素的"屯垦战士"们。每每面对像"下野地"这样的丰富存在时，人们才会感受到来自边地世界质朴浓烈的崇高与悲壮。作家有意识地通过对"下野地"这一特定时空的叙写来表达面对人生的一种基本态度与理想境界。

一、"下野地"的诗性维度

一提起作家董立勃,人们总会想到他的"下野地"——新疆腹地的一个军垦农场,以及与之密切关联的许许多多的屯垦故事,正如其小说里所描述的:"下野地是一个地方,也是一个农场。地方很古老,没有人知道已经存在多少年了……下野地,也没有什么特别的,一片很大的荒野,也叫戈壁滩。这样的地方,新疆多得很。它们没有什么区别,只是叫的名字不一样。同样,下野地农场,也是平常的农场,此时,和它一样的农场,在天山的北边和南边,至少也有一百个。"① 可以说,像"下野地"一样的农场遍布新疆各地,它们正是作为西部边地的军垦农场进入人们的阅读视野,由此也构成作家叙述新疆兵团的生命底色。董立勃小说世界里的"下野地",是作家用深情浸透过了的。它们被董立勃以不同的小说文本陆续呈现在世人面前。董立勃对"下野地"的着力塑造,是一种对刻骨铭心的生命体验的炙热表达,他能够把深切的生命记忆、人生经验、世界想象以及日常情感化成丰富自足的美的小说文本。这些文本渐渐凝聚成一个独具特点、极富时代特征的艺术空间,在这里作家的想象力得到任意的发挥,丰富的情感得到恣肆的张扬,而这些也使得董立勃的小说世界越来越独特,越来越富有个人化、人情化的色彩。可以说,对"下野地"世界的倾力打造,构成了董立勃小说独特性的标志性符号。董立勃以独特的艺术构思、丰满的故事情节、简约的叙述语言,塑造出一幅活生生的、有血有肉的、生存于特殊时空下具有鲜明个性的"屯垦战士"群像。而这些"垦荒战士"们的命运又与那特定时代的风云紧密结合,尤其是基层团场里年轻女性的命运,正如《白豆》中的白豆,《静静下野地》中的了妹,《烈日》中的梅子、雪儿等。小说通过展示她们在背负时代赋予的历史使命下,敢于直面人生、敢于正视现实的苦难境遇,表现出她们勇于生、执着爱和不畏死的勇气以及对生命尊严、爱情自由的坚守和捍卫。这些生活于"下野地"的女人们,面对生命中的意外横祸,面对复杂多变的生存环境,在理想与现实、信仰与幻想、激情与理性、忠诚与背叛间痛苦挣扎并艰难抉择着,既不妥协也不屈服,始终以强大的生命毅力坚守自我生命中的善良与真实,从她们身上我们可以看到时刻绽放着人性美和人情美的巨大光芒。在"下野地"这一特殊的空间里,董立勃用审慎的眼光注视着那个特定时

---

① 董立勃:《静静的下野地》,上海:上海文艺出版社 2004 年版,第 5~6 页。

空下、特殊化组织里人与时代、人与组织、人与自然以及人与人之间错综复杂的关系，通过揭示人的灵魂深处的阴暗角落，不断地拷问人性的是非曲直，丰富地展现人性的多重内蕴，从而完成对人性美、人情美与自然美和谐融合的诗意表达。面对佟队长和一群男人手持钢枪追来，"雪儿坐到了雪地上，雪儿弹起了琵琶。吴克挨着雪儿跪下，雪儿把身子靠在了吴克怀里。吴克轻轻抱住了雪儿的腰。……琵琶的后面是雪儿，雪儿抱着琵琶，雪儿的后面是吴克，吴克把着雪儿"[①]。坚守于心的真爱让雪儿与吴克超越了对死的恐惧，平静之中他们选择了为爱赴死，赴死前的彼此依偎浸透了一种哀婉的清美。

　　一般说来，"地域的内涵不仅指山川、土壤、气候等自然现象，还包括与这些自然现象和地面上生存的人类相关的人文现象，它们共同构成了某一地域区别于其他地域的包括自然、风俗、人群性情、价值取向、道德标准、行为方式等独有的文化特色"[②]。身为本土作家的董立勃，没有沉迷于新疆的神秘色彩而自我陶醉，而是紧紧围绕"下野地"叙述着一个个凄美悲情的垦荒故事。"下野地"作为董立勃一直以来所极力营造的特定时空，"下野地"里发生的那些说不尽的军垦故事都是发生在人民军队参与建设边疆及新疆兵团的初期，一群亦农亦兵的"垦荒战士"们，"一边执行战斗队的任务，一边执行工作队、生产队的任务，肃清匪特，保卫边防，开荒种田，开办工厂、学校，修筑公路、铁路，参加地方上的各项改革"[③]。正是这些奠定了董立勃"下野地"的叙事底色。从某种意义上讲，"下野地"世界像是作家董立勃为当代人绘制的一幅反映遥远军垦生活、田园牧歌式的图画，由此决定了董立勃小说世界的与众不同。董立勃把小说创作的落脚点一直放在他熟悉的"下野地"这片天空下，逐渐形成独特的创作风格，其间不乏透出一股"豪迈感""自然美""野性美"以及特殊年代的"浪漫风情"。透过对"下野地"或明丽或苍黄的画面呈现，人们渐渐发现作家董立勃在其中楔入了对权利话语的理性批判及对特定时空下特定组织里个体悲剧命运的深切观照。就作家成长经历而言，在戈壁荒滩上成熟起来的董立勃，他童年、少年中的一个个生活情景与画面给他留下了刻骨铭心的记忆。他对"下野地"农场的一草一木都极其熟悉，都充

　　① 董立勃：《烈日》，桂林：漓江出版社2003年版，第185页。
　　② 张瑞英：《地域文化与现代乡土小说生命主题》，青岛：中国海洋大学出版社2008年版，第4页。
　　③ 新疆军区《人民军队在新疆》编辑委员会编：《人民军队在新疆·前言》，乌鲁木齐：新疆人民出版社1987年版，第1页。

满着感情，尤其对来自山东、湖南的女兵们更是情深意切，"她们中，有我的亲人，有我的阿姨，还有的女人，我应该叫姐。"① 如亲情一般的情感始终萦绕在作家心间，还有来自上海、北京、武汉、天津的知青们，以及一些流浪到新疆腹地求活口的"盲流们"，这些加入垦荒的人们以及发生在他们身上关于垦荒的故事都成为董立勃一生中挥之不去的生命记忆。正是童年时期刻骨铭心的印象和成年之后饱含深情的体悟，不断激励着作家董立勃走向那片古老久远的土地。戈壁、大漠没有泯灭他追求理想的火焰，深山、荒原没有使他期待美好的心田枯竭。面对眼前这片宏阔旷远的新疆热土，作家感到一种莫名的激动，一种难以言说的温情。从很大程度上看，董立勃是一个极具地域特征色彩的作家。他用饱含真情、质朴真实的笔触及这片深情的土地，把对这片热土的厚意浸透笔端，努力呈现这片大地之上的一切生灵，他视野所及便是"下野地"的一抹暖阳。可以说，"下野地"是个远离都市文明的边地存在，它地处遥远的新疆腹地，依偎在莽莽的天山脚下。"下野地"之初，既不是个村子、集镇，也不是一座城市，只是一片荒原，它的北边是荒漠，南边是天山，土地贫瘠、资源短缺，但就是这样一个偏僻、荒凉、朴拙的自然存在演绎着它特有的历史，从一个军营慢慢成了一个大军垦农场。

　　对董立勃而言，"下野地"这一文学空间是独一无二的，极富个人化色彩。董立勃与"下野地"情同手足，相互依偎。董立勃无法摆脱对"下野地"的深深眷恋，无法抵挡大漠、胡杨、戈壁、红柳对自己的深度诱惑，正是在这样一次次灵魂与肉体的冲撞与洗礼中完成自我超越。作家对"下野地"的认知、接纳与建构，意味着作家对逝去时光的一种坦诚；对历史岁月的某种追忆，意味着作家对人的最初情感的体认。现实环境下的"下野地"惨淡而毫无生气，但这却愈发使得董立勃力求把"下野地"作为自我精神升华的起点和自我情感寄托的终点，董立勃的"下野地"到处充满脉脉温情。面对豪迈粗犷的边地世界，董立勃试图去理解和把握眼前这个可以寄托个人精神的理想家园，把视野所及的"下野地"的一切囊括在自己笔下的字里行间，从而尽显他眼光的独到、睿智及"下野地"世界巨大的生命张力。"那个中午，在下野地的一片荒漠上，一匹马，驮着两个年青人在飞奔，一个男的，一个女的，男的叫禹韦，女的叫青青。禹韦坐在前边，青青坐在后边，青青抱着禹韦的腰，把脸贴在禹韦后背上。……马儿往西奔跑。一直往西跑，只要穿过这片荒漠就会遇到一条

---

① 董立勃：《静静的下野地》，上海：上海文艺出版社 2004 年版，第 257 页。

河。……他们会在这里开一些地，会去打猎打渔，同样，还会生一个或几个孩子……"① 一介弱书生禹韦克服内心的懦弱与恐惧，勇敢地将青青从冯汉手中拯救出来，一起奔向遥远的旷野，从此赢得了真爱，迎来了生命的灿烂春天。董立勃把对"下野地"世界的感觉与认知淋漓尽致地呈现出来，正是源自这独有的通透，彰显了作家身上特定的气质与情怀。自幼从山东来到新疆的董立勃，已在新疆生活了几十年，他既拥有山东人的壮实体格，也具有西部新疆所特有的豪迈与温情。从某种意义上讲，地理上的放逐仅仅是"放逐"的一种最简单的形式。董立勃由山东来到新疆，从大海之边进入边疆腹地，一种被迫的"自我放逐"之感并没有让他心灰意懒，地理位置的变换为他提供了观察世界的双重视角。拥有双重视角的董立勃在深情自由的边地书写中，慢慢汲取边地世界的精魂，从而不断将处于艰辛与磨难、尴尬与无奈等多重焦虑之中的作家彻底解放出来，这让董立勃的小说创作更具时代魅力与地域胸怀，从而使他更加从容地在时间与空间的双重视野里去理解新疆的独特性。"下野地"并没有导致作家心力的枯竭与写作上的放浪形骸，而是为作家注入了一帖清澈自然的糅合剂，让千古荒原充满向上的生命力。正是这股突如其来的生命的力量，裹挟着"下野地"世界里被压抑的众生相奔涌而至，实现了从作家自我精神建构到"下野地"诗性维度的完美转向。

二、"下野地"的自然呈现

董立勃关注边地新疆的视野是开阔的。对作家而言，眼前的新疆不是陌生而冷酷的，而是饱含着温情与纯朴，这种令人感动的边地情怀融入到作家写的每一部作品中。董立勃笔下的"下野地"世界，到处闪现着自然新疆的风景风情。从这个层面看，"下野地"世界是自然新疆的一个有着丰富内涵的缩影。饱经沧桑的胡杨林、苍茫辽阔的沙漠、亘古不变的戈壁、味美多样的地方饮食等，这些独具新疆地域特点的自然景观与生活画面，或多或少映现出生活在这片土地上的人们的生存形态与情感体验，都是历史天空下"下野地"曾经发生的那些"真实事件"的某种写照，同时也是作家自身挥之不去的生命记忆。自然化的"下野地"世界，一大片、一大片被岁月吹老的胡杨林，它们在不经意间出现在世人的眼前。这些有

---

① 董立勃：《红色雪》，乌鲁木齐：新疆美术摄影出版社、新疆电子音像出版社 2012 年版，第 229 页。

着"最美丽的树"美誉的胡杨是董立勃"下野地"世界的常客，它们是一种自然景观，"一片古老的树林，有多老，下野地的人没有能说得清。反正只要一进去，就像是进到了另一个世界。……而地上由于年年都有无数枯叶飘落，堆积出了厚厚一层，像地毯一样，踩在上面软绵绵的，又带有一些弹性"①。这里辽阔的胡杨林承载着浑厚而久远的历史感，它们的自然存在给身处边地的人们带来了款款温情。自然生长在野外的胡杨，由于其极其顽强的生命力，往往被人们赋予一种倔强的精神，"活着昂首一千年，死后挺立一千年，倒下不朽一千年"的美誉本身就孕育着一种岁月逝去浪淘尽的悲壮感与独特美。可以说，它们见证了古老新疆许许多多久远的传说。董立勃小说世界里的胡杨，往往被作家赋予某种意义的象征。作为一种人文风景而存在的胡杨，诉说的尽是"下野地"世界里最复杂的情愫，"荒地里有一棵胡杨，已经老得不行了，全身上下看不到一点绿色，没有一片树叶子。它站在那里，不知道是死了，还是活着，谁也说不出它的年岁"②。这棵胡杨树下埋着为拯救"下野地"而奋不顾身跳入洪水中堵堤坝漏洞的老朱，它的存在是对逝者的一种安慰，只有它能默默理解老朱从人人嫌弃到瞬间成为"下野地"英雄的境遇反差。"路边的老胡杨，东歪一棵，西倒一棵。很粗很大，却没有几棵是活的。全死了。树死了，和人死了一样，模样会变得很难看。看上去，像是传说中的魔怪。"③ 这是被分到开荒队的大学生冯其与妻子周青从南方的一座大城市到了边疆农场"下野地"见到的情景，给人一种无以寄托的荒凉之感，也从某种程度上暗示了这对夫妇即将面对的某种命运。"营地西边有一块沙丘，沙丘上有一棵胡杨树。树上没有树枝，没有树叶，是棵死树。怎么死的，没有人知道，可能是渴死的，可能是被害死的，也可能是老死的。死了多少年了，也没有人知道。开荒者来到这里时，它就站在这里了，像是在等着什么，又像是在说着什么。"④ 不能言说的胡杨淌过岁月之河，如同时光隧道的布道者，充满一种无可奈何的意味。

在小说创作过程中，当自然景物成了小说叙述的主角，就会愈发生机盎然。这些自然景物从边缘被放置到小说的中心，直接参与冲突、情节的构成，而不是单纯的烘托与渲染，它们被赋予灵魂、性格、意志和力量，而不再是某种抽象观念或者人物的隐喻和象征。董立勃笔下的"下野地"

---

① 董立勃：《太阳下的荒野》，乌鲁木齐：新疆人民出版社 2009 年版，第 144 页。
② 董立勃：《烈日》，桂林：漓江出版社 2003 年版，第 80 页。
③ 董立勃：《静静的下野地》，上海：上海文艺出版社 2004 年版，第 96 页。
④ 董立勃：《白豆》，北京：人民文学出版社 2003 年版，第 29 页。

世界总是被无边无际的沙漠所包围，放眼望去给人们一种空旷感，当被赋予某些人类情感时，人们又总是将其和荒芜、毫无生气联系在一起，但对叶子来说，"一看到大沙漠，叶子就像看到久别的亲人一样，扑向它。……沙子真的像水一样，不但像水一样流淌着，还像水一样干净"①。作家用丰富的想象勾勒出沙漠既雄浑粗犷又柔情似水的双重性格。对"下野地"人而言，沙漠有两副面孔，平时的沙漠平静如水，可一旦被大风扬起，沙漠就暴露出令人畏惧的一面，"当大风吹来时，沙子就会随风飘扬起来。太多的沙尘跑进了风中，风就不再是风了。风就变成了沙尘暴了。沙尘暴说来就来了，事先一点也不知道，也看不出来。……像是一只没有头没有脚的大得无边的野兽，却比任何野兽都跑得快，不等大家明白过来发生了什么，天上的白云和太阳就被它吞没了"②。自然的强力瞬间将"下野地"揽在自己的怀里，了妹就是在这场突然而来的沙尘暴中迷了路，直至因碰到一块戈壁石而昏迷，了妹最终被住在山上放牧的老古所救，由此为小说后续情节做了一个铺垫。同样是沙尘暴，不同的情形下具有不一样的意义，当胡铁大声嚎叫冤屈的那一刻，"死海一样的大漠里的沙丘像是睡着的怪兽被喊醒了，挟卷起了无数的沙尘，呼啸着扑进了胡铁的这一声嚎叫里。于是，每个人都看到了胡铁的嚎叫在瞬间变成了沙暴，变成了一条龙，疯狂地旋转在黑云与黄土之间"③。白豆原本指望好姐妹白麦的丈夫老罗能为心爱的人胡铁的冤案昭雪，却迎来了老罗更加严厉的惩罚，使得胡铁不得不像沙尘暴一般用强力表达自己的冤屈之深，而他也在沙尘暴到来的瞬间从"下野地"神秘消失了，从而让小说叙事蒙上了一层浓郁的奇异色彩。董立勃笔下的"下野地"世界到处散发着诱人的光晕，犹如一个个年轻而美丽的女主人公，时刻洋溢着青春的气息，羞涩又充满渴望，期待被人们所熟知，端庄又不失张狂，渴望生命激情的触碰，渴望被开垦，期待真爱的到来，从而注定了在她怀抱里的女人温柔多情，富有纯朴美；在她怀抱里的男人质朴粗狂，富有野性美。可以说，作家只有在忘我之境中才能获得真正的自由，没有避讳，没有羁绊。

有着丰富边地生活体验的董立勃，扎根于一片热土，写尽这一方人情，在超越与突破中，把人情与人性带入了世人的情感视野中去。敏锐的感知力、强烈的彻悟力和通透的洞察力使他完成了对"下野地"这一边地世界的理性认知，他的叙述超越了一般民俗或乡土风情的范畴，从而演变

---

① 董立勃：《太阳下的荒野》，乌鲁木齐：新疆人民出版社 2009 年版，第 144 页。

② 董立勃：《静静的下野地》，上海：上海文艺出版社 2004 年版，第 38 页。

③ 董立勃：《白豆》，北京：人民文学出版社 2003 版，第 275 页。

成对边地世界人性范畴中的生命再现。董立勃用他对"下野地"的坚贞痴迷，穿越时空隧道的沧桑，完成对西部边地世界人文风情和复杂人性的叙述。作为边地世界坚韧的生命力的见证者，董立勃在小说创作历程中始终力求对基本人性的一种彻悟、对理想人文精神的向往、对一份纯然信仰的不断追寻。董立勃通过叙写"下野地"里的人们对人生与世道的迷惘与新奇、压抑与纵情、挣扎与冲突、失望与希望多重煎熬的经历来完成自我对物性与人性、时间与空间、肉体与灵魂的多重感知与体认。面对边地新疆的神秘自然，他不是以一种猎奇的视角去创作，而是写自己熟悉且透悟的"下野地"生活，写自己愿意写的，表达自己愿意表达的。"下野地"里既有着边地新疆的辽阔与伟大，也有着充满人性色彩的塞外景致。可以说，景物描写在传统小说创作中是作家注重的一个重要因素，是小说不可分割的部分。人们在读传统小说时总会感觉到美丽的风景给自身感官带来的美妙享受，而且更会唤起人们对美景的无穷想象，从而理解风景描写那令人震撼的艺术魅力。那些恰如其分的景物描写总能给人留下深刻的印象，董立勃在这方面表现出了与众不同的追求。董立勃在小说中的景物描写不是简单的为了写景而写景，而是通过景物描写将景物与所要表达的主旨、故事情节的变化建立起紧密的关联。董立勃在《静静的下野地》中把老古的生活放置在大森林的边上，通过对其周围环境及四季天气不同程度上的刻画，从而达到勾画老古这一人物的作用。可以说，作家在这里如此突出景物，其目的就在于刻画老古耿直、忠厚、刚毅的性格特征。峥嵘的历史、如歌的岁月、尊严的生命以及神往的空间，都在作家关于"下野地"的想象之中成为不可泯灭的新疆印象。每一个瞬间、每一段路程、每一个景物，似乎都逃不过作家的心眼。细节的冲动让笔尖在挥墨之间战战兢兢。不可避免的宿命，那般刻骨铭心的记录，化成作家心中久远以来的畅怀。从某种意义上说，董立勃在小说创作中注重景物描写是对传统的一种继承。

三、"下野地"的意义界域

独具地域特点的"下野地"犹如一座地标矗立在董立勃的小说世界里。对读者而言，"下野地"拥有令人着迷的多重意义，而这也是"下野地"丰富性之所在。从很大程度上看，董立勃的成功得益于对"下野地"的倾力打造，在不断的小说创作中发现并构造了"下野地"这一独特的艺术要素和文学空间。从时空意义上讲，"下野地"是一种客观的现实存在，有着广袤无垠的场域，也有着久远的历史维度。空旷的荒野给人一种苍茫与荒凉之感，历史的深度与岁月的力度把"下野地"的内在本质自然地呈现出来，它的与众不同是鲜明的。一个拥有清醒的时代意识和自觉的文学意识的作家，会作出对自身文学世界架构更有价值和意义的选择。董立勃不再以宏大的历史视角去描绘异化主题的复杂性和艰巨性，坚决摒弃对历史叙事的传统描述方法，选择普通男女的生活琐事以及他们围绕性爱产生的情感纠葛，以展示人性、人情的多元建构并将其作为小说的切入点，从容地再现"下野地"里人性的复杂与多变，展现了丰富人性的多重维度，犹如作家在谈《白豆》的创作时所言："白豆的故事能引起那么多人共鸣，我想，很重要一个原因，她身上洋溢的人性美，是人们内心深处所渴望的，它和时代，和政治，和时尚，和贫富都没有关系，只要是人，都会被这种魅力所吸引。"① 董立勃始终以一颗赤子之心面对脚下的土地，用简约的文字把他内心深处无法割舍的情感和刻骨铭心的记忆尽情地挥洒出来，至诚至爱的真情流露在小说的字里行间；以对那个特定时空的讲述作为当下年代的一种对照，从而引起人们对真、善、美的回归与情感共鸣。

　　从时代政治意义上讲，"下野地"是个饱含时代与政治符码的混杂空间。可以说，对"下野地"的动情书写大多数都基于对新中国成立初期新疆政治形势的某种解码，"下野地的人，也和别的荒野上的人一样。全是兵。男兵打仗打到了这里，把仗打完了。国家说，你们种地吧。他们习惯了服从命令，这一回也一样"②。看似简单的叙述，背后却深藏着巨大的政治背景。"1949 年 10 月，第一兵团向新疆进军时，人民解放军第一野战军前委和司令员彭德怀向部队发出在新疆'建国立家'的号召。12 月，中共中央军事委员会主席毛泽东发布了关于军队参加生产建设的命令。进疆人民解放军坚决响应野战军前委和彭德怀的号召，坚决执行毛泽东的命令。抵达驻地后，征尘未洗，汗渍未除，就一手扛枪，一手拿起生产工具，开进天山南北的荒漠原野，开展了轰轰烈烈的大生产运动。"③ 从这个角度来看，"下野地"是时代政治的解码器。作家对这些看似只是轻描淡写，但无法回避的是，作家笔下每个发生在"下野地"的故事都是在这种背景下发生、发展的，正是这些政治前提的存在才使作家图解那个特定时代的镜

　　① 董艳：《人性的冲突最好看——专访作家董立勃》，新浪财经纵横，http://finance. sina. com. cn/roll/20030711/0924365647. shtml。

　　② 董立勃：《静静的下野地》，上海：上海文艺出版社 2004 年版，第 6 页。

　　③ 新疆军区《人民军队在新疆》编辑委员会编：《人民军队在新疆·前言》，乌鲁木齐：新疆人民出版社 1987 年版，第 63 页。

像有了可能性，而这种可能性也孕育着小说文本的丰富性。对边地世界的着力再现，对那场曾经在共和国成长史上留下光辉一笔的新疆建设兵团屯垦戍边、开发边疆的大生产运动和这场运动辐射出的众多垦荒故事，以及关于人的爱恨情仇的描述，将是个绝好的、有待挖掘的无穷宝库。尽管董立勃以"垦荒"作为其小说中众多故事发生的背景，但他却有意回避那股"青春无悔"的激情与悲壮，突出对普通年轻女性形象的塑造及其命运的个性展示，不断找寻那些散落在宏大历史背景叙事之外的感情碎片，从而揭示出被宏大历史背景裹挟下的个体的生命真相，还原特定时空下生命个体的真实人生。作家通过铺排的叙事不断探究造成一个个青年女性生命悲剧的种种因素：既有世俗观念的伦理压力，也有复杂人性的扭曲多变，还有共谋。正是权力与"组织"对日常生活的双重干预、对生命个体的实际操控以及身处"组织"机制内的人们对权力的迷恋，造成了人性的异化。可以说，董立勃传承了"五四"以来知识分子启蒙的立场，在小说中通过还原特定时空中青年女性真实的生存状态以及她们所遭受的组织权力和男性欲望的多重折磨，从而展现出"下野地"的另一番意义。

从文学自身的意义上来看，"下野地"是个混杂的大熔炉，它是文学书写与文学阐释的丰富载体。有近三十年的创作生涯的董立勃以其独特的创作风格、审美趋向与叙事模式，关注西部边地的"下野地"，关注生活在"下野地"里人们的心灵世界，关注那段早已被人们遗忘在历史角落里激情燃烧的岁月。浓郁的新疆兵团色彩环绕在董立勃的周围，他在人生的不经意间穿越时空隧道，走进那个当下的"下野地"，创造出一大批有着时代感、历史感的小说文本，这些小说以垦荒为基本题材和写作背景，在很大程度上丰富了"下野地"的独特内涵。"下野地"是董立勃独一的发现，这个世界里装着说不尽的垦荒故事，正如董立勃所言："西部垦荒，是一件伟大而悲壮的事，还表现得很不够。成功的垦荒小说比较少，我还要努力，希望能有更多作家，把目光投向西部。这里的文学矿藏，还没有被开发出来。"① 由此可以看出作家所具有的自觉的创作意识和独到的观察视角。就其创作题材而言，董立勃开辟了中国西部现代文学的一个新领域，激起了新疆当代文学的新的增长点，揭开了半个多世纪前曾经发生过的那段历史岁月神秘面纱的一角，让我们从文学的角度体验和审视了那个具有传奇色彩的年代里发生在"下野地"的动人故事，让那些曾经生活在那片土地上的人们又一次看到了留下他们血汗和足迹的土地上所涌动过的

---

① 董艳：《人性的冲突最好看——专访作家董立勃》，新浪财经纵横，http：//finance. sina. com. cn/roll/20030711/0924365647. shtml。

青春气息和生命活力。从区域文学的角度看，以"西部作家"自居的董立勃，其小说是对中国当代文坛的一个巨大贡献，正如他自己所说："从地域上讲，我生活在西部，写的也是发生在西部的事儿，大部分是垦荒题材，所以把我归为西部作家或垦荒作家都是可以的。"① 董立勃对独具地域色彩的"下野地"的倾力营造，彰显了西部边地的纯朴美、内涵美和生存在边地的人的野性美和悲壮美。

---

① 董艳：《人性的冲突最好看——专访作家董立勃》，新浪财经纵横，http：//finance. sina. com. cn/roll/20030711/0924365647. shtml。

岑参至林则徐对西域诗意的建构

罗浩波　黄晓东

（喀什师范学院　新疆师范大学）

从公元前 138 年张骞"凿空"，到 1841 年林则徐被流放，前后近两千年间，对以现今新疆为核心的西域的诗意描写，主要经历了初盛唐与中晚清两代诗人群的文学建构，而其中尤以岑参和林则徐的诗意营造最具突破意义与创新价值。如果说岑参是"以自己的诗歌创作，从地理学和文学两个层面上建构了重要的西域地理文化景观"①，那么林则徐则是用"回疆竹枝词"的形式，以直击当地习俗、直观文明差异、直引维语入诗的全新描写，进一步从地缘政治学和文化人类学视域，开拓了西域人文风貌的诗性表达。

初盛唐诗人真正涉足西域的并不多，所以诗中的西域往往是"中原化"了的地名引用或器物联想，如"白日登山望烽火，黄昏饮马傍交河"（李颀《古从军行》）、"愿将腰下剑，直为斩楼兰"（李白《塞下曲六首》）等，以及"葡萄美酒夜光杯"（王翰《凉州词》）、"羌笛何须怨杨柳"（王之涣《凉州词》）之类，实际是无关西域境况的借地抒怀式的诗语感发。唯有岑参于 35 至 41 岁间曾两出西关，到西域守将高仙芝与封常清的幕府中随军生活了近 4 年，才写出了"忽如一夜春风来，千树万树梨花开"（《白雪歌送武判官归京》）、"轮台九月风夜吼，一川碎石大如斗，随风满地石乱走"（《走马川行奉送出师西征》）等真实描绘西域自然奇景的经典名句，令后世诗人难以比肩。

中晚清诗人则多为朝廷贬谪到新疆的文武官员，对西域虽有了更为真切的感受，但其所持仍为中原语料束缚或比况下的"西域过客"视角，如纪晓岚的"阜康城内园池好，尚有妖红几树开"（《乌鲁木齐杂诗》）、洪亮吉的"伊犁三月三，哈密六月六。风日固自佳，其奈客幽独"（《宿沙枣

---

① 海滨：《岑参对唐诗西域之路的双重构建》，《中华文史论丛》2012 年第 2 期，第 168 页。

泉》）等，贬迁边陲的戴罪无责、虚空造臆的写作心态，使所吟诗句缺乏岑参那种赴边从军、扬威建功的积极进取气息下的猎奇色彩，更无从谈诗意、诗境的创构逾越了。然而极其幸运的是，刚刚经历焚烟抗英风波、初步形成世界视野的正处于 58 至 61 岁时期的林则徐，高吟着"苟利国家生死以，岂因祸福避趋之"（《赴戍登程，口占示家人》）的诗句也被贬到了北疆伊犁，后又奉旨足踏南疆八城及东疆勘田测亩，在所谓"西域遍行三万里，斯游我亦浪称雄"（《寄酬梅生见赠之四》）的独特游历中，创作了《回疆竹枝词三十首》，这首诗在创构意义上真正打破了岑参式异域自然风光的诗思叠构，进而切入西域人文风情的诗化开掘。

　　林则徐既不同于盛唐气象感召下富于热情、怀有抱负的岑参，也不同于大清隆兴自负时熟于宦海、安享太平的纪晓岚，他是在国家危机、民族危亡的历史关头，置身于重大政治事件并遭到不公正贬谪的当事人，其所练就的是杰出而敏感的政治家诗人的襟怀与风范，体现于诗文表达上，往往能把强烈的忧患意识熔铸到近代性与世界性的对清帝国的压迫感中。所以林则徐的《回疆竹枝词三十首》并不仅仅是"道光二十五年（1845）深入南疆半年的时间里，不仅履勘垦地近六十万亩，而且入乡问俗，以竹枝词的形式着力吟咏。……别具一格，诗中运用大量维吾尔语，形象地反映维吾尔族在清代的历史、制度；反映农作节气；反映历法、宗教；反映文化艺术；反映建筑、医疗；反映衣食起居；反映婚嫁丧葬；反映生产落后荒凉之状和人民生活艰辛之情"等那样简单的诗作，也不仅仅得出他"尊重维吾尔人民的风俗习惯和宗教信仰，虚心学习维吾尔语言，思想感情溶入维吾尔人民朴质的爱怨之中"[①] 那样单纯的结论。而且林则徐在标志着中国步入近代的"第一次鸦片战争"时期的东西文化的碰撞中，已经意识到中华传统文明的局限性，因此在"虎门销烟"之前，他就校订过《海国纪闻》并为之作序，组织翻译了英文《广州周报》、瑞士人滑达尔的《各国律例》、英国人慕瑞的《世界地理大全》（译后辑为《四洲志》）、德庇时的《中国人》、地尔洼的《在中国做鸦片贸易罪过论》等，逐渐形成了想要了解与认知西方文化的具有近代先进意识的开放心态，而这种心态在此后被贬新疆的"八城勘地"中，呈现出的便是放弃"华夷之分"的心理，对少数民族文化采取包容共存的崭新态度，这正是纪晓岚等被贬新疆的太平官员所完全不具备的经历与心态，由此林则徐的《回疆竹枝词三十首》才彰显出极具近现代意味的突破性价值。

---

① 周轩：《林则徐回疆竹枝词三十首新解》，《西域研究》2003 年第 2 期。

　　林则徐在贬谪新疆的途中以《荷戈纪程》的日记方式，详细记述了所到一地的地貌特点、历史沿革及满汉回城的分布，到贬所伊犁不久给妻儿的家书也要附记如"伊吾乃哈密，非伊犁也。伊犁在北魏为乌孙国，唐为西突厥，明称瓦剌，后改准噶尔，乾隆二十年入版图，后定今名，盖取《唐书》伊丽水而名之也"（见《林则徐书简》增订本）等家国大脉的事宜。纪念苏东坡生日作诗有云："皇舆西控二万里，乌孙突厥悉隶吾藩篱"（《壬寅腊月十九日巘筠前辈招诸同人集双砚斋作坡公生日。此会在伊江得未曾有诗以纪之》），可见他对大清地域主权的念念不忘、孜孜萦怀，而在《回疆竹枝词三十首》的首尾诗对读中，更可透视出他极强的为维护国家利益、戮力考察边陲的战略观念。

　　《回疆竹枝词三十首》的第一首为："别谙拔尔教初开，曾向中华款塞来。和卓运终三十世，天朝辟地置轮台。"诗中"别谙拔尔"是维语音译词，原指圣人，这里指伊斯兰教创始人穆罕默德；"和卓"是波斯语音译词，原意为显贵者，后成穆罕默德后裔的尊称。本诗格外强调了"回疆"与"中华""天朝"长久以来的隶属关系，奠定了组诗的创作基调。音译词的使用打破了关内（即嘉峪关以东）诗人固有话语的思维定式，沿承了唐朝诗人刘禹锡初写"竹枝词"时语言灵动、意蕴清新的创作风格。"和卓"句后夹注"至玛哈墨特止"，而玛哈墨特的儿子恰是清乾隆时朝在喀什噶尔发动叛乱并被逐杀的"大小和卓"，林则徐特意注明把叛国者从和卓传承人中撤除，其学习圣人著《春秋》语寓褒贬的用心是显而易见的。而最后的第三十首："关内惟闻说教门，如今回部历辎轩。八城外有回城处，哈密伊犁吐鲁番。"诗中"说教门"指宣传伊斯兰教；"辎轩"指朝廷使臣的轻车。本诗强调"关内"并不了解新疆回部信仰伊斯兰教的情况，因此点告新疆"回城"的重点分布有十一处，以此去对照林则徐的纪行日记，如到乌鲁木齐记"此地满、汉二城，皆繁华之区，都统、道、州驻满城，提督驻汉城，相距约十里"①，到喀什记"此处虽亦土城，而气势雄壮，甲于回疆"，对巴楚则提出"回疆之所谓边防者，防卡外之浩罕布鲁特安集延而已"，建议"如果南路欲严备边之法，只有将巴尔楚克旷地大为开垦，设为重镇，厚集兵力，不难成一都会，则卡外各夷如浩罕辈，永远不敢窥边"②，由此可知林则徐纠正关内对新疆的道听途说，通过实地考察而认知回城分布、防边备患的战略用心。以至于林则徐被恩准召回朝中、派往各地急用"救火"中，也始终不忘关注新疆。《晚清名将左宗棠

　　①　来新夏：《林则徐年谱新编》，天津：南开大学出版社 1997 年版，第 550 页。

　　②　林则徐：《林则徐全集》（第 8 册），福州：海峡文艺出版社 2002 年版，第 44 页。

全传》记述，1850 年 1 月 65 岁的林则徐见 37 岁的左宗棠时，谈及新疆形势云："终为中国患者，其俄罗斯乎！吾老矣，空有御俄之志，终无成就之日，数年来留心人才，欲将此重任托付。……东南洋夷，能御之者或有人；西定新疆，舍君莫属！"① 遂将在新疆所积地图资料尽付左宗棠，此为两人一生唯一的见面，当年 11 月 22 日林则徐去世，左宗棠即题挽联："附公者不皆君子，间公者必是小人，忧国如家，二百余年遗直在；庙堂倚之为长城，草野望之若时雨，出师未捷，八千里路大星颓。"20 年后任陕甘总督的左宗棠坚决反对李鸿章为加强海防而放弃边防的主张，指挥大军平定受境外操控的阿古柏叛乱，为清王朝重新收回了新疆，这不正是林则徐治疆理念的延伸与实践吗？

由域外沙俄对新疆的蠢蠢觊觎，林则徐更看到新疆域内的危机四伏，刚到伊犁林则徐就写《送伊犁领军开子捷（开明阿）》，表达不要为"三载无边烽，华夷悉安堵"的假象所迷惑，告诫开明阿"嗟哉时事艰，志士力须努。厝薪火难测，亡羊牢必补"。而到回疆八城的勘地中，他更感到回民宗教势力大于地方管理者之权的隐忧，在《回疆竹枝词三十首》之二中写道："百家玉子十家温，巴什何能比阿浑。为问千家明伯克，滋生可有毕图门。"其中"玉子"是维吾尔语数词"百"；"温"为数词"十"；"巴什"为"头领"意；"阿浑"今多写作"阿訇"，是伊斯兰教传教者；"明"为数词"千"；"伯克"是突厥语音译词，意为"管理者"，乾隆二十四年（1759）平定大小和卓叛乱后，清政府沿用"伯克"管理基层地方，但废除了其世袭的权力；"毕图门"为数词"万"。诗意为：百户十家的管理者"巴什"，权力不如传播宗教的"阿訇"，那么试问管理千户的"伯克"，能否达到所辖万人的定额呢？言下之意是问他能否抗衡"阿訇"的势力。林则徐对朝廷的边地管理者与宗教力量的消长表现出了深深的忧患，诚如新疆社科院苗普生先生分析："大小和卓叛乱被平定以后，其后裔流亡浩罕，阿浑便成了伊斯兰教在新疆地区的集中代表，并拥有神圣的权力。阿浑日益成为一种能左右社会的力量。所以，阿浑的社会地位愈高，愈表明宗教势力的强大，而利用宗教危及清朝在新疆统治的可能性愈大，这是清朝实行政教分离政策的根本原因。"②

林则徐还迫切感受到了回疆百姓对关内大清文明的不接纳，在《回疆竹枝词三十首》之六中感慨："归化于今九十秋，怜他伦纪未全修。如何贵到阿奇木，犹有同宗阿葛抽。"其中"阿奇木"为维语译音，指阿奇木

---

① 陈明福：《晚清名将左宗棠全传》，北京：军事科学出版社 2009 年版，第 141 页。
② 苗普生：《伯克制度》，乌鲁木齐：新疆人民出版社 1995 年版，第 41 页。

伯克，是正职伯克；"阿葛抽"为维语译音，指夫人、妻子。全诗只用贵族还有近亲通婚的现象，来说明回人的"归化"而未开化的现实状况。《回疆竹枝词三十首》之七中又补充回人没有纪年与年龄的概念："太阳年与太阴年，算术斋期自古传。今尽昏昏忘岁月，弟兄生日问谁先？"《回疆竹枝词三十首》之十二再次重申："亢牛娄鬼四星期，城市喧阗八栅时。五十二番成一岁，是何月日不曾知。"其中"亢牛娄鬼"是四个星宿的名称，"八栅"今写成"巴扎"，维语是集市的意思，约 7 天一次，意思就是52 次巴扎就是一年了，至于是何年何月何日就不知道了，可见林则徐对此惊诧、嗟叹的现象颇感费解。《回疆竹枝词三十首》之十六还记述了："准夷当日恣侵渔，骑马人来直造庐。穷户仅开三尺窦，至今依旧小门闾。"其中用"准夷"来蔑称康熙年间噶尔丹组织的准噶尔叛乱军，用百姓居住形制的变迁来反映分裂战争给普通百姓生活带来的深刻影响。这种对回疆百姓懦弱无知、不开化的忧虑，林则徐在给长子林汝舟的信中更欲以史为鉴地写道："前此张格尔之叛，乃浩罕为之，非张逆有尺寸之能也。浩罕知回子最敬其和卓（即圣人）之后，以张格尔是和卓嫡派，养在彼国，居为奇货。道光六年，挟以作乱，扬言和卓得复回疆，所有田地分厘不要完粮，各城回子信以为真，是以该年西四城望风响应，一时俱陷。迨后所言不验，且将回子家产人口，掠抢往浩罕去者，不计其数。此等愚回始悔从逆之误。十年间再行煽惑，遂骗不动矣。"基于此，林则徐建议朝廷要加强回疆田地开垦、保障粮食生产、加强边陲操防，《清史列传》卷三八记为："二十四年（指道光年），伊犁将军（布）彦泰奏请饬则徐勘办开垦事宜。则徐亲历库车、阿克苏、乌什、和阗、喀什噶尔、叶尔羌及伊拉里克、塔尔纳沁等处，请酌给回人耕种，并请改屯兵为操防。均如议行。"林则徐的战略高瞻浸透于诗文之中，这无疑使其诗文超越个体的贬谪体验，提升为对国家危局、民族大义进行反思的厚重标本，这是岑参、纪晓岚等拥有纯抒情视野的诗人所无法望其项背的创构。

正因林则徐对新疆采取了不同于岑参、纪晓岚等纯文学化的描写，而是以近代性与世界性的战略视角来考量新疆，所以他笔下的西域风情风貌，也就完全不是外在于山川、民俗的猎奇，而是直切根源的呈示。如岑参当年除善写西域奇景外，也注意到当地的语言文字与汉语的差异，所谓"蕃书文字别，胡俗语音殊。愁见流沙北，天西海一隅"，但只作自我抒情化的客观陈述，而林则徐《回疆竹枝词三十首》之五："字名哈特势横斜，点画虽成尚可加。廿九字头都解识，便矜今雅号毛拉"，其中"哈特"是维语中"字"的音译词，"毛拉"借用阿拉伯语的词，指对伊斯兰教中有知识的人的尊称。这里将维语与汉语不同的书写姿势与方法、维语字母的多少都交代得清清楚楚，显然不是看到差异就行，而是表现出对不同语言做了一番平等的学习、了解、考证与渴求掌握的态度。林则徐对新疆的感受处处都体现了其用心观察的特点，如新疆的农业生产是"不解耘锄不粪田，一经撒种便由天"（《回疆竹枝词三十首》之四），新疆人生计艰难是"村村绝少炊烟起，冷饼盈怀唤作馕"（《回疆竹枝词三十首》之十九），新疆特色饮食抓饭是"稻粱蔬果成抓饭，和入羊脂味总膻"（《回疆竹枝词三十首》之十八），新疆特色民居构造是"厦屋虽成片瓦无，两头橡角总平铺"（《回疆竹枝词三十首》之十四），新疆百姓宗教仪式——乃玛兹是"不从土偶折腰肢，长跪空中纳祃兹"（《回疆竹枝词三十首》之十一）等。在《回疆竹枝词三十首》之十中，林则徐简约生动地刻画了新疆人民过节的热闹场景："把斋须待见星餐，经卷同翻普鲁干。新月如钩才入则，爱伊谛会万人欢"，一诗囊括两大节日，即"入则"是开斋节今称"肉孜节"，"爱伊谛"是宰牲节今称"古尔邦节"，而"普鲁干"即《古兰经》。综上我们可以看出林则徐对新疆文化的了解不是过客旁观式的走马观花，而是虚心观察、处处留意、深入体验、实时了解，绝不虚空粉饰、虚夸浮躁。由此《回疆竹枝词三十首》才成为人们真正了解、感悟与认知新疆的绝佳窗口，其对新疆的风土人情的描述与研究今天新疆的现实情况仍然完全吻合，其对新疆的境内外情况的战略判断与研究今天新疆的现实问题仍然有极大的参考价值。

　　从岑参到林则徐对西域描写的诗性构建是新疆文化不断向前发展的基础和动力。关于岑参的评价，史料记载不多；而关于林则徐的评价，史料以当年伊犁将军布彦泰上奏陈述清廷的奏文最有见地："查林则徐到戍已及两年，深知愧奋，奴才每于接见时，留心察看，见其赋性聪明而不浮，学问渊博而不泥，诚实明爽，历练老成，洵能施诸行事，非徒托空言以炫目前者比，久经圣明洞鉴。奴才鼠目寸光，平生所见之人，实无出其右者。"[①] 岑参、林则徐来到新疆，毋庸置疑是新疆文化发展的最大幸事。

---

① 故宫博物院编：《史料旬刊》（第4册），北京：北京图书馆出版社2008年版，第369页。

耶律楚材在西域的交游及诗文创作[①]

和 谈

（新疆大学）

耶律楚材（1190—1244），契丹人，字晋卿，号湛然居士，本名"移刺楚才"，曾任中书令，精通天文、地理、历法、术数、释老、医卜等，擅长书法、弹琴等艺术，可谓博学多才。1219 年，成吉思汗远征西域，耶律楚材扈从征讨，居留西域近十年，创作了 130 余首西域诗，返回燕京之后，他又撰写了两卷《西游录》。对于其西域诗文作品，前人多有研究，但对他在西域的活动路线和交游情况，却罕有涉及者。有鉴于此，本文将详细考索史籍文献，对这一问题进行综合探究。

一、耶律楚材西域之行的路线

耶律楚材于 1219 年扈从成吉思汗西征，从其《西游录》所记来看，大军从克鲁伦河（在今蒙古国肯特省）出发，翻越金山（即今阿尔泰山），抵达也儿的石河（今额尔齐斯河），并在此驻下。其后攻占不剌（即今新疆博乐），南下进入阿里马城（在今新疆伊犁）。由此西行，经亦列河（今伊犁河），至西辽都城虎思斡鲁朵（今吉尔吉斯斯坦首都托克马克）。又向西、西南行，分别经过塔刺思城（今哈萨克斯坦江布尔）、苦盏城（今塔吉克斯坦列宁纳巴德）、八普城（不详，待考）、可伞城（今乌兹别克斯坦纳曼干西北）、芭榄城（不详，待考）、讹打剌城（不详，待考）、不花剌城（今乌兹别克斯坦布哈拉）、寻思干城（今乌兹别克斯坦撒马尔罕）、斑城（今阿富汗巴尔克）、黑色印度城（今巴基斯坦与印度北部地区）等地，并长期居住在寻思干（即耶律楚材诗中的河中府）和不花刺（即耶律楚材

① 本文为国家社会科学基金一般项目"契丹文学史"（项目编号：14BZW161）的阶段性研究成果。

诗中的蒲华城）。1224 年，成吉思汗率大军东归，耶律楚材则"由于在塔拉思城处理善后事宜的缘故，没有随成吉思汗大军东返蒙古本土"①。耶律楚材后来经五端（今新疆和田）、伊犁阿里马城、天山松关，至 1225 年冬至时，才到达瀚海军之高昌城（今新疆吐鲁番），后又经别石把（今新疆吉木萨尔）、伊州（今新疆哈密），于 1226 年重午日至肃州之鄯善（今甘肃酒泉）。

由上述行程可见，耶律楚材在八年多（1219—1226）的时间里，足迹遍及西域各地，经历可谓丰富，见识可谓广博。正如星汉所说："西域幅员辽阔，山川雄奇，瀚海绿洲，具有独特的地理风貌。东西文化于此交汇，形成了独特的民俗风情和人文景观，耶律楚材无不形诸笔墨。"②

二、耶律楚材在西域的交游及诗文创作

（一）与王君玉的交游及诗文唱和

王君玉，生平不详。刘晓在《耶律楚材评传》中认为他"原隐居山林，后投靠蒙古政权，并随成吉思汗西征。此人与郑师真一样，亦为耶律楚材在西域结交的知己之一"③。这一说法恐怕不准确。如果他"随成吉思汗西征"，那么耶律楚材必定在西征过程中就与他相识，为何直到西域才结交？耶律楚材有诗曰"一从西域识君侯，倾盖交欢忘彼此"④，可见耶律楚材与王君玉乃在西域相识，由此推断王君玉必定不是随成吉思汗大军西征而至西域，而是先居于西域，耶律楚材来到西域之后二人才相识。

耶律楚材写有《游河中西园和王君玉韵四首》，也是与王君玉唱和的作品。"异域逢君本不期"一句可以佐证上文的推断，王君玉必定不是与耶律楚材一起随成吉思汗至西域，在耶律楚材随成吉思汗西征之前，王君玉早已在西域。这说明西域原本就有汉族人生活，并且还能用汉语赋诗作文，这当与耶律大石建立的西辽有关。耶律楚材在《怀古一百韵寄张敏之》中注释曰："大石林牙，辽之宗臣，挈众而亡，不满二十年，克西域数十国，幅员数万里，传数主，凡百余年，颇尚文教，西域至今思之。"⑤可见耶律大石在西辽推广的，必定是中华传统文化。《西域和王君玉诗二

---

① 刘晓：《耶律楚材评传》，南京：南京大学出版社 2001 年版，第 71 页。

② 星汉：《清代西域诗研究》，上海：上海古籍出版社 2009 年版，第 27 页。

③ 刘晓：《耶律楚材评传》，南京：南京大学出版社 2001 年版，第 182 页。

④ （元）耶律楚材著，谢方点校：《湛然居士文集》，北京：中华书局 1986 年版，第 25 页。

⑤ （元）耶律楚材著，谢方点校：《湛然居士文集》，北京：中华书局 1986 年版，第 260 页。

十首》则多蕴含佛禅理趣，由此可知久居西域的王君玉必定通晓佛理，否则耶律楚材作此二十首佛禅诗无异于对牛弹琴。根据上文所述，这与西辽沿袭辽代制度的统治亦有关系。从西辽王朝用辽代旧制且用汉语文字的情况来看，王君玉或为西辽旧臣，蒙古灭西辽时归顺成吉思汗。王君玉的诗文今已不存，但从耶律楚材与王君玉唱和的诗作来看，他在西域也应创作了一定数量的诗歌。

查《湛然居士文集》，耶律楚材与王君玉唱和的诗歌多达 34 首，均为在西域时所作，分别是《用前韵送王君玉西征二首》《和王君玉韵》《游河中园和王君玉韵四首》《西域从王君玉乞茶因其韵七首》《西域和王君玉诗二十首》。从耶律楚材和王君玉的这些诗来看，似乎都是王君玉只作了一首诗，而耶律楚材往往和两首、四首、七首，更为甚者，乃至和二十首。依其内容和用韵来看，足可看作组诗。

《西域从王君玉乞茶因其韵七首》，据王国维的《耶律文正公年谱》，这组诗作于 1222 年，耶律楚材当时居住在河中府（即乌兹别克斯坦撒马尔罕）。从诗题可以断定，王君玉有赠耶律楚材的诗，耶律楚材这组诗乃是和作。此二人平日生活都用汉语诗歌进行交流，可见元太祖的军营中并非全是蒙古语的天下。而饮茶乃中原文化的一种，这组诗说明西域的军营中除了喝马奶子之外，还有一些饮茶之人。[①] 严耕望在《唐代文化约论》一文中说："六朝人已饮茶。或云开元中始传入北方。中叶以后，饮茶之风大盛，制茶工艺益发达，国家恃为正课，其产量之多可以想见。"[②] 中唐以后即如此，至宋，饮茶之习俗更为普遍，如苏轼、黄庭坚等人更以饮茶为生活雅趣之一。但西域饮茶之习俗似乎极少见于史籍文献记载。直到耶律楚材作西域诗，我们才得以了解西域饮茶之习俗。从"敢乞君侯分数饼""雪花滟滟浮金蕊，玉屑纷纷碎白芽""玉屑三瓯烹嫩蕊，青旗一叶碾新芽"等诗句判断，二人所饮茶的种类不止一种，当来源于中原地区。而耶律楚材的诗中明确地说"高人惠我岭南茶"[③]"万里携来路更赊"[④]"啜罢江南一碗茶"[⑤]，可见以上分析无误，这些茶叶确实来自当时的南宋地区。

---

① 耶律楚材在《壬午西域河中遊春十首》诗中亦多次提及"烹茶""啜茗"，可为中原饮茶之习俗在西域军营中流行的另一证据。

② 严耕望：《严耕望史学论文集》，上海：上海古籍出版社 2009 年版，第 830 页。

③ （元）耶律楚材著，谢方点校：《湛然居士文集》，北京：中华书局 1986 年版，第 108 页。

④ （元）耶律楚材著，谢方点校：《湛然居士文集》，北京：中华书局 1986 年版，第 109 页。

⑤ （元）耶律楚材著，谢方点校：《湛然居士文集》，北京：中华书局 1986 年版，第 109 页。

（二）　与丘处机的交游及诗文唱和

丘处机（1148—1227），字通密，号长春子，全真教七子之一，曾于1220 年奉成吉思汗诏赴西域讲道。此时耶律楚材正在成吉思汗身边，由于他既懂蒙古语与汉语，又通诸子百家书，所以可能被成吉思汗安排为丘处机讲道的翻译，同时陪同丘处机在闲暇时游览西域。在此期间，他与丘处机过从较多，二人多有诗歌唱和。

据王国维比对，发现耶律楚材和丘处机的诗歌有 40 首，但后来由于耶律楚材极力抵排全真教，所以将自己和丘处机的诗改为"和人韵"或干脆去掉"和韵"字样。

通过比对，发现这些诗确实"皆用邱长春辛巳年所作原韵"，"乃辛、壬间在西域时追作"。① 丘处机此行还带了十余个弟子，他们在西域吟诗唱和，可见他们在西域的生活不仅不寂寞，反而还形成了一个小的文人创作团体。这从耶律楚材《壬午西域河中游春十首》中可以找到证据。谢方在此诗题下注曰："诗题壬午，即作于公元 1222 年。用丘处机诗《司天台判李公辈邀游郭西归作》韵。"② 丘处机诗题中有李姓司天台判，为成吉思汗属下官员，从姓氏判断，当为汉人。由上文可知，王君玉亦曾和丘处机诗歌。由此可以推断，成吉思汗身边有一定数量的硕学汉儒。

从《西游录》所写内容来看，耶律楚材在与丘处机的交往过程中，渐生蔑视之心。除了耶律楚材在《西游录》中所写的丘处机隐瞒自己的年龄、学养不足、排斥异己等原因之外，主要还是与他们的宗教信仰不同有关，此外，可能也与丘处机获取成吉思汗的崇信有关。帝王对于宗教，往往是崇其一而不顾其二，故持佛教思想的耶律楚材因之不受成吉思汗重视。另外，丘处机在西域时也曾对此地有所贬低，如其有诗云："饮血茹毛同上古，峨冠结发异中州。圣贤不得垂文教，历代纵横只自由。"③ 直写此地文教不兴，荒蛮未化，只知骑马纵横。耶律楚材身为契丹人，且推崇其先人耶律大石，必定对此心有不平。查耶律楚材和丘处机的诗作，大多精心结撰，对仗、格律、用典、布局谋篇及艺术水平，均属上乘。由此可见耶律楚材在和丘处机诗作时极为用心，或有意要与其一较高下，以显示少数族群的汉语诗文创作并不亚于中原之汉人。关于这一点，星汉作了较为精到的论述：

---

① 姚淦铭、王燕编：《王国维文集》（第四卷），北京：中国文史出版社 1997 年版，第330 页。

② （元）耶律楚材著，谢方点校：《湛然居士文集》，北京：中华书局 1986 年版，第 95 页。

③ （金）丘处机：《栖霞长春子丘神仙磻溪集》，金刻本，北京图书馆藏。

耶律楚材的有些和诗，原作已经无法考证。我们从他和丘处机的诗作来看，全部都是严格的"步韵"，韵脚次序，一字不乱。这样作，当然会影响诗意的发挥，无疑是作茧自缚。唐后诗人乐此不疲，原因无非是两点：一是表示对对方的尊重，也可省去检韵之劳；二是逞才使气。往往是后者的成分居多。对于耶律楚材步韵丘处机的诗来说，恐怕还有一比高低的意思。①

星汉在比较耶律楚材的《过阴山和人韵》和丘处机的《自金山至阴山纪行》二诗后，认为耶律楚材的诗："24 个韵字，依次步韵，浑然一体，不见雕琢，委实不易。以笔者看来，胜原唱多矣！"②

（三）与郑师真、蒲察七斤的交游及诗文唱和

郑师真，字景贤，号龙岗居士，顺德（今河北邢台）人。刘晓对其生平考证较为详细，见《耶律楚材评传》第八章"交游"，兹不赘引。从耶律楚材诗"龙沙一住二十年，独识龙岗郑景贤"来看，他与郑景贤相识较早，在西域过从较多并成为知己。耶律楚材与他进行唱和的诗作共有 73 首，据王国维所作《耶律文正公年谱》，其中作于西域者有《和景贤十首》《又一首》。考《和李茂才寄景贤韵》之思想感情及诗中所涉西域景物，故亦可定为在西域所作。由于耶律楚材与他在西域共同生活近十年，关系非常密切，所以在西域所作诗歌往往并不涉及西域景物，而代之以家常语、牢骚语及抒怀语。

蒲察七斤，女真人，1215 年向蒙古大将石抹明安投降，被任命为元帅，后随成吉思汗大军西征。耶律楚材在西域赠给他的诗有 11 首，分别是：《赠蒲察元帅七首》《西域蒲华城赠蒲察元帅》《乞车》和《戏作二首》。据王国维《年谱》记载，《赠蒲察元帅七首》作于 1220 年，地点为西域的蒲华城（今乌兹别克斯坦布哈拉），因为蒲察元帅当时正镇守蒲华城。这一结论从"闲乘羸马过蒲华，又到西阳太守家"二句可以推断出来。这组诗歌反映了他们的西域生活，也保留了重要的西域族群社会生活史料。同时，这组诗具有更为重要的文化价值。既然是耶律楚材赋诗相赠，可知蒲察元帅必定懂汉语，否则耶律楚材赠诗实属画蛇添足之举。另外，蒲察元帅亦懂诗，至少能看懂耶律楚材写的诗歌内容。由此可见，成吉思汗征西域军中有一部分契丹人和女真人不但懂汉语，而且懂汉诗。这

① 星汉：《清代西域诗研究》，上海：上海古籍出版社 2009 年版，第 27 页。
② 星汉：《清代西域诗研究》，上海：上海古籍出版社 2009 年版，第 27 页。

实在是一个很有意思的现象。"素袖佳人学汉舞，碧鬟官妓拨胡琴"①，素袖佳人，当为西域美女，否则不得曰学汉舞。而学汉舞一词，亦暗示出当时有人教汉舞。由此可以推断汉文化在西域之传播较为普遍，如耶律楚材诗中所言，至少在前西辽统治地区有如此景象。

（四）与李世昌的交游及诗文唱和

李世昌，据耶律楚材翻译《醉义歌》序文所言，乃前西辽郡王，曾为西辽执政官，其先祖为西辽耶律大石的宰相。从其姓氏来看，当为汉人，至少是汉化较深的辽人。耶律楚材在西域为李世昌所作的诗有两首，分别为《赠李郡王笔》和《赠辽西李郡王》。所赠之物为毛笔，可见李世昌是喜爱舞文弄墨的文士。赠笔且赠汉语诗，可见李郡王亦懂汉语诗作。耶律楚材在西域期间曾跟李郡王学了一年契丹小字，往还赠答必定不在少数，此为西域汉文化交流传播之又一佐证。李郡王乃西辽郡王，一直在西域生活，从耶律楚材的这两首诗来看，李世昌既通汉语，又懂契丹文字，据此可以判断西辽地区所通行的文字必定为契丹字和汉字。耶律楚材的这两首诗因而具有十分重要的历史文献价值。

三、耶律楚材记写西域风光及个人生活的诗文

《壬午元日二首》，谢方点校《湛然居士文集》曰："诗题壬午，即作于公元一二二二年。"② 从"西域风光换"一句可知，此诗写作地点在西域。元日，即中国传统的大年初一，王安石有《元日》诗："爆竹声中一岁除，春风送暖入屠苏。千门万户曈曈日，总把新桃换旧符。"耶律楚材在诗中也说"旧岁昨宵尽，新年此日初"③，明确地说明自己一家人是在过年。如何在西域过年，诗中说："屠苏聊复饮，郁垒不须书。"④ 中国古代正月初一有饮屠苏酒、挂神荼郁垒图像的习俗，这在中原地区极为常见。但在元初的西域，如果少数族群过春节、喝屠苏酒，遵守汉文化的传统习俗，则令人觉得匪夷所思。正是因为当时西域几乎没有人过春节，所以也没有人卖神荼郁垒图像，故耶律楚材只好说"郁垒不须书"，无神荼郁垒也照样过年。由于这首诗反映了汉文化习俗在西域的传播与遗存，所以其文化意义就显得格外重要，或可成为中国文化交流史和民俗史的重要文献

---

① （元）耶律楚材著，谢方点校：《湛然居士文集》，北京：中华书局1986年版，第92页。
② （元）耶律楚材著，谢方点校：《湛然居士文集》，北京：中华书局1986年版，第105页。
③ （元）耶律楚材著，谢方点校：《湛然居士文集》，北京：中华书局1986年版，第105页。
④ （元）耶律楚材著，谢方点校：《湛然居士文集》，北京：中华书局1986年版，第105页。

资料。耶律楚材另有一首《庚辰西域清明》，与上述诗歌相似，也是耶律楚材在西域过中原传统节日的证据，由此可看出耶律楚材受汉文化影响之深。

耶律楚材的西域诗中曾提及与家人所吃之糖及糖霜，严耕望在《唐代文化约论》一文中说："自古食蔗者，始为蔗浆；孙吴时，交州有蔗饧；后又有石蜜，炼糖和乳为之。至唐太宗时，始遣使至摩揭它（原属中天竺）取熬糖法，即诏扬州上诸蔗，柞沔如其剂，色味愈西域远甚。洪迈云此即沙糖。而东川之遂宁以糖霜驰名，其法大历中邹和尚所教；至宋糖霜始盛。"① 而此物在西域出现，亦说明中原与西域之物质文化交流一直都未间断。

---

① 严耕望：《严耕望史学论文集》，上海：上海古籍出版社 2009 年版，第 829~830 页。

清代伊犁将军与西域文学及文人①

史国强

（新疆医科大学）

　　乾隆二十四年（1759），清政府统一天山南北，不仅结束了西域自明初以来长达数百年的分裂状态，而且完成了西域故土重归祖国版图的大业。乾隆二十七年（1762），清政府在伊犁设伊犁将军，统辖天山南北军政事务。鉴于伊犁将军所肩负的戍边大任，在人选的安排上，清政府"屡简大学士、尚书、锡封公侯崇爵、才足将相之魁臣硕辅为将军，令其坐镇伊犁而专寄以阃外之重也"②，故出任伊犁将军者多才兼文武。他们不仅在办理军政事务时注重拣选、聚敛有才文士并委以重任，而且还常在公事之余与之诗酒歌咏，抒发情怀，对伊犁文人群体的形成和文学创作的繁荣起到了重要的推动作用。本文着重对阿桂、伊勒图、舒赫德、保宁四位将军的创作及其与属下幕府文人的关系进行研究。

一、阿桂

　　阿桂（1717—1797），字广廷，号云崖，章佳氏，满洲正蓝旗人，后以新疆战功改隶正白旗，大学士阿克敦之子。阿桂为最早筹办伊犁屯务、伊犁城市建设者，后又先后署理、担任伊犁将军，为边疆的稳定、伊犁的开发作出了巨大贡献。阿桂能诗，王昶《蒲褐山房诗话》言"公有作辄焚其稿"，故其诗作多不传，清铁保《熙朝雅颂集》、王昶《湖海诗传》、近代徐世昌《晚晴簃诗汇》皆收有其作，去其重见者者，以铁保《熙朝雅颂

　　① 本文为2014年度教育部人文社会科学研究规划基金项目"清代新疆伊犁将军府文人群体研究"（项目编号：14YJA751021）及新疆维吾尔自治区哲学社会科学研究2012年度规划基金项目"清代开发新疆中的文学发展研究"（项目编号：12BZW082）的阶段性成果之一。
　　② 伊宁市政协文史研究委员会、伊犁师范学院图书馆编：《伊犁府志注释》，伊犁师范学院学报编辑部1985年版，第4页。

集》所收八首为最多。其中作于西域者两首，其一为五律《伊犁军营》：

> 欲扫妖氛净，严疆战不休。人犹争马革，天已厌旄头。刁斗三更月，关山万里愁。渠魁何日灭，非直为封侯。①

诗当写于乾隆二十一年（1756）至二十四年（1759）平定准回叛乱期间，气韵浑成，立意高妙，一方面表达了扫净妖氛、剿灭渠魁、早日平息战争的愿望，另一方面又表达了报效为国、不为封侯的廓大胸襟。而另一首《大军次永昌有作》"投戈收战骨，撤幕返春耕。仰喜皇心慰，边陲已息兵"② 则反映了西域边陲平定后息兵屯田的可喜变化。在格琫额的《伊江汇览》里，还收录了阿桂乾隆二十七年（1762）八月撰写的一篇《建兴教寺碑记》和三十二年（1767）十月撰写的一篇《敕建伊犁普化寺碑记》，前者追述了作者移镇伊犁初期，搜集山林余孽、妥善处理涉外边务、迁徙回民、奏调官兵广治田畴、奠定边防基础并取得不凡成效的艰辛历程，以及在绥定城修建兴教寺的因由，后者则在略述作者对佛法宗旨的感悟之后，详述了明瑞将兴教寺移建惠远城、阿桂又在乾隆赐名普化寺之后重新拓建的过程。两者对于研究清代伊犁城建、屯田及佛教发展均具有重要的文献价值。

二、伊勒图

伊勒图（？—1785），字显亭，纳喇氏，满洲正白旗人。乾隆二十八年（1763），伊勒图出任伊犁参赞大臣，由此开始了他二十余年的戍边生涯。自三十三年（1768）起，伊勒图前后四次出任伊犁将军之职，将军任期合计逾 15 年，并最终于乾隆五十年（1785）七月卒于伊犁将军任上，为历任伊犁将军中任期最长者。他处事谨慎缜密，镇定从容，为新疆的稳定和发展作出了巨大贡献。徐珂《清稗类钞·吏治类》以"伊勒图以至诚抚番"为标目称赞其"抚绝域二十余年，驾驭得宜，抚番夷以至诚。番夷感激用命，如安集延、哈萨克等，皆畏威怀德，至呼为父。性廉洁，馈羊至十即不纳，而赏赉优渥。又定开屯田、练士卒、犒夷众诸制，高宗喜其

---

① （清）铁保辑，赵志辉校点补：《熙朝雅颂集》，沈阳：辽宁大学出版社 1992 年版，第 1196 页。

② （清）铁保辑，赵志辉校点补：《熙朝雅颂集》，沈阳：辽宁大学出版社 1992 年版，第 1196 页。

守边安谧，尝赐诗比之赵充国、班定远"。①

伊勒图不以文名，但在任期间重视文化建设，推动了伊犁义学教育的发展。他重视人才，先后上奏拔用遣戍伊犁的汉族废员庄肇奎、陈庭学、于梅谷等人，管理惠宁、惠远、绥定诸城仓务，这在历任伊犁将军中是不多见的。乾隆五十年（1785）三月，废员赵钧彤抵达伊犁戍所，初被派至船工处，但旋即又被伊勒图改命"隶印房兼折房当差"。关于这项差事的变更，赵钧彤在他的《西行日记》中写道："众异之，谓前无改差者。盖适有笔墨役，须识字废员，或以余应，故复有是命。"② 这段记载充分体现了伊勒图唯才是举的用人态度。

乾隆四十年（1775）秋，伊勒图命格瑹额在惠远城东南隅濒临伊犁河的龙王庙前建造望河楼一间，题其额曰"泽被伊江"，并撰写联文："源溯流沙气润万家烟井，泽通星宿波恬百里帆樯。"③ 之后，他还亲书"鉴远"作为题匾高悬其上（故望河楼又称鉴远楼）。遣员舒其绍在其《望河楼》诗序中介绍说："在大河北岸，碧树周围，雪峰环拥，亭台上下，花木芬芳，为伊疆胜游之所。"④ 徐松在《西域水道记》中也形容望河楼"红栏碧瓦，俯瞰洪涛，粮艘帆樯，出没其下。南山雨霁，沙市云开，酒榼茶枪，赋诗遣闷，苍茫独立，兴往悲来"⑤。作为文人登临远眺、临流赋诗的风雅之所，许多官员和遣员都留下了关于望河楼的诗作。促成这样的文学盛事，伊勒图功不可没。庄肇奎有一首《奉和伊显亭将军登鉴远楼元韵》："公自题名鉴远楼，楼边红日照晴州。诸蕃射猎民耕凿，如海朝宗汇众流。"⑥ 该诗不仅记述了伊勒图亲自为望河楼题匾"鉴远"的事实，而且也说明伊勒图是能诗的，只可惜有着在诗集中抄录和诗原作习惯的庄肇奎没能够留下伊勒图的这首《登鉴远楼》诗。

在格瑹额的《伊江汇览》里，还收录了乾隆三十五年（1770）五月伊勒图撰写的一篇碑文《惠宁城关帝庙碑》。碑文在阐述修建关帝庙的用意

① 徐珂：《清稗类钞》（第3册），北京：中华书局1984年版，第1234页。
② 李竞：《丝绸之路资料汇钞（清代部分）》（第2册），全国图书馆文献缩微复制中心1996年版，第170页。
③ （清）格瑹额纂，吴丰培整理：《伊江汇览》，中国社会科学院边疆史地研究中心编：《清代新疆稀见史料汇辑》，全国图书馆文献缩微复制中心1990年版，第24页。
④ （清）舒其绍：《听雪集》（卷四），《清代诗文集汇编》编纂委员会编：《清代诗文集汇编》（403册），上海：上海古籍出版社2010年版，第377页。
⑤ （清）徐松著，朱玉麒整理：《西域水道记》（卷四），北京：中华书局2005年版，第242页。
⑥ （清）庄肇奎：《胥园诗钞》，嘉庆十七年刻本，《清代诗文集汇编》编纂委员会编：《清代诗文集汇编》（363册），上海：上海古籍出版社2010年版，第34页。

的同时，着重颂扬了清王朝拓荒西域之伟功："其地僻处荒徼，曩特为准逆回部往来游牧之场耳。今一旦焕然与之更始，建城郭，立制度，同文共轨，人物嬉恬，商贾辐辏，四郊内外，烟火相望，鸡犬相闻，一转移间，遂称极盛。"这段碑文也表达了自己恪尽职守、巩固国防根本的内在愿望："图膺简命之众，受任阃外，亦唯愿与莅斯城者，朝夕黾勉，仰体皇上轸念新疆之至意，相与固根本，虑久远，以为八旗官兵休养生息之计。"① 全文文风朴实，扼要简明，立意忠恳。

伊勒图去世后，庄肇奎写了一首长诗《哭伊显亭将军》：

岁次乙巳逢初秋，大荒月黑风飓飓。栎马群惊将星落，哭声咽断伊江流。我公勋业在竹帛，感激但欲陈前由。忆昔庚子谪西极，羁孤蹯履霜蒙头。书生佩刀用自壮，衰白跨马徒增忧。乍见相招入帷幕，独容借箸参前筹。细流土壤抑何补，泰山河海欣能收。飞章再上密荐达，皇恩特许湔愆尤。初给头衔掌屯积，边丞又保三年留。譬诸老树死霜雪，春风苏物加和柔。腐儒暮齿屏荒漠，已分残喘填渠沟。一朝感奋顿欲起，屈指岁月忽已酋。但指天山祝公寿，愿公长此镇遐陬。呜呼！我生且长公一岁，公何急欲骑箕游。群蕃哀号白日暗，九城停市黄云愁。公之口碑二万里，能用礼仪销戈矛。公之恩威二十载，坐令玉塞巩金瓯。天子震悼下恩诏，亲臣遣奠渥泽周。赐以伯爵子承袭，丧仪恤典如公侯。荣终哀始公已矣，蒙恩未报怀前羞。安得公来脱羁絷，操笔赋类囚山囚。②

诗歌在表达自己哀思的同时，追忆了伊勒图对一个遣戍废员的知遇之恩，歌颂了伊勒图近二十年恩威兼施，使边陲金瓯牢固，在国内外树立了良好口碑与不凡业绩，同时也追叙了清政府给予这位为祖国边疆建设鞠躬尽瘁死而后已的将军身后的崇高荣耀。

三、舒赫德

舒赫德（1710—1777），字伯雄、伯容，又字明亭，姓舒穆鲁，满洲正白旗人。舒赫德在新疆统一和开发建设方面作出了很大的贡献。乾隆三十

---

① （清）格琫额纂，吴丰培整理：《伊江汇览》，中国社会科学院边疆史地研究中心编：《清代新疆稀见史料汇辑》，全国图书馆文献缩微复制中心 1990 年版，第 18 页。

② （清）庄肇奎：《胥园诗钞》，《清代诗文集汇编》编纂委员会编：《清代诗文集汇编》（363 册），上海：上海古籍出版社 2012 年版，第 40 页。

六年（1771），土尔扈特部从俄罗斯回归，乾隆心目中办事妥帖的舒赫德被调任伊犁将军，圆满完成了对投诚土尔扈特族人的接纳和安置任务。在任期间，舒赫德十分重用有才文士。乾隆三十三年（1768），因卢见曾案被流放伊犁的内阁中书徐步云此时就深为其倚重，《道光泰州志·文苑·徐步云传》就有这样的记载："将军舒文襄赫德一见如平生，留掌印房，凡奏稿及受土尔扈特降一切文檄皆出其手。"① 之后，这位诗人不仅留下了不少反映伊犁建设发展的优秀诗篇，还撰写了一首长诗《寿舒相国夫子一百韵》，对舒赫德在西域平定准回叛乱、安置土尔扈特族人、发展屯田事业所作出的贡献做了全面的诗意描述。舒赫德本人亦能诗文，但仅有部分奏稿存世。

四、保宁

保宁（？—1808），字远峰，图伯特氏，蒙古正白旗人，靖边将军纳穆扎勒子。保宁于乾隆五十二年（1787）十一月被任命为伊犁将军，自五十三年（1788）五月到任后，虽屡次升迁改任，但因缺乏合适人选，他又数度重返伊犁担当镇边大任，直至嘉庆七年（1802）被召回京师，任领侍卫内大臣，管理兵部，兼管三库。前后共计14年，实任将军之职达12年之久，仅次于伊勒图。

保宁任职期间，伊犁基本处于稳定发展时期，他巡边整军，加强武备，调整财政管理措施，扩大垦田规模，增加战备储粮，发展矿业、牧场等，多渠道提高伊犁经济水平，对巩固边疆、减轻中央财政负担、改善伊犁军民生活水平、促进边防稳定和发展作出了重要贡献。乾隆五十八年（1793），他对伊犁惠远城进行了扩建，使这座西域重镇变得更加繁荣。嘉庆三年（1798），他又派人对伊犁通往内地的道路进行了整修。这一沟通内地和伊犁交通的善举被当时往来其间的文人记载了下来。嘉庆十年（1805），废员舒其绍在自己的《东归日记》中写道："海（赛里木湖）尽头，有戊午（嘉庆三年）秋修路碑二通，前将军义烈公保远峰相国镇伊时命余所作也，一树山巅，一树海头。"② 道光八年（1828）三月，方士淦东归路过果子沟的时候也写道："果子沟两山矗立，松树参天。中有涧溪一

---

① （清）王友庆等纂修：《道光泰州志·文苑传》，（清）陈世镕等纂：《中国地方志集成·江苏府县志辑》（第50辑），南京：江苏古籍出版社1991年版，第297页。

② （清）舒其绍：《东归日记》，《清代诗文集汇编》编纂委员会编：《清代诗文集汇编》（403册），上海：上海古籍出版社2012年版，第423页。

道，迤逦盘曲，小桥七十二道。石壁巉岩，青绿相间，人在画中行。山景之佳，甲于关外。保文端公相修平山路，利赖至今。……出果子沟，上达坂，有伊犁前巡检顾谟立碑一座，纪保公功德，嘉庆三年立。"①

在伊期间，保宁还表现出非凡的见识。乾隆五十四年（1789），保宁在伊犁成立志局，组织人力纂修《伊犁志》："（王大）枢至伊犁之二年三月，呈《伊犁星野述》，奉命入志局，修《伊犁志》。共事者，浙江举人原知府施光辂，山东进士原知县赵君（钧）彤。"② 而另据蔡世恪《西征录序》说："余来新疆之年，总统义烈公保将修《伊犁志》，白沙先生进《星野说》，奉派入局。余因得与联笔砚，相师友。"这说明当时被保宁吸纳入志局修书的除王大枢、施光辂、赵钧彤外，还有蔡世恪。但是，这件事情最终因保宁于乾隆五十五年（1790）进京途中奉命暂署四川总督而半途而废："次年，义烈公总治西川，志中辍。"③ 修《伊犁志》虽然没能善始善终，但它却标示着西北史地学的发端至少要从保宁这里算起。在处理对外事务中，他意识到学习俄罗斯文字和语言、培养有关人才的重要性，便于乾隆五十七年（1792）奏请在伊犁惠远城开设了一所俄罗斯学馆，由京师派教习专门培养俄语人才，此举开创了我国在西北开办外语专科学校，培养专门外交人才的先河。办学、修志这两件事结合起来，充分体现了保宁作为边镇主官，面对沙俄逐步东扩所表现出来的可贵的忧患意识和远见之明。

保宁以治军严谨著称，对待流戍伊犁的废员也是如此。赵钧彤在《卒戍，发伊犁东归三首》中形容他"堂堂义烈公，严令壮戎本。一变旌旗色，奊菅雷霆陨"④。而洪亮吉的《天山客话》也记载："总统将军体制极尊，陈巡抚淮以初到日，具衔名呈帖，为将军所呵。自此后，无不具脚色手本矣。初次进见，皆带刀长跪，命之起，乃敢起。"⑤ 保宁每次重大活动，在戍废员都要参加或到场迎送。在洪亮吉的《伊犁纪事诗四十二首》中有一首诗写道："坐来八尺马如龙，演武堂高夹路松。谪吏一边三十六，尽排长戟壮军容。"并在诗下注曰："四月一日，随将军演武场角射。时废

①　（清）方士淦：《东归日记》，李正宇、王志鹏点校：《西征续录》，兰州：甘肃人民出版社 2002 年版，第 30 页。

②　（清）王大枢：《西征录·存草上》，国家图书馆分馆编：《古籍珍本游记丛刊》（第 13 册），北京：线装书局 2003 年版，第 7147 ~ 7148 页。

③　（清）蔡世恪：《西征录序》，国家图书馆分馆编：《古籍珍本游记丛刊》（第 13 册），北京：线装书局 2003 年版，第 6589 页。

④　星汉：《清代西域诗研究》，上海：上海古籍出版社 2009 年版，第 290 页。

⑤　修仲一、周轩编注：《洪亮吉新疆诗文》，乌鲁木齐：新疆大学出版社 2006 年版，第 254 页。

员共七十二人。"① 而《天山客话》中则记载洪亮吉东归日:"(四月)初
三日申刻,同人送保相国渡伊犁河验马……自巡抚以下至薄尉,亦无官不
具。"② 与此相应,废员黄聘三的《西行漫草》中紧挨着《送洪北江太史
入关二首》后有一首《将军查马回城,传五鼓进城,共集河干迎接,候至
午刻始到》诗:"奔走趋迎夜未阑,遑遑车马驻江干。八旗劲旅当风立,
五处章京坐地看。忽报彩舟从远渡,谁知锦缆组回滩。肠饥眼倦真无奈,
不见将军总不安。"③ 这些记载和诗歌内容都生动地体现了保宁出行送迎场
面的盛大和隆重,同时也反映了在将军治理下属员从五鼓直至午刻伫立江
干、忍饥挨饿、望眼欲穿、欲罢不能中所包含的对将军的趋迎心理。

但是,保宁对于有才之士还是十分礼遇和优待的,前述王大枢因先后
向保宁献《伊犁星野述》和《伊犁屯田水利说》而得到保宁的赏识,在
《谒别相国总统将军少保义烈公》诗下注中王大枢说:"枢馆绥城镇府,公
时宛辔,必加存问。逢节序必遣人下赐。""公别构野堂,枢尝于此谒见,
必命长公子留侍于叶金江馆,礼数殊常。"④ 而在《清代毗陵名人小传》一
书中还记载了保宁和另外一位废员赵炳之间的交往故事:

> 赵炳,字自怡,阳湖人,候选州同知。……有口才,好游侠。林爽文
> 叛台湾,炳时客福建将军幕,福相国康安问将军计安出。将军曰:"某有
> 客,胆识横绝,请见之。"乃见炳。炳为相国陈台湾形势阨塞及进退诸方
> 略,口吻张翕如倒峡倾水。相国失声曰:"奇才,奇才!"炳时以州同知谒
> 选,欲奏请为幕掾,力谢不任。后相国擒爽文,定全台,自云皆不出炳
> 指。名动公卿间,争交纳焉。炳才既过人,遇缓急又能出毅力锐自任……
> 乾隆五十八年,未抵戍所,伊犁将军闻其名,虚席以待。炳戍伊犁,以豪
> 宕多才艺,为将军所厚。嘉庆初,洪亮吉忤仁宗旨,戍伊犁。将军希上意
> 谓将假手,愿效黄祖杀祢衡以自为功。炳语"将军天威未可测,盍密请以
> 后行之",从之。不获允。洪抵戍,将军转善遇之。⑤

这段文字在赞美传主赵炳旷世才华的同时,也反映了保宁虽贵为守边

---

① 修仲一、周轩编注:《洪亮吉新疆诗文》,乌鲁木齐:新疆大学出版社2006年版,第126页。

② 修仲一、周轩编注:《洪亮吉新疆诗文》,乌鲁木齐:新疆大学出版社2006年版,第250页。

③ (清)黄聘三:《西行漫草》,黄良梅抄本,黄氏家族《西行漫草》编委会2001年印,第
125页。

④ (清)王大枢:《西征录·存草上》,国家图书馆分馆编:《古籍珍本游记丛刊》(第13
册),北京:线装书局2003年版,第7148页。

⑤ 张季易:《清代毗陵名人小传稿》,台北:新文丰出版公司1981年版,第110~111页。

大吏，却能礼贤下士、虚心纳谏的可贵品质。而对于洪亮吉前后态度变化的记载，在洪亮吉文集里也有充分的印证。洪亮吉在东归途中写的《二十日抵乌鲁木齐，那灵阿州守，顾掞、熊言孔、徐午三大令频日致饯，即席赋赠三十韵》中写道："累臣先未到，幕府业奏请。国书三百字，引例悉严整。狂愚乃至此，不杀不足警。摩刀营门前，到日即延颈。鼓严方唤入，长跪气先屏。厉语若震霆，官皆上持梃。归来荒屋下，闭户匿形影。时时语童仆，恐不待朝景。"诗歌形象地描绘了洪亮吉初到伊犁时保宁意欲杀害而表现出的声色俱厉，以及其属下摩刀持梃给洪亮吉带来的朝不保夕、惴惴不安的恐惧心理。在诗下注里，洪亮吉写道："余未到时，总统将军已具清字折密奏，稍蹈故辙，即一面入奏，一面正法。"这件事在《洪北江先生年谱》里还有更详尽的记述："先是，伊犁将军保宁妄测圣意，于未到之日先递奏折，中有该员如蹈故辙，即一面正法，一面入奏等语。奉朱批：'此等迂腐之人，不必与之计较。'保公之意始息。"① 洪亮吉哪里知道，如果不是保宁能够听进他的老乡赵炳的劝谏而密请圣意，他的人头恐怕早就落地了。

洪亮吉，字君直，又字稚存，号北江，晚号更生斋主，江苏阳湖人。嘉庆四年（1799）八月，身为翰林的洪亮吉因秉于忠心，对时弊越职上书皇帝犯颜极谏，触怒了嘉庆帝，被下令革职，免死发往伊犁，交将军保宁严加管束。对于这样一个敏感的废员，正像《赵炳传》里所说的那样，保宁不仅没有被严加管束，而且还"转善遇之"了。在西城，官署给保宁安排了一处住所，而且在差事安置上，保宁也由最初的督催处改派到人以为荣的册房办事。洪亮吉在《冰山赞》中提及曾偶随将军到达过南北疆交通要道穆素尔达坂，可见尽管洪氏在伊犁谪戍不满百日，却已能够随将军出行巡查军务，这足以显示保宁对他的看重。而在离开伊犁前夕，洪亮吉以自己抵伊犁后为避祸先戒酒的做法劝诫爱饮酒的房师王荔园时，保宁"笑语客曰：'即此一事，青出于蓝，冰寒于水矣。'"② 洪亮吉专门将此事录入内容不多的《天山客话》中，表明二人融洽的关系已成为他离开伊犁后的美好回忆。

实际上，保宁不独善待上述三人，对于其他有才废员也是一视同仁、量才使用。除上述王大枢所云保宁将废员施光辂、赵钧彤及蔡世恪招入志

---

① 修仲一、周轩编注：《洪亮吉新疆诗文》，乌鲁木齐：新疆大学出版社 2006 年版，第156～158 页。

② 修仲一、周轩编注：《洪亮吉新疆诗文》，乌鲁木齐：新疆大学出版社 2006 年版，第241 页。

局修志外，洪亮吉《天山客话》还记载："余未到伊犁以前，册房为任邱舒大令其绍、闽县黄别驾聘三，皆南北诗人也。"① 在洪亮吉被安排到册房后，和他同时抵达戍所的韦佩金也被派到册房。其他已知的还有杨廷理被派往驼马处管理对外牲畜贸易，王荔园、叶金江、韦佩金等人分别被其聘入义学、幕府教课子弟等。可以说，保宁虽然管理严厉，但他对人才的重视也促使他给了幕府文人相对宽松的生活和文化环境。在他镇伊的十四年间，伊犁将军府属下的文人宴集交游、养花侍草、琴棋书画、怀乡思归、登高临远、送往迎来、唱酬叠和、读书静坐等，无事不为。据笔者现已收集到的诗文集来看，保宁虽不能文，但他执政期间却是清代伊犁将军府文学创作最集中、最活跃和最繁荣的时期。目前，笔者已收集到别集的就有陈庭学、韦佩金、王大枢、杨廷理、舒敏、黄聘三、薛国琮、舒其绍、洪亮吉、陈寅、张锦、赵钧彤、朱腹松等，而已知经常参与吟唱活动、著有诗文集但目前没有发现或有零星诗文传世者如蔡世恪、施光辂、赵炳、陈淮父子、王荔园、方受畴、纳尔松阿、李洵、朱端书、蔚问亭、高树勋、归景照、缪晋、张凤枝、徐铁樵、陈中骐、舒氏兄弟、韩张氏、刘化行、郭人山、谢昕、周锷等数十人。当时甚至还有诗社结成，有"八才子"之说。在这些文人的笔下，保宁的业绩也得到了生动的刻画。觉罗舒敏的《适斋居士集》中有一首《公将军较猎即事》：

数行小队出城西，闪烁朱旗镇鼓鼙。彩雉倒飞随箭落，苍鹰侧翅掠云齐。荒林月满雕弓劲，衰草风寒怒马嘶。猎罢征人回首处，风毛雨血万山低。②

觉罗舒敏为原闽浙总督伍拉纳之子，因父亲贪腐案受株连和兄弟几人于嘉庆元年（1796）被遣戍伊犁。到戍后，将军保宁以系旧家子给予了善遇。这首诗苍凉雄劲、气度轩昂、虎虎生风，是对保宁整军备战、固守边防功绩的最好颂扬。嘉庆七年（1802），保宁离任赴京之际，韦佩金、陈寅、黄聘三等都有诗送别，其中陈寅作《壬戌仲春送远峰保公相自伊犁赴召入阁》诗云：

---

① 修仲一、周轩编注：《洪亮吉新疆诗文》，乌鲁木齐：新疆大学出版社 2006 年版，第253 页。

② （清）觉罗舒敏：《适斋居士集》，道光二十二年吴门臬署刻本，《秋笳吟上》，叶六背至叶七正。

帝简贤良燮理隆，熙朝嘉会日方中。星云纠缦三辰丽，川岳迂回万里
通。心美皋夔依北阙，胆惊韩范慑西戎。都俞今随飏言愿，十五年来告
厥功。

殊方独镇秉均衡，巍焕崇墉列九城。葱岭高连银汉近，鬲云低护雪山
平。士依黄阁春风坐，民向青阳化日行。玉帐牙旗威望远，指挥如意洽
群情。

万里名闻定远侯，街衢仕女遍歌讴。龙沙月白驰天马，星海槎回接斗
牛。百计但叫军旅足，一钱不为子孙谋。甘霖巨楫惟公作，入告应知尽
大猷。①

陈寅的这组诗共八首，这里选录的三首诗歌以古时贤良皋陶和夔及宋
代戍边名臣韩琦和范仲淹作比譬，赞颂了保宁十五年内独镇边关，百计千
方秉持均衡，指挥如意，不谋私利，既使边疆治理顺遂帝心、远方畏服，
又使士民群情和洽、军旅富足，从而使西极边陲成为塞外乐土的不凡业
绩。诗歌虽多少有些夸饰成分，但综合历史事实来看，这些对保宁戍边功
绩的描写基本上还是符合实际的。因此，保宁去世后，得以入祀伊犁名宦
祠也是实至名归。

---

① （清）陈寅：《向日堂诗集》（卷十二），道光二年刻本，第10页。

纪昀谪戍乌鲁木齐的诗作研究[①]

易国才

（新疆兵团警官高等专科学校）

乾隆三十三年（1768）两淮盐政亏空案发，七月二十四日，纪昀等因泄露惩治原盐运使卢见曾贪污案消息而获罪，上谕："纪昀瞻顾亲情，擅行通信，情罪亦重，著发往乌鲁木齐效力赎罪。"[②] 七月底，刑部差遣解运饷银军校两名押解纪昀离开北京，由直隶（今河北）入山西，渡黄河后过陕西，到甘肃，然后进入新疆，前后历时五个多月，行程八千六百余里，于是年底抵达乌鲁木齐。纪昀到达乌鲁木齐后，受到当时乌鲁木齐办事大臣温福的重用，令其在迪化千总署衙门文案房服役。乾隆三十五年（1770）十二月，"恩命赐环"[③]，但直到乾隆三十六年（1771）二月，纪昀才治装东归。东归途中，亲自编选、厘定《乌鲁木齐杂诗》160 首。

《乌鲁木齐杂诗》先后被辑入《借月山房汇钞》和《纪文达公遗集》中，现存近十种版本，其中绝大部分诗作是纪昀在谪戍乌鲁木齐期间完成的作品。《乌鲁木齐杂诗》每首诗均为四句，并加简要自注，厘定为风土、典制、民俗、物产、游览、神异六个部分。这些诗从不同角度描写了乌鲁木齐的风土人情，真实记载了新疆统一后乌鲁木齐早期的政治、经济、文化情况，也反映了纪昀在新疆的生活环境和心理变化，是纪昀西域边塞诗中最重要的作品，也是清代西域边塞诗和贬谪诗的组成部分，具有相当高的史料价值。但学界对《乌鲁木齐杂诗》的创作、版本、特色、价值等问题研究较少，纪昀本人关于创作背景、具体篇数的记述也有自相矛盾之处，因此本文试对《乌鲁木齐杂诗》的创作、版本等相关问题考述如下：

---

① 本文为作者主持的 2012 年度国家社会科学基金项目青年项目"清代新疆流人与贬官文学研究"（项目编号：12CZW044）的阶段性成果。

② 据《清高宗实录》卷八一五乾隆三十三年七月己酉条记载。

③ 孙致中、吴恩扬、王沛霖校点：《纪晓岚文集》（第一册），石家庄：河北教育出版社1991 年版，第 595 页。

一、《乌鲁木齐杂诗》的创作及篇数

《乌鲁木齐杂诗·自序》云：

> 余谪乌鲁木齐，凡二载，鞅掌簿书，未遑吟咏。庚寅十二月，恩命赐
> 环。辛卯二月，治装东归。时雪消泥泞，必夜深地冻而后行。旅馆孤居，
> 昼长多暇，乃追述风土，兼叙旧游。自巴里坤至哈密，得诗一百六十首。
> 意到辄书，无复诠次，因命曰《乌鲁木齐杂诗》。……乾隆辛卯三月朔日，
> 河间旧吏纪昀书。①

纪昀出身以诗传家、科甲鼎盛的世家，学诗有家学渊源和物质基础。
后走上仕途，诗笔日趋成熟，影响渐大，在翰林院庶吉士馆中有"南钱
（大昕）北纪（昀）"之称。纪昀谪戍乌鲁木齐后，更是有创作诗歌的材
料（信息）和内在动力。可他却再三强调在乌鲁木齐两年多的时间里"鞅
掌簿书，未遑吟咏"，并自称《乌鲁木齐杂诗》160 首写于乾隆皇帝下谕
释还的途中，创作动因是"旅馆孤居，昼长多暇"，目的是"思报国恩"
"昭示无机"，并落款撰写时间是乾隆三十六年（1771）三月。笔者对此说
存有异议，认为纪昀来到乌鲁木齐后即开始创作《乌鲁木齐杂诗》，且实
际创作的数量多于 160 首。理由如下：

其一，"谪乌鲁木齐，凡二载，鞅掌簿书，未遑吟咏"。笔者认为这是
虚美之词。纪昀以能诗名噪翰林院庶吉士馆，他来到乌鲁木齐后即开始创
作《乌鲁木齐杂诗》，在乌鲁木齐的两年内写了不少诗。"《阅微草堂笔
记》中就载有在乌鲁木齐时的诗作多首，有的就自称属《乌鲁木齐杂
诗》。"② 而他之所以说自己"鞅掌簿书，未遑吟咏"，是因为清制规定，
废员在戍所若能切实效力，就有可能赦回或起用；若在戍所怨望不满，赋
闲吟咏，怠于公事，一经地方官员奏闻，则罪上加罪，不仅回籍无望，更
要严惩。可见，纪昀所谓的"未遑吟咏"是基于政治因素考虑的套话、假
话，不可当真。

其二，纪昀说"自巴里坤至哈密，得诗一百六十首"，哪是从乌鲁木

---

① 孙致中、吴恩扬、王沛霖校点：《纪晓岚文集》（第一册），石家庄：河北教育出版社
1991 年版，第 595 页。

② 周轩、修仲一编注：《纪晓岚新疆诗文·前言》，乌鲁木齐：新疆大学出版社 2006 年版，
第 18 页。

齐到巴里坤呢？这约一千里的路程，对纪昀来说，一样是"雪消泥泞，必夜深地冻而后行。旅馆孤居，昼长多暇"，为何没有作诗？从巴里坤至哈密，不过三百余里，数天行程而已。短短几天时间作诗一百六十首，平均每天作诗二三十首，令人难以置信。

其三，纪昀谈及《乌鲁木齐杂诗》的创作缘由，说是"欲俾寰海内外咸知天子威德郅隆……用以昭示无极"①。要达到上述目的，需要收集方方面面的材料，更需要纪昀投入大量精力来进行创作，不可能一蹴而就。故笔者认为所谓的"自巴里坤至哈密，得诗一百六十首"不可信，《乌鲁木齐杂诗》的大部分诗作应是纪昀在戍居乌鲁木齐时完成的作品。东归途中，他也会作一些诗，但限于时间和心境，数量不会很多。从《乌鲁木齐杂诗》中的部分作品也可看出是在戍期间陆续写下的，如"春鸿秋燕候无差，寒暖分明纪岁华。何处飞来何处去，难将踪迹问天涯"。纪昀通过写春来秋去的鸿雁，表达了思乡之情，其中还流露出不知自己何时能回中原的苦闷。又如"飞飞乾鹊似多情，晚到深林晓入城。也解巡檐频送喜，听来只恨是秦声"。"乾鹊"一作"干鹊"，即喜鹊，是好运与福气的象征，传说能报喜。纪昀在写新疆喜鹊"也解巡檐频送喜"后，笔锋一转，"听来只恨是秦声"，说明喜鹊并没有带来他所期待的好消息——"赐还"。由此可知，纪昀写作此诗时尚未获释。纪昀还多次在家书中表示自己在新疆不废吟咏，如其在《寄从弟旭东（论戍地胜迹）》中就曾"特录近作寄阅"。

关于《乌鲁木齐杂诗》的篇数，周轩、修仲一说："纪晓岚自称《乌鲁木齐杂诗》为一百六十首，应为作者在汇刊印行时选定的诗作，原诗作并不止此数。"②所以他们编注的《纪晓岚新疆诗文》收《乌鲁木齐杂诗》162 首，分别是《风土》24 首、《典制》11 首、《民俗》38 首、《物产》67 首、《游览》17 首和《神异》5 首。王希隆更是明确指出："《阅微草堂笔记》中就载有纪昀在乌鲁木齐时的诗作 4 首，均不见《乌鲁木齐杂诗》刊本所载，而其中的 3 首纪昀自称都属《乌鲁木齐杂诗》。可知正式印行时有一些诗作未被选入。"③ 王希隆在《阅微草堂笔记》中见到但未收入任何版本的 4 首《乌鲁木齐杂诗》分别是："鸳鸯毕竟不双飞，天上人间旧

---

① 周轩、修仲一编注：《纪晓岚新疆诗文·前言》，乌鲁木齐：新疆大学出版社 2006 年版，第 18 页。

② 周轩、修仲一编注：《纪晓岚新疆诗文·前言》，乌鲁木齐：新疆大学出版社 2006 年版，第 18 页。

③ 王希隆：《纪昀关于新疆的诗文笔记及其识史价值》，《中国边疆史地研究》1995 年第 2 期，第 39 页。

愿违。白草萧萧埋旅榇，一生肠断华山畿"；"石破天惊事有无，从来好色胜登徒。何郎甘为风情死，才信刘郎爱媚猪"；"一笑挥鞭马似飞，梦中驰去梦中归。人生事事无痕过，蕉鹿何须问是非"；"雄心老去渐颓唐，醉卧将军古战场。半夜醒来吹铁笛，满天明月满林霜"。《阅微草堂笔记》是纪昀自撰自编之书，应是非常可信的。《乌鲁木齐杂诗》前后的差异表明，其中若干首或非初时之作，或是纪昀自己增删所致，或是因为思想观念发生改变，以致他亲自编选、厘定的《乌鲁木齐杂诗》仅有 160 首。

经比较《借月山房汇钞·乌鲁木齐诗》（嘉庆十三年刻本）和《纪文达公遗集·乌鲁木齐杂诗》（嘉庆十七年刻本），笔者发现这两个版本的《乌鲁木齐杂诗》次序不同，诗和注也有差异，且有 3 首各不相同。《借月山房汇钞·乌鲁木齐诗》的 160 首分别是《风土》23 首、《典制》10 首、《民俗》38 首、《物产》67 首、《游览》17 首和《神异》5 首。《纪文达公遗集·乌鲁木齐杂诗》的 160 首则是《风土》24 首、《典制》9 首、《民俗》37 首、《物产》67 首、《游览》17 首和《神异》6 首。经比对，《借月山房汇钞·乌鲁木齐诗》没有《纪文达公遗集·乌鲁木齐杂诗》的《风土·其四》《典制·其四》和《神异·其六》3 首诗，这 3 首诗分别是："流云潭沱雨廉纤，长夏高斋坐卷帘。放眼青山三十里，已经雪压万峰尖"；"痘神名姓是谁传，日日红裙化纸钱。那识乌孙成郡县，中原地气到西天"；"一笑挥鞭马似飞，梦中驰去梦中归。人生事事无痕过，蕉鹿何须问是非"。而《纪文达公遗集·乌鲁木齐杂诗》也没有《借月山房汇钞·乌鲁木齐诗》的《典制·其二》《典制·其五》和《民俗·其九》3 首诗，这 3 首诗分别是：否"炉烟袅袅众香焚，春草青袍两面分。行到幔亭张乐地，虹桥错认武夷君"；"初开两郡版图新，百礼都依故事陈。只有东郊青鸟到，无人箫鼓赛芒神"；"颠倒衣裳夜未阑，好花随意借人看。西来若问风流地，黄土墙头一丈竿"。

综上可知，《乌鲁木齐杂诗》主要是纪昀谪戍乌鲁木齐期间所创作的作品，现存至少有 167 首。

二、《乌鲁木齐杂诗》的版本

乾隆三十六年（1771）六月，钱大昕去看望刚回京城的纪昀，纪昀"即出所作《乌鲁木齐杂诗》见示"①，并请钱大昕作序，后汇刊行世。此

---

① 钱大昕：《潜研堂文集》（四），万有文库本，北京：商务印书馆 1935 年版，第 384 页。

举有利于《乌鲁木齐杂诗》在京城的官员、诗人中传播。所以，当时著名的刻书家张海鹏将其选辑入《借月山房汇钞》中。嘉庆十七年（1812），纪昀之孙纪树馨编刻《纪文达公遗集》时，亦收《乌鲁木齐杂诗》。此外，有舟车所至本（见台湾正中书局影印之《舟车所至》一书）。另，王锡祺《小方壶斋舆地丛钞》中收录了《乌鲁木齐杂诗》中的作者自注部分，名之为《乌鲁木齐杂记》，但错讹之处不少，使用时须对照其他版本。流传后世的《乌鲁木齐杂诗》主要有两个版本系统，一为《借月山房汇钞》本系统，一为《纪文达公遗集》本系统。以上各版本均收诗160首。

嘉庆十三年（1808），张海鹏编刻《借月山房汇钞》，其中第十六集即为纪昀之《乌鲁木齐杂诗》160首。这说明《乌鲁木齐杂诗》在张氏心中地位较高，也反映出《乌鲁木齐杂诗》在当时社会上确实有一定的影响。张氏所刻丛书的版本，在清道光年间被钱熙祚重编增刻为《守山阁丛书》《指海》等丛书。民国九年（1920），上海博古斋影印了清嘉庆间的《借月山房汇钞》，称为"景嘉庆本"。另有《丛书集成》本，该本据《借月山房汇钞》本排印，又名《丛书集成初编》本，为商务印书馆所辑。由上可知，《借月山房汇钞》使《乌鲁木齐杂诗》得以在更大范围内传播并拥有了更多的接受群体。但总的来说，《借月山房汇钞》本系统的《乌鲁木齐杂诗》流传不广。

嘉庆十七年（1812），纪树馨编刻《纪文达公遗集》，有陈鹤、刘权之、阮元所撰序文3篇，共三十二卷，分文集十六卷、诗集十六卷，其中诗集的第十四卷即为《乌鲁木齐杂诗》。《纪文达公遗集》自嘉庆十七年（1812）刊刻后，后世各版本多由此出，流传较广，今存嘉庆十七年刻本、嘉庆十七年纪树馥重刊本、嘉庆二十一年刻本、道光三十年重刻本、宣统二年上海保粹楼石印本、清刻本及《纪晓岚文集》本。《纪文达公遗集》嘉庆十七年刻本，计三十二卷，今藏于湖北省图书馆、湖北大学图书馆、北京市图书馆、台湾大学图书馆等地，台湾"中央研究院"藏有十八册、十二册两种本子。

从刊刻时间来看，《借月山房汇钞·乌鲁木齐诗》［嘉庆十三年（1808）刻］早于《纪文达公遗集·乌鲁木齐杂诗》［嘉庆十七年（1812）刻］，但据《纪文达公遗集·陈鹤序》"公孙刑部郎中树馨手自辑录，积久成帙。公薨四年而树馨居同知府君之丧，乃尽发向时所录及已梓行者，诗、赋、箴、铭、赞、颂、序、记、碑、表、志、行状，类而次之，总若干篇为若干卷，题曰：《纪文达公遗集》"和《纪文达公遗集·刘权之序》"兹公孙香林（香林，纪树馨字也——笔者注）西曹，克绍家声，敬将平

日检存者付梓寿世"的记载可知,《纪文达公遗集·乌鲁木齐杂诗》刊刻
时间虽迟四年,却是纪树馨"平日检存者",其内容应较《借月山房汇
钞·乌鲁木齐诗》更准确。

20 世纪 80 年代以来,先后有《乌鲁木齐杂诗注》《纪晓岚文集》《纪
晓岚新疆诗文》等出版,以《纪晓岚文集》影响最大。该本以嘉庆十七年
刻本《纪文达公遗集》为底本,以道光三十年小嬛嬛山馆刻本为对校本,
以宣统二年上海保粹楼石印本为参校,收集了纪昀的大部分诗文,其中第
一册第十四卷是《乌鲁木齐杂诗》。这是目前研究纪昀及《乌鲁木齐杂诗》
最完整的资料。

三、《乌鲁木齐杂诗》的价值与影响

(1)《乌鲁木齐杂诗》是纪昀诗作中最有价值的作品之一,也是纪昀
西域边塞诗文中最重要、最有分量的作品。

现存纪昀之诗作,约 1 200 首,主要有《纪文达公遗集·诗集》十六
卷,分别是"经进诗八卷、古今体诗六卷、馆课诗一卷,《我法集》一
卷"①。"经进诗八卷"即《纪文达公遗集·诗集》的御览诗八卷（共 312
首）,"古今体诗六卷"包括三十六亭诗四卷（共 238 首）、南行杂咏诗一
卷（共 101 首）和乌鲁木齐杂诗一卷（共 160 首）,馆课诗、《我法集》各
一卷（共 167 首）,计 978 首。张辉认为:"在上述诗中,以卷九至卷十四
诗价值最高。"②"而最有成就的还当数记录西域风土人情的《乌鲁木齐杂
诗》和记录福建之行《南行杂咏》。"③ 笔者赞同上述观点。

通过比较《南行杂咏》和《乌鲁木齐杂诗》,笔者发现随着纪昀的政
治经历发生变化,其诗歌创作的题材、内容、思想亦发生较大改变。纪昀
遣戍乌鲁木齐之后,我们很少能看到反映他真实思想和真实情感的诗作。
因此,《南行杂咏》和《乌鲁木齐杂诗》可以认为是纪昀不同生活阶段的
代表作。

在谪戍乌鲁木齐之前,纪昀写过其他以西域为题材的作品,如《平定
准噶尔赋》《恭和御制都尔伯特台吉伯什阿噶什来觐,封为亲王,诗以纪
事原韵》《西域入朝大阅礼成恭纪三十首》《平定回部凯歌十二章》等,

---

① 刘权之:《纪文达公遗集·序》,嘉庆十七年刻本。
② 张辉:《纪昀诗文创作成就浅探》,《中国人民大学学报》1993 年第 2 期,第 110 页。
③ 刘树胜:《纪晓岚〈南行杂咏〉解析·自序》,北京:西苑出版社 2006 年版,第 2 页。

这些诗"出入三唐"①，较多唐人风格。由于对西域缺乏直接的感性认识，所以纪昀只能就事论事，高唱赞歌，内容空泛得很。当纪昀真正来到新疆并在乌鲁木齐生活之后，其诗风才为之一变。在此期间创作的《乌鲁木齐杂诗》，不仅题材广泛，而且内容丰富、写实性强，被认为是"真实而全面地展现了十八世纪中后期西域边塞地区的生活画面，是绝妙的边陲风俗画卷，甚至可称之为我国历史上第一部以诗歌形式写就的有关西域风情之微型百科全书"②，由此可见《乌鲁木齐杂诗》的价值和影响。

（2）《乌鲁木齐杂诗》是清人乌鲁木齐诗作的重要组成部分，也是清代边塞诗的代表性作品，对清中期以后的西域边塞诗创作产生了重要影响。

清人的乌鲁木齐诗作，有内阁学士阿克敦的《宿乌鲁木齐》、乌鲁木齐办事大臣伍弥泰的《题乌鲁木齐驿壁》、迪化同知国梁的《奉调赴乌鲁木齐》、纪昀的《乌鲁木齐杂诗》、颜检的《抵乌鲁木齐》、史善长的《游水磨沟》、福庆的《异城竹枝词》、成林的《与颜岱云同游红山》、铁保的《登智珠山》、萨迎阿的《乌鲁木齐》、曹麟开的《乌鲁木齐八景诗》等。这些写乌鲁木齐的诗作，多是来乌鲁木齐的官员或废员即景抒情的作品，他们从内地来到边城，为淡化中原与边疆的区别、淡化个人的不幸遭遇，便以乌鲁木齐景色直接入诗，抒发言不由衷的喜悦和自豪，聊以自慰。客观地说，诗人也从不同侧面反映了乌鲁木齐的发展变化，这是我们今天了解当时乌鲁木齐的重要资料。其中，纪昀在乌鲁木齐两年多的时间里陆续完成的《乌鲁木齐杂诗》160 首，不论是数量还是质量，在清人乌鲁木齐诗作中都是首屈一指，而且多数诗和注都属第一手资料，具有重要的史料价值。

纪昀所创作的《乌鲁木齐杂诗》160 首，从诗歌的角度去阅读、欣赏，笔者认为很难将其定性为艺术价值高超的作品，但在题材、内容、意境、塑造形象等方面确实具有鲜明的特色。"纪昀之后王芑孙、洪亮吉、施补华诸人相继出塞，其诗篇之叙次皆略逊。"③ 其中洪亮吉、李銮宣、林则徐、萧雄等人的"西域诗中纪风土人情之作均以《杂诗》为写作楷模。而洪亮吉的《伊犁纪事诗》四十二首，林则徐的《回疆竹枝词》二十四首更

---

① 钱大昕：《潜研堂文集》（四）万有文库本，北京：商务印书馆 1935 年版，第 384 页。

② 黄刚：《论纪昀的西域边塞诗》，《兰州教育学院学报》（社会科学版）1996 年第 1 期，第 37 页。

③ 魏明安：《纪昀前期的诗和诗论》，《西南师范大学学报》（哲学社会科学版）1990 年第 2 期，第 94 页。

可明显看出效法纪诗之痕迹"①，这些均表明纪昀的诗作对清中期西域边塞诗创作产生了相当大的影响。

（3）《乌鲁木齐杂诗》还具有重要的史料价值，其中很多第一手的资料，是后人研究乾隆中期新疆社会、政治、经济诸方面发展变化的重要史料。

《乌鲁木齐杂诗》详细记载了乌鲁木齐户民的构成情况及土地的占有情况。纪昀诗云："户籍题名五种分，虽然同住不同群。就中多赖乡三老，雀鼠时时与解纷。"并自注云："乌鲁木齐之民凡五种，由内地募往耕种及自塞外认垦者，谓之民户；因行贾而认垦者，谓之商户；由军士子弟认垦者，谓之兵户；原拟边外为民者，谓之安插户；发往种地为奴当差年满为民者，谓之遣户。各以户头乡约统之，官衙有事亦多问之户头乡约，故充是役者，事权颇重。又有所谓园户者，租官地以种瓜菜，每亩纳银一钱，时来时去，不在户籍之数也。"此诗注写了乌鲁木齐当时的户籍管理制度。乌鲁木齐户籍分为五种，即民户、商户、兵户、安插户、遣户，为有效管理，设"户头乡约统之"，乡约在社会稳定方面发挥了一定作用。自注还写了园户即菜农的情况，说明当时乌鲁木齐的贸易较自由。纪昀在诗中还记载了户民的土地占有情况，如："绿野青畴界限明，农夫有畔不须争。江都留得均田法，只有如今塞外行。"自注曰："每户给官田三十亩，其四至则注籍于官，故从无越陇之争。"这介绍了乌鲁木齐当时的土地制度，土地为官府所有，按户分配，每户拨给田三十亩，户民交纳田赋即可。"纪昀此说显然是研究乾隆中期乌鲁木齐户民增垦土地的情况和土地占有数的依据之一。"②

又如《乌鲁木齐杂诗》详细记述了乾隆三十三年（1768）中秋夜，昌吉遣犯暴动的原因和经过。关于遣犯暴动的原因，纪昀如是说："戊子昌吉之乱，先未有萌也。屯官以八月十五夜，犒诸流人，置酒山坡，男女杂坐。屯官醉后逼诸流妇使唱歌，遂顷刻激变，戕杀屯官，劫军装库，据其城。"③ 这比《清高宗实录》卷八一八乾隆三十三年九月甲午条载详细得多④，有些重要情况在温福的奏报中是看不到的。纪昀还详细记述了昌吉

---

① 黄刚：《论纪昀的西域边塞诗》，《兰州教育学院学报》（社会科学版）1996 年第 1 期，第 37 页。

② 王希隆：《纪昀关于新疆的诗文笔记及其识史价值》，《中国边疆史地研究》1995 年第 2 期，第 41 页。

③ 王希隆：《纪昀关于新疆的诗文笔记及其识史价值》，《中国边疆史地研究》1995 年第 2 期，第 43 页。

④ 《清高宗实录》卷八一八乾隆三十三年九月甲午条载："据温福等奏：昌吉屯田遣犯，纠约二百余人，乘夜开昌吉城门，窃取存贮兵丁衣履、腰刀等物，将通判赫尔喜、把总马维画戕害，向乌鲁木齐一路前来，温福随亲带兵前往堵截，贼众抵死拒捕，随施放枪箭，杀死一百余名，生擒三十余名，其越山逃散者，差派官兵严加追缉等。"

遣犯进攻乌鲁木齐及被清军击溃的经过，并用诗写了屯兵平定暴动的情况，诗曰："破寇红山八月天，髑髅春草满沙田。当时未死神先泣，半夜离魂欲化烟。"诗下自注："昌吉未变之先，城上恒夜见人影，即之则无。乱后始悟，为兵死匪徒神褫其魄，故生魂先去云。"纪昀在《阅微草堂笔记》卷十中还记载："昌吉平定后，以军俘逆党子女分赏诸将。乌鲁木齐参将某，实司其事，自取最丽者四人。""正是由于纪昀关于昌吉起事的记述史料价值极高，故这些记述成为道光间魏源修《圣武记》时依据之一。"①

四、结论

综上所述，纪昀在乌鲁木齐的谪戍生活，大大丰富了其诗歌创作的题材与内容，也奠定了他在清代西域边塞诗的地位。纪昀在戍期间所创作的《乌鲁木齐杂诗》，具有鲜明的时代特色、地域特色和个人特色，开创了清代新疆竹枝词创作的先河，对洪亮吉、林则徐等人的诗文创作产生了一定影响。但一直以来，清诗研究者忽视了纪昀及其诗歌创作的价值，各种清诗史与清诗选也没有提到纪昀及其《乌鲁木齐杂诗》等作品。这与纪昀在乾嘉诗坛的地位、影响并不相称。从纪昀研究的角度来说，人们应当重视《乌鲁木齐杂诗》等"纪家诗"的研究。从清诗史的角度来看，纪昀实为乾嘉诗坛值得研究的诗人之一。

---

① 王希隆：《纪昀关于新疆的诗文笔记及其识史价值》，《中国边疆史地研究》1995 年第 2 期，第 44 页。

萧雄西域事迹考

吴华峰
（新疆师范大学）

　　清代同治年间肃州及新疆民变，战火绵延十余年。湖南诗人萧雄为改变自己困顿的人生，毅然投笔从戎，以幕僚身份从军西征多年。其晚年所著《听园西疆杂述诗》四卷，共110题150首，成为亲历同治民变和新疆建省期间重要的历史资料。由于史料的缺失，萧雄在西域的事迹至今模糊，甚至存在着一些舛误，这成为清代西域诗研究中的遗憾。本文结合相关的历史背景及现有材料，拟对萧雄在西域时期的人生经历作出还原，并澄清其生平记载中的错讹。

一

　　《听园西疆杂述诗》最早收入《灵鹣阁丛书》中，有关萧雄生平经历的记载，主要保存在《听园西疆杂述诗自序》（以下简称《自序》）及黄运藩为《灵鹣阁丛书》本诗集所作的序言中（以下简称黄《叙》）。为便于观览，兹将《自序》全文摘录如下：

　　从古骚人墨客，往往寄托吟咏，陶写性情。余于是篇，岂其然耶？慨自壮岁困于毛锥，会塞上多事，奋袖而起，请缨于贺兰山下，即从战而西焉。关内荡平，将出净塞氛，遂乃前驱是效。其时碛路久闭，初印一踪，人绝水乏，望风信指，兼旬而至伊吾。天山南北贼焰沸腾，干戈异域，不堪回首。然一感知遇，皆所弗顾。自此旁午于十余年之中，驰骤于两万里之内，足迹所至，穷于乌孙，亦备矣哉！而其成功，卒无所表著。噫，可谓半老数奇矣！曩者入关，抵兰州，友人竞问边陲，曾略以诗告。寥寥短楮，叙述不详，屡被催续，而车尘鲜暇。及还乡，缘无力入都，山居数载，究因猬累，败兴久之。顷以道出长沙，旅馆蓬窗，兀坐无聊。回思往迹，神游目想，搜索而成篇，共得百四十余首，句虽粗疏，颇及全图。聊覆催诗旧雨，而鸿爪雪泥，藉自志矣。嗟乎！班超投笔，定远封侯，窦宪出关，燕然勒石，经历之处，千载流传。仆虽不才，其草檄矢石之中，枕戈冰雪之窟，自怜艰辛，数倍于人。殊叹足之所经，当时鲜有知者，安望千百世后，尚有传说其人其地者哉？矧南中之人，击缻声同，以为殊方远域，卧游可历。故是篇为未虚此行可，即谓替人游览亦可，倘论推敲，应为之一笑焉。光绪十有八年壬辰岁花朝后一日，听园山人自序于星沙客舍。①

　　《自序》对萧雄从军前后的人生经历以及诗集的成书经过都做了简要说明：诗人久困科场，恰逢同治初北方战乱，为了博取功名，北上从军效力，出关后在新疆生活十余年。战事平定之后，却未加进用，落魄还乡。晚年客居长沙专事著述，回思往事，作《听园西疆杂述诗》，聊以慰怀。

　　《灵鹣阁丛书》本《听园西疆杂述诗》刻于光绪二十一年（1895），刻印者江标（1860—1899），为光绪十五年（1889）进士，官至湖南学政。基于江氏的人品与地位，丛书在当时就具有较大的影响力。萧雄的《听园西疆杂述诗》为世人所熟知，实有赖于这部丛书的收录。江标的弟子黄运藩于光绪二十三年（1897）为诗集所作的叙言，更成为学界了解和研究萧雄生平经历的主要依据之一。黄《叙》对萧雄的生平略有补充，全文如下：

　　益阳萧直刺皋谟雄，有关外圣人之目。《西疆杂述》四卷，此其橐笔回疆，往还三次之所为作也。皋谟平生倜傥多大志，承累世诗书孝友之余，困场屋二十余年，娓娓觊一衿而不可得，徒手发愤走回疆两万里而遥。当同治季年，回部多故，皋谟参军于金、张两帅，文、明二钦使之间，见见闻闻，不作红柳毪毪之语。而数奇不偶，裁以花翎直隶州了虎领封侯之愿。光绪初，军报肃清，皋谟归称其尊甫孝恕先生七十之觞，念亲老不复出。三年，尊甫促之去，三年又归。归，复出又十年，无所遇，遂伏不复出，壹意于所为《西疆杂述》者。夫以骚人之韵事，补史事之地理。例不嫌创，注不厌详。作者谓圣，斯皋谟之所为圣与。然自班史以下，有涉西域之书，计取情求，修补鞫瘁，则仍以述称焉。里巷狭隘，无所证佐，故始而旅食长沙，或典衣代爨，既遂，客死县治，僬然尸归。以

---

　　① 萧雄：《听园西疆杂述诗自序》，《灵鹣阁丛书》，光绪二十一年湖南使院叙刻本。本文所引诗歌及注语内容，悉引自此本。

今揣之，两皆不恤，亦可悲已。乃距其亡不三数年，我师元和江公刻其遗稿《灵鹣阁丛书》中，且咄嗟于其抱志早殇，为可叹愤，又何快与！江师之功，肉骨而身死之矣。子云当日又乌料书之见赏于桓谭正逮也。丁酉十月，安化黄运藩叙。①

据此可知，萧雄为湖南益阳人氏。同治三年（1864）离家从戎，先后游幕于西征军将领金顺、张曜及哈密办事大臣文麟、明春的幕府中。

萧雄游幕的细节尚无资料可详考。《听园西疆杂述诗·瓜果》一诗的注语中云"曾过伊犁果子沟"，所以他应当游历过北疆。萧雄未明言游南疆之事，但诗中对南路诸城风物叙述綦详。今日喀什市区内"九龙泉"景点旁，还书有萧雄的《耿恭井》诗："疏勒城中古井深，飞泉千载表忠忱。一亭稳护冰渊鉴，大树长留蔽荗阴。"喀什地属古疏勒国，而清人常将其与汉代耿恭所守之疏勒城相混淆。刘锦棠于光绪三年（1877）收复喀什噶尔，萧雄或即于此后游历新疆南路并曾至其地。对各地风情的体验，对其日后创作来说是一个得天独厚的优势。

西域战事结束后，萧雄被委以花翎直隶州的虚职，不得志而还乡，其后迫于生计又先后离家二次，最终数奇不遇。而诗人晚境更加凄凉，为了完成著述，曾当衣度日。客死长沙不到三年，江标就根据稿本将其《听园西疆杂述诗》收刻于《灵鹣阁丛书》中。两序合读，萧雄简单的人生经历，便有了较为清晰的还原。

《自序》交代诗集成书于"光绪十有八年壬辰岁花朝后一日"，即1892 年初。黄运藩《叙》称"乃距其亡不三数年，我师元和江公刻其遗稿《灵鹣阁丛书》中"。据丛书牌记来证实，《听园西疆杂述诗》最初付梓是在光绪乙未（1895）②，因此，萧雄的卒年或许就在诗集成书当年，也就是光绪十八年（1892）或稍后。

二

两序对于萧雄从军之前经历的记载并无分歧，但关于萧雄北上从军后生平的叙述却不尽相同，黄运藩《叙》记载有误。

---

① 萧雄：《听园西疆杂述诗》，《灵鹣阁丛书》，光绪二十一年湖南使院叙刻本。
② 萧雄《听园西疆杂述诗》刻印牌记云："光绪乙未七月据益阳萧氏遗稿原本写样传刻于湖南提学署。"

（一）萧雄出关时间考

萧雄出关的具体时间，两序均未明言。但据《自序》云："关内荡平，将出净塞氛，遂乃前驱是效。"考序中萧雄出关的肃州战事结束在同治十二年（1873），陕西回民起义领袖白彦虎于此年五月败走关外，清军的先头部队紧随其后追击出关①，大军也于同治十二年（1873）底分批出关入疆②。从《听园西疆杂述诗》的自注中，可以了解到对萧雄此期经历的零星线索：

卷三《哈密》其二注语中称自己"同治五年从征肃州"，说明同治五年（1866）诗人还未出关。

卷四《气候》注语称"余初出关时，值十一月中"，萧雄既然"前驱是效"，当也随部进发；清军前锋于同治十二年（1873）出关入疆，故此处注语所述应为同治十二年（1873）十一月。

同卷《戈壁》注语又云："余初次出塞，贼行于前，抵玉门，探闻安西大路戈壁站中之水，贼皆填塞不能前进。……不意小路中风推沙壅，浩浩无垠，十余年未经人迹，方行二三日，即迷所往，失水两日一夜，幸值冬月，人与畜尚未渴毙。计行沙碛十七日，至距哈密二百一十里之塔尔纳沁城，始见人烟。"这段话详细记载了诗人随军追击敌人的艰辛及最终到达哈密前站塔尔纳沁城的曲折经过。

驻扎塔尔纳沁城后，萧雄听说了其他出关部队的消息："同治十二年冬，浏阳黎彤云观察献带军出关，行至胡桐窝之西，遇大风，吹失多人。幕友陈君江西孝廉，亦及于难……余时在沁城，是日城中屋顶多揭去，都司署前照壁，极厚且低，竟被吹倒。"③作为先头部队抵达哈密后，诗人也一直忙于协助军中事务："光绪初，各军出关，余时在哈，凡遇过岭者，皆嘱其预防暴冷，且告所禁。"④

将以上内部和外部的各条文字补缀串联，可知萧雄定于同治十二年（1873）冬出关。在诗歌自注中，诗人对同治十二年（1873）后新疆发生之事记载尤其详细，如关于哈密城破哈密王后被掳一事：

同治十二年秋，（福晋）复被窜回白彦虎诱合部民，破城掳去。大兵

---

① 《清穆宗实录》（卷三五二），北京：中华书局1987年版，第655页。

② 《清穆宗实录》（卷三六一），北京：中华书局1987年版，第780~781、784页。

③ 萧雄：《听园西疆杂述诗》卷四《风雪》注语，《灵鹣阁丛书》，光绪二十一年湖南使院叙刻本。按：关于黎献率军出关遇风吹失多人之事，暂仅见萧雄《听园西疆杂述诗》记载。

④ 萧雄：《听园西疆杂述诗》卷三《天山》注语，《灵鹣阁丛书》，光绪二十一年湖南使院叙刻本。

昼夜穷追，比至瞭墩，夺转嗣王夫妇。而福晋已远，力追未见……是年
冬，回王遣人持档，往南路探寻……次年复遣人前往……哈密大臣文公，
于此几费筹度，时以各军大队未齐，遽难进剿。且福晋陷在贼中，应设法
先令送出，然后攻击，不至残害。曾用回汉合文晓谕该逆，言之恺切，事
经具奏。余时在幕……光绪元年，福晋回哈密，凶锋百折，卒能自全，论
者嘉之。（卷三《名节》）

其他还有一些诗人亲历亲闻之事：

光绪元年，总统嵩武军张公，于戈壁安西大路，按站兴修馆舍，浚井
疏泉……夏日经行戈壁，宜载水以防大渴。光绪八年，土鲁番道中，渴毙
步行者两人，倚墩箕坐，张口出烟，缘脏中水尽，则火炽矣。 （卷四
《戈壁》）

凡同治十二年（1873）后发生于新疆亲历之事，注语中诗人都系以明
确纪年。这些亦构成了诗人出关时间的旁证。

（二）萧雄东还时间考

有关萧雄的入关时间，《听园西疆杂述诗·例言》第九条载："方舆辽
阔，其未亲历处，多得之于询问。且入关在乙酉春，其时设省事宜，尚未
办竣，所述或有差谬缺漏，幸加指正焉。"

"乙酉"为光绪十一年（1885）。光绪十年（1884）清廷设立新疆省，
下诏"授刘锦棠为甘肃新疆巡抚，仍以钦差大臣督办新疆事宜。以甘肃布
政使魏光焘为甘肃新疆布政使"①。十一年（1885）四月，刘锦棠等人才进
驻省城。萧雄同年春东还，故《例言》谓"设省事宜，尚未办竣"。

综上所述，可以明确萧雄在新疆生活的具体时间是同治十二年
（1873）冬至光绪十一年（1885）春，这正符合《自序》中"自此旁午于
十余年之中"的记载。所以黄《叙》所云"当同治季年，回部多故，皋谟
参军于金、张两帅，文、明二钦使之间"，只是记录萧雄离家从军北上的
时间和大概经历，并非其随军入疆之时。而萧雄入幕的情况也应当是：同
治初从军后随军在肃州作战，先后在金顺、张曜的幕府中。同治十二年
（1873）随先头部队出关后入哈密帮办大臣文麟的幕府。迨后张曜、金顺

---

① 《清德宗实录》（卷一九五），北京：中华书局 1987 年版，第 77 页。

出关，文麟离任，萧雄旋先后入明春、张曜、金顺的幕府①，并随军转战各地，"驰骤于两万里之内"。

黄《叙》有关萧雄"光绪初，军报肃清，皋谟归称其尊甫孝恕先生七十之觞"的入关时间推断也有误。新疆战事于光绪四年（1878）平定，黄运藩很可能即据此误断萧雄于光绪初年返乡。而其云萧雄返乡后"三年尊甫促之去，三年又归。归，复出又十年，无所遇，遂伏不复出"的记载，从时间上推算也难以成立。从萧雄入关的1885年到诗集成书的1892年，只间隔七年，萧雄无法如黄《叙》所云再次离乡两次，历时十余年。因此黄《叙》所谓《西疆杂述诗》为萧雄"橐笔回疆，往还三次之所为作"的说法或系猜测，唯有《自序》中云"及还乡，缘无力入都"应属实。

三

两序之外对萧雄进行过介绍的，是民国徐世昌于1929年所编的《晚晴簃诗汇》一书，诗人简介云：

> 阳人，候选直隶州知州，有《西疆杂述诗》。诗话皋谟久困场屋，萧雄字皋谟，益阳人，候选直隶州知州，有《西疆杂述诗诗话》。皋谟久困场屋，同治季年从军征回，遍历天山南北，于其山川风土，各纪以诗。西征文士，人与施均甫并称之②。

书中尤其强调了萧雄曾候选直隶州知州，虚有其名，而并未上任。这一点与黄《叙》中所述"而数奇不偶，裁以花翎直隶州了虎颔封侯之愿"也略有不同，黄《叙》并未强调萧雄是候选知州。如从黄《叙》言，萧雄所授直隶州知州为从五品官员，应不至于落魄还乡。这实际也旁证了黄《叙》对萧雄生平的介绍有溢美之嫌。事实上，战后诗人未尝得到重用也

---

① 文麟，同治四年（1866）十二月以蓝翎侍卫充任哈密办事大臣，光绪二年（1876）五月因病解任。明春，同治十二年（1873）充任哈密帮办大臣。光绪二年（1876）授办事大臣。光绪十一年（1885）七月回京。金顺，同治二年（1864）参与镇压陕甘民变，十三年（1875）年奉命为帮办新疆军务大臣，率部出关。光绪元年（1875）任乌鲁木齐都统，次年十月授伊犁将军，十一年（1885）八月回京。张曜，同治八年（1870）转战至宁夏，十三年（1875）初出关屯驻哈密，光绪十年（1884）入关。萧雄在幕府中先后任职的具体情况虽不可详知，但时间均与此四人经历相符。

② 徐世昌：《晚晴簃诗汇》，《续修四库全书》（第1633册），上海：上海古籍出版社2002年版，第31页。

在情理之中。萧雄曾经科举屡次落榜，以一清苦布衣身份从军，又无赫赫战功，从军入幕以期另辟入仕捷径的愿望也就无从实现。

《晚晴簃诗汇》提及的施均甫即施补华（1835—1890），字均甫，同治九年（1870）举人，有《泽雅堂诗集·二集》《泽雅堂文集》《岘佣说诗》传世。历任左宗棠、张曜幕僚。徐世昌所云"萧施"并称之语，当是据其所知西征幕府以诗名者而言。萧雄在诗集中记述了施补华题跋《刘平国碑》一事："刘平国碑，隐晦千七百余年，至光绪己卯始出，在赛里木东北二百里荒崖石壁间，松武军统帅张公闻之，遣人拓归，得点画完者九十余字。乌程施筠甫孝廉考而跋之。"①

除此之外，在萧雄诗集及施补华的著述中，并无两人交往的记载。在西征军众多的幕僚中，施补华是名声较为显赫的一位，萧雄能与之并称，足见其文采也曾受到同僚们的赞赏。

吴蔼宸所编《历代西域诗钞》选萧雄诗 32 题 59 首，对萧雄的介绍完全取自《自序》和黄《叙》："萧雄，字皋谟，湖南益阳人。平生倜傥多大志，困顿场屋，一衿未得。清同治季年西域用兵，雄发愤走回疆两万里，参都统金顺提督张曜戎幕，往还三次，历十数年，数奇不偶，官仅至花翎直隶州知州，最后东还，伏不复出。旅食长沙，专意著述，典衣代爨，卒至客死。著有《西疆杂述诗》四卷，自为注释，于新疆地理风俗人事各项，叙述綦详，其遗稿刻入《灵鹣阁丛书》中。"② 据前文所述，吴蔼宸"往还三次，历十数年，数奇不偶，官仅至花翎直隶州知州"的说法乃是沿袭了黄《叙》之误。《历代西域诗钞》是有关西域诗歌最早的权威选本，所以后出相关著作，在无法见到底本的情况下，对萧雄的介绍都以此作为参照。钱仲联所编《清诗纪事》将吴本选诗全部转引，还沿用了《晚晴簃诗汇》《历代西域诗钞》中对萧雄生平的简介，却将萧雄字"皋谟"，误引为"皋诺"③。

今人编纂的《新疆民族词典》《新疆历史词典》《新疆百科知识辞典》亦收录了萧雄的生平，相关内容征引如下：

> 清代著名咏边诗人。字皋谟，湖南益阳人。号听园山人、听园居士。屡试不第。阿古柏变生，奋从军，佐幕于金顺、张曜麾下，参加了平定叛

---

① 萧雄：《听园西疆杂述诗》卷四《沙南侯获碑刘平国碑》诗注语，《灵鹣阁丛书》，光绪二十一年湖南使院叙刻本。

② 吴蔼宸编：《历代西域诗钞》，乌鲁木齐：新疆人民出版社 2001 年版，第 234 页。

③ 钱仲联主编：《清诗纪事》（同治朝卷），南京：凤凰出版社 2004 年版，第 3051 页。

乱，重新规复新疆的历史性行动。回乡后赋诗多首，汇为《西疆杂述诗》，以诗歌抒写新疆各地的自然景观，以及各民族的民俗风情，资料翔实，描写生动，具有艺术价值和史料价值。①

全隶州知州，应当清代著名边塞诗人。字皋谟，号听园居士、听园山人，湖南益阳人。屡试不得中举，因此愤而从军，先后作西征军大将金顺、张曜的幕僚，参加收复新疆，讨伐浩罕入侵者阿古柏匪帮的战争，转战天山南北。时有观感，即行赋诗，回乡汇集成《西疆杂述诗》一书，前为诗句，后为大量注释，对新疆的生产、风物、民族、民俗描写得真实而又生动，极得当时人的喜爱和好评。②

湖南益阳人。清同治年间从军参加征讨阿古柏。擅长诗词，在新疆的诗作辑为《西疆杂述诗》。反映新疆民情和自然景色。③

其中只有《新疆历史词典》对萧雄的简介较符合两序原意。后两者所云《西疆杂述诗》乃萧雄在西域所作，也是对《自序》和黄《叙》的误读。而黄《叙》中的错误，更影响到今人的研究，如钟兴麒、王有德先生所编《历代西域散文》云："（萧雄）先后在金顺、张曜门下用事，往返新疆三次，历时数十年，一直未被重用，官仅至花翎直隶州知州。"④ 薛宗正先生的《边塞诗风西域魂——古代西部诗览胜》云："及乱平，（萧雄）周游天山南北，行程两万里，写了大量诗作，其后虽生活有所变化，但仍执着地继续他的考察，一生凡三次入疆。"⑤ 李中耀的《肖雄和他的〈西疆杂述诗〉》一文说："同治三年，投笔从戎，服务于金顺幕府。同治十二年，随金顺部明春军进军新疆。……曾三次出入新疆。"⑥ 此文虽云萧雄同治十二年（1873）出关，但并未加以考证，有关萧雄生平的其他说法，亦不符实情。

---

① 纪大椿主编：《新疆历史词典》，乌鲁木齐：新疆人民出版社1994年版，第570页。
② 新疆维吾尔自治区民族事务委员会编：《新疆民族词典》，乌鲁木齐：新疆人民出版社1995年版，第260~261页。
③ 蒲开夫、朱一凡、李行力编：《新疆百科知识词典》，西安：陕西人民出版社2006年版，第696页。
④ 钟兴麒、王有德编：《历代西域散文》，乌鲁木齐：新疆人民出版社1995版，第259页。
⑤ 薛宗正：《边塞诗风西域魂——古代西部诗览胜》，乌鲁木齐：新疆青少年出版社2003版，第247页。
⑥ 李中耀：《肖雄和他的〈西疆杂述诗〉》，《西北民族学院学报》1999年第3期，第72~77页。

　　萧雄虽从军多年，但从自述来看，其交游并不广泛，难以从他人的记载中，对其生平作更为详尽的考索。诗人地位不高，生平事迹史均不见载，这是造成他生平资料缺失的外部原因。内部原因则或许是诗人有意回避其辛酸的经历，不愿意将之诉诸笔墨。

　　关于萧雄的生平，黄《叙》所云虽详却有讹误，而《自序》叙述虽笼统，可信度却更高，这也正与陈垣先生所说"年岁之事，据友人之言不若据家人之言，据家人之言不若据本人之言"① 的道理一致。萧雄北上从军尤其是出关之后的经历，奠定了《听园西疆杂述诗》的成书基础，从知人论世的角度来说，对诗人这一阶段生平的考证和辨析，是深入研究其人其诗的一个必要环节。

---

　　①　陈智超编注：《陈垣史源学杂文》，北京：生活·读书·新知三联书店 2007 版，第 103 页。

马穆鲁克—克普恰克文献综述

塔力甫江·吐尔逊艾力

（伊犁师范学院）

马穆鲁克（Mamluk）是阿拉伯语"奴隶"的意思。从文献史料来看，阿拉伯阿拔斯帝国（阿拉伯帝国的第二个世袭王朝，750—1258）的穆罕默德的继位者——哈里发从 9 世纪起就开始从中亚和高加索地区输入奴隶人口，并将他们加以严格训练组建成骑兵部队，使之成为哈里发直接指挥的精锐部队。后来这种做法被阿拉伯其他各国所效仿，纷纷组建自己的马穆鲁克部队，使之成为国王直接指挥的精锐禁卫军。马穆鲁克士兵虽然是奴隶身份，但由于深得主人的器重，不仅待遇优厚，收入颇丰，而且马穆鲁克将领还往往能够进入政界的高层担任职务。萨拉丁组建的马穆鲁克军队是当时阿拉伯世界中颇具影响力的雄师。到 13 世纪初，埃及已沦为阿拔斯帝国的附庸。1250 年，阿尤布王朝苏丹萨利赫病逝，克普恰克籍马穆鲁克将领阿依巴克趁机杀掉了年幼的继承人并取而代之，在埃及创建了马穆鲁克政权。他不仅脱离了阿拔斯帝国的控制，还公开与之分庭抗礼。1258 年，蒙古西征大军消灭了阿拔斯帝国后，埃及的马穆鲁克王朝就成为当时整个伊斯兰世界的中心。克普恰克籍马穆鲁克人建立的王朝从 1250 年到 1517 年被奥斯曼土耳其攻破灭亡，存在 270 年。马穆鲁克王朝前期实行世袭制，执政者为克普恰克人。王朝强盛时辖地包括埃及、叙利亚、巴勒斯坦、耶路撒冷沿海一带及希贾兹地区。

马穆鲁克王朝以伊斯兰教逊尼派教义为国家宗教，为确立马穆鲁克人在政治、宗教上统治的合法性，王朝恢复了伊斯兰教的哈里发制度。王朝设宗教基金，在各大城市兴建清真寺、宗教大学和各种学校，还在开罗和大马士革等城市创建有《古兰经》及圣训学校、罕百里教法和沙斐仪教法学校等，专门培养宗教学者和法官。这一时期伊斯兰教在教义学、教法学、历史学和医学等方面均取得了辉煌的成就。史学家称马穆鲁克王朝是中世纪最后一个"闪烁着伊斯兰文明余辉"的穆斯林国家。马穆鲁克—克普恰克人在发展伊斯兰教文明的同时也十分重视本民族包括语言在内的克普恰克传统文化的继承与发展，在王室和学校竭力推行克普恰克语，为此编纂了各种阿拉伯语和克普恰克—突厥语的双语或多种语言的对照工具书和语言教科书，还开展了克普恰克—突厥语的研究工作。马穆鲁克—克普恰克人擅长军事、马术和兵器，他们不仅有极其严格的军事训练，同时也搜集各种相关材料并将它们翻译成克普恰克—突厥语。

突厥语族文献历史悠久，种类繁多，内容丰富多彩。学术界对突厥语族文献的分期大致可归纳为古代突厥语（7—10 世纪）、中古突厥语（10—15 世纪）、近古或近代突厥语（15—19 世纪）三个时期。一般来说，克普恰克语文献属于中古突厥语文献。但其西部的某些语言的文献虽属中世纪，具体年代却可以延伸到 17 世纪。克普恰克文献根据其来源、形成时间和地点的不同，可分为以下三组：①草原克普恰克文献或称库曼语文献；②马穆鲁克—克普恰克语文献；③亚美尼亚克普恰克语文献。本文中我们主要介绍马穆鲁克—克普恰克语文献。

马穆鲁克—克普恰克语文献的语言并不统一。亚诺西·艾克曼区分出以下三个方言：①克普恰克方言，即从语音和词法方面与花拉子模文献语言有密切关系的方言；②内分两个次方言的克普恰克—乌古斯混合方言，即克普恰克语成分较多的克普恰克次方言和乌古斯语成分较多的乌古斯次方言；③奥斯曼土耳其语方言，即乌古斯方言。根据马穆鲁克—克普恰克语文献的内容，可以将它们分为以下四类：①字典和语法；②文学作品；③宗教作品；④箭术—骑术和马术—兽医有关的作品。

1. 字典和语法类

（1）《学习突厥语之书》（Kitābū'l idrāk li Lisāni'l – ätrāk），作者是阿拉伯文学家阿布·海亚尼（Abu HayanMuḥammed bin Yusuf），于 1312 年 11 月 18 日在开罗编写完成。这是一部为教授突厥语而编的集词典和语法于一体的书。此书由两部分组成：①克—阿语词（体词与动词）；②语音及词法的论述。词典共有三种抄本。第一个抄本抄写于 1335 年，共 132 页，抄写者姓名不详。现存放在伊萨坦布尔巴耶兹德国家图书馆的外力艾丁先生分馆中，文献号为 No. 2896。第一个抄本抄写于 1402 年，共 194 页，抄写者是阿合买德·依本·夏裴合。现存放在伊斯坦布尔大学图书馆的阿拉伯语文献收藏室中，文献号为 No. 3856。第三个抄本抄写于 1402 年，抄写者是阿合买德·夏裴合。现存放在埃及开罗的 Darul – Kutub 图书馆中。

（2）《波斯语—突厥语—蒙古语词典》（Kitāb – i Mejmū'u Tärjumān – i

Türkī wä'ajämī wä Moɣolī），著作作者的姓名不详。唯一的抄本由孔亚人哈利勒·依本·穆哈默德·依本·玉素甫于 1343 年 1 月 25 日抄写完成。该文献的唯一抄本现存放在荷兰来登科学院图书馆。这是一部按照词类编写的词典和语法书。文献的前 63 张页部分是阿拉伯语—突厥语词汇，而后 13 张页部分是蒙古语—波斯语词汇。

（3）《突厥语的智慧礼品》（ät – Tuhfätü'z – zäkiyyä fi'l – luɣati't – Türkiyyä），这是一部属于克普恰克突厥语的词典和语法书。作者姓名不详，根据其他文献的记载，学者们推测这一本书应当抄写于 1425 年之前。著作由语法和词典两部分组成。唯一的抄本现存放在伊萨坦布尔巴耶兹德国家图书馆的外力艾丁先生分馆中，文献号为 No. 3092。

（4）《获得突厥语和克普恰克语财富之书》（Kitābu bulɣat'l Mu ṣtčūq – fi lüɣati't – Türk wä'l – qïf čaq），作者为贾马里丁·阿布穆哈莫德·阿布都拉（Jamal ad – Din Abu Muhammad 'Abdallah at – Turki）。根据学者们的推测，这一部著作应当在 1451 年前完成。手稿由两部分组成，共 71 页。两个部分共收录了 1 500 个克普恰克语词条。该文献现存放在法国国立图书馆的突厥语文献收藏室中，文献号为 No. 293。波兰学者 A·扎依诺奇克夫斯基于 1938 年和 1954 年在华沙分别出版了该文献的两个部分。

（5）《突厥语规则集成》（äl – Qawānīnü'l – k ż lliyäli – żabti'l – lüɣati't – Türkiyyä），著作的作者和撰写年代均不详。根据学者们的推测该著作应当在 15 世纪初成书于埃及。这是一部语法书，词汇部分丢失的唯一抄本现存放在伊斯坦布尔苏莱曼尼亚图书馆的夏黑德·艾力帕夏分馆中，文献号为 No. 2659。

（6）《突厥语的宝贵选集》（äd – Durretü'l – Mudīafi'l – Luɣati't – Türkiyyä），著作的作者和撰写年代均不详，是在 14 世纪或 15 世纪的马穆鲁克时期撰写的阿拉伯语—突厥语词典，又是一本在马穆鲁克—克普恰克文词典—语法类书中最后发现的著作。唯一的抄本现存放在意大利佛罗伦萨的麦迪卡—劳伦斯图书馆的东方文献室，文献号为 No. 130。

（7）《突厥语宝藏》（aš – šudur ad – dahabiya wä '1 – qita' al ahmadiya fi '1 – luɣat at – turkiya），成书于 1619 年，由五部分组成：动词、名词、词法、突厥语法和阿语字典、一些奥斯曼土耳其语的句子。

（8）《突厥—阿拉伯语导译》（Tarjuman turki wä 'arabi），该文献于 1245 年成书于埃及，作者姓名不详，是一部关于克普恰克语的笔记。现存放在荷兰的莱顿市。1894 年为荷兰学者胡茨马（M. T. Houtsma）刊布，题为"突厥语—阿拉伯语字典——据荷兰莱登写本"（Eintuerkisch – arabische

Glossar. Nach der Leidener Handschrift)。该词典共 76 页，每页 13 行。词典共收录 2 500 个左右的突厥语词条，分为下面四部分：语音简述和阿—克语名词分类词汇；阿—克语动词；克语动词的简单变位；代词、变格、小词和词的附加成分。词典的最后十页是蒙古语—波斯语对照词汇和阿拉伯语—蒙古词对照词汇。

2. 文学作品

《古丽斯坦》（Gülistān bi't – Türkī），作者是塞甫·萨莱，手稿共 372 页，每页 13 行，手稿的文字非常漂亮。手稿现存放在荷兰莱顿图书馆。最早发现《古丽斯坦》的人是匈牙利学者 T. 叶估夫，N. 乌孜鲁克将原文真迹复制并翻译成土耳其语出版（1945 年）。E. 那吉甫对《爱情书》的研究作出了突出的贡献。《爱情书》是波斯著名诗人萨阿迪的《古丽斯坦》的翻译本，完成于 14 世纪末。土耳其学者 A. 巴塔勒塔依玛斯认为该文献的语言为克普恰克语，那吉甫也持相同观点，但他强调了乌古斯语的影响。

3. 宗教作品

（1）Irşādü'l – Mülūk vä's – Sälātīn，这是一部从阿拉伯语原文翻译成克普恰克语的行间译本著作。该著作以宗教法规为主要内容，并以向诸国王和统治者指路教导为目的而编写的，唯一的抄本现存放在伊斯坦布尔苏莱曼尼亚图书馆的圣索菲亚分馆中，文献号为 No. 1016。

（2）Kitāb fi'l Flkh，著作的译者、抄写者、撰写年代和地点均不详，这也是一部行间译本著作。唯一的抄本现存放在伊斯坦布尔苏莱曼尼亚图书馆的圣索菲亚分馆中，文献号为 No. 1360。该抄本的后部分内容有残缺。

（3）Kitāb fi'l Flkh bi'l-Lisāni't Türkī，这是一部包括各种宗教法规在内的著作。著作的作者、撰写地点和时间均不详。学者们推测这一著作应当在 1421 年前已抄写完成。唯一的抄本现存放在土耳其伊斯坦布尔民族图书馆的法伊佐拉赫先生分馆中，文献号为 No. 1046。

（4）Kitāb – lMukaddimä – iäbū'l – Läysi's Sämärkandī，这也是一部以解释宗教话题为内容，从阿拉伯语翻译成突厥语的行间译本著作。由撒马尔罕人叶山拜·依本·苏丁抄写完成。唯一的抄本现存放在伊斯坦布尔苏莱曼尼亚图书馆的圣索菲亚分馆中，抄本文献号为 No. 1451。

（5）Mukaddimätü'l – Gaznäwī Fi'l – ibādāt，这也是一部以宗教法规为内容，从阿拉伯语翻译成突厥文的行间译本著作。唯一的抄本现存放在伊斯坦布尔苏莱曼尼亚图书馆的赖苏·库塔部先生分馆中，文献号为 No. 398。

4. 箭术—骑术和马术—兽医有关的作品

（1）箭术—骑术有关的作品：

① Münyätü'l - Guzāt。著作的译者、撰写年代和地点均不详。在1446 年抄写完成。该著作是一部关于箭术—骑术的著作。全书由六大部分组成。从语言特点角度属于马穆鲁克克普恰克方言。留存的唯一抄本现存放在土耳其的 Topkap 第三宫殿的艾合买提图书馆中，文献号为 No. 3468。

②Kitāb fiimi'n - Nüššāb väya Hulāsā，该著作是从阿拉伯语翻译而成的一部与箭术—骑术有关的著作。著作的译者、撰写年代和地点均不详。留存到至今的有两种抄本。第一个抄本现存放在土耳其的伊萨坦布尔巴耶兹德国家图书馆中，文献号为 No. 3176。另一个抄本存放在法国国立图书馆。

（2）马术—兽医有关的作品：

①Baytaratü'l - Vāzih。作为马术—兽医有关的作品之一的 Baytaratü'l - Vāzih 是按照在马穆鲁克宫廷中任苏丹朝臣的拖雷伯克的命令，从以 Baytara 为名的一个阿拉伯语书翻译过来的。该文献和其他历史资料中 Baytaratü'l - Vāzih 的翻译者和翻译地点均无记载。文献由十个部分组成。目前发现两个转抄本。第一种抄本现存放在伊斯坦布尔 Topkapi Sarayi Revan KÖškü 图书馆中，文献号为 No. 1695。从语言特点看，这一个抄本属于"主要马穆鲁克克普恰克语"一组的所谓的克普恰克语抄本。文献的第二个抄本现存放在法国国家图书馆，文献号为 Supplment. Turc. 179。这一个抄本是具有安纳托利亚突厥语特点的所谓乌古斯语（土库曼语）抄本。

②《马之调教书》（Kitābü'l Hayl）。在马穆鲁克—克普恰克时期，关于马术—兽医而撰写的另外一部作品是《马之调教书》（Kitābü'l Hayl）。从波斯语翻译过来的这一本书的译者，翻译地点和时间均不详。共有两个抄本。第一抄本现存放在伊萨坦布尔巴耶兹德国家图书馆的外力玉丁先生分馆中，文献号为 No. 3176。此抄本从语言特点来看，属于乌古斯—克普恰克混合方言组的克普恰克特点较多的第一次组。文献的第二个抄本现存放在巴黎国家图书馆，文献号为 Suppl. turc 179, 63b ~ 99a 之间的几数页。此抄本从语言特点来看，属于乌古斯—克普恰克混合方言组的乌古斯语（土库曼语）特点较多的第二次组。

纳吾热孜节及其文化内涵

迪亚尔别克·阿力马洪①
(伊犁师范学院)

纳吾热孜节—新的日子，即年初，是哈萨克人古老的节日。经历了历史的风风雨雨，延至今日的纳吾热孜节将映现我们民族与其他民族那些被遗忘的奥秘。

哈萨克人相信："纳吾热孜节当天如果锅里是满满的，那么这一年会吉祥；若得到老人的祝福，将会一帆风顺"，因此当天所有人都高高兴兴、快快乐乐的，边吃着手抓肉边吃着纳吾热孜饭来庆祝节日。纳吾热孜节对应着春季期间人和牲畜干粮快枯竭的时期，即3月22日。这个时期是化雪、万物生长的时期。纳吾热孜节是由我们民族希望能顺利度过严冬和风雨考验的美好愿望而诞生的，并在其中体现了以游牧生活为主的哈萨克民族所经历的苦难。

纳吾热孜节在突厥民族和其他民族中有多种称法，与此同时，纳吾热孜节的来历也有众多观点。比如，这个古老的节日经历了5 000多年的历史，在突厥民族中有"突厥人平安度过耶尔古纳天的日子""突厥日历的12生肖所代表的新年开始的日子"等含义。

有些人认为纳吾热孜，这一天是上帝创造天地的日子，而有些人认为这一天是诺亚方舟在大洪水后回到陆地的那天，有人认为是"人类被创造后的第一天"，而有人认为是春天的先驱者。

纳吾热孜节有普遍性的色彩，从古至今在大多数世界民族风俗习惯中延续和颂扬。纳吾热孜节在波斯语中表示"新的一天""新年"，古希腊称它为"帕特力克"，缅甸人称"水节"，塔吉克人称"花卡尔盾""春花""花纳吾热孜"，花剌子模人称"纳吾萨尔特吉"，鞑靼人称"纳尔杜干"，

---

① 作者现为中央民族大学哈萨克语言文学系2014级博士生。

布里亚特人称"纳瓦萨尔特吉"，楚瓦什人称"诺日依斯吾亚合"①。

而有些研究者认为"纳吾热孜"一词并不是从波斯语来的，而是突厥语，即我们的独创文化所孕育的观点，这种观点的支持者详尽地解释了"纳吾热孜"一词，探究了突厥语系民族的内在文化。比如，叶森·阿依萨别克在自己的著作《柯尔克孜人的形成史》中提到"纳吾热孜"一词是由"努尔"和"吾孜"的两个词组成的，表示"初光""美丽的光""新的光""第一天""新年""新日子""新的月亮""新的吉祥""第一个幸福""第一个月"等意思，并不是从"诺日子"或者"聂吾热孜"而变来的，断定"纳吾热孜"是柯尔克孜语。②这里作者虽然是根据自己的主观意识断定"纳吾热孜"是从本民族的语言而来的，但是可以肯定的是，他用依据和举例提出了"纳吾热孜"是突厥人独创文化的新想法。

哈萨克民间也存有"纳吾热孜"是如何而来的大量有根据的记载，具体是传说和神话，其中最有名的是突厥语系民族共有的——耶尔古纳天的传说，这个传说是这样描述的：

在古代，突厥部落受到了敌人的攻击，边作战边撤退，到了一座大山上，这里可能是四面环山，非常有利于隐蔽的地方。于是他们在这儿待了400年，并称这些艰苦的日子为耶尔古纳天，后来这些部落想从这里出去的时候，有条公狼出现，并为他们带路，在狼的帮助下他们摆脱了危险，突厥人从山洞出来的那一天是3月21日，因此所有的突厥民族珍惜这一天并称它为"纳吾热孜"。"纳吾热孜"就是这样出现的，这个事件在突厥人的历史上也称为"突厥人摆脱耶尔古纳天的日子"。

以上传说给我们讲述了纳吾热孜摆脱困境、人民快乐、忘记过去、开始新日子。纳吾热孜节举行多种活动，准备美食，人民沉浸在幸福之中。

一、纳吾热孜节举行的活动及仪式

哈萨克民族是游牧民族，逐水草而居。冬季到冬牧场，夏天又转到夏牧场的哈萨克人，平安度过了漫长的冬季以后，急切地等待着天气的转

---

① M. 哈兹别克夫：《纳吾热孜，被复活的风俗习惯》，哈萨克斯坦，阿拉木图，1991年版，第100页。

② 叶森·阿依萨别克：《柯尔克孜人的形成史》，乌鲁木齐：新疆人民出版社2006年版，第13~14页。

暖，开始新一段忙碌却又幸福的生计——给牲畜接羔。这是一个变暖的日子，对牧民意味着一年中的所有辛苦得以回报，像诗人斯·翁哈尔拜所讲的那样：

羊儿接羔，
奶水多，
新的一年，
始于纳吾热孜。（大意）

对于游牧人来说，新的一年是万物复苏、花草争奇斗艳、万物生光辉的，我们若深刻领会"没有团结将不会有生存""生命在于团结""一致是强有力的，而纷争易于被征服"等人民智慧，将会发现纳吾热孜节的深层意义是表达维护民族的团结、平安等善意和愿望。

根据哈萨克民族的理解，3 月 21 日是非常神圣的日子。因为哈萨克民族相信这一天克孜尔（旅客之神）将在野外穿行，可以托他的福，带来幸福和快乐。因此那一夜便成不眠之夜，人们认为这一天是年初，应那句"水从源头变清澈"，认为若新年有个美好的开头，那么这一年将会是平安的。因此人们相信这一天是伟大的，便形成了"安详降落于地上的日子""吉祥之日""盼望已久得来的一天""萨马尔汗的蓝石融化的一天""萨马尔汗的蓝石降落于地的日子"等说法。

哈萨克民族将隆重地欢迎纳吾热孜节。他们为了革新换面地迎接新年，会提前擦拭房屋、洗浴自己。应那句"和睦从新开始"的谚语，新年始于吉祥之日，那么此后将会很平安。人们努力使所有餐具内不空着，倒满牛奶、酸奶、驼奶、初乳等饮料。纳吾热孜节到来时，姑娘们用风干肉、初乳等为男孩准备称为"提神饭"的宴会，而男孩作为回礼会送给女孩耳环、镜子、梳子等让姑娘"惊喜"的礼品，而为老人准备美味的"补身饭"。

纳吾热孜节那一天清晨，男人手持铁锹、坎土曼等生产工具，妇女带上牛奶、奶酪、奶疙瘩、肉等前往野外。我们有"见到泉水就清理"的谚语。男人都积极清理泉水周围，移除那些阻碍水渠的大石头，就像那些谚语一样："留下的遗产是牲畜不如树木""若砍一棵树就要种十棵树"，不管老少都要在泉水周围植树。这都展示了哈萨克民族崇拜泉水的传统和关爱环境，视它为命的人文情怀。据历史记载，古代的匈奴、乌孙国会向升起的太阳鞠躬，传承了祖先习俗的哈萨克妇女在清早起床时，向升起的太阳说:"您好,太阳母亲",并鞠躬表示敬意。说完"太阳母亲,火母亲请庇护我,愿我们吉祥,让我看到后代的快乐"后,便前往泉水边倒点油,给耕种植物倒牛奶等。

就像"亲兄弟间骨肉之情难分舍"这个谚语一样,纳吾热孜节这一天亲人间的矛盾将会迎刃而解;"冤有仇,近有怨"的人们相拥而和好,忘记过去;孤儿寡妇将得到援助;对于未婚的穷人,大家会集体商量后帮他们成家立业。在纳吾热孜节这一天,奴隶将得到自由,民间常说:

> 男奴从劳动解救
> 女奴从家务解救

这些诗句是有力的证据。纳吾热孜节这一天,亲朋好友和老少间的区别减少,人们相互开起玩笑,老少间的这种玩笑不会显得尴尬,也不会为此记仇。

二、纳吾热孜饭的制作过程

纳吾热孜饭的制作过程是非常特殊的,其由小麦、塔尔米、大米、肉、酸奶酪、奶疙瘩、食盐等七种食品组成。"七"这个数字在哈萨克族和世界其他民族中都被看作神圣的数字。如古波斯人用"新"字为首字母的七种物品上桌,它们是:酒、希尔(牛奶)、西仁(糖)、谢克尔(包糖)、夏尔巴特、夏木、秀纳(梳子)。他们认为酒表示生命,牛奶表示纯洁,糖表示团结与和睦,包糖表示快乐,夏尔巴特表示公平与信仰,夏木表示拜火,梳子表示美丽。被生活所迫、奔于生计的哈萨克人在纳吾热孜节那一天制作纳吾热孜饭,以期摆脱来年的困境,塞种人称这种锅为"驼锅"。由塞种人传下来的"各种食品制作的饭"被视为神圣的食物。因此哈萨克族对纳吾热孜饭非常重视,制作完之后,哈萨克人骑着马,成群结队地到亲朋好友家拜年并歌颂关于纳吾热孜的诗句。哈萨克还将冬日留下的肉和羊头奉献给老人,希望得到他们的祝福,祈祷"吉祥来临,牲畜肥壮",同时举行其他各类活动。

三、纳吾热孜那天举行的娱乐活动

(一) 纳吾热孜阿依特斯 (阿肯弹唱)
阿依特斯—哈萨克人古老的习俗之一。将自己的想法用诗歌表示的

"阿依特斯"是奇特的文学样式,其中包含了哈萨克族对人生的想法、思想、哲学观点,从古至今变成民族娱乐项目之一,并成为我国文化不可分割的一支。阿依特斯在纳吾热孜节这样伟大的节日中发挥了自己的作用,并体现了价值。此时的阿依特斯与其他时候的阿依特斯稍有区别,纳吾热孜节时阿肯基本上歌颂纳吾热孜的来历及与其相关的习俗,如纳吾热孜饭的制作过程,提倡人民团结,消除民间的矛盾,忘记过去。纳吾热孜节时,有口才和善辩的男子与姑娘成群结队地进行阿依特斯(诗歌比赛),他们总结哲学观点,谈论生存法则,歌颂伟大神圣的纳吾热孜节。比如:

> 男:
>
> 靓女骑着骏马
>
> 有志青年追求着诗歌
>
> 问您可否告诉我
>
> 第一生肖是什么(大意)
>
> 女:
>
> 细想世间事无常
>
> 罪孽定会受报应
>
> 我来告诉您答案
>
> 第一生肖是鼠

以此谈论十二生肖,呼吁人们不要忘记自己的生活习俗。

"未到四月马儿不肥壮",这是哈萨克族得出的结论,因此非常珍惜万物复苏、牲畜肥壮的时期,以此为题歌唱。哈萨克人视吉祥为神灵、危险为灾难,视冬天为子木斯坦、夏天为塔布斯坦。哈萨克人本是游牧民族,冬天对他们不利,夏天适合生存,由此便展开了永无止境的冬夏之争,最终还是夏天赢得胜利。他们除了举行人与人的阿依特斯以外,还对无生命的物质互相用诗歌辩论,比如语言学家阿合买提·巴依吐尔孙称,古代哈萨克人关于冬季与夏季的辩论有如下神话:"当冬季来临时,太阳变得衰弱,世间万物结冻,像死尸般寂静,夏季来临时万物复苏,变绿,发芽。因此判断夏季和冬季存在的原因是太阳神的衰弱和强大。"①

公元前书写的神圣《阿伟斯塔》书中、11 世纪谱写的相当于突厥民族百科全书的《突厥语大辞典》中多处记载了哈萨克故事中关于冬季与夏季

---

① 茹可亚·阿尼瓦尔、卡姆纳·江博孜:《哈萨克生活诗歌》,北京:北京民族出版社 1991 年版,第 20 页。

的辩论的内容，我们来看看《突厥语大辞典》中记载的冬季与夏季的辩论。

冬季与夏季相遇，互相仇视，它们努力赢过对方（大意）：

冬季：
雪只在冬季下
粮食和其他作物靠它生长
坏人和敌人在我来临时变得平静
你来他们就开始行动（大意）
夏季：
我来临时马儿自己吃草
吃那些肥沃的草而肥壮
贵族骑肥壮的马
快乐地互相玩耍（大意）①

于是，在这个阿依特斯中给予多的夏季获胜，冬季撤回。按古代习俗，每一个纳吾热孜节到来时，分别代表冬季与夏季的男女进行激烈的阿依特斯，若女方获胜的话则认为夏天即将来临，若男方获胜的话认为冬天将延续。更有甚者，为迎接节日一男一女比试力量，火女与寒男进行一种游戏。一般女方赢得最终胜利。这大概是表明善良的哈萨克族希望早日摆脱冬季的严寒，早日达到美丽的春天和夏季的愿望。

（二）猜谜语

吉祥之日（纳吾热孜节那一天）对哈萨克人来说是非常神圣的，这一天从老人、慈祥的母亲、带领人民的领袖那儿得到他们的祝福被认为是最为必要的。如：

老人祝福
让我们平安
来我们赎罪吧
请赐予我们如意
走吧邪恶
永远地离开我们（大意）

_____

① 尼马特·克林别托夫：《哈萨克文学的古代时期》，奎屯：伊犁人民出版社1992年版，第259～260页。

如上所述，吉祥之日是哈萨克族中最为重要的一天，人们认为这一天邪恶将和大年一起离开，新年会赐予人们幸福和快乐。

纳吾热孜节这一天，祖先把天体和大自然中的改变包含在自己的诗歌中，用谜语讲述成为习俗。这种习俗透露了哈萨克民族聪明、善于辩论、善于总结的特点。纳吾热孜节中的谜语的内容包含了时间、星星、天地等大自然中的物质。

八个英雄
至今一直在争论
轮流进行斗争
不知谁将终胜利（大意）
若我猜到请叫我诗人
猜不到算何聪明
冬夏、白昼、单双、正与邪
成为八（大意）①

人生来世，离不开好与坏、悲伤与快乐、灾难与死亡。哈萨克族在如此矛盾错综复杂的世界中奋力抗争，在艰难的游牧生活中得出、总结了丰富的哲学结论，并把它们变成诗歌，留给了后人。

（三）民间游戏与民族体育

纳吾热孜节中，叼羊、飞马捡手绢、摔跤、荡秋千、拉绳、赛马、赛跑等各项民族娱乐项目与体育项目隆重举行。这时将有各路英雄、口才雄辩的人、强壮的摔跤手、百发百中的神枪手、拥有天籁之音的歌唱家、冬不拉弹唱家以及拥有天赋的能人上场展现自己的才艺。

简而言之，纳吾热孜节是突厥民族尤其是哈萨克人独创的节日，是大自然对游牧民族的珍贵礼物。这个节日是对周围物质的变化了如指掌、拥有敏锐的洞察力的哈萨克族先见之明的生动例子和证据。居无定所、游牧的哈萨克人千辛万苦度过冬季，到了给予丰厚的春季时才会歇息。因此相当于春节的纳吾热孜节隐藏着重重困难与无尽的苦难，是对历史的背叛。纳吾热孜节是祖先对我们如今民族文化特色淡化、后代退化的人们留下的"不忘历史"的宝贵财富。因此，应"人心齐，泰山移"这种古话，珍惜这种财富、用于人民、祖辈传承是我们所有人的义务。

———————————

① 那诊满编：《哈萨克谜语》，乌鲁木齐：新疆人民出版社 1998 年版，第 214 页。

后　记

新疆，广袤的大地，是中国西部文学的重要发源地，具有深厚的历史文化底蕴，现正展现着欣欣向荣的发展势头。

世界要更好地了解新疆，了解新疆文化；中国要发展西部，也要推动西部文学研究，促进中外学术和中国东西部文化交流。为此，由新疆大学人文学院、中国社会科学院《文学评论》编辑部、俄罗斯圣彼得堡大学东方系联合主办，新疆伊犁师范学院协办，2014 年 6 月 13 日至 15 日在新疆乌鲁木齐市隆重举办首届中国西部文学与地域文化国际高端论坛。

来自俄罗斯圣彼得堡大学、韩国外国语大学、中国社会科学院文学研究所、武汉大学、浙江大学、上海师范大学、湖南师范大学、安徽师范大学、重庆师范大学、浙江师范大学、湖南科技大学、华侨大学、湘潭大学、济南大学、江汉大学以及疆内十余所高校的七十多位专家学者共聚一堂，研讨西部文学与新疆文化发展大业。

论坛收到论文四十余篇，其主题涉及西部文学的海外传播和翻译、西部文学的地域特征和文化精神、新疆文学的当代意义与文化价值、西域文学的史料发掘和文化传统、新疆多民族文学的内涵和艺术表征等。高端对话，新见迭出。

现借论文选集出版的机会，衷心期望"西部高端人文论坛"继续办下去，办出品牌特色，为海内外关注中国西部问题、关注西部文学及其人文内涵的学者提供一个高端的研讨交流平台。大家有理由相信，随着中国西部地区经济文化的发展，这个论坛将会吸引越来越多的海内外学者关注和参与。

特向论坛的各主办单位和协办单位表示感谢，向参与操办会务的新疆大学人文学院的教师和研究生表示感谢。新疆大学人文学院党委书记欧阳可惺教授在论坛的筹备和举办过程中负责决策并给予大力支持，暨南大学出版社总编辑史小军教授及本书责任编辑为论文选集的出版付出了辛勤劳动，在此一并致谢。

陈国恩

2015 年 6 月 15 日